姿娘

庄英锐

著

SPM 南方传媒　花城出版社

中国 · 广州

图书在版编目（CIP）数据

姿娘 / 庄英锐著. -- 广州 ： 花城出版社，2025.

1. -- ISBN 978-7-5749-0348-7

Ⅰ．I247.5

中国国家版本馆CIP数据核字第2024770L4G号

出 版 人：张 懿
责任编辑：李 谓 曹玛丽
责任校对：李道学
技术编辑：凌春梅
装帧设计：WONDERLAND Book design

书　　名	姿娘
	ZINIANG
出版发行	花城出版社
	（广州市环市东路水荫路 11 号）
经　　销	全国新华书店
印　　刷	佛山市浩文彩色印刷有限公司
	（广东省佛山市南海区狮山科技工业园 A 区）
开　　本	880 毫米 ×1230 毫米　32 开
印　　张	11.625　1 插页
字　　数	260，000 字
版　　次	2025 年 1 月第 1 版　2025 年 1 月第 1 次印刷
定　　价	68.00 元

如发现印装质量问题，请直接与印刷厂联系调换。
购书热线：020-37604658　37602954
花城出版社网站：http：//www.fcph.com.cn

冬至雅姿娘

——序庄英锐《姿娘》

郭小东

  庄英锐写小说《姿娘》，兼具画家、商人、作家三重身份，他对潮汕女性的理解，自然是复杂的。一方面，基于姿娘崇拜的客观评价，定义了他审美的方向，女性崇拜，没有问题；另一方面，他描述的笔触，沉陷于现在时的粗粝认知：潮汕女性的温婉克制，给予男性霸权的错觉。这种错觉充分地体现在日常生活的每个细节中，诸如忽略、漠视女性宗法权利等非主观性的表现。这亦是中国乡村社会的现实存在。

  鲁迅努力拒绝并批判这种错觉，并指出在族权、夫权、法权等等之外："女人的天性中有母性，有女儿性；无妻性。妻性是逼成的，只是母性和女儿性的混合。"（鲁迅《而已集·小杂感》）

  鲁迅还说："女人是希望的化身，要比男人高尚和无私得多。"

  "女人本来是弱者，所以品质要比男人更加高尚。"

  但是，即便有这种认知，他还是无法善待发妻朱安，令她在无爱无性中度过41年……

  朱安之于鲁迅，大抵是这样的：他对他人，甚至比对自己还要好，可是在所爱人的眼中，他却仿佛从未存在过，爱的浓烈却卑微，多么悲伤！

浓烈却卑微，这就是所有中国男人的问题，更是文学必须面对和检讨的问题！

　　人类的伤感，源于爱，正向、反向都是。它也是诗的理由。女性是男性的伤感，而男性是女性的感伤，彼此同一闭环，永远无法走出。热衷于诉说女权的，恰是伤害女性的女性……所以说潮汕的女性——姿娘，她的前提是"雅"。

　　"雅姿娘"，才是潮汕姿娘的全部含义。

　　姿，形态与风度。是对潮汕女性的定性与要求、概括与肯定。

　　姿娘是敬语。细分：姿娘仔（未婚），老姿娘（已婚以降），都含有雅的成分。文雅和武雅，粗雅和细雅，姣好称"趣mi"，生动说"妖娆"等。也有鄙视与咒骂的，如俚语"臭支"，此语难以言表。总之，潮汕文明里，对女性的表述与讨论兴趣，在男性之上。

　　对男性，期望过于端正，到了无须讨论的地步，即便指责，亦止于"派仔"（痞的爱称）而已。

　　在潮汕旧文化里："诗词歌赋文，琴棋书画拳，山医命卜讼，嫖赌酒茶烟"，是通识及人生高蹈的概括。它豁达兼容而且通透人性的全部，且把潮汕人最重要的清供："茶"，置于另外的陋习中，不好理解？正为精妙之处。如嫖赌烟酒等诸多陋习，也在人性难以规避之美的存在之中，这才是潮汕文明最真实也最阔大的部分。题中之义，或许是女性视角所由？

　　中国旧文化中，男权中心是现实也是逻辑，是人性也是生物性。女性数量再多，当权的也大多为"三无"，十之一二，陪衬而已。丛林法则首先以量，再以力。所以，不必奢望女权。

　　千六年前，潮阳建郡，辖潮州揭阳，汕头还在海底，普宁惠来等则未名。如此说来，庄英锐也算是潮阳人。倒回去七百年，潮阳出"郭氏之母"郭真顺。

郭真顺（1312-1436），出生于明潮州府揭阳龙溪都（今属潮州市潮安区），元末明初中国著名女诗人，120岁仍能写诗，125岁逝世，是中国历史上最长寿女诗人。

郭真顺出身书香，幼而淑惠，"虽老于谋者无以过"。出嫁处士周瑶（潮阳峡山）后双隐田园。元明更迭时世乱，她屡助夫避祸，并以诗歌保全村寨，成为千古美谈。她相夫教子，三子皆成名士。

郭真顺有诗词作品结集《梅花集》，今佚。现存有120岁作的《归宁自序》2首，及《上指挥俞良辅引》《渔樵耕牧四咏》《赣州十八滩》等18首。

其上《指挥俞良辅引》：

……前年领兵下南粤，眼底群雄尽流血。马蹄带得淮河水，洒向江南作晴雪。

潮阳僻在南海濒，十载不断干戈尘。客星移处万里外，天子亦念退方民。将军高名迈前古，五千健儿猛如虎。轻裘缓带踏地来，不减襄阳晋羊祜。此时特奉圣主恩，金印斗大龟龙纹……

郭真顺临终遗嘱"勿修佛用，勿烧纸钱"：治丧时不供佛，不烧冥纸。125岁逝世后，与丈夫周伯玉以及儿子葬于潮阳棉城黄蜂山。

郭真顺完美地塑造了潮汕女性的全部：正面与背面，正向与反向，社会与家庭，父性与母性。

小说的角色模型，男作家大多是三女追逐一男，女作家也有反过来的，但很勉强。不管作家性别，文化中的潜意识，时刻在起作用。

以潮汕女性为主题的长篇小说，罕见。书名《姿娘》的作品唯此。庄英锐住过宋庄，现代美术观与潮汕女性观，在古老且亘久少变的土地上，所产生的冲突，会形成怎样的图画？

我曾在庄英锐画室中，见到他几幅刻意冷置的有些春意的画作。里面泄露的应是宋庄的召唤。庄先生可能自觉不合时宜，这种意识自然也限制了他对潮汕母地的女性思考，他努力克制自己，不敢毫无保留地进入潮汕姿娘的身体。虽然他明白魂不附体的结果。所以，那位名钟瀚哲的画家，是难能笑到最后的。

由是，责编李谓嘱我给封面来几句广告语，几乎不假思索：

"但愿你从《姿娘》这部小说里，读到的是一枚熟悉而陌生的切片，关于潮汕女性和男性的切片，然后，想象着：赚大钱、起大厝、娶雅宙（美老婆）、生哒埔（男孩），最终去起（建）祠堂的男人们，那些自恋、自信，无往不胜的潮汕男人……"

当然，这些狂骜的男人们，之所以能如此嚣张、一骑绝尘，皆因背后，站立着一群潮汕雅姿娘，她们是母亲、雅宙、姐妹、女儿、二嬷或者情人。

这面古旧的老墙，挡住了千年的风雨与磨难，成就了这强、那强，包括"派仔"的男人们！

是为序。

2024年冬至

楔　子

聚散苦匆匆

此情无穷

垂柳紫薇藕花红

当时携手荔湖中

游遍芳丛

料多情梦里

惘然不见

莫使缱绻匆匆散

我思君处君思我

月明千里

　　鹏城美术馆，《家园·姿娘》——钟瀚哲中国画全国巡回展第一站刚刚开幕，画展主角钟瀚哲，正陪着市委宣传部领导和省美协主席参观。

展厅正中央挂着的，是一幅两米见方《姿娘》的作品，画中人是一位车花女工，更是一位绝色美人。据钟瀚哲介绍，当年这幅作品，获得了全国美术作品展金奖，美术界给予了极高评价。获奖后，他将作品赠送给了画中为他做模特的那位女工……这次展览的这一幅，是他凭印象重新画的，这幅画是整个画展的主题作品之一，当然更是画展最亮的一个亮点。

　　自然，在这幅作品前，聚集了大量观众。

　　这幅画虽然是凭记忆重画，但构图、人物造型、神态、色彩处理等，依然做到了极致，可谓形神兼备、栩栩如生。不过，画家本人却说，他完全没办法复制当年画中女孩楚楚动人的气质和神韵，总觉得缺了点什么，心里一直带着遗憾。当画家正详细介绍这幅作品时，突然，从人群中箭一般冲出一位满脸带泪、五官清秀的老妇人，她手里拿着一把锋利的小刀，动作几近疯狂地割裂画作。老妇人身边的白衣女孩很快也跟着跑了出来，想要阻止她这一连串动作，却还是迟了一步。白衣女孩见此情形，不禁惊恐万分，神情异常紧张，她秀眼发红，眼睁睁看着老妇人把画撕得粉碎。

　　展厅这一角落如漫天飞雪。

　　所有人都惊呆了，更是都傻了眼。他们很快自然而然聚成一个圆圈，把老妇人和白衣女孩围在中心。老妇人极其痛苦地蹲下身，她抱头痛哭，眼里却流不出眼泪。白衣女孩也跟着哭，泪如泉涌，却不敢哭出声来。展厅里，忽然间静得如大山里的湖泊，只清晰地回响着老妇人哭泣的声音，哭声刺耳，有如子规夜啼。与老妇人一起的白衣女孩分明被这突如其来的事吓得六神无主，她的脸上一阵红，一阵白，失魂落魄得不知如何是好。她一边拉起老妇人，一边抬眼注视着钟瀚哲，眼里似有千言万语。

钟瀚哲与白衣女孩略一对视，便身不由己重重地打了个寒战，眼前的白衣女孩似曾相识，但他确定他从未见过她。可白衣女孩的眼神却分明又是那么熟悉，熟悉到几可摄他心神。

难道白衣女孩是他的什么人？匆匆的一眼对视，令钟瀚哲心烦意乱。如果不是早就烙印在他脑子里的眼神，他的反应不可能如此之大。想不到二十几年后，这种眼神竟然会在他眼前再次出现，既熟悉又陌生，具有极强的张力和穿透力。他的心似乎被什么给猛烈撞击，不，是深深刺了一下，怦怦怦跳得异常厉害，甚至有撕心裂肺的感觉。

白衣女孩没有再看钟瀚哲，因为他实在盯得她浑身不自在。她一边试图拉起老妇人，一边说："姨姥，不要看了，咱们回去。"老妇人却像是被刚才那一阵凶猛的动作抽取了筋骨，变得软绵绵的毫无力气，任女孩如何使劲也没办法扶起她来。

在场的人都被这一幕震惊了。

所有媒体记者一窝蜂涌了过来，他们中有约莫一半围住老妇人与白衣女孩咔咔拍照，另一半人则围着钟瀚哲，同样不停拍照。

钟瀚哲赶紧冲出人群，走到老妇人身边，弯下腰把老妇人扶了起来，叫了声"姨姨"。

老妇人勉强站起身来，见是钟瀚哲，冷不丁用尽全身力气，恶狠狠给了钟瀚哲清清脆脆、响响亮亮的一个巴掌。然后，咬牙切齿地骂道："你这个魔鬼，流氓，这一巴掌，我替好多人打你。"

展厅里空气似乎一时凝固，鸦雀无声，所有人的目光都聚焦在钟瀚哲和老妇人身上。

白衣女孩也被她姨姥这突如其来的一巴掌惊吓得不知所措，只得用尽全身力气，死死抱住她姨姥，怕她再做出更加激烈的行为。她终于忍不住哭出声来，并且再次望向钟瀚哲。

钟瀚哲本就一直关注着白衣女孩，她实在是太像他的一位故人了。

这时见白衣女孩望向他，他没再顾及老妇人，惊愕地问："姑娘，你叫什么名字？"

白衣女孩没答话。"什么名字关你什么事，咱们走。"一旁的老妇人气呼呼答道。说完拉了白衣女孩的手，在围观人群的惊异目光下，急匆匆地就要离去。

这时，闻讯而来的四个保安就要把准备离去的老妇人和白衣女孩带到保安办公室，钟瀚哲见状，急急走上前去，阻止保安说："不要难为她们，这是我的亲戚长辈，我不会追究，让她们走吧，谢谢。"

大批记者立即堵住钟瀚哲，七嘴八舌争着发问，闪光灯闪个不停。一位记者问："钟老师，您认识这位阿姨和白衣女孩吗？阿姨为什么见到这幅画伤心至极？为何打您？她们与您是什么关系？画中女孩难道与您有关系？"

"这位阿姨，是我的一位长辈，是画中女孩的母亲，白衣女孩我不认识，其余的无可奉告，谢谢。"

第一章

猛叔蹲在渡船上，远眺韩江对岸，洲园竹林，墨绿尽染，船儿靠岸，零散错落。

缕缕白色炊烟，升腾在成片竹林之上，暮风掠过，如团状，如轻纱，生成浓淡疏密，像云似雾，颇有层次。远眺，错觉以为，竹林深处有人家，让人特有想象空间。稍不经意，突然一响声，或风力稍大，抚弄竹林婆娑，惊出一群白鹭。恰似画家有意在墨绿丛中，点缀一抹白色。这场景，是一幅水墨画了，极尽诗意。

猛叔常听那少年描述，居然也读懂了这种场景，心里嘀咕：他咋就懂？

少顷，码头临水石阶上，女人们吃完晚饭，带着船灯洗衣服来了。船家也亮着船灯，霎时，江面灯影晃荡，如点点星光流动，粼波像跳跃音符，一闪一闪，女人们洗衣弄出来的涟漪，将倒影切割得零碎。

黄昏过后，若隐若现的景物，竟是惹人醉了。

今早过江，少年忧郁的眼神让猛叔纠结了一整天，当时船上人多，不便问。他此刻却心中忐忑，暗忖：难道出了什么事？边想边站起身往乌树车站方向堤上望。

一刻钟前，他撑着空渡船过了江。

猛叔慢吞吞从无袖麻衫口袋里掏出一个小铁盒，盒极其老旧，满是汗渍锈迹，盒里装着自卷香烟和火柴。拿一根烟叼嘴上，抽一根火柴，在火柴盒侧边涂火药那面，直直划下，用力太重，火柴枝断。他口里骂句粗话。又抽出另一根，轻点用力，连着划几下，终于点燃，火光映射，脸上炸开一阵光亮，绽着灿烂笑容，他扑嗒扑嗒猛抽几口，充满惬意。江风掠过，船轻晃，烟气随风散，无影无踪。

猛叔人不高，上衣是敞开汗衫，旧灰色西装短裤，皱巴巴，未及膝盖，赤脚，腿粗短显矮，身体结实如铁，感觉他浑身充满力气，极具韧性耐力，长年日晒雨淋，肤色乌黑。他在韩江渡口撑渡，几十年了。

平常一过酉时，无客往返，他早已收工。唯独这晚不同，无客也要撑空船过江，至乌树渡口，接那少年，这一趟渡专门为他，已整整一年了。

想起少年，猛叔心里一阵心酸，口里冒出一句：唉！命真苦……可惜，自己只会渡人，没能力帮他。

抽完烟，猛叔凝神注视天空，担心天黑，少年看不清堤上泥路坑沟，一不小心会跌倒。只希望他快点到来，过江要半个钟，回家里已是乌天暗地。

猛叔心里狐疑：今天咋这么晚？他转头看着钵里两个小红薯，心想：冷了吃肚子不舒服。过江前，他媳妇从家里熬猪食的锅里，捞起用炊巾包着，拿到渡口给他，他舍不得吃。

猛叔再点燃一根烟，站上渡船连着岸边的木板，木板架在水上一木桩上，木桩做成廿字状，板往廿字中间一放，另一头连接岸边坎上，就是简便小桥。木板宽六七十厘米，长约六米，厚度约二十厘米。人上船，就走这小木桥。

他来回走了两次，明知结实坚固，还是不大放心，担心少年上船时走不稳，在板上试跳两下，觉得结实，自嘲地笑了。

抽完第二根烟，他眼睁睁直盯堤上。也许等的时间太长，他似乎浑身不自在，手总去抓头，像是挠痒，口中不断自言自语，抓起船竿，又放下，重复几次。

好一阵，终于见堤上有个人踩着单车慢慢而来，为避泥土路面上的坑洼，踩车线路如蛇行形状，一时在左，转眼间忽右，分明是那少年。猛叔绷紧的心一下子松了，心里想：晚点没关系，能回就没事。

少年叫钟瀚哲，十六岁。

猛叔急急跑上堤，等瀚哲到身边，帮他扛起单车，瀚哲提着装了药的包。两人从约六米高的堤上，沿高低不平、歪歪斜斜的石阶而下。

上跳板时，猛叔说："小心点。"

两人上船，船轻晃，不经意弄起小潮儿，薄薄的水花溢向堤岸边，静寂江面，一下子灵动，回响着拍岸的水声。猛叔将单车放下，叫瀚哲在小凳上坐稳。然后熟练解开套船的绳，拿竿准备撑船过江。

"叔，后面还有一人，走路来，不知是不是也过江。"

"是不？那稍等。"猛叔说完，重新系上船绳，上堤望，见不远处一高瘦之人，疾走而来。等他走近，猛叔笑说："原来是张老师，要不是瀚哲说后面还有人，船就走了。"

张老师略喘说："谢谢猛兄，还好赶上，我上堤时还担心咋过江呢。"

张老师上船，边说边拍打身上白衬衫的泥粉尘。护堤公路是泥土路，破旧客车的车窗没法关实，甚至没有玻璃，在路上行驶，卷起的泥土粉尘，毫不客气地旋进车里，沾满人的全身。

瀚哲对张老师点头，微笑，算是打招呼。张老师走到瀚哲身边，摸一下他的头说："小兄弟，谢谢你，不然我真过不了江。叫什么名字来着？"

"钟瀚哲。"

张老师望着浩瀚的江面自语："瀚哲，不错，好名字，人正。"

瀚哲抬头注视张老师，对张老师的敬佩油然而生。悄不经意调侃的一句话，他心里却充满感激，瘦弱的躯体似被一股无形的真气灌满全身，突然间浑身充满力量，他眼睛发热，几乎流出泪水。这是第二位夸他的长辈，第一个夸他的是先生。

猛叔重新解开船绳，拿起撑竿，往身后船边水里一插，身体下坠，用力一撑，渡船徐徐离开岸边。

撑船过江，有经验的老船工先沿江边逆水而上，到上头，顺着水势，斜斜放船，比起横着直撑过江，能省下很多力气。

猛叔脱下汗衫，肩上垫一条折成几折的汗巾，撑竿沿船边插江里，竿头往肩上一顶，斜着压低整个身体，人与船行方向相反，似两个人对顶，脚呈弓步状，手抓船舷，让脚用力顶在船上，船行，脚步从船头至船尾移动，人到船尾，起竿再从船头重来，等于用整个人的全身力气在撑船，略微喘气。

瀚哲拿起另一支竿，学猛叔插进水里，使尽全身力气，想帮着撑，却撑着相反方向。

猛叔说："你瘦过竹竿，全身没三斤力，别添乱，坐稳就好。"

张老师注视着瀚哲，眼里充满好感："小兄弟，不要帮倒忙。"

瀚哲放下船竿，对张老师羞涩傻笑。

猛叔撑有几十米远，不再用肩头顶着撑竿了，直起身，人转方向，朝着船头，身子下坠撑一下，然后直身又下坠撑一下，重复做，已觉轻松很多，没了喘气之感。

瀚哲拿出随身带的小簿子，在船灯下画猛叔撑船的速写。

张老师好奇，挪近一看，心里暗暗思量：小小年纪，画画功底却颇得心法，速写概括能力极强，猛叔各种撑船姿势动态尽显，恰到好处，线条行云流水，不带繁杂之笔。纵有天赋，也是下过苦功，或者曾得高人指点，细看，竟似跟自己略有渊源，更觉惊讶，便问："小兄弟，跟谁学的？日后必成大器。"

"从小喜欢，开始自己乱画，后来偶然得一老先生指点。老师您也画画？"

"偶尔，画得没你好。"

"没没，老师您过奖，先生说我才刚刚入门呢。"

"不错，有前途。你说的先生叫啥名字？说来听听，看我认识不。"

"他老人家不让我做他徒弟，但尽心指点我，吩咐在外不要提他名字。抱歉，老师。"

"哦，是这样。"张老师若有所思，也不再问他。

船逆流行了七八十米，猛叔开始将船斜斜半放半撑过江，已经顺水势而下。他把撑竿左右来回摆渡撑着，不费太多力气，只要控制渡船不顺水直下即可。

寂静广阔的江面，渡船显得孤零零。天尽黑，船灯的亮光，恰如黑夜下的萤火虫般弱弱发光。

猛叔突然问瀚哲："路上有事？"

"单车半路链断，推了两里多地，还好有个修车铺。"

"有钱修？"

"没，要五毛，身上只有三分钱。"瀚哲说完看一眼单车，望一下张老师，默默低下头。夜晚的黑暗淹没他脸上的红。

"那咋办？"

"师傅听我说是去先生家看病，问我一些情况后，他就没收钱。师傅说，先生救过他娘的命，先生肯免费治病，还教我画画，我这人肯定错不了。"

"师傅是好人。"

"跟叔一样，好人，从不收渡江钱，每周一要等这么晚，放空船过江接，日后不知咋报答叔。"

"拉倒吧，叔不图回报，你身体快点好就行嘞。"

瀚哲不语，继续在昏暗的船灯下画画。

船过江心。猛叔自言自语："先生也怪，非要周一让停一天课。"

瀚哲说："他老人家硬是抽出这天。"

瀚哲不愿解释太多。实际上，先生平时每天要看一百多号病人，周六日更多。先生说权当这天休息画画，顺便也教他画画。师娘人特好，将他视如己出，去年还亲手为他做件新衬衣。

"药也不收钱。"瀚哲又说。

"要收，你也没。"

"嗯。"瀚哲低头，悄悄用手揩了一下眼。

"唉！"猛叔看着，摇头叹气。

"抽空干些活。"猛叔说。

"晓得，中午他老人家和师娘休息，切中药搞清洁，找些活做。"

张老师认真听他俩对话，望着江出神，再次看看瀚哲，感觉少年虽体瘦，气息不佳，但眼里不失神气。难得的是，天资极其聪慧，彬彬有礼，若假以时日，必成大器。心里想：难道他先生是大师兄？他依稀记得，恩师曾提过一位行医的大师兄，天赋极高，但不知什么原因，现在没与恩师来往。

瀚哲画了十几个猛叔撑船的动态速写，手托腮，对着黑夜韩江，发一会儿呆，问："都改电动了，这咋还没改？"

"快了，政府安排明天改，今晚是最后一趟人工渡。"

"那就好，叔今后不用这么苦撑，苦力活。"

张老师说："是啊，猛兄，今后好。"

"习惯，赚几个钱买工分养家糊口，也没觉苦。"

"嗯。"张老师应了一声。

猛叔犹豫一下，欲说又止。但还是忍不住对瀚哲说："出工前碰见你亲叔，他又骂他那个亲生衰仔，老欺负你。乌虫仔确实太懒，全村就只有他，二十多岁后生仔，游手好闲，羞人。"

瀚哲不敢看猛叔，夜幕下暗暗垂泪。

他想起今早的情景，仍然心有余悸。临出门时哥哥指着他鼻子臭骂："你这破病仔，单说去年，屋顶杉梁间支拆卖，让你医病，家里快饿死人，还读鸟书，想学画画，画你去死，又不能赚钱。整个家被你吃穷、医穷，钱财被你破尽。你不出来生产队赚工分，偏让我做工挣钱供你读书画画，倒想得美。"

猛叔说："村里人给鸟虫仔起这个花名，中肯。人好吃懒做，嘴臭过村里公厕，成天挖苦人，吹牛不看天，无一句真话，人鸟过墨，比虫还懒。"

猛叔说后，呸的一声，往江里重重吐了口痰，骂了句："臭人。"

"叔，江风凉，您把上衣穿上，怕着凉。"瀚哲有意不想猛叔再说他哥。

父母双亡后，自己给叔叔一家带来很多负担，婶子身体一直不好。现在只求自己养好身体，读好书，画好画，日后再报答他们，受点挖苦嘲骂又算什么。

"没事，叔这身子，棒着呢。"猛叔最喜欢人夸他身体棒，说完用巴掌拍几下胸膛，哈哈大笑，笑声响彻夜空。瀚哲也笑，张老师欣赏着向猛叔伸出大拇指。

猛叔站船上，如江上的航标铁塔，人虽不高，但在瀚哲心里，却是伟岸。

"是真棒！"张老师说。

不知不觉，快到码头渡口。瀚哲想：今晚太晚，来不及去玉芳老师那里补今天的课，只能明晚再补，单车等明早上学再还给她。

不一会儿，船靠码头，猛叔拉绳，上岸将绳拴住，下船帮瀚哲扛单车，叫瀚哲和张老师上船。他把船锚甩下江，撑船竿直插在船边，圈了绳固紧，和两人道别，收工回家。一路上逢人打招呼，无袖麻衫呈条状披右肩上，口里哼着：社会主义好……

张老师与瀚哲一同上岸，互别。

"阿哲。"村里铁皮大喇叭般响的声音，分明是大牛的声音。

"大牛。"

大牛姓崔，和瀚哲从小结伴，九岁一起上学。

大牛双亲早丧，大牛娘和小燕娘是结义姐妹，他娘临终前，把大牛托付给小燕娘。因此大牛在小燕家搭食，小燕娘待他若亲儿，甚至比对女儿小燕还好。乡里人也知道小燕娘的心思，日后让大牛当上门女婿。

大牛在木棉树下长条石凳上坐，一见瀚哲，急急冲到瀚哲身边，拉过单车推着走，边走边说："我有事去找玉芳老师，她问，你今晚咋这么晚还没去补课，担心你出事，叫我到你叔家看看。我去了，你婶也等得急，说你还没回，说锅里的红薯粥已热过两次。你叔要来渡口，我说我来就行，他一直在大门外等你。"

"没事。"

"你赶快回家，晚饭时你叔好像和你哥又吵了，我帮你把单车送还给玉芳老师。"

瀚哲犹豫一下，他真想直接去玉芳老师那里补课，不想让他哥再羞辱一顿。虽然这种事已司空见惯，哪怕他肚子饿得像两重肚皮相粘连。可今晚太晚了，影响玉芳老师批改作业和休息时间，还真是不行，便说："好，单车要洗擦干净，老师讨厌脏，我用完每次都洗擦得发亮。"

瀚哲回头和张老师再打招呼，转身走十几步远时，回头一望，不远处一穿大红裙子的女孩，朝张老师急急直奔过来。

长堤上木棉树下仅有的一盏路灯，灯光似乎刻意只照射在女孩身上，瀚哲多瞟一眼，心好像被什么撞了一下，突突地跳。红衣女孩一头披肩秀发风中飘逸，他第一感觉是：这身段极尽优美。虽是隔着一段距离，但她那双眼睛，在黑夜中发着光亮。

女孩快速走到张老师身边，亲密挽起张老师的手，转身而去，只抛给瀚哲一袭红红的背影。

大牛也停住脚，看着女孩背影发呆，凑近瀚哲，口里低声直呼："阿哲，雅，雅，这个姿娘仔雅绝。"

瀚哲没出声，呆呆看着张老师和红衣女孩走远，直到张老师和红衣女孩转入公社方向的路上，那一袭红消失。瀚哲别了大牛，独自提着药回家。

刚到家门前，大外埕零散聚集着一群人，不规则围成大圆圈，几个人是他同学，老员、加二、有才、平玉、阿九儿和西鹅，女同学小燕、丽花也在；人群里有八叔、猛婶、双桃老婶等人。一群人正在看热闹，七嘴八舌议论着什么。加二和有才鼓掌吹口哨，幸灾乐祸。

瀚哲走近一瞧，心里咯噔一下，药包掉地上。见到地上焚烧着的画和一地碎纸片，心痛这几年保存下来的画，瞬间化为灰烬。其中不乏极有保存意义的写生稿和先生亲自指点甚至修改过的作品，还有先生的恩师近代海阳耆老佃老先生的作品，那幅画是师娘偷偷拿给他的。瀚哲呆若木鸡，心里隐隐作痛，腿直哆嗦。

他叔正拼命和他哥争抢着他哥手里撕剩下的几张画，边抢边说："你这短命仔好去死，懒做好食，阿哲的画与你有啥仇？画是阿哲命根。"

"画个球，什么鸟画，破家仔一个。"他哥一边撕着画，一边恶狠狠骂。见瀚哲到来，他直奔瀚哲面前，指着他骂："你这衰仔，败一个家，再来破我个家，十几平方米家，你占掉一半，搞到乱七八糟，墙乱涂，垃圾成堆，我想找个睡觉的地方都没。你不要来我家住、我家吃，养不起你，你再来我打你，家被你败尽。"说完，他把手中的画也撕得粉碎，气冲冲放火堆上烧，又说，"明天搬出去，不然把你张床仔拆来烧。"

骂完，他不理任何人，叫上加二、阿九儿和有才，一起赌博去。加二边走边说："老大你够威，是啊，画有屁用，又不是画钱，就好出风头。"有才附和说："是是……是啊，在……在学……学校就爱表……表现，痴痴……哥仔，骗姿娘仔，看着气……气死。"阿九儿说："是，不让他住，不给他吃，看他咋弄。"四个人哈哈大笑，扬长而去。

众人看这情景，都摇头叹息，纷纷议论。

八叔看着满脸眼泪的瀚哲，轻拍他肩头说："阿哲，你没的吃，八叔分碗粥你吃，不用怕。"

大牛这时刚从玉芳老师那里回来，看到这场景，惊愕不已。他拾起地上的药，拉着瀚哲的手说："你手咋凉得像冰棍，发生什么事？快回家。"

瀚哲叔过来叫瀚哲回家，瀚哲此时已接近虚脱，虚汗直冒，上衣湿得好像刚从水里捞上来的一样。若不是大牛扶着他就要跌倒。

犹豫一番，瀚哲跟着叔叔回家。他决定，为了不再影响叔叔和哥哥的关系，明天就搬到大牛家，大牛有一间大房，够他俩共住。

这晚，瀚哲彻夜无眠，想起江堤上，那一袭红红的背影，想起家门口烧画的场面，心里五味杂陈，写下一篇《渡江寻医记》——

　　溪东乡野，少年者，瀚哲也，幼喜丹青，年方十六。早年逢惊天不幸，独留哲于世，苟且偷生。

然祸不单行，惊吓极甚，染恙多时，累叔婶一家，为哲之恙，家资耗尽，三餐难度。

幸者，江之西去，青梦山下，先生高人，得其祖真传，倾其功治之，药石皆灵，日渐康健。

先生者，早年习艺，乃海阳艺界耆老佃老先生高徒，术学俱精，不惜倾其所能相授。赠药授艺，分文未收，缘也。故哲不辞劳苦，渡江寻医学艺，因祸得福，此乃哲之幸甚。哲今生得先生师娘错爱，毕生难忘。

叔婶一家，义薄云天，将哲养育成人，此等大恩，若他日有成，必竭其力涌泉相报。哥虽略带劣根，皆因哲之故，实哲之不是也。贤邻猛叔，眷顾无微，也哲之幸甚！

嗟夫，哲生于世，岂无得志之时。

夫文王拘而演《周易》，仲尼厄而作《春秋》，屈原放逐，乃赋《离骚》，左丘失明，厥有《国语》，孙子膑脚，《兵法》修列，不韦迁蜀，世传《吕览》，韩非囚秦，《说难》《孤愤》，《诗》三百篇，大抵圣贤发愤之所为作也。

第二章

烧画事件后，瀚哲搬到了大牛家住。

自那晚见到红衣女孩后，瀚哲几乎每晚都去码头。他弄不清楚，自己怎么会下意识到这里来。他越来越迷糊，来这里究竟为了什么。难道那晚张老师随口而出的一句话，就让他心里撒下了好感的种子？那种子悄无声息地发芽了？可自己与张老师，只不过是一面之交，为何会有这种反应？

或许，他渴望再见到张老师，更渴望偶遇红衣女孩。

令他失望的是，他没等到张老师的再次出现，当然也没见到红衣女孩。他心里一直有很多疑问：张老师是做什么的？红衣女孩是他的女儿吗？红衣女孩为什么有这么好看的连衣裙？班里的女同学平时穿着，都是土里土气。丽花家境最好，也只有一件淡黄色的确良长袖衬衫，穿来学校，就是最靓。玉芳老师穿的衣服，虽然从未见补丁，但也只能算是整洁干净。他心里一直希望红衣女孩突然出现在他面前，可是，每次都无功而返。他经常对自己傻笑摇头，弄不清为何自己有这种奇怪的心理。

三元中学位于三元村最西南端的天后宫里。

非常时期，天后宫遭毁灭性破坏。出自海阳著名民间艺人的金漆木雕被洗劫一空，雕梁画栋和精美壁画，更是面目全非。天后圣母娘娘的金身也不知被移到什么地方。空荡荡的天后宫，没半点宫庙庄严的味道，更不要说香火。一场运动把什么都给废了，守宫的老师傅也给人赶走。月点灯、风扫地的房屋里摆上一些破旧桌椅，将就着成了上课的课室。

学校条件极差，教室里只有一块缺了角的黑板，二十几套破旧桌椅，几十个同学，凑合着读书。虽然条件恶劣，但能在天后宫里上初中，是全公社学子的向往。因为，作为三江公社的重点中学，这里汇集了三江公社最优秀的老师。

转眼新学期，升上初三。周日，瀚哲一个人在学校做黑板报，已经上了一周课，可黑板报还没做，玉芳老师让瀚哲尽快弄完。从初一开始，学校的黑板报一直是他一个人做。

学校里静得出奇，只有树上的鸟儿在不停鸣叫，仿佛有意在陪着瀚哲。偶尔有附近人家的鸡儿狗子，溜进大埕里觅食戏耍。

瀚哲聚精会神在墙上用粉笔抄着易安居士的《声声慢》，画上一幅易安居士吟诗图半身像。易安居士的发式是古代仕女发式，容貌仿唐寅《王蜀宫妓图》中的仕女，衣服则用红色粉笔一次次叠加，他换了好几条红色粉笔，都没办法画出他心中的那袭红色，他不停摇头叹息，恨不得画得更纯更红。

画完，他从椅子上下来，倒退开几步远看，自我欣赏着自己的作品时，不经意回头，差点哇的一声叫了出来，手里的粉笔掉地下。

不远处，樟树下站着一位穿大红连衣裙的女孩。空荡的旷埕里，这一袭红分外耀眼，周围所有的景物是点缀，灰色调的旷埕、围墙、老树新绿，为这一袭红做陪衬。像一幅平淡无奇的灰黑色调画面，忽然出现一抹亮丽红色，那就是画的焦点，是画眼。

在大红圆领无袖连衣长裙的衬托下，女孩的皮肤润滑白净，头上长发却不放披肩，如古代仕女般盘着，露一截显眼美颈，眼神若能言语，让人见之有言谈之欲，心情愉悦。瀚哲脑子里想起曾与先生去过枫溪，在省陶瓷研究所，见过先生的好友陈钟鸣大师的瓷塑作品《白玉观音》，他觉得红衣女孩的脸，就是绝美的观音脸。女孩手里拿一精致小雨伞，站姿自然，带着几分优雅。

女孩看着他，他也盯着女孩。

那袭红似曾相识。瀚哲脑子里，突闪这一念头，竟有一种亲切感。但他很快转回头并且轻轻摇了一下头，笑了：幻觉吧，咋就心神不定。他定了定神，装出一副若无其事的样子，弯腰捡起地上的粉笔，其实心里如有无数小鹿猛撞，咚咚地响。

他终于忍不住回头望一眼，红衣女孩竟一直目不转睛地看着他。他，愕然，心里想：不知她何时进来，居然没发觉。

她落落大方，远远对他微微一笑，竖起大拇指。红衣女孩这种有悖于常理的一笑，倒令瀚哲心慌意乱。平时班里男女同学之间几乎没任何交流，更谈不上相视而笑，何况是不相识的陌生人。

瀚哲面红耳赤，浑身发热。他不敢正面与红衣女孩对视，低下头想：她是谁？居然对我微笑，她肯定不是学校里的人。他努力在脑子里搜索：这极致身材，特别是这红色连衣裙，似乎在哪里见过。

记忆中，从没见过哪个外地住校老师的女儿，是这个年龄段，有这么漂亮。难道，天后娘娘显灵现真身？这肯定不可能。瀚哲赶紧否定自己的胡思乱想。她分明是第一次来学校，来干什么？他开始犯糊涂，忍不住再偷偷看了红衣女孩一眼。

她，依然静静地、远远地、悄悄地打量着他。

瀚哲脑子里已在快速定位红衣女孩。女孩的气质，绝非用小家碧玉就能形容，更确切说应该是大家闺秀。瀚哲忽然自惭形秽，为了掩饰自己小羞愧的心，他重新站上椅子，装出一副若无其事的样子，继续做黑板报，却不知从何入手了。他眼睛虽然对着墙体，但身体仿佛站在女孩身边，一双耳朵更是全神贯注，哪怕她站着的地方，一片树叶掉地下，此时他可能也会听到。

过一会儿，红衣女孩忽然走近瀚哲，站在他的身后。瀚哲假装全然不知，心里却从她迈出第一步就数数，数到三十三，瀚哲估计她距离自己只有两步之遥。他终于彻底控制不住自己，猛地回头，居高临下，切切地望了她一眼。

四目相对。

这是一种没有语言的语言。

那双眼黑白分明，灵秀生辉，似乎正对他说着话。

瀚哲忽然记起大牛的话"雅，雅，这个姿娘仔雅绝"。不错，一定是那晚码头远远见到的、挽着张老师的手回家的那个红衣女孩。这不正是他每晚去木棉树下等待偶遇的人吗？真是踏破铁鞋无觅处，得来全不费工夫。

那一袭红，那高挑曲线优美的身材，那一头乌黑披肩秀发，那远去的背影，已深印在他脑子里。

近距离面对面的一眼，瀚哲的心里极度复杂、极度陶醉，口里情不自禁蹦出一声："雅。"

女孩听了，娇羞地低下头，瀚哲才感自己失态。他站在椅子上侧着身，分了神，心乱，身体站不平衡，晃了一下，差点摔下来，只得顺势在椅子上跳下来，然后重新站上椅子。

她突然轻声说："你画得真棒，喂，你读哪一级？哪个班？"

红衣女孩够大胆，也许是因为这里没有其他人。在学校，女孩子从不主动与男同学说话，就算男同学有意搭讪，一般也会吃闭门羹，弄不好还会招来骂声和议论，得个"痴哥仔"的外号。

红衣女孩的问话，瀚哲一时不知所措，他没立即回话，假装一本正经继续做着黑板报。

过了好一会儿，红衣女孩一脸尴尬，料想她此时也是浑身不自在。

一个女孩，主动搭讪，他却装冷酷。

她脸红得像她身上的大红色，赌气自言自语说："不说就不说，不就是能画画吗？站椅子上就以为高高在上。"

红衣女孩讨一脸没趣，转身就走。瀚哲见她走，正要回话，女孩已飞似的奔到大门口，他赶紧从椅子上下来，追到大门口，女孩已离他有几十步远，他大声嚷道："初三甲班。"

瀚哲好像听到弱弱的一声："我叫雪儿，明天见。"

红衣女孩转过一弯道，已不在瀚哲视线之内，他往前追了几步，停住，突然像泄了气的皮球，骤觉双腿无力，不听使唤，要重新回去做黑板报，几乎迈不出步。

他站在原地发呆，失落感油然而生。他完全没心思继续做黑板报，返校内，把椅子拿回教室，快快不乐回家。一路上，他脑子里浮想联翩，理不清头绪：她是那晚见到背影的红衣女孩吗？来学校干什么？为何会突然出现在学校里？问读哪一个班，又为什么？她懂画？为何夸他画画真棒？是城里的女孩吗？听说城里的女孩貌若天仙。她叫雪儿，和张老师有关系吗？为何有这么漂亮的连衣裙？

他自言自语：雪儿，多好听的名字啊，可惜，明天哪里见？

周一，晨读，初三甲班大部分同学都在认真学习，阿九儿与有才却在阴阳怪气说话。阿九儿留长发，用发蜡整得特光亮，是仿费翔的发式，花布上衣，棕色喇叭长裤。有才则猴子坐般蹲椅子上，凑到阿九儿耳根说昨晚又赌输两块钱。他口吃，说几个字都断断续续，阿九儿听得不耐烦，推开他说："早上又没刷牙是不？嘴臭死了。"有才差点跌下椅子，讨一脸没趣。

阿九儿折一纸飞机，往丽花头上掷去，有才立即拍马屁说真准，阿九儿看着丽花一脸坏笑，丽花回头瞪了他一眼，阿九儿和有才同时拍掌，阿九儿说："花儿好，花儿美，看看花儿的小腿。"说完与有才大笑。班里的人都往他俩这边看，几乎所有男生也跟着起哄，教室里粗话、坏笑声夹杂在一起，空气中忽然像是充满乌烟瘴气。丽花羞得满脸通红，骂了一句阿九儿，双手掩面，下意识拢了拢双腿。

丽花的爸爸是公社供销社主任，家境比其他同学好得多。她穿白色间黄花仔连衣裙，瓜子脸，长发扎一马尾，人精神，五官秀气，唯一弱点是，她说话的声音沙哑。不过，按乡下人的标准，她已经算是美女，在学校里也是半个校花。

小燕看不过眼，指着阿九儿和有才说："不读书就出去，不要影响其他同学。"有才却不收敛，反而恬不知耻地说："老……老大，没……没事，等……有……机会，我翻……她……她裙子让……让你看，看看……她内……内裤……是什……是什么颜……色。"

丽花一听羞愧无比，突然双手放桌上，头趴在手上哇的一声哭出声来。小燕把手里的书往桌上一拍，站起来大声嚷："有才，你这狗臭嘴，你敢。"阿九儿说："班长，有才就是臭嘴，说说而已嘛，有什么大不了。"有才说："是……是啊，九……九九哥，如果……换……换是她，男人婆一个，咱还……不……不看呢。"他刚说完，突然脸上啪的一下，重重挨了一巴掌，脸上一个五指的红肿大手印，十分醒目，大牛不知何时站在他身边，说："吊灯弟（极不雅的称号，有才左眼角上方，天生有一块疤，连至太阳穴，比鸡蛋略小，光可鉴人，俗称破镜，疤上却偏偏长一肉粒，乡下人叫吊灯），你最浑蛋、无赖，还要吗？再来一掌，你这狗嘴吐不出象牙，耍流氓是不？"

有才被大牛打了一下，特别是叫他吊灯弟的外号，有才最忌的就是叫他吊灯弟，无脸当死父。他颈上青筋暴起，脸红脖子赤，站起身来，握着拳头，正要挥拳打大牛，却被阿九儿拉住他的手。教室里顿时充满骂声，大家七嘴八舌、破口大骂阿九儿和有才，丽花却一直在哭。过一会儿，不知谁大声嚷了一句玉芳老师来了，大牛指着阿九儿，瞪一下他，转回自己位子。有才恶狠狠瞪着大牛，眼里冒火，玉芳老师来了，他只能暂时忍住怒气，坐下来。丽花立即收住哭声，赶紧擦了擦眼睛。

玉芳老师走进教室，跟在她身后一同进教室的，是一位女孩。教室里霎时间鸦雀无声。也许是玉芳老师平时的威严，能镇得住学生；或许是因为那女孩，女孩长得实在太漂亮了，大牛差点发出声来，他用手掩着自己的嘴。只见同学们所有的目光都投向女孩。玉芳老师往讲台上一站，女孩站在黑板前，离她有一米多远。

女孩穿一身蜡染淡青花色棉麻布、饰白色玉兰花的连衣裙，领口白色蝴蝶结，脚上白凉鞋，天然素雅，肩上背一军衣色布书包。女孩站黑板前，却没有一点生疏感，大大方方，双眼一直往所有同学看，似在找什么人，转了一圈又一圈，不一会儿，她的眼神似乎有些失望，悄无声息轻轻叹了一口气。

玉芳老师说："大家好，今天我们班来了一位新同学，张雪儿，大家欢迎。"同学们一齐鼓掌，阿九儿拇指和食指放嘴上，吹了一下声音尖锐、极其响亮的口哨。玉芳老师指着他，阿九儿扮了个鬼脸不再出声。

接着，玉芳老师安排丽花去旁边与素杏同桌，雪儿和小燕同桌，然后说："小燕，雪儿就交给你了，她是新来插班，你带带她。"小燕立即站起身来，向雪儿招手，笑着说："雪儿，快过来，快过来。"雪儿直向小燕桌上走去。玉芳老师接着问："刚才为何教室那么噪，我丑话说在头，下不为例。今年是初三，是考高中的关键一年，大家一定要努力，争取考上好的高中学校，对于你们几年后考大学，概率高很多，晨读很有必要。另外，从下周开始，所有人都要集中到学校教室夜自修，自己带灯。"

同学们反应不一，阿九儿和有才一脸不高兴，但敢怒不敢言。玉芳老师说："今天第一堂课本来是代数，上课老师有事，和我对调，这堂课我来上，今天和大家讲讲王杏元的《绿竹村风云》……"

课间操后，回到教室，雪儿忍不住小声问小燕："咱班里是不是有同学没来？"小燕打量一下雪儿，见她脸上微红，问："你咋知道？你认识他？"雪儿说："没猜错的话算见过一面。"雪儿说完低下头。小燕说："难怪呢，我刚才和丽花还在嘀咕着，你一进来好像在找谁，明白了，你肯定也知道他叫啥名字吧？"丽花这时过来凑热闹，问："说谁？谁的名字？"雪儿赶紧说："没没没，随便闲聊。"雪儿说完，用手偷偷拉小燕衣角，小燕知其意，说："没，就闲聊。"丽花关心的是雪儿的衣服，问："雪儿，你衣服真好看，哪儿买的？"雪儿说："香港。"小燕和丽花同时投来惊讶、怀疑的目光，丽花正要问下去，上课铃响，她只得作罢回座位去。

下午下课，同学们鱼涌般出教室。雪儿却慢吞吞收拾课本，她还是没忍住，红着脸再次问小燕："燕子，钟瀚哲今天咋没来？"说完低头，脸发红。

小燕说："周一都不来，你认识他？"

小燕刚收拾完书包，心想：难道她跟他很熟，就打听他？

雪儿想了想，说："不知道是不是我见过那个？猜的，有人给我谈过他，但我不确定是不是他。"

小燕说："这时你要见他也不难，人约黄昏后，木棉码头下。"

小燕说完，对雪儿莞尔一笑，拿起书包回家。雪儿呆立一会儿，明白小燕意思，直奔木棉码头而去。

雪儿到码头，见不到猛叔的渡船，庆幸最后一班渡未靠岸，她坐石凳上，耐心等待。

渡船靠岸，雪儿跑到上岸的地方，见昨天在学校做黑板报那个人，推着单车，一手提着一袋东西上岸。等他上堤，她走近他，鼓起勇气涨红脸问："你叫钟瀚哲？"

瀚哲抬头，见是昨天学校遇见的女孩，眼前一亮，也没多想，说："是的，你咋知？"

雪儿说："你猜。"说完一溜烟往公社服装厂方向奔跑而去。

瀚哲一时理不清头绪，站原地傻傻望着女孩远去的背影，后悔刚才反应太迟钝，用手打了一下自己后脑，女孩的突然出现和突如其来匆匆一问，来不及与她多说一句话，眼睁睁看着她跑远，好些遗憾。

晚饭后，瀚哲推着单车去补课。刚出大门，见大牛急匆匆从小燕家方向小跑而来，一路跑一路大声嚷着他的名字。

一见面大牛吞吞吐吐说："阿、阿哲，姿娘仔雅、雅绝。"瀚哲一头雾水，不明白大牛在说什么，问："死牛，雅姿娘？啥意思？欢喜到大舌。"大牛深深吸了一口长气，说话终于恢复正常，说："班里来个姿娘仔，插班，雅绝，你没看见她，等你看见，才知雅。"

瀚哲没说话，隐约明白：昨天学校、黄昏码头碰见的女孩，可能就是大牛口中的雅姿娘仔。难怪，她昨天问他读哪级哪班，今天就叫出他名字了。

大牛见瀚哲没啥反应，忍不住问："她认识你，是吧？"瀚哲不答，反问："我哪认识，真的很美吗？叫啥名字？"大牛说："张雪儿，一来就找你。"瀚哲说："不要胡说，不可能？你这姓崔的，就喜欢吹。"大牛急眼，提高嗓门说："谁乐意吹，小燕说的，雪儿问小燕，说班里是不是有人没来上课，名字叫钟瀚哲。"瀚哲说："小燕告诉她的吧？"大牛摸头说："小燕说没呢，你和雪儿早认得？是不？"瀚哲说："哪有。"

瀚哲心里却暗暗念着张雪儿三个字。

第三章

　　周二，瀚哲一早到校，急着要验证红衣女孩是否就是大牛说的雪儿。他心里有些紧张，他也不知怎么只隔一天，就迫不及待想见到她。

　　雪儿已在教室，见瀚哲，急忙拿出包装得极精美的一本书，直奔他身边，双手把书递给他。她两腮带红，不敢直面他，低声说："给你的。"将书直塞瀚哲手里，逃回座位。

　　瀚哲一时脑发浑，心剧跳，脸热，竟没回话，拿着书发呆。大牛进来，瀚哲赶紧把书放进破几个小孔的书包，坐下，神情略慌张。同学们陆续到，瀚哲趁别人没注意偷瞄雪儿。雪儿安静看着书，像什么事也没发生一样。

　　瀚哲无心上课，他确认周日来学校的女孩就是雪儿，那观音脸太有识别感，而张老师应该是雪儿爸爸了。他想弄清楚的问题太多：她怎么无缘无故送书给他，送的是什么书？这书哪儿买的？还郑重其事重新包装，里面有其他什么吗？她了解他吗？这么大胆？她爸爸做什么的？领导？猛叔叫她爸爸张老师？难道是教书的？

瀚哲一边胡思乱想，一边手不停转着笔花，眼睛瞪着雪儿的座位看，几乎目不转睛。

阿九儿和有才坐瀚哲后排，阿九儿头趴桌上睡，书作人字状竖起，摆桌上遮掩着。有才似乎发现瀚哲天大的秘密，捅一下阿九儿，对阿九儿说："老老大，痴……痴哥……哥仔，看姿姿娘。"

阿九儿迷迷糊糊说："看什么姿娘？"

有才指了指雪儿，阿九儿以为瀚哲在看丽花，用铅笔有橡皮那头顶一下瀚哲后背。瀚哲转过头，缓过神来，对阿九儿说别捣蛋，脸一阵烫。

瀚哲摸书包里雪儿送给他的那本书，不敢拿出来，怕大牛发现，大牛天生好吹，这事在大牛的喇叭嘴里，不知会被描绘成什么大新闻。他摸一遍又一遍，心里生出亲切感：不枉前段时间每晚去木棉树下。他再次盯着雪儿那边，极希望雪儿回眸他一下。雪儿却自始至终没有，他脸又热一回。

小燕问雪儿："给了？"

雪儿惊慌问："什么给了？"

"昨天带书包里的书，没了。"

"你想多了，哪有。"

"第一天来就找人，还不是早就认识，他一直看你呢，你们私下见了？"

"习惯成自然，他以前看习惯了吧？"

小燕自嘲说："我可没那吸引力。"

雪儿说："不然是看丽花。"她假装整理书包，却把笔簿弄落地下，弯腰拾起，看一眼小燕，脸现羞色。心里暗忖：难怪当班长，不仅书读得好，心思还细密，看来瞒不过她。说："我爸给的，画谱。"

小燕说："哦，你爸认识他？"

"见过一面，我从爸爸那儿知道他名字。不要聊啦，老师看咱俩，有空，你来公社政府宿舍找我，或者我去找你，咱俩说说话。"

小燕说："好。"

雪儿送瀚哲的书，是她之前托舅舅从香港买来，自己用。来插班十几天前，她爸爸偶然和她聊起瀚哲，赞不绝口，说颇有自己当年艺术少年的影子，言谈间显惋惜，感叹说他若有机会接受正宗艺术教育，日后定成大器，能成为一位出色的艺术家。

雪儿似懂非懂，认为她爸爸肯定了解这个人，朦胧中她也记住钟瀚哲三个字。当她第一次来学校，见到做黑板报的男生，才想起她爸爸提过的人，心想可能就是钟瀚哲。那天，也不知是哪来的勇气，默默凝视他，脑子里也有她爸爸那种感觉，而且大胆与他对话。她打破女孩的矜持，第一次近距离和男生对话。更不可思议的是，从那天开始，她心里居然萌发出帮助他的想法，决定把画谱送给他。

下课后，瀚哲等同学走完，迫不及待拿出雪儿送他的书，一见便如获至宝，这是一本荣宝斋水印版《芥子园画谱》，瀚哲在先生家见过，旧的，他曾借来临摹。

瀚哲翻开画谱，扉页上，写着雪儿赠三个字，瘦金体，盖张氏雪儿朱文印章，书法颇见功底，显然练了好多年。他闻了闻画谱，一阵书香扑面，那香气，宛若带着雪儿手香，他几乎是吻下去，他爱不释手，对雪儿的感激之情油然而生，心里一阵悸动。

是的，雪儿送书给他，在这骚动不安的年龄里，是能够在他心里掀起一阵荡漾波浪。可是以他的条件，根本没能力拿出任何礼物回赠雪儿，他心里惆怅，不知以何种方式表达对雪儿的感激。

瀚哲懂得雪儿不稀罕任何礼物，他能做到的，只是从心里感激。从学校第一次相见，她夸他，到送书给他，在他卑微的世界里，穷困潦倒的生活里，孤独无助中，他感受到无比温暖和一种朦胧的关爱。

他决定每晚自修后，默默跟在雪儿身后，护送她回家，这是他现在唯一能做到的事。两个人一前一后，也从不交流，雪儿刻意与瀚哲保持十几步远的距离，有几次瀚哲尝试靠近点，雪儿就小跑，始终不让他走得太近，更谈不上说话。

半学期后，瀚哲开始写字条，然后塞进她课桌上的缝隙中，曲线与雪儿说说话。每次写完字条，他心跳加剧，思虑再三，没多大勇气迈出这关键的第一步，早上同学进教室，相差没几分钟，怕被人发现。

试过几次，不成功，他决定改变方式，等夜自修后，最后一个离开教室，把字条塞进她书桌的缝隙。可这样又担心，如果第二天小燕先拿到，那就阴差阳错闹笑话；再者，夜长梦多，雪儿没拿到字条之前，被哪位好事者先发现，同学面前公开，他俩将无地自容。

人，有时为达到目的，什么事都敢做。他决定，不管三七二十一大胆试一次。

这一天夜自修完（这是他唯一一次没送雪儿回家），他耐心等待同学离开教室，迫不及待地走到雪儿课桌前，把事先写好的字条折得很小，小心翼翼塞进桌面显眼的缝隙里，再取出，换位置，反复几次，总觉不放心。塞字条时心一直悬着，忐忑不安，想：费这么大的心思，万一明早雪儿没注意，那可怎么办？

他心里特纠结，走出教室，又返回雪儿的课桌，呆坐一会儿，定神，最后决定，将字条取出，放在第二格左边最角落处，接着到教室外面，找一小石块将字条妥妥压住，略露出一小点白色纸角，只要雪儿放书包，就会看到小石块，也会发现字条。

弄完，他满头大汗，自嘲像电影里特务埋下接头暗号。他呆坐一会儿，确保没其他同学折返教室，谁知道有没有其他同学像他一样想约雪儿，第一次，他必须做到万无一失。

出校门时，他的上衣湿一大片，长长舒一口气，放心回家。漆黑夜晚，他的世界光亮无比。脑海里想象：明天雪儿拿字条后，第一时间的反应，是冷冷瞪着他呢，还是对他微笑？他最喜欢看雪儿微笑。

想入非非的人总是有的。

第二天，他一大早奔到教室，生怕别的同学先到。他必须第一个到，才能确保放在雪儿课桌里的字条不被别人发现。

从雪儿走进教室开始，瀚哲就一直紧张地注视着雪儿的一举一动。雪儿果然拿到字条，看后把字条放进书包，脸泛红晕，不经意略微扭头，看瀚哲一眼，对他努了努嘴，令他捉摸不透。

雪儿见瀚哲也看她，脸上一阵白，一阵红，手略抖，却不露声色。瀚哲如果不是聚精会神关注她，雪儿这一连串细微举动，几乎注意不到。瀚哲低头，庆幸自己终于成功迈出了第一步。

可雪儿依然是老样子，对瀚哲若即若离的。

瀚哲脑海里烙印着第一次见到雪儿的那一袭红，这是他人生这幅画里最亮丽的色彩。

但雪儿的若即若离，让他心里多了一分狂躁。

他决定约雪儿看电影。但两毛钱一张票，对瀚哲来说，可望而不可即。不过，画电影票是他的强项，班里的男同学几乎都曾用他画的假票，到戏院看过电影。

瀚哲照着戏院的电影票样，认真画了两张电影票。他自小的绘画天赋极高，画电影票那是小儿科，几可乱真。

这天早上，瀚哲在雪儿上学必经之路——大宗祠堂前半月池边的大榕树后，等雪儿。

天清气朗的早晨，淡淡田园香气，沁人心脾，几缕炊烟伴着徐徐清风，悠然自得慢慢飘扬，如落在绿色大地上的白云。晶莹的露珠，散发出原生态香味，露珠带湿泥土路两边的小草，人走过，小腿沾湿，一股清凉的感觉。

瀚哲此时的心情，既精神抖擞，又带着紧张。忐忑不安中，穿着蓝花纹白布青花蜡染上衣的雪儿，在他的视线中出现。

"雪儿，今晚一起看电影。"瀚哲突然从大榕树后直蹿出来，站雪儿跟前，手里拿着一张电影票递给她，低头偷偷看她。

突如其来的招呼，令雪儿措手不及，吓她一跳。虽然每晚夜修完，她知道瀚哲在她身后，暗暗送她回家。但今天瀚哲的行动，太过超乎她的想象。她毫无半点心理准备，身子一颤，反应愕然，甚至有点惊慌。她怯生生看着瀚哲，细心又不经意瞄了瞄周围，确认没有其他同学之后，她的神情很快恢复自然。她的反应反而令瀚哲不知所措。他的脸又热又红，仿佛早晨刚升上来的太阳也在笑他。

瀚哲心脏突突地跳，像要掉出来一样，脸热得渗出豆大的汗，硬把假票塞雪儿手里，狂奔进学校，不敢回看雪儿。

雪儿拿着票，脸发红，稍微镇定后，将票从容放书包里，平静得与平时一样往学校去。

那年代，像瀚哲这么大胆直接的，几乎没有，他不知道自己哪来的勇气。

瀚哲狂奔跑进教室，脸依然烫得火热。人坐座位上，惊魂未定，像做坏事被老师发现一样。

上课时，他全副身心都在关注雪儿的一举一动。

他不知老师讲了什么，也不敢抬头望周围的同学，心里极度忐忑不安，头上汗珠不停冒，他甚至希望快点下课，然后赶紧偷偷给雪儿赔个不是，让她不要把他的糗事给说出来。

一阵浮想联翩后，他用袖子轻轻擦干脸上汗水，鼓起勇气往雪儿座位望去，不知是否心有灵犀，雪儿刚好拿着票也看过来，把小手摇了摇，仿佛在说：你干的好事。

他觉得雪儿不会揭穿他，心里竟有点成就感，整个人放松了，心安理得了。他暗自狂喜，觉得比写字条给雪儿好像又迈进一步。

终于熬到同学走完，教室里只剩下他与雪儿，雪儿大方走过来，微笑对他说："瀚哲，把你那张票也拿来，我和小燕去看，下不为例。"

雪儿真真切切叫他名字时，瀚哲的心快蹦出来了。雪儿与他说话了，而且叫了他名字。

瀚哲受宠若惊，手忙脚乱，急急在裤袋里掏出另一张假票，拿手里犹豫，他不敢正视雪儿，心里既欢喜又略感失落。高兴的是她没骂他，也没发现票是假的；失落的是，她不是与他一起去看电影。他犹豫一下，手哆嗦着，乖乖把另一张票递给雪儿。递完票后，他心里祈祷：天后圣母娘娘保佑，她俩今晚能顺顺利利进入戏院。

"谢了！"雪儿接票后，临出教室门时，回过头，对他切切凝视了一阵。

要命的回眸让瀚哲心花怒放，兴奋得没法形容，他觉得全世界最幸福的人就是他。那天晚上，他的日记是这样写的：要命的回眸，偷走了整个世界。

隔天他才知道，雪儿早就知道他的电影票是手画的假票，她怕他惹出麻烦，把瀚哲那张也要了去。实际那晚，她另买了两张票与小燕进去的。雪儿这种做法，从另一个角度看，是在保护瀚哲，这更令雪儿在瀚哲心里生出另一层敬意：雪儿会为他着想。

可是，往后，雪儿还是不理他，瀚哲又一次陷入极端苦恼之中。

寒来暑往，转眼放寒假了。第二天雪儿就去了鹏城，她去那儿过春节。

瀚哲整个寒假都在先生家帮忙，吃住都在先生家里，白天打杂搞卫生，偶尔帮师娘抓药，晚上临画，偶尔也看一些医书，认识中药，背点方头歌诀，或看些先生的杂书。

先生让他专心临古画，也只有先生家里才有古画范本，有宣纸让瀚哲临画。他临沈周的《庐山高》，临黄公望的《富春山居图》……

春节前，在先生家最后的一天，晚饭时先生叮嘱他好好学，条件再差也要坚持，没钱买宣纸让师娘拿给他，又吩咐他多练书法，读些古书，诗词类更要下功夫，说画画是画画外的知识和内涵。瀚哲似懂非懂，感激涕零。最后，先生对他说，他身体已经完全恢复，不用再来，先生要去鹏城，有缘会再见。

瀚哲曾听师娘说过，他们的大女儿在鹏城，但他不知鹏城在哪里，仿佛千里远。

先生说："小渔村，有好多人往那里去，外国人也有，那是一片热土，将来会是中国的超现代都市。那里什么都是新的，你还小，过几年你就会懂，那里是令人向往的城市，那里的人们正在创造奇迹。"

"噢。"瀚哲不懂，但先生要去的地方，那一定是好地方。他心里想：今后有机会，一定要去看看外面的世界。

"先生，有件事，瀚哲极甚纠结，先生能否解惑？"瀚哲不敢看先生，边收拾餐桌边吞吞吐吐说，他说这句话鼓了很大的勇气。

先生见他欲言又止，问："何事？"

"我不想上高中。"

"为什么？"先生愕然。

"上不起，更上不起大学。"

先生看着瀚哲，一时不知如何回答，走近他，摸一下他的头，叹了一口气，说："苦了你，孩子。"

瀚哲登时泪目。

先生仰头，若有所思，然后语重心长说："这件事我没办法为你做主，不过，变革的年代，一切都会好的，也不是说读书是唯一出路，当然，干农活我不赞成，你是块璞玉，不会深埋泥土中，顺其自然吧，孩子。"

瀚哲只顾擦眼泪，他心里一片空洞，没有了先生和师娘，他就没了寄托，没了依靠，没了指路明灯，没了主心骨，甚至是没了一切。

他就像大海里的一片孤舟，不知往哪里去了，有一种当年失去双亲的感受。他泪如雨下，终于忍不住倒向师娘怀里，抱住师娘哭出声来。

这两年，先生和师娘的关怀备至，填补了瀚哲一直缺爱的感情空白。他的内心深处，是一个没有爱的世界，多少个夜晚，他的枕头都是湿的，他承受着无穷无尽的、孤独的、身心俱痛的折磨。多少个夜深人静，他暗暗喊着爸爸妈妈，哥哥经常的责骂和奚落挖苦，更像是一刀一刀慢慢刺进他的心。好在叔婶待他好，有猛叔和大牛，有八叔和叔伯婶母、玉芳老师等人的关心，他才有一直坚持活下去的信念。他把所有的努力放在读书画画上，忍受着常人难以忍受的痛苦和悲惨，他不怕穷困，坚信自己只要刻苦读好书画好画，就有能力改变一切。

可现在，他可能面临不能读书的局面，更令他不知所措的是，先生和师娘舍他而去，他早已将师娘当作自己的母亲，他在师娘身上感受到从没有过的母爱，而这种爱，他在婶母和玉芳老师那里，从没有感受到。

师娘安慰他说："孩子，别哭，天无绝人之路，你是好样的，日后一定会出人头地，唉！真苦了这孩子。"

接着，师娘拿出准备好的几本书和一沓宣纸，书里夹了十块钱。书是《史记》《古文观止》和《苦瓜和尚画语录》。先生进屋，拿出一个青田峰门青印章，送给瀚哲，印章是白文，单刀刻法，劳谦屋，边款刻：劳而不伐，有功而不德，厚之至也。并吩咐瀚哲，日后斋号，就叫"劳谦屋"。

瀚哲哭成泪人，跪拜先生师娘，久久不肯起身，边哭边说，先生师娘，不只救他命，医好他的病，人生道路上更是他的指路明灯，恩同再造。

师娘噙泪扶起瀚哲，先生赶着他回，他对先生和师娘恭恭敬敬磕了三个响头，拿起礼物，一步三回头，一路流着泪回家。

隔天，先生师娘去了鹏城。不提。

过完春节，就是初三最后的一个学期，瀚哲依然每晚夜修后，默默送雪儿回家，两人依然一前一后，保持十几步距离。

元宵后一个夜晚，刚走到半路，天空忽然下雨，雪儿在前面停住，站屋檐下，瀚哲也跟着站住。雪儿从书包里拿出一把红色折伞，撑开后，往瀚哲这边回走，瀚哲有些心慌，雪儿却已到身边，对他说："一起吧。"

雪儿的举动，瀚哲毫无准备，他赶紧接过雪儿手中伞，雪儿拿手电筒，两人并肩走。瀚哲心里一阵狂喜，想不到平时要和雪儿说句话那么难，却因一场雨，两个人竟然可以紧挨着一起走路。雨声掩盖两人猛烈的心跳声，他看到雪儿胸前明显的起伏，她的喘息声也急促起来，他知道雪儿和他一样，心里慌得很。

为了缓解紧张，瀚哲正想主动说话，雪儿却先发声："身体全好了？"瀚哲说："全好了，谢谢你，雪儿。"雪儿接着说："没宣纸找我，我爸有。"瀚哲说："先生给了些，你给的书对我太重要。"

雨一直下，长长宽窄不一老石路两边的屋檐，雨水形成一串串珠帘，偶尔，一两扇窗户里，透出点光亮。墨绿色黑暗的道路上，弥漫着烟雨的雾气，路上除了他俩，没有一个行人。小红伞下，一对人，结伴依偎着，慢慢雨中漫步，这场景是天然的画面，不知有多浪漫，拍电影有时也很难营造出这种气氛。此刻，他俩只愿这条长长的老石路，一直延伸下去，永远也走不完。瀚哲尝试去拉雪儿的手，手伸出几次，却又抽回。雪儿发现，不假思索，大方主动拉他的手，让瀚哲的身体紧挨点，不至于肩头一直淋雨。

完美的拉手，两人都像触了电，不约而同停住脚步，哆嗦了一阵，瀚哲凝视雪儿，雪儿凝视他，红色雨伞下，两人的脸显得无比红，也许是环境造成的。伞下的两张脸，对视，不语，此时无声胜有声。

两个人都不说话，默默享受着既紧张又舒心，说不出来的愉快感觉。他们彼此拉着对方的手，让对方手心的热传遍自己的全身。就这样走走停停，走到公社政府宿舍楼时，雪儿把雨伞给了瀚哲。临上二楼时，她停了一下，回头轻声说："周六晚，木棉下。"瀚哲欣喜若狂，轻声说："好，晚安。"

回来路上，瀚哲没打伞，他愿意让雨淋透全身，雨下得太及时，他太喜欢这场雨了，因为这场雨，他俩暗地里谈恋爱了。

第四章

世上没有不透风的墙，初中生谈恋爱，在穷乡僻壤，不亚于卫星升空的新闻。

一些风言风语在同学间互传，什么"他俩几乎每晚都在一起"，"搂腰亲嘴什么都做"。

小燕、丽花对雪儿刻意保持距离。大牛对瀚哲也有看法，有才和阿九儿更是把瀚哲描绘成流氓。

这天午饭，他哥敲碗拍桌，把瀚哲臭骂一顿，恶狠狠说："我没老婆，你就想娶老婆，神经仔，想上高中，就别踏进这个家，你这破家仔。"说后暴怒，砰的一声，把碗往地下摔得一地瓷片，骂着脏话摔门而出。

晚饭，昏暗灯光照在破旧老八仙桌上，一盆熟红薯，半锅水一般稀饭，一碟萝卜干。婶子呆坐瀚哲的对面看着他，叔叔蹲凳上，没穿上衣，黑棕色皮肤包着骨头架子，他表情木讷，带点自卑对瀚哲说："阿哲，初中后，到生产队做农活，赚工分帮家，农闲时自留地学种菜，你婶娘养些鸡，养头猪，咱勤劳，节俭，慢慢赚，把这几年给你治病的债还清，家里不要欠人家人情，刻苦干，不会饿着，再过几年，找媒婆说门亲事给你娶个媳妇，叔叔算完成一桩心事，可安慰你父母在天之灵。叔没本领，力气一年比一年差，赚钱少，凄惨家孩子读不了高中，咱家穷到三餐只能勉强凑合，特苦。你婶娘身体不好，看病买药钱是借的，高中食宿要用钱，叔供不起。"

叔叔说话的神态像哭，带着哀求的语气，拿烟的手一直抖、婶子边咳嗽边流泪，口里念着瀚哲母亲的名字，说阿哲咋就这么苦命。

瀚哲看着叔叔，没回话，一直流泪，中午挨一顿臭骂，晚上毫无准备的停学通知，让他心乱如麻。虽然停学早有心理准备，叔叔的话还是如一把刀子插进他的心脏，好在平时受哥哥奚落惯了，他有足够的承受能力，不然会彻底崩溃。此刻在叔叔面前，不管有多痛心，对弃学有多不甘，能不答应吗？他犹豫好一会儿，强忍着快崩溃的心理状态，违心点头。

即便学校所有的老师，都预测他能考上顶尖的海阳一中，他也得放弃。他欠这个家太多了，几年来，一场大病掏空了这个家。值钱的东西变卖完了，屋顶的杉木梁也拆了一半去换钱，还借了很多债，家里再也拿不出钱，幸好是遇到先生，不收药费医好了他的病。

瀚哲从叔叔家出来，在门楼角落里，蹲下身抱头痛哭，他不敢哭出声来，生怕让别人觉察，眼泪湿了他满脸。他脑子乱成一团，心里如黑夜的天空，好似人在迷途的森林里，好不容易找到一条路出来，但这条路走到一半，却通向悬崖深渊，断头的路，再没路走了。他不知如何是好，身不由己往猛叔家去。

猛叔不在家，猛婶见他精神恍惚，好似哭过，问他什么事，他支吾着说没事。又往大牛家回，到大牛家门口，终于站不住跌倒。正从八叔家回的大牛见了，惊出一身冷汗，以为他又犯病，扶他进屋。瀚哲说是感冒发晕，喝点水躺一下就没事了。

周六晚上，瀚哲到木棉树下见雪儿。泊岸一艘小船里，收音机里飘出刘文正的歌：你到我身边，带着微笑……

这晚月白风清，竹影婆娑，江水碧蓝，江风拂面，惬意盎然。雪儿坐瀚哲身边，单手托腮，望着月亮说："看，月下灯影，像天上星星散落江面，夜色多美。"

远处，男人在裸泳，女人们在码头石阶上洗衣，七嘴八舌开聊：谁家又生娃，队长昨晚又到哪个寡妇家串门，民兵营的小伙，看中哪位姑娘，哪家的母猪生十几只，老李家的黑狗与八叔家的白狗偷偷交配。还有家长里短柴米油盐的生活琐事，不时夹杂着不雅粗野骂声和有点带色的爆笑声，这是乡下姿娘生活中的一部分，别有一番情趣。

瀚哲注视雪儿，心情沉重，叹息一声，不知怎样和她说起，内心极度纠结。昨天一天内连受两次打击，他没法向谁诉说，只能自己承受，他必须学会承受，并且无条件接受，他改变不了。

雪儿全然不知瀚哲此刻的心情，她无话不谈，聊她春节在鹏城的所见所闻。

雪儿说得甚欢，瀚哲心情却沉重郁闷，没等雪儿说完，他打断她的话说："雪儿，我不考高中，不再读书。"

雪儿身子一抖，惊讶说："你说什么？不读书？为什么？"她毫无心理准备，一脸茫然地看着瀚哲。

瀚哲没作声。雪儿又问："是真的吗？你确定？"

他不敢抬头望雪儿，仿佛不上高中对不起她，他哽咽说："穷，家里供不起，我要干农活赚工分，帮家里。家里欠很多钱，叔没法撑，我就是耕田的命！"

　　他说完苦笑，心里五味杂陈，几乎快涌出眼泪。心里想：雪儿会看不起他吗？如果他没办法继续读书的话。

　　"这年龄是读书为主啊，读高中上大学是农家儿女改变人生、家庭的唯一正道，跃过农（龙）门便成龙。你三思啊！你不读书，真的太可惜。"雪儿盯着他恳切说。

　　"叔婶是哀求着说，没法让我读下去，我答应了，不读书就不读书，只是今后没机会天天见你，舍不得。"

　　"初中毕业能做啥？"

　　"没想好，去生产队跟大人们做农活，总得活下去，边做农活边画画，自己读些书。"

　　"读书容易成，大学或中专一毕业，能分配工作，是政府的人啊，我妈天天对我说，必须上大学，你也要上大学。"她说后摇了摇瀚哲的手，两眼泛红，言语中明显带着焦急。

　　过一会儿，雪儿见瀚哲没回答，加重语气接着说："难道你不想见我？"

　　这句话是他最揪心的问题，他心里隐隐作痛，说："雪儿，你别误会，我长大了，必须有担当，高中大学要好几年，家里不可能支撑得了。靠众人帮读这么多年书，不现实，会弄得全家都不好过，也许是命。"

　　"我爸说过，你很有天赋。我认为同学里你最优秀，看好你，甚至崇拜你，真的希望你不要放弃，将来一定会有出息的。"

　　瀚哲低头暗暗垂泪。

雪儿理一下秀发，她懂得瀚哲和她说这件事，肯定早就决定了，没有挽回的余地。她太了解他，也了解他的家庭，而他最让她佩服的是：他在凄惨的世界里，没有沉沦下去，没有被生活和不幸压垮，反而像石头缝里长出来的松树般顶天立地。

也许他吸引她的地方，正是这种压不垮的精神。

她懂他，理解他，知道他的难，她愿意为他做力所能及的任何事，哪怕自己省吃俭用也要帮他。

她不管别人的闲言碎语和异样目光，她从心里认定：他让她感动，让她感受到和他在一起很快乐。家境的悬殊，并不能阻隔她欣赏他，认可他。她甚至庆幸自己来插班，认识了他。

雪儿想到这儿，看着瀚哲，情不自禁地柔声叫了声："瀚哲。"

瀚哲抬起头，揉了揉眼睛，不由自主地抓住雪儿的手，抓得紧紧的，好像抓着自己心爱的宝贝一般，害怕一旦放手，就再也找不回来了。

他俩手心都在冒汗，雪儿脸上带着焦急和愁容，说："你真决定了？不后悔？"

"是的，决定了，不后悔。明天晚上我就去玉芳老师办公室谈这事。"

雪儿没说话，望着远处出神，脸上写满伤感，眉头紧锁。瀚哲心里更乱，却又很感谢雪儿的体贴，她懂得他已决定，再说也无济于事，多说只能是增加他的烦恼而已。

雪儿凝视着瀚哲，眼里只有伤心二字。瀚哲读懂了她的伤心，但他想不出办法让她不伤心。

两个人都不说话，气氛抑郁得让人喘不过气来。

送雪儿回去，回家路上瀚哲想：必须重新考虑与雪儿谈恋爱的问题，如果他务农，雪儿升学上高中，几乎不可能有机会碰面，他与她的恋爱能继续下去吗？他需要正视这问题，是该知难而退了。

黑夜的空荡让他备感孤寂，他仿佛迷失方向，路上转了好几圈，像被人抽走了灵魂。

隔天晚上，瀚哲到玉芳老师办公室。

在他眼里，玉芳老师是他心中的月亮，她比他大七岁，单独帮他补课说话时，给他的感觉是一种姐姐关心弟弟的亲切感。他曾经对她有一种超越尊重的朦胧感觉，在他心里，玉芳老师的地位仅次于雪儿，他一贯听她的话。

玉芳老师在批改作文，见瀚哲到来，放下手上的钢笔看着他。瀚哲不敢正面看她，每次见到她就脸红，长期以来都这样。但自从雪儿来学校，特别是雪儿与他谈恋爱之后，见到她就脸红这种现象消失了。

玉芳老师示意他坐下，盯着他，开门见山问："真不考高中？全市各科成绩一直排在前五名，你仔细想好了？"

他不敢抬头看她。他像做了坏事来接受批评的学生一样，怯生生甚至带点羞愧，仿佛不上高中是一件极不光彩的事。玉芳老师平时对他极关心，在他生病期间，单独为他补课，求其他科老师帮瀚哲补课，目的就是让他不落下功课，而且在她不多的工资里，抽出一点钱给他买药，他叔婶也一直感激玉芳老师。

坐了一会儿，瀚哲说："是的，老师。"

"和雪儿聊过？"

玉芳老师突然问的这句话，让他整个人一震，脸一阵麻热。这话明显的意思是：她早就知道他和雪儿在谈恋爱，知道他与雪儿肯定会聊这件事。但语气里并没有责怪的含义，甚至是他不再读书，会影响到他与雪儿的关系。在他理解，这句话反而带着默许。他心里不知如何回答，只是默默点一下头。

他俩一时都不说话，空气仿佛凝固，房间里静得只听到两个人呼吸的声音，他心里十分抑郁和不安。过了很久，玉芳老师终于忍不住又问："雪儿咋说？"

"家里确实供不起。"他答非所问。

"雪儿都劝不了？"

他一直低着头，玉芳老师只要提到雪儿二字，他身上就像是被什么东西给狠狠扎了一下，不自觉地一颤。

他不知道自己为何有这种近乎"绝情"的勇气，雪儿也没办法阻止他不再读书。这种无情的做法，不是他的性格。他一直被所有人认为是最有可能考上大学的优秀学生，是比较有上进心的人，能成为三元村第一个跳出"农门"的大学生，能为年轻学子树立榜样。

可是，他突然切断了所有人的期望。对任何关心他的人，特别是雪儿，真是一次致命的打击。说实在的，如果他不优秀，雪儿不会与他谈恋爱。

玉芳老师一句"雪儿都劝不了？"实际也是在说她自己"都劝不了"，是失望至极的一句话。

可一想到叔叔那晚的话和婶子的表情，他没法不为他们着想，他们能好过一点，比什么都重要。想到这一层，他对玉芳老师说："叔叔吃了一辈子的苦，不忍心让他们再为我吃苦，叔叔说这事那晚，我羞愧得想地下有个洞，让我钻进去！"

"雪儿今天找过我，说如果你上高中，她会省吃俭用，负责你在学校一半的生活费。我也会每月挤出一点帮你，这样基本能解决你的学习用度。"

玉芳老师说完这句话，瀚哲终于无法阻止自己的眼泪疯狂涌出来。他抬头看着玉芳老师，读出她眼里充满期望与关怀，他心里的感激之情油然而生，男儿有泪不轻弹这句话，此时在他心里显得毫无意义。他眼泪像下雨，只得用长袖擦，努力控制自己的情绪。

她等他擦干眼泪，继续说："家访时，你叔说让你自己决定，我才叫你来聊聊，雪儿知道她没法劝说你，不怕让我知道你俩的感情，求我劝劝你，你的意思呢？但愿你不要辜负雪儿和我的一片心意。"

瀚哲擦干眼泪，冷静地思考：虽然叔叔在玉芳老师面前说让他自己决定，但他懂得：这是老实巴交的叔叔，为了不当面伤玉芳老师的心才这么说的。叔叔像一头老黄牛，只懂得忠诚于它的土地，每天不停地干活。叔叔脸上一条条深凹的皱纹，仿佛是老黄牛犁的一垄一垄的泥土沟子，刻着沧桑岁月。他决不能为了自己能读书，再加重叔叔本就喘不过气来的担子。每当叔叔用呆滞的眼神看着他时，他总能读懂他眼里的渴求：他真的需要自己为这个家，担当一点点。

想到这里，他斩钉截铁地对玉芳老师说："决定了，这是命，可能我没有读大学的命，更不能为了自己，让叔叔一辈子辛苦劳累，婶子一直有病，贫穷的孩子早当家。我感恩您和雪儿对我的好。"

瀚哲此时内心快要崩溃，叔叔与他说家里穷时一脸自责，诚实得要哭的样子，让他永远也不会忘记。叔叔如果不是因为被生活的重担压得弯下了腰，不到万不得已毫无办法的时候，绝不会让他辍学。瀚哲了解叔叔，他心里最大的心愿就是让他出人头地。每当别人在叔叔面前夸他画画得好，总是开心得脸上都焕发出一层亮亮的光彩，那是他唯一能在人前抬起头来的时刻，也是最骄傲自信的表情了。但那一晚，叔叔让他读懂他确实累了，老了。

另一方面，雪儿和玉芳老师为了他能继续读高中、上大学，做着不懈的努力。

雪儿为了他，竟托玉芳老师转告，她的生活费分一半给他用。昨晚，她不当面对他说，那是怕伤他的自尊心。她处处为他着想，更加让他感动。雪儿既要帮他，还要顾及他的感受。雪儿对他越好，他越不能让她受累，他必须让她不受他影响。当叔叔说到家庭状况时，他内心暗暗在对自己说：雪儿的家庭与自己的家庭对比起来，根本就是两个世界。或许不再读书是对的，暂时离开雪儿一段时间，让双方冷静一下，理智考虑两个人在一起是否合适。一贫如洗的家庭，能让养尊处优、被父母宠得像公主的雪儿适应吗？她爸妈会同意她与他谈恋爱甚至结婚吗？会与他一起挨穷？一起去务农、去田野，大小便上露天粪池，去挑粪种菜，做一个名副其实的乡野村妇吗？他不敢想象。

办公室里一时又静得只剩下大笨钟的读秒声，仿佛有意与人作对，让人心烦。

"在想什么，瀚哲？"

"没想什么，您反对我与雪儿好吗？两个家庭悬殊这么大。"他怯怯地说。本来早恋就不好，是偷偷摸摸的，但既然玉芳老师已经知道他与雪儿的事，索性大胆问她。

"你们本来就不该早恋，影响你也影响她。她爸妈知道吗？家访见过她妈妈，看得出来，她爱雪儿胜过爱自己，说过今生不让雪儿受苦。如果她发觉雪儿与你谈恋爱，我估计她肯定反对，你们还小。既然你已决定坚决不读，那我也不再劝你，回吧。"

"我怕雪儿被我拖累，我不上高中，她上高中，我不会再和她联系，毕竟她妈妈要求她考上大学。"

"你回吧。"玉芳老师没再劝他，只让他回去，至于他与雪儿今后的事，她更是没表态，他只得失望出来。

沮丧及失落感笼罩着钟瀚哲，昏黑的路没一点灯火，夜色黑得似锅底。他一路走一路想：觉得不上高中，是英明的决定。可以不影响她，让她上大学，去寻找更好的男朋友。

他漫无目的地迈着像是灌了铅的双腿，不知往哪个方向走去。本来回家的路不长，也太熟悉了，就算蒙住眼睛，依然能准确无误回家，甚至路上所有的拐弯抹角，都能精准算着步子走过去。但今晚，腿好像不听使唤，甚至出现每迈一步都有心慌的感觉。

他不知不觉往公社政府宿舍楼走，靠最西边的位置，是雪儿爸爸的宿舍，雪儿说这房分前后二间，雪儿住里间。房屋离后围墙约一米远，他俩曾约好若急着约她，便来围墙后面，对着窗口打三个巴掌，她就知道是瀚哲约她，她就会找借口出来。

房间里亮着灯，他望着窗口出神，不知雪儿是在看书，还是在练书法，或者正在发呆，在房里等着他那三个巴掌的暗号，因为她知道他今晚去见玉芳老师。

瀚哲犹豫：究竟要不要与雪儿再说说？虽然，她的意见很重要。但雪儿懂得她没办法劝他，只能试着求求玉芳老师。可是，他早就决定坚决不读高中，等于不可能上大学，乡下人的观点是没有出头天了。这年代，大学生是天之骄子，是天上星星。不要说读大学，读中专都已经是万里挑一。

雪儿此时站到窗口往窗外望，她知道瀚哲肯定会过来找她，她站在窗口苦苦等着他的出现。

瀚哲终究没有击响那三个巴掌，他顺着墙根离开，边走边流着眼泪。他想：雪儿这时也许与他一样，正默默地流着眼泪。

他悄悄地来，又悄悄地走了，让自己的身体慢慢消失在黑夜里，消失在雪儿的视线里。

第五章

几个月后，雪儿和小燕考上海阳三中，大牛和丽花就读海阳四中，阿九儿如愿到罗浮山部队入伍，他爸找关系弄的名额。

瀚哲以全市第四名的成绩，收到了海阳一中的录取通知书。但他没去上，家庭支撑不起是一回事，更重要的是随着逐渐懂事，他觉得必须彻底切断与雪儿的关系。他的未来是当农民，就算雪儿有一万个理由爱他，他也不能对雪儿有念想。他必须忍痛将雪儿从心里抹去，他不能害雪儿。

这一天，猛叔觉得要找八叔聊聊瀚哲的事，晚饭后往幸福里去。

幸福里建于二十世纪四十年代，驷马拖车格局，坐西向东。大宅从开始建设至今，严格来说，并未完全建成，缺了最后那一排"后壁山"。

站在大宅门口，能看见三公里外鲤鱼山上急水塔。宅子围墙门面颇气派，围墙顶是碧绿如玉的琉璃瓦做成，波浪状，墙面青砖垒成两米高，用徽派砖雕点缀，雕的是荷花石榴牡丹之类，围墙门开艮位。

以前大宅门第是一块二十厘米厚、六十厘米高的黑杨木隔着，黑杨木实重，两个壮汉才抬得动，门中间一摆，彰显门槛高。门前一对青绿色石麒麟，栩栩如生，极具气势。大门两边有民间艺人画的壁画，尽是祥和吉庆，花红柳绿。有松鹤延年、麻姑献寿、观音送子和五子登科，等等。最显眼处，画一幅郭子仪拜寿，七子八婿，场面喜庆，好不热闹，画中人物，形神动态各异，线条仿吴道子，有《八十七神仙图》韵味，用色极尽纯亮饱和鲜艳，到如今虽色彩残缺斑驳，仍依稀可见，颇见画师功力。想必大宅主人初衷，希望儿孙满堂，长命富贵。门楣上幸福里三个大字甚是醒目，大理石凿出的颜体浮雕字。

踏进围墙门，是一块约两百平方米的大理石铺的石埕，呈横摆长方形，每条大理石长约两米，宽六十厘米，排列有序。有的石面已磨得光滑，石上生满苔点，石色变灰黑，似乎不曾清洗打扫，石缝中长些不知名小草，让人觉得有荒废感。石埕左边，青龙方位打一口井，井围约一米高，也是大理石，三块弧形围成。右边白虎方位，做成一石春，是旧时人工春米工具，大米春成粉状就靠它，大户人家标配。

据说石埕上这两样东西，极是讲究，主人让人刻意做的，方位也精心挑选，说是在主座门前大埕，做一墨砚。井为研墨用之水，春米的木桩横摆，取意墨条，石埕则为砚台。与三公里外急水塔遥相呼应。塔象形为笔，意为日后宅子出文人。再远点，若是能借府城笔架山之气，说不定出大官。古时传说，有笔架山的地方方可设州府，咱海阳郡就有座笔架山。可惜宅子建完前中座，要开建后包

（座），一声春雷，中华人民共和国宣告成立，宅子停建成烂尾楼。主人无奈把儿女遣往南洋，本人和漂亮大儿媳妇留村里，守着未建成的宅子。

后来，宅子里出了一位自学成才的风水先生，观五形、算八字、看阴阳、厝宅，样样精通，自号"玉手环"。老玉说出一番歪理：易理上左青龙，右白虎，青龙宜动，白虎宜静，不宜动，舂米在白虎位，不吉利，肯定引来血光之灾，伤及主人，难怪解放后主人成地主。宅子里的人，文不成武不就，叫半文不武，从商还行，宅子里能出商人。若从政，官也不大，顶多是村一级，因为整座大屋没有后壁山。可不是，宅子的主人子弟，现在都在南洋经商。

独立于三元村东南角的幸福里，好像与村里隔绝，排涝用的大水沟，不客气地将幸福里单独分出来，一孔小拱桥相连。过小桥是一条大泥路，通往隔壁村。大路右路肩新添一盏路灯，灯泡力不从心拼命发出昏黄灯光，像雾霾夜的萤火虫，让人不知道有路灯的存在。村里来幸福里走动的人很少，宅子显幽静寂静，仿佛被村里人遗忘。

大牛穿短裤，光上身，脸上出汗，踏进幸福里，洪亮的声音发挥巨大作用，大声嚷："八叔，月娘婶，猛叔来哇。"

村里人都听得见大牛让人耳边嗡嗡作响的声音。说话间，他到八叔屋里，搬出八叔用木板自制、简陋得不能再简陋的小茶几，几把小竹凳，一套工夫茶具，四边形围坐，然后点上蚊香放在茶几下。

八叔拿来番炉仔和木炭，生火烧水。他一直用番炉仔烧火炭煮水，说陶锅仔煮水冲茶味道好。

大牛坐下不久，围墙上一只大灰猫，声嘶力竭吼叫，如小儿夜啼，发情寻野媾，极其烦人。大牛实在忍不住，拾几粒小石头，飞奔到围墙，对着猫猛力掷去，口里不停骂着：这骚狐狸，就你发情。灰猫跑得无影无踪，大牛还语无伦次地骂。

"大牛，骂谁呢？男子汉大丈夫，和猫过不去，真有出息。"猛叔进来，说了大牛一句。大牛忙收住口，叫猛叔坐。

八叔说："阿猛，坐坐。"

猛叔坐下，从随身带着的铁盒里掏出卷好的烟，递一根给八叔。

八叔接过，问："阿猛，有事？"

"阿哲那小子，咋就不读书了，都要分产到户了，也没工分可挣，他懂什么农活，难道一辈子赖在田里，唉。"猛叔边抽烟边说。

大牛说："做死他，饿死他算了，不读书考大学，能有什么出息。"

八叔慢吞吞说："改变不了的事，再说也没用，大牛，他在弄啥？为何不叫他一起来？"

大牛说："他每晚都在画画看书，用水在红砖上练书法，到市图书馆借了很多书，什么书都借来看，我的语文历史书，他早就看完。唐诗宋词倒背如流，《九歌》《诗经》《古文观止》《史记》《论语》也是经常读，又不知道在哪儿借到很多杂七杂八的旧书，艺术的、中医的、易学的都有。"

八叔说："这孩子，今后能成。"

猛叔说："是啊，今天在船上，张老师还向我打听他，一说到他没上高中，一直感叹说太可惜，说那么有天赋有灵性的孩子，咋就放弃了呢。张老师还问阿哲有没有坚持画画，说什么社会变了，今后这类人才一定有出路，我听不懂。最后，还特意叫我传话给阿哲，不能放弃画画，如果有机会，他会帮他。"

大牛急急提高声音说："他女儿清楚着呢，阿哲……"猛发觉失言，手掩嘴。

八叔、猛叔同时向大牛投来惊讶眼神，猛叔说："这跟张老师女儿有什么关系？风马牛不相及，阿哲不读书，难道他女儿叫的不成，你这笨牛就会乱弹琴。"

八叔说："阿猛，阿哲不读书，不一定就是做农的，我看他压根就不是农民。"

猛叔说："是啊，我也不相信这小子能当农民，手无缚鸡之力，文弱书生一个。"

大牛说："不当农民能做啥？"

猛叔说："能干的事多着呢，去打工，做小生意都行，公社领导在船上聊，政府支持个人做个体户。"

八叔说："阿哲不是这类人，我看，日后倒是个地道文人或艺什么家，他心大着呢，前几夜和我聊天，说有机会要出去外面看看，他提到他先生在鹏城，也不知谁和他说鹏城是个好地方，说什么是个有奇迹的地方，他想去。"

大牛说："这家伙就喜欢天马行空，现在自己都不知咋生存下去，还想那么多。"

猛叔说："那也不一定，这年头，什么事都在变，人也会变，我虽不懂，但好像一切都在向好，都会变好。前几天，渡船上几个人，也不知官多大，说三江公社要建大桥，问我如果有了桥，我就失业了，怕不。我说，只要咱三江人有桥，是几百年的大好事，我高兴，我幸福，我还怕没工作？这是三江人的福气，三江也会真正变样，这桥，太重要，是幸福的桥。"

八叔、大牛都说，如果有了桥，那咱三江人才叫幸福，能摆脱出门靠渡船的历史，三江就不是孤岛了。

大憨这时进来，向八叔说，鹏城一远房亲戚，在竹子林建筑工地当一小工头，找了份工地杂工给他，已办好边防证，过两天就走。八叔叫他出外要好好做。

猛叔说明天还要早渡，先回，临行时叫大牛给瀚哲转达张老师的话。大牛和大憨陪八叔又喝了几杯茶，也各自回家。

第六章

　　大牛带回猛叔的话，让瀚哲彻夜难眠。本想离开雪儿，不再惦记她。可每周六晚，他趁天黑，去公社宿舍楼围墙后，静静看雪儿亮灯的窗口出神。雪儿窗口翘首，他强忍着，始终没打响三个巴掌。

　　夜的黑暗埋没了她的视线。

　　埋没了她的希望。

　　她一定希望，见到孤寂路灯下出现熟悉的人，哪怕一闪而过。每次雪儿身影在窗口出现，他便往墙边靠，雪儿看不到他。茫茫黑夜里，他带着惆怅孤单离开。

　　他在心里，烙下惦念。

　　有缘惦念一个人，也是一种幸福。

　　雪儿终于忍不住主动来找瀚哲，那晚，她跑到瀚哲叔叔家。婶娘说瀚哲去八叔家了。雪儿犹豫片刻，留下九十多封未寄出的信，红着眼离开。瀚哲回家，婶娘把雪儿的信给他，说："哲，这姿娘仔生雅，惹人爱。"

瀚哲把沉甸甸的信接手里，看着这九十多封信，心里翻腾。

自从他不与雪儿联系后，雪儿每天给他写一封信。他迫不及待把所有的信一一拆开，信用宣纸写，漂亮的瘦金体，都只有一句话：瀚哲，今生今世，只爱你一人。

瀚哲心里守着的防线彻底崩溃，他在婶娘面前，强忍着不哭出声来，只让眼泪自由奔放。他知道雪儿肯定有事找他，不然她不会突然跑到叔叔家里来。他夺路狂奔到公社宿舍楼围墙后，用尽全身力气重重击响三巴掌，手虽痛，心则欣喜若狂。

很快，雪儿到码头木棉树下，他俩终于忍不住紧紧相拥在一起。瀚哲抚摸着雪儿一头秀发："雪儿，好想你。"

雪儿说："瀚哲，不要不理我好吗？你不理我，我心苦。"

雪儿说后，眼泪已经下雨般直流到她的白色衬衣上，湿了胸前一片。

好一会儿，瀚哲放开她，雪儿坐石凳上。瀚哲蹲雪儿面前，拉她双手，双眼直勾勾盯着她看。

几个月没见，雪儿能理解他有多想她，让瀚哲好好看，看得他发呆。

瀚哲心中一直压着的爱，此刻尽情聚集在自己的双眼。

"难吗？"雪儿问。

"难！"他答。

"我心疼，你不该。"

"也许是命，只能认命。"他眼观远方江面出神。

雪儿理解瀚哲此刻的心情，她懂得他心地善良，他有一颗仁慈的心。

过了好一会儿，雪儿收敛起神思，说："有一个机会，你倒是挺合适，但要碰运气。"

瀚哲眼睛一亮，说："雪儿，你对我真好。"

"看来前生前世，欠你的。"雪儿玉手抚摸瀚哲的脸说。

"也许是吧。"瀚哲刮一下雪儿小鼻梁。

"两天前，偶尔听爸爸提起，公社服装厂设计室缺一个助手，要不，你画几张小画，我拿去给爸爸看，碰运气，看看你有没有机会。"

"我行吗，雪儿？"

"试试，不一定行。"

"试试也行，你爸见过我画画，我想，有机会。"瀚哲说后，还不忘来一句调皮的，"雪儿，你想想，丈人女婿一起工作，多好。"

雪儿立即挥着小手，在瀚哲肩头猛捶。

瀚哲坐回石凳上，把雪儿拥进怀里，雪儿顺势小鸟依人般躺进他的怀里。

"雪儿，你真美。"瀚哲情不自禁地赞美。

雪儿动情说："夜色真美，瀚哲，如果我俩能天天在一起，像今晚一样多好啊。"

瀚哲说："雪儿，我爱你。"

星星月亮见证一对恋人的爱情。

在雪儿的极力推荐下，钟瀚哲如愿获得一个公派名额，在市设计班培训三个月后，顺理成章在公社服装厂设计室跟着雪儿爸爸做设计。

瀚哲扎实的美术基础，外加天赋和勤奋，换来了优异的成绩，他的工作出类拔萃。雪儿爸爸全副精力放在生产管理上，几乎所有涉及设计和样品的工作，基本是瀚哲在做。从鹏城雪儿舅舅公司寄过来的样品，他稍加心思再次设计，又衍生出一些新款式。新的样品寄到鹏城公司，寄给香港客户确认，无不赞不绝口，也引来了更多订单。

一时间，公社服装厂成了海阳来料加工龙头企业，各乡村也多了村办服装厂，乡下姿娘成了创造经济的主要劳动力，三江姿娘勤劳刻苦的优势发挥出来，家庭收入大为改善。三江公社因此脱掉海阳最贫困公社帽子，被定为海阳服装抽纱生产基地，成功经验作为解放生产力的典型，在海阳全市推广。

改革开放政策是通向幸福的桥，三江人迫切希望加快三江大桥建设，用船终究极不方便，也大大增加出行成本。

雪儿舅舅香港公司的总设计师，是著名设计师邓达智，对瀚哲评价极高，说若是稍加指点，吸纳港台先进的设计理念、意识和更多设计知识，瀚哲日后一定能成为一名有出息的设计师。

雪儿周末回来，依然住公社政府宿舍，他俩每周有两天见面。每个周五傍晚，雪儿从三中踩单车回来，已近黄昏，瀚哲去接她，帮她推单车，拉着她的手上岸。

渡船与岸边，一片杉木板连着，人在木板上走，又要拉单车，有时连着几个人上岸，还会晃动。上堤时，爬一条六七米高歪歪斜斜的小石阶，特陡，遇到雨天，一手打伞，一手推单车，难免偶尔发生意外。雪儿体弱，瀚哲怕她一不小心掉江里。同样，周日下午雪儿回校，瀚哲把雪儿和单车送上渡船后才放心回来，寒来暑往风雨无阻。

雪儿的学习成绩，文理偏科得要命，她的心思一部分放在瀚哲身上。每次周六日，她精心做菜，为的是让瀚哲能吃上些更有营养的佳肴，毕竟饭堂的饭菜是有点差。瀚哲每月的工资几乎都给叔叔，自己只留几块钱，有时买几包烟给八叔和猛叔，抽点零用钱帮大牛和小燕。

张老师从雪儿读初三下学期开始，就发觉雪儿和瀚哲的关系，但他认为，只要不影响学业，也就不怎么反对。而现在，瀚哲在厂里上班，他更加知道雪儿和瀚哲在谈恋爱。由于确实太忙，无暇顾及，另一方面，他极看好瀚哲的发展潜力，也就半默认。因此每次休假回到家里，也从不与雪儿妈妈提起这事，雪儿妈妈一直被蒙在鼓里，根本不知道雪儿在谈恋爱。

这一晚，瀚哲照常接雪儿，到距离工厂门口几十米处，两人习惯性分开，准备一前一后进入工厂时，雪儿妈妈突然出现在两人面前。他俩愕然，都是面红耳赤，不知如何面对，雪儿伸了伸舌头，不敢看她妈妈，身体直冒汗，瀚哲更是六神无主。

雪儿妈妈见瀚哲推着雪儿的单车，和雪儿有说有笑，恍然大悟，霎时满脸乌云，气势汹汹走过来，干净利索地抓过瀚哲手里推着的单车，顺手将他从雪儿身边大力推开。

雪儿妈妈突如其来的动作，让瀚哲与雪儿都吓一大跳。瀚哲更是"姨姨"两个字一直没叫出口，场面甚是尴尬。

雪儿妈妈自顾快步往厂里走，雪儿战战兢兢，叫声"妈"后，快速跟上。回过头来，对瀚哲摇摇手，暗示他不要跟上。

瀚哲站路中间不知所措，呆若木鸡。

他心里极度慌乱，稍定神后便往厂里走，一路走一路想：不知雪儿如何面对，她妈妈允许她和他好吗？会听雪儿解释吗？张老师会不会炒他鱿鱼？

他顾不上吃饭，偷偷跑到雪儿爸爸的宿舍门口，门虽然关着，但里面隐约传出雪儿妈妈的声音：

　　"你看你看，成啥样了，难怪学习成绩越来越差，原来谈恋爱了。什么时候开始的？人家跟我说初中就开始，我还不信，我就纳闷：怎么突然会向你爸推荐个人才，原来，还真是举贤不避亲。他去市里设计班学习，把家里单车给他用，看来，生活费也是你帮着给的吧，自己倒省吃俭用，润润的身材，饿成根竹竿，真是有情有义啊，我的好女儿，书读得不错，真不错啊，简直不知廉耻。大庭广众之下，居然卿卿我我，打正牌谈恋爱。"

　　雪儿妈妈说话的语速和声音，特别大声特别快，中间也没甚停顿，不用喘气，回音把整间房子震抖，听得出说话间她跺了跺地面。

　　雪儿不敢回话，一直在哭，她爸爸慢吞吞插了话："瀚哲这孩子确实不错，工作尽职，人品也好，设计室的工作主要是他在做，港台客户特别认可他设计的东西，画画也画得好，有前途。不过我说雪儿，你现阶段在读高中，准备考大学，不是谈恋爱的时候。"

　　"是的，爸爸，他很棒。"雪儿弱弱说了一句，边哭边说。

　　听到雪儿爸爸夸他，瀚哲心里感动得热泪盈眶。他暗暗告诫自己：今生今世，一定不能辜负雪儿。只听她妈妈继续说：

　　"画画好又能怎样，我说老张，你还是想办法让瀚哲这孩子离开雪儿，让他走吧，我不想他在设计室做下去。他不离开雪儿，我放不下这个心，他会毁了咱家雪儿，咱家雪儿是要读大学的。雪儿现在过早谈恋爱，一定会毁了她的学业。"

　　雪儿这时恳求她爸爸："爸爸，他家穷，他需要这份工作，最多今后我回来不见他，也不让他去渡口接我。"

"这不是理由，他家穷成那样，你有什么奔头，人是长得不错，就算人多好，工作能力多优秀，他的家庭出身和背景，永远配不上咱们家。我今后的女婿，不能是个穷光蛋，更不能家庭残缺不全，你看他的家庭，哪像个样。他在厂里，哪有你回来不见他的可能，掩耳盗铃而已。不行，我说不行就不行。"

"爸爸妈妈，瀚哲今后绝不会是一个碌碌无为的人，我心里就喜欢他。说白了，我已经十八岁，是成年人了，自己懂得好坏。如果你们硬是把他弄走，说不定我更读不好书，爸爸，您帮帮他，他需要您的帮助。"

说这些话，雪儿依然一直在哭。雪儿一说到喜欢瀚哲，她妈妈更加生气，劈头盖脸训道：

"你这是早恋，不行不行，绝对不行，有什么好喜欢，癞蛤蟆想吃天鹅肉，休想。"

"妈妈，喜欢一个人，喜欢就是喜欢，不需要理由。当年我爸下放去你们村，也是什么都不是，也是穷小子一个，您不也是与姨妈同时爱上我爸吗？瀚哲不会辜负我，就算他今后对不起我，女儿也是自己愿意，是女儿自己的命，妈妈。"雪儿求着她妈妈说。

"老张，你看看，读高中了，说话也有条理了，还挖苦我，这女儿养的，真把我气死了，怎么像个外人，心只顾着人家。不行，我说不行就不行，他必须离开这里。"

雪儿妈妈的口气是命令式的，说完，脚把地面跺得咚咚响。

雪儿哽咽着说的这些话，瀚哲在门外听得很感动。雪儿当面从不会对他这么直说，今晚，他听到雪儿亲口说的心声，他恨不得立即破门冲进去，将雪儿搂在怀里。可是，理智告诉他，他不可以这样做。如果他不顾一切进去，那是非常没教养的一个人，一个遇事不冷静、鲁莽粗野的人，他不该是这样的人。

　　"瀚哲就算再优秀，你也不能为了谈恋爱影响你的学业，等你考上大学再说吧，到那时妈妈也不会反对，反正这时期就不行，不然，我见到你俩在一起，我打断他的狗腿，见一次打一次。"雪儿妈妈斩钉截铁地说。

　　雪儿知道拗不过她妈妈，只能哭求她爸爸："爸爸，不要，不要行吗？"

　　"雪儿，听你妈妈的话。"

　　"就这样决定，老张你尽快安排，反正瀚哲不能再在这里上班！"

　　屋里只剩下雪儿无助的哭声。瀚哲不敢再听下去，流着泪夺路狂奔。

　　瀚哲一口气跑到码头，坐石凳上看着韩江出神。他必须让心烦意乱的心冷静下来。

　　江水有节奏地拍击岸边，噼里啪啦的声音，好像在一层层往瀚哲沉重的心里塞进了更多忧愁，让他透不过气来。

　　回想第一次见到雪儿，那一袭红让他记忆犹新。雪儿青春少女的魅力，至清至纯的绝美形象，在他心里深深烙下了印记。

　　雪儿仿佛是为他而来插班，甚至是为他而生。她是他的幸运女神，雪儿第一次见他就夸他，让他深深感动，那一句"你画画真棒"让他终生难忘。那是一种鼓励的力量，肯定的力量。她凝神看他的那种眼神，是一种相知相惜。送电影票给她的那天下午，她临出校门时，那一次要命的回眸，彻底偷走了他的心，偷走了他的整个世界。

　　可今晚雪儿妈妈这一棒，彻底将他打醒。他能理解雪儿妈妈爱女心切，能理解她反对雪儿与他谈恋爱的做法。是他不好，他不该对雪儿有非分之想，他根本就无资格爱上雪儿，毕竟两个家庭的确太悬殊。他觉得雪儿妈妈的话是对的，癞蛤蟆想吃天鹅肉。他自责，雪儿与她妈妈的矛盾，完全由他而起，他怎么可以给她家添乱呢？张老师对他这么好，尽心指点他，雪儿更是对他无微不至，他感恩还来不及呢。

正一个人发呆，雪儿突然的出现，把瀚哲吓了一跳。

雪儿站在他身后，悲悲凄凄地哭，她虽然一手掩着嘴，但还是强忍不住哭出了声来。

她整个身体都颤抖着，憔悴得好像是刚得了一场大病，又好像刚走完很远的路，满头大汗。她见瀚哲转身看着她，眼泪更是尽情倾泻而出。

瀚哲见她掩着嘴的手，小手臂上擦破皮冒着血珠，难道她摔跤了？

雪儿穿着那套第一次去学校的红裙子，心事重重，十分憔悴。瀚哲心痛不已，去拉雪儿小手。雪儿再也控制不住，放声大哭，她边哭边叫着瀚哲的名字。宁静竹林里，一群夜宿的白鹭，被雪儿的哭声惊得飞窜出竹林，瀚哲拉着她的手，深情地望着她，不禁也是泪如泉涌，心疼问："很痛？"

雪儿没说话，身体却把持不住似要跌倒，瀚哲情不自禁将她拥入怀里。雪儿把头埋在他的胸前，惨惨地哭着。

两人心情极度沉重。

瀚哲抱紧雪儿不愿放开，心里感觉一旦分开不知何时能再聚，才能像今晚这样紧紧拥抱在一起。他心里，甚至是一种生离死别的感觉。过了一会儿，雪儿伤心得又再哭出声来，边哭边说：

"瀚哲，怎么办？我妈要拆散我们，让我离开你，我心乱如麻，不知道该咋办。你知道我妈是怎么说的吗？我怕，我怕失去你，雪儿不能没有你。"

　　瀚哲这时也心慌得厉害，但他必须镇定，他安慰雪儿："雪儿不哭，天大的事有我呢。你怎么知道我会在这里？你胳膊怎么啦？摔了吗，还痛不？身体没事吧？快让我看看。"

　　"没事，我去你宿舍找不到你，跑去半月池榕树下找，黑灯瞎火摸黑跑，不小心摔了一跤，大榕树下也见不到你，我更加心慌，我今晚必须找到你，又跑你叔家，你婶说你没回我知道你一定在码头，你坏，你让我担心，瀚哲，怎么办？我怕，我怕你再次离开我。"雪儿说话时一直流泪。

　　瀚哲懂得，这个时候必须先让雪儿的情绪稳定下来，便对雪儿说："你妈为了你，这种做法无可厚非，我理解。"说完，瀚哲帮她抹去脸上的眼泪。

　　雪儿收住哭声，理了理凌乱的秀发，平了平心说："我妈看不起你，要我爸让你走，不影响我读书考大学，但我心里不一定要读大学。我爸没这死要求，我妈因为自己读不上大学，一直耿耿于怀，偏偏要求我一定要读大学，说是日后找一户好人家的必要条件。我不一定听她的，我有你就够了，瀚哲，你懂我的心吗？我也喜欢艺术，喜欢有艺术天赋的人，相信你日后一定会出人头地。我看好你，我爸也非常看好你，他经常在我面前夸你，说你人品好，勤奋刻苦，画画基础扎实，是不可多得的人才。瀚哲，你值得雪儿爱，我身在学校，心在你这里，老是想你，读不好书。我曾与你说过：这一生中，只会爱你一个，瀚哲，你懂吗？"

　　瀚哲再一次热泪盈眶，他把她再一次揽进怀里，雪儿柔顺依偎在他怀里，用炙热的眼神看着他。这温馨的一刻，暂时让他俩愁感略减。雪儿身体渐渐暖和，脸也有了平时的妩媚。过了一会儿，瀚哲说："雪儿，我会更加努力，也一定不会辜负你的期望。你妈今晚这口气肯定要出，看来我们很快会被分开，要经常在一起会更加难。雪儿，我真的舍不得你，我也不能没有你。"

"我找你，也是为这事，怕你紧张我，一紧张乱分寸。我知道你听到这些话心里苦，一时不一定承受得了，我也心乱如麻。不过我爸说的那句'给我点时间，让我想想办法吧'倒提醒我，有回旋的余地。我爸也是穷人家的孩子出身，十分惜才，其实他早就知道我和你在谈恋爱，不说而已。好几次他都有意在我面前夸你，我知道他心里认可你。有我爸撑着，还有最疼我的舅舅，咱不怕。瀚哲，雪儿这一生只认定你，我会为我自己，为你去做对你前途有帮助的事。这比我自己读大学更重要，只有你好，我才会好，你不好，我跟着伤心。我们相爱，在我心里，你比我更重要，既然你读不了书，那就在其他方面出人头地，我相信，你绝对有这个能力！瀚哲，你明白我的心吗？"

雪儿一席发自肺腑的话，瀚哲感动得无法形容。雪儿与他相爱，把他看得比她人生路上任何事都重要，而他有什么值得她深爱呢。也许爱一个人真的不需要任何理由，他激动地把雪儿抱得更紧："雪儿，瀚哲能认识你，是前世修来的福分，瀚哲今生今世，只为雪儿生，也只为雪儿死。雪儿是瀚哲的一切，雪儿，我爱你。"

雪儿也激动地把他抱紧，脱口而出："一辈子太短，也许来不及好好爱你，就已经过去了。"

"雪儿，瀚哲爱你，无论人在哪里，瀚哲的心一定是在雪儿身上，一生不变。"

瀚哲说后，托起雪儿的头，吻了一下雪儿光滑的额头。雪儿满脸通红，转过身说："咱们回了，天好像快下雨了。瀚哲，我想好了，明天写两封信寄鹏城，一封给舅舅，让舅舅向我爸要你去他公司。一封给表妹丹丹，让她在鹏城帮着照顾你。大舅的公司里有我两个表妹，丹丹是二舅女儿，小我一岁，阿贞表妹是二姨女儿，年龄小我几个月。有她们在，你去鹏城，也不会孤单，她们会替我照顾你。我高中毕业后就去。另外，从明天开始，我会缠着我爸，让他安排你去鹏城。"

第七章

拗不过雪儿妈妈，张老师决定安排瀚哲去鹏城雪儿舅舅公司。当然，雪儿在其中也费了九牛二虎之力。

两个月后，瀚哲办好边防证，从海阳坐上开往特区鹏城的车。

那天下午，天空阴黑灰暗，瀚哲带上装着几件衣服的背包和雪儿给的三十块钱，与雪儿一起，往海阳东门车站去。雪儿坚持要送他到车站，说必须看着他上车才放心。

瀚哲踩着雪儿专用、崭新的二十六寸单车，雪儿侧身坐单车后架，挨着瀚哲。她的脸贴着瀚哲的后背，右手圈住他的腹部，左手按着瀚哲的黑色背包。

"瀚哲，到鹏城每天给我来一封信，有什么事就找我表妹丹丹，或信中说，我找舅舅。信直接寄学校，不要寄服装厂，不然妈妈知道又要节外生枝。我寒暑假抽空去看你，高中毕业后就去跟你一起。还有，丹丹回信说，会照顾好你，你放心。另外，明天到鹏城东门车站，舅舅会安排人去接你。到公司第一时间叫丹丹给我爸打电话，报平安，让我安心，瀚哲，明白吗？"雪儿千叮咛万嘱咐。

"明白，雪儿，你不用担心，我能照顾好自己，你好好读书，不要再惹你妈生气。"

过鲤鱼脐渡，再踩几公里，就到了车站。天空下起细雨，鹅絮一般飘洒，雪儿头发上，沾着一层雾露水珠。瀚哲拿了行李，帮她擦了擦头发，临上车，雪儿一脸不舍，紧紧抓住瀚哲的手。

瀚哲也带着满心的不舍登上了前往鹏城的客车。

客车沿广汕公路翻山越岭，跨江过海长途跋涉，经揭阳普宁、海陆丰，转惠东淡水，在第二天下午才能到达鹏城东门汽车站。

到鹏城东门车站，是隔天下午四点多，一下车，瀚哲有点晕头转向，一时分不清方向。

街市热闹无比，两边商铺商品琳琅满目，年轻人的打扮靓丽入时，看得他这乡下仔眼花缭乱，傻傻地东张西望。

从乡野农村，骤然来到车水马龙、行人匆忙的都市，使这个乡下仔心里燃着激动。

一生不走出三元村，真是坐井观天，外面才是天地。瀚哲暗暗对自己说，应该叫雪儿高中后也出来，在充满希望的城市里，也许能闯出一番天地。

街上一家商铺正播放港台流行歌，徐小凤的《一切随风》，甚是悦耳。

二十世纪八十年代初的鹏城并不繁华。从东门去福田，得坐两毛钱的公交车，深南中路，还是泥路。热闹的地方，也只是罗湖、文锦渡、人民路和东门这一地段。汇食街一到晚上，繁忙异常，灯红酒绿，各种美食应有尽有。

瀚哲提着袋子出了车站，四处张望，车站人满为患，费了好大劲，瀚哲才见车站大门左侧，人群中有一位中年男子，手上举着一块纸牌，上面写着"钟瀚哲"三字，立即走过去，打招呼说："大哥您好，我是钟瀚哲。"

接人大哥见他，高兴地说："好，好，顺利到达就好，我叫周德元，欢迎。"周大哥说完，伸手握瀚哲手，瀚哲有点受宠若惊，感动地说："谢谢大哥。"周大哥说："辛苦，咱先回。"

两人乘公共汽车到上埗，下了车，周大哥带着他往沙埔头工业大厦而来，约一个钟后，两人来到公司门口。

瀚哲刚要进门，忽然，有一位长得极像雪儿甚至比雪儿还漂亮的女孩，匆匆从写字楼跑出来，与他撞个正着。女孩右手水杯里的水洒他身上和手上，幸好水温不是很高，泼在他身上的水也不多，只是衬衣湿了一大片，手上略感炽热。

女孩虽惊慌失措，脸涨得通红，也有些手忙脚乱，但丝毫没半点陌生感的眼神却全神贯注看着他，她甚至对瀚哲微微一笑，仿佛瀚哲是她的熟人或朋友一样。

接着，她拿出像是早就准备好的两张纸巾，帮瀚哲拭干手上的水和湿了的上衣，脸上却是一副欲言又止的神情。

瀚哲看她紧张，倒不好意思，微笑安慰道："没事没事，水不烫，你没烫着就好，我没事。你是丹丹？"

女孩没回话，好一会儿，瞧瞧瀚哲，终于开口说："我知道你是谁，也知道你今天要来，我……"

女孩说完，头也不回，夺路便奔回公司。瀚哲心里纳闷：这什么意思？想到刚才她右手拿水杯，左手拿纸巾，似是有准备，水也不烫，时间更是掌握得恰到好处，在门口与他相撞，难道这么巧合？女孩长得像雪儿，如果不是丹丹，那一定是阿贞了。对，一定是阿贞。

这时，一个银铃般的声音传到瀚哲耳边："一定是瀚哲哥哥到了，我来晚了，不好意思不好意思，快进来快进来，不要只挂着看美女，哈哈哈，刚来就被美女惊呆啦，日后有大把时间让你慢慢看呢，快快进来，瀚哲哥哥。"

说话间，一个瘦高苗条、机灵的女孩已飘到瀚哲身边，吓瀚哲一跳，真是未见其人，先闻其声。她朝瀚哲扮个鬼脸，大大方方帮他提袋子，领他进写字楼，倒杯水给他，说："我才是丹丹，你知道吧，雪儿姐肯定与你说过我。那是贞姐，你也肯定听过她的名字。哎呀，真是闻名不如见面，你真帅。难怪雪儿姐对你这么紧张！行行行，她没骗我。"

"不要取笑我，快点给你大姑丈打个电话，说我到公司了，免得你雪儿姐担心。"瀚哲说。

雪儿舅舅的公司在上埗沙埔头村工业大厦。六层楼的工业厂房，两层是车间，其中一层是电脑绣花，整层楼摆二十几台十八头的日本田岛电脑绣花机，这是二十世纪八十年代最先进的设备；另一层是公司写字楼、设计室和手车绣花车间。写字楼和设计室与绣花车间之间用落地玻璃隔着。

设计室只有瀚哲一位设计师，负责公司样品板型设计和所有绣花图案的设计。设计室有一台进口图案放大机，专门为电脑绣花打带放大用。电脑绣花打带是针孔式，当时大陆极少人会用。因此只得把绣花图案放大，画出花样针数，送去香港给师傅打纸带，再拿回公司来录入绣花车电脑，这样可生产出电脑刺绣。在香港，请一位画设计图案的师傅，每月要好几万元。

雪儿舅舅每周六、日才来鹏城公司，日常管理公司生产业务的，是一位打扮入时的女人。

女人叫林佳华，三十岁左右年纪，长得有几分像一位香港歌星。瘦瘦人儿，每天浓妆艳抹，一走近她，便能闻到一股古龙水的味道。

在鹏城东门车站乘公共汽车回沙埔头的路上，周大哥已经给瀚哲粗略讲了公司的一些情况。其中，便特别提到了林小姐和丹丹。听周大哥介绍，林小姐似乎极不受雪儿妈妈这边的人喜欢。雪儿妈妈是雪儿大舅家的大姐，雪儿大舅都惧怕雪儿妈妈三分。因此，丹丹虽然年龄不大，仗着有大伯、大姑妈这两个靠山，从来就不怕林小姐，更不给林小姐面子。

林小姐对瀚哲的态度，倒是很不错。瀚哲来公司的第二天，林小姐买了一件衣服给他，说是老板给的。

因为雪儿这层关系，瀚哲工作拼命、认真，设计室原本两个设计人员的工作量，现在瀚哲一个人就能做好。除了周日休假一天，瀚哲每天基本要工作十二个小时，除了车间在产产品的样品，还要设计新款型。他年轻气盛，抱着报答雪儿的心理，亲自跟进每件样品各道工序的制作工艺，直至整件样品的车工、板型、配饰、包装等完全没问题，才交给香港公司客户。

瀚哲的到来，减轻了林小姐平时一半的工作量，林小姐看在眼里，投桃报李，一直对瀚哲另眼相看，瀚哲也很尊重她。

其实来鹏城前一晚，雪儿对瀚哲提过林小姐，说她妈妈对林小姐恨之入骨，每次提到林小姐都要咬牙切齿骂一通。雪儿吩咐他，到公司要帮着丹丹，不要与林小姐走得太近。尽量避免增加她妈妈对瀚哲的反感，日后也好让舅舅间接影响她妈妈的看法，消除她妈妈对他的偏见。

丹丹对林小姐的印象更差，她不但不服林小姐管，还与林小姐对着干，特别是背后经常在她大伯面前说林小姐的不是，投诉林小姐亲戚承包饭堂坑公司员工，伙食像是乡下人饲猪的菜。

虽然有雪儿和丹丹对林小姐的评价，但接触下来，林小姐给瀚哲的印象却是：对公司尽职，能吃苦，也很拼，公司日常生产的管理她有一套，是老板的得力助手，无功劳也有苦劳。她毕竟是车花工出身，在这一行好些年，业务十分熟悉，对员工还算过得去。

瀚哲是局外人，丹丹、林小姐，他都不敢得罪。丹丹有雪儿妈妈撑着，林小姐背后是雪儿舅舅，毕竟跟着老板好多年。

林小姐脸上总给人有一股怨气的感觉，平时见她笑一下挺难。她对人总是冷冷的，特严肃，脸绷得紧。倒特别像瀚哲家乡的一句俗语：三百六十日，乌暗。

瀚哲先入为主，加上雪儿在每一封回信里，又是千叮咛万嘱咐，让他不要与林小姐走得太近，以免她妈妈加深对他的坏印象，因此他也与林小姐保持着一定的距离。

雪儿的表妹丹丹则清纯，但盛气凌人，说话不饶人，做事干练，有点能力，鬼精灵心思多，是典型的小刺头。

丹丹留男人头短发，仗着她大伯的缘故，林小姐怕她三分。她在公司没什么身份，但什么事都管，什么人都可监督，俨然是个小公主。她每天在公司转，细心观察一些人和事，然后等她大伯回来，一五一十向她大伯说。这样，雪儿大舅虽然每周只过来两天，公司的事却了如指掌。瀚哲来公司之前，雪儿吩咐丹丹照顾他，所以瀚哲并不怕她，把她当妹妹。雪儿在给丹丹的信里，特别要丹丹对瀚哲好，因此丹丹对瀚哲有亲切感，一见如故。

写字楼因为有林小姐与丹丹，公司的人事关系变得特别复杂。

公司还有一个人必须提到：老周，亲自去车站接瀚哲的人，他是当地合作方甲方代表。

改革开放初期，鹏城特区所有三来一补的企业，都是这种合作模式：国内地方挂名，但实际只派一位象征性代表，负责联系当地一些无关紧要的业务，比如给员工办边防证和暂住证之类，管员工后勤，但实际在公司是边缘人，从不参与企业经营管理。

军人出身的周大哥善谈，为人厚道，人缘好。

瀚哲算写字楼人员编制，略同在写字楼做财务的刘海英，算是公司管理层的人。

林小姐亲信娜姐，圆钱眼喜欢瞪着看人，人极尽奉承之能事，对林小姐唯命是从，常欺负女工。公司样品组由她负责管理，样品做得好，是她的成绩，做不好，她就把责任推给别人。

车花女工里也有一位十分特殊的人，那就是瀚哲第一天到公司时，与他撞个正着，把热水洒他身上的那个人。她是雪儿的另一位表妹阿贞，雪儿二姨妈的独生女，老板亲外甥女。

瀚哲来鹏城之前，雪儿提过阿贞。但雪儿交代，他到那里之后，照顾他的人是丹丹，不是阿贞。瀚哲想：可能是雪儿与丹丹关系更好。

阿贞是海城人，她妈妈从澄城嫁到海城后，与雪儿家这边的联系就比较少。阿贞是老板的亲外甥女，却愿意做一名普通的车花女工，让瀚哲对她另眼看待。她从不参与丹丹与林小姐之间的任何矛盾瓜葛，只做好自己，手艺技术十分了得，她与车间另两位女工负责专做公司样品。

因为样品图案的设计理念、美感、色彩搭配以及采用何种技术工艺来完成，都要靠样品技术工实际做出来才能看到效果。所以设计与技术工的接触是最频繁的，必须时时沟通，有时还涉及整体效果的修改。不过，阿贞却从不踏进瀚哲的工作室。

因为有了初到公司的第一天那次接触，加上之前雪儿略显奇怪的交代，瀚哲有时难免会关注阿贞，他很好奇她那一脸郁郁寡欢是什么原因。有时上下班，或去饭堂吃饭偶尔走得近点，她脸上总是泛着绯红，不敢看瀚哲。难道还为那次热水洒到瀚哲而内疚？这样一来，弄得瀚哲后来见到她，也有点不好意思。

阿贞少言寡语，看上去有点高傲，除了与同乡女工陈娟华关系密切外，她几乎不理任何人，在公司里总是独来独往。

公司有员工宿舍，简易搭建的低矮铁皮房，每间十几平方米，住八个人，上下铺，一米宽通道，地面潮湿，一到夏天，那真个叫苦，进屋像是进了蒸笼，吊在铁皮屋顶的风扇吹出来的风，像蒸桑拿时的热气，热辣辣。只有到晚上十二点后，才勉强凉快些。好在那时候，工厂一般都是两班倒，偶尔还要加班工作赶工，宿舍反而是停留时间最短的地方。

瀚哲当然也是经常加班到晚上十一二点，一来是确实很多事情需要他做，二来宿舍的条件确实太差，待不下去，不得不主动加班。至于生活上各方面的条件，倒是与家乡乡下区别不大，唯一觉得比乡下进步的就是，有自来水，上厕所也不是在露天粪池。

那个年代，每月挣几百元甚至上千元，然后寄回家，是全中国打工仔最想做的事，也就根本无所谓食宿条件的好与坏，人像机器一样，有工做就行，不被老板炒鱿鱼最重要。远方的父母，每月翘首以盼，就等着这几百元过日子。在外打工的子女每月能寄钱回来，年末再能拿三两千块回家，这在当时是很光彩的事。谁家有子女在特区打工，父母在亲朋戚友面前都脸上有光，就像家里有海外关系一样有面子。

瀚哲去鹏城打工后，瀚哲叔叔一家成了三元村最有面子的一家人。村里人争着托瀚哲叔叔带话，看看能否让瀚哲帮忙推荐，介绍子女到鹏城打工挣钱。瀚哲一时成了村里的名人，他哥哥逢人必说："咱家瀚哲，一个月能挣好几百块，比公社书记都多好几倍。我早就说过，我这弟弟，一定有出息。"全然就忘了当初他是如何对瀚哲的。

猛叔和八叔，很是为瀚哲高兴，小燕娘和大牛，当然更加高兴。八叔、猛叔、小燕娘、大牛几个人，都曾收到瀚哲寄给他们的钱，虽然不多，但瀚哲的为人令他们佩服和感动。

玉芳老师、小燕与雪儿小聚时，也不忘大赞瀚哲，夸雪儿有真正的大智慧，慧眼识英才，是瀚哲的大恩人。雪儿每次听完，只是谦虚地说："瀚哲凭自己能力做的，我没有为他做什么。"

第八章

这一年，玉芳老师被评为南粤优秀教师，调到县教育局，然后她结婚，丈夫从部队转业回乡，分配到县委宣传部。

小燕综合成绩一直稳定在年级前十名。大牛成绩一般，老师预测他考大学有难度，顶多能读个农校或中专。也许学习压力大，小燕回家，与大牛的交流越来越少，好像没什么共同语言。

大牛每回回家，时间全用在地里帮小燕娘，他和小燕两人似乎都在回避对方，尽量错开，就算偶尔交流，也只是客气地聊点学习的事。大牛偶尔问一下雪儿的情况，小燕总是含糊其词。

周六，吃完晚饭，大牛趁小燕收拾饭桌，问她雪儿的事。小燕撑大牛："跟你没半毛钱关系的事，打听做什么。"大牛自讨没趣，但还不识趣，又说："丽花不知什么原因辍学，她不读书就算，她爸安排她去供销社的书店上班，她也不去，也不回村里来，学校那位她喜欢的男教师也突然被开除，有点不正常，同学传他们私奔了。"小燕沉思片刻，看着坐八仙椅上、低头搓脚趾的大牛，讨厌之情油然而生，狠狠瞪大牛一眼，没好气说："读书读成乡下的七姨八婆。"自顾洗碗去了。

阿九儿入伍不到两年，就打道回家，村里人说他在部队盗窃赌博，被遣返。不过他没回三元村，大概觉得没面子，他到了城里找有才。初中毕业后就不再上学的有才受不了打工的苦，在城里厮混。他好逸恶劳的劣根性改不了，日夜颠倒，白天睡觉，晚上到夜场混日子，成了名副其实的二流子。

这天，有才拉上何雅苹一同为阿九儿接风。

何雅苹一家，早年因她爸被划成右派，下放三元村，她就在三元小学上学。前几年全家回城，何雅苹初中毕业后，没再继续上学，而是进了一家招待所做服务员。

何雅苹天生一副高挑身材，前凸后翘，发型衣服仿《庐山恋》里面周筠的扮演者张瑜，洋味十足，风情万种，走在街上，回头率几乎百分之百，加上她能说会道，对人热情，迪斯科跳得棒，出入夜场，一些老板喜欢请她吃饭跳舞，是城里知名交际花。她极善于利用各种社会关系，办事有一套，很多地方都吃得开。

阿九儿多年不见何雅苹，这回一见，几乎认不出她来，他怎么想都想不出，眼前这个穿着蓝色吊带连衣裙、露出一半酥胸的妖艳女人，就是以前在三元村读小学、天天受他欺负戏弄的何雅苹。何雅苹倒大方，坐下后掏出包进口薄荷香烟，各递给阿九儿和有才一根，点着烟，猛抽好几口，吐了几个烟圈，她慢条斯理说："老同学，现在政府鼓励个体户经营，什么生意都能做，你不如和有才一起合伙试做生意，有才总在夜场混日子也不成，九哥你家里有钱，让你爸拿点出来做本钱，说不定能挣出个万元户。"

何雅苹毕竟是城里人，又早进入社会，在招待所接触生意人多，看见这两年冒出很多老板，她羡慕能赚钱的生意人，耳濡目染，也略懂政策，建议很中肯。

阿九儿说："苹，好几年不见，上天修仙去啦，成个仙女，美得让人心痒痒，真美。"阿九儿说完，伸手摸何雅苹大腿。何雅苹抹开他的手娇媚说："九哥，不要乱摸，这里人多，咱们喝酒吃菜，完了一起去舞厅。"

席间，趁何雅苹上洗手间，有才急急在阿九儿耳边，轻声说何雅苹堕了两次胎，辞职要跟什么人去京都。阿九儿摇头叹息一番，心里想：骚婆娘丰满的胸还真让人遐想，不过她说的点子倒是不错。

阿九儿和有才，都觉得何雅苹的话十分有道理，之后便开始学做生意，卖薄壳海鲜、雪条（冰棍）、水果蔬菜，做小食店，收兑换券换港币等。后来又在水果市场做水果批发生意，招上了瀚哲他哥、加二和老员一起，倒是有点像模像样，也赚了一些钱。阿九儿还是村里第一个买摩托车的，村里人都说阿九儿发达了。

可阿九儿这人，死性不改，有钱就花天酒地，吃喝玩乐，赌博更是常态，赚多少花多少，做生意更是三天打鱼两天晒网。很快就又入不敷出了。

阿九儿不甘心，他终究是精明人，又在外当了两年兵，自认为不比吊灯弟、加二、老员他们几个差，苦苦思考几天后，他承包了村里的大片鱼池，租了一百多亩菜地，做起了种养专业户。

阿九儿终于想通，种养专业户也是政府鼓励的，错不了。他打算好好大干一场，让三元村人改变对他的看法，他爸毕竟还是书记，不能太丢脸。

这一年中秋后，阿九儿心里终于彻底放下丽花，和隔壁村一位姑娘结了婚。

临上高三，雪儿偏科越来越严重，理科成绩拖文科后腿，她妈妈心里干着急，暗暗追查雪儿是否仍然和瀚哲有联系。

周日，雪儿约小燕到家里玩，路上，小燕问雪儿："你妈一直不知道瀚哲在你舅舅那儿？"

雪儿说："我爸爸吩咐了舅舅，不要和我妈说，所以我妈一直不知道。"

小燕说："瀚哲现在怎样？"

雪儿说："挺好的，前段时间还到香港培训，舅舅说，日后会成为一个真正的服装设计师。"雪儿一提到瀚哲，脸上光亮无比，笑逐颜开。

小燕说："看你美的，也难为你，有没有打算去一趟鹏城，看看他。"

雪儿说："是准备去一趟，我要去和他商量一下，我不想上大学，高中一毕业，就准备去鹏城，舅舅一直让我过去帮忙。妈妈一直有意让我大学读完嫁到香港去，我才不听她的呢。"

说话间就到了雪儿家，雪儿妈妈招呼她俩喝茶。

雪儿妈妈坐小燕旁边，拉住小燕的手亲切说："燕子，雪儿成绩越读越差，你做班长，多多帮助她，我真担心雪儿考不上大学。"雪儿在旁冲茶，说："妈，考不上大学就不考呗，我又不是一定要上大学，上不了大学，去鹏城舅舅那儿，有什么可怕的。"小燕微笑说："姨姨您放心，雪儿文科那么好，应该没问题的。"雪儿说："就是嘛，如果文理分科，我专考文科，说不定清华北大都能上呢。"雪儿妈妈说："就会吹，你数学英语老不及格，我看，真难成，还什么清华北大，海阳师范学院都不一定行。"小燕见母女顶嘴，倒有点不好意思，赶紧岔开话题说："姨姨，不用担心，雪儿会努力的，她背后有瀚哲这精神兵鼓励。"

小燕说完，才想起刚才和雪儿的对话，呆呆地掩着嘴看着雪儿。

雪儿一听，脸上即刻青一阵红一阵，冲茶的手抖了一下，心想刚才粗心，没吩咐小燕千万不要提瀚哲。

雪儿妈妈一听到瀚哲两字，像被针刺，立刻站起来，脸上罩一层乌云，指着雪儿，尖叫说："啊，不是早就歇了吗？怎么回事？"小燕正要解释，雪儿妈妈继续说："怪不得成绩越来越差，原来一直还在谈恋爱，难怪无心读书，心思都放别人身上，我的好女儿，求求你，断了吧，好好读书行吗！那穷小子，我看见就不顺眼。"

雪儿脸涨得通红，不敢出声。

小燕赶紧打圆场说："姨姨，不是您想象的那样，雪儿一直挺努力的。"雪儿妈妈已完全不听解释，问雪儿："你爸知道吗？看来，就我这当妈的，一直被蒙在鼓里。你说，瀚哲在哪儿？我去找他。"

雪儿低下头，小燕也低着头，心里暗暗骂自己多嘴。三个人谁也没说话。雪儿妈妈来回踱步，踩得地面咚咚响，她再追问雪儿："是不是你爸安排去了你舅舅那边，是不是？"她说到最后，几乎是声嘶力竭。雪儿眼里滚出泪珠，但就是不说话。小燕只得点了点头，眼睛泛红。

雪儿妈妈停下来，站在雪儿面前，指着她说："好啊，不好好读书，前几天一直说要去鹏城，原来心上人在那儿。我下午必须去找老张算账，看他怎么说，父女把我骗的，真真岂有此理，气死我了，不行不行，我抽空去一趟鹏城才行。"

雪儿说："你难道就不能尝试接受他？他那么优秀。"

小燕跟着说："是啊，姨姨，瀚哲真的很优秀。"

雪儿妈妈说："优秀什么，一个破烂家庭有什么优秀，和这种家庭做亲家，我面子往哪里放，你将来嫁到香港去，那才叫有面子，这小子就是不行。"

小燕见场面尴尬，拉着雪儿说："雪儿，不要和姨姨怄气。"雪儿顺势站起来，接着先走出客厅。

小燕对雪儿妈妈说："姨姨您先消消气，是燕子不对，不该聊这事，对不起，我带雪儿出去散散心。"

小燕说完，追上雪儿，两人一同走出雪儿家。

两个人自然没回去吃午餐，而是踩着自行车去小燕家，雪儿踩车，小燕坐后架上，两人心情都极其郁闷。小燕愧疚地说："雪儿，对不起，怪我口花。"雪儿说："没事，我妈一直看不起瀚哲，这不关你的事，如果我妈放得下心病，也不会因为你一句话就这样生气。唉！我都不知道今后是怎样的结局。"小燕说："瀚哲最近好吗？"雪儿说："还好吧，不过这几天没信，可能太忙。"

一路再无话。

雪儿心里对自己说：瀚哲，我想你，你想雪儿吗？我该怎么办？咱俩命真苦。

自瀚哲到鹏城，他便每天给雪儿写一封信，都是往学校寄，一来二去的，雪儿很快就在学校出了名，同学之间，都知道雪儿有个男朋友，在鹏城，叫钟瀚哲。

雪儿妈妈花大力气让瀚哲从服装厂离开，以为这样会让雪儿安心读书，却没想到适得其反，两个人改用书信联系，更自由，感情

也与日俱增 。雪儿的学习成绩一直提不起来并不是她不努力，但身在学校，心在鹏城，终究还是影响极大。在给瀚哲的回信中，雪儿经常流露出坚决不上大学、想来特区与瀚哲在一起的念头 。今天弄出这件事，更是让她希望尽快能到鹏城一趟，见见瀚哲，赶紧和他商量怎么应对她妈妈。

暴风雨也许就要来了。

三江大桥即将合龙，预定第二年国庆通车。猛叔转到东溪大码头渡口，继续渡人。

自从丽花不再上学，大牛便独自搭大码头渡来回学校，周末回来。这天到了渡口，猛叔让他稍等半个钟，若是没人过渡，便坐大牛单车回家。两人坐凳子上聊天，猛叔掏出小盒子里香烟，点燃抽着，问大牛："咋有这老单车。"

大牛说："丽花不读书，没车去学校，阿哲给雪儿说，把她家老单车借我用了。当年阿哲去市里学习，来回用的也是这部。"

"阿哲心好。"

"是，会为别人着想。"

"燕子她娘身体好像越来越差，小燕若考上大学，她娘咋办？大牛，燕子她娘辛辛苦苦把你拉扯大，养育之恩，大呢。"

"叔，大牛懂，我想好了，让燕子放心去上大学，她资质好，能读大书。我自己准备上枫洋农校，离得近，有需要，天天都能回来照顾阿娘。等中专读完，回咱公社什么单位都行，只要能照顾阿娘就行。"

"没想过和燕子……"

"不敢想，我是牛命，燕子不是，她不可能在这儿生活，她有理想。"

"放得下？"猛叔说后看了看大牛。

大牛习惯性摸一下头，叹一口气说："热单边，没啥用，只能放下，是放不下阿娘，燕子离开读大学，我只能留下来，能为燕子做的也只有这一点，让她放心好好读书，大学的生活费也要有人帮，我在家，做点兼职挣点，能帮补她，阿哲在信里也说过，我和燕子读大学和中专，他也会帮点。"

猛叔摸了一下大牛的头，说："难为你了大牛，叔赞你俩，你是好牛，阿哲也是好样的。叔没读过书，只会渡人，今后，你过渡不用给叔钱。"

大牛说："谢谢叔。"

猛叔绑定渡船，坐着大牛单车，一同回三元村，一路上两个人一直聊着瀚哲。

第九章

　　沙埔头工业大厦在沙埔头村，属上埗南园街道。往西的村道直出可到江南春酒家，往北方向是上埗南园路，中间出村经过菜市场直接通往深南中路，路口是西丽大酒店。另外几条小村道，往外走几百米，即是上埗区南园街道一带闹市。

　　公司宿舍在村里一处荔枝园里，从宿舍去公司，要走弯弯曲曲的村道，拐弯角有好几处。其中有一段路略为黯黑，要经过别人家的荔枝园。

　　瀚哲到公司两个月后，一天早上，他上班刚走过荔枝园，走到村长家后面那段村道，一个几乎直角形的转角处。一转弯，突然，眼前一亮，阿贞站在路边，似在等什么人。待瀚哲将走到她身边，忽然转过身，避开两人正面相对。举动有点滑稽，头低得几乎快到胸前，面壁而立。瀚哲看不到她的正面，只见她红了整条脖子。

　　瀚哲站住，刚想开口与她打招呼，阿贞却不与瀚哲说话，突然飞奔往公司方向去。瀚哲愣在那里，站着发呆，心里却杂乱：这种大小姐就是喜欢做让人摸不着头脑的事，摇了摇头继续走路，脑子里却闪出刚才阿贞那泛红的脖子。

　　自从第一天到公司，在写字楼门口与阿贞撞一下之后，阿贞和瀚哲基本没正面接触过。不论在任何地方，任何时候，阿贞每次见到瀚哲都急急避开，她似乎有意在躲避着什么。瀚哲心里，却希望能正面交流一下，哪怕聊几句也行。因雪儿的关系，阿贞和丹丹，瀚哲一直将她俩当自己妹妹一样对待。他想有机会当着阿贞的面，说自己是雪儿的好朋友。阿贞总是有意避开他，这让瀚哲一直感到莫名其妙，竟产生强烈的好奇心。

　　阿贞长得太像雪儿，如果不了解她与雪儿不是生活在同一地方，任何人看到她俩站在一起，一定会认为她俩是双胞胎。不知是不是雪儿情结的原因，瀚哲心里特别想接近阿贞。他设想可以去了解她的内心世界，在她愿意的情况下，尝试与她谈心，告诉她不要每天都这样郁郁寡欢，人，可以活得轻松快乐。但瀚哲心里有时又特别矛盾：自己似乎太自以为是，阿贞是他的什么人，难道因为阿贞是雪儿的表妹？何况她孤傲得似公主，整天绷着脸，给人一副冷冰冰的样子。走在路上，见了谁都不理睬，昂首挺胸，目不斜视，碰到瀚哲也是如此。甚至是曲意不让两个人有机会当面碰到一起。几次在三岔路口相遇，同时要转入来公司的路上，看看确实避不了，她干脆低下头，转过身，面壁停下来，等瀚哲走过她才走，也不与瀚哲说话。

　　丹丹不同，她在瀚哲面前，无忧无虑，像快乐的小鸟，每天串他工作室好几次，有时还偷偷塞点零食在桌上，聊上几句话。几乎天天都会问瀚哲"大哥哥，雪儿姐又来信了没？""你们从什么候开始谈恋爱啦？""我大姑妈不反对吗？"之类的话题。瀚哲有时真难回答丹丹的话，只能含糊其词蒙混过去。当然，她也经常在瀚哲面前骂林小姐，并暗示提醒他"不要与林小姐走得太近"。她说，如果他与林小姐那些人在一起，她大姑妈一定更恨瀚哲，雪儿也更难为情，这是雪儿特别吩咐的。

有一次，丹丹聊到同在样品组的女工妙珊，说妙珊与林小姐的妹妹是同学，林小姐的妹妹曾与妙珊一起来公司的写字楼。丹丹倒是大赞特赞林小姐的妹妹，说与她姐姐相比，那真是天壤之别。林小姐的妹妹，漂亮温柔又落落大方，逢人脸上总挂着微笑，让人一看就对她有好感。不像林小姐那骚狐狸精，只会勾引她大伯，迟早会让大姑妈给赶走。

每次丹丹提到林小姐，都会忍不住骂一两句男人才骂得出口的脏话。瀚哲便立即转换话题，让她聊聊阿贞。丹丹说：大家都在一起工作，自己去问她就行，为何要让我来说？

瀚哲想：这小妮子难道也发现阿贞一直有意在避开他？丹丹有一次顾左右而言他：心里如果没什么，坦荡荡的，为什么要曲意避开呢？

同样，雪儿每次给瀚哲来信，也几乎从不提及阿贞，偶尔提到，问瀚哲对阿贞有何看法，是否了解之类，言语间似在旁敲侧击表达着什么。最后不忘来一句"与阿贞保持距离"。让瀚哲头脑发乱，想：不是吧，阿贞会影响我什么吗？不会吧？雪儿反常的告诫更让瀚哲对阿贞产生强烈的好奇心，同是老板的外甥女，为何阿贞只愿做一名车花女工？

阿贞那副冷得让人发抖的面具，撩得瀚哲心烦神乱，又望而生畏。他也害怕，如果丹丹发现阿贞有意无意在路上等他的事，不知会在雪儿面前怎么说。本来就不太正常的事，一经丹丹三传四传，往往会变了味，会惹来很多不必要的麻烦。何况雪儿离他这么远，难免会生出一些误会来。

仿佛冥冥之中早有安排，这一段日子，阿贞与瀚哲有几天不得不天天面对面在一起。

那段时间，公司刚好赶做一批香港客户的样品，样品三人组另两人恰好请假，只阿贞一人上班，她不得不直接面对瀚哲，瀚哲也得以近距离接触阿贞。

但阿贞就是不主动与瀚哲说话。

几十件时装样品十天内必须完成，每一件要绣上几种花卉图案，有单色素雅整件连衣裙绣满的，也有艳丽大俗点缀在显眼位置的。这几十件样品的绣花图案设计，让瀚哲花了约一周的时间并且加了两个通宵才完成，只剩下三天时间给阿贞，任务确实十分繁重。而实际在裁片上绣出图案的效果与整体感觉，是要经阿贞在充分理解瀚哲的设计意图与色彩搭配之后做出来，才能确认整件样品的完成，所以在具体制作过程中，双方必须经常沟通。

阿贞依然不主动与瀚哲说话。

阿贞在制作样品的过程中，出现一些疑问时，她便把服装裁片拿到写字楼，让丹丹叫瀚哲过去。写字楼还有林小姐和娜姐。阿贞拿着车了一半花型的裁片，放在一张工作台上铺开，然后站着，身体僵硬，脸略红，不看所有人，也不问瀚哲，却由丹丹代问瀚哲，该怎么弄？瀚哲哭笑不得，只得对着裁片把设计意图一一做了详细的解释。瀚哲解释后，阿贞还是不拿走裁片，一直站着，翘起头，眼望天花板，居然扮起冷酷来。她不看瀚哲，也不看丹丹，一直不说话。

丹丹也莫名其妙，看看瀚哲，然后又看看阿贞，对瀚哲投来诡异的目光，眼神里似乎在问瀚哲：你们俩唱的是哪一出？瀚哲也是万般无奈，心里嘀咕：这大小姐不是又有什么花招吧？瀚哲只得揣摩阿贞可能有话要说，便试着问："是车花这道工序有问题吗？"

阿贞点了点头，但还是不说话。丹丹就问："难度太大？"阿贞摇了摇头，又看一下瀚哲，脸依然泛红。

瀚哲问："需要修改图案或花位？"

阿贞又点了点头，还是不说话，瀚哲有点急了："能说句话吗？"

阿贞迟疑一阵，羞涩说："构图色彩搭配都好，但花位定得太靠边，手工绣花时，裁片没余地用双手抓紧裁片操作。一件两件样品，我慢慢做没问题，大量生产时，每个女工技术参差不齐，多数女工会有问题，加上裁片有时尺寸少个三五毫米是常有的事，那就没法做，必须把这花位整体移一下或缩小才行。"

瀚哲心里几乎暗暗祷告：谢天谢地，阿贞大小姐终于对他说话了。

"缩小不好，没那么好看。"丹丹说。

"对，对！我重新处理，整体移，谢谢你，阿贞。"瀚哲说完，抬头看着阿贞，眼里充满肯定。阿贞低了头，不与瀚哲对视。

瀚哲想不到平时一脸忧郁冷酷的她，心还蛮细腻。看来阿贞的内心世界与她日常给人的表面感觉，完全是两码事。这女孩有执着可爱的一面，也许？瀚哲心中极矛盾：她为什么偏偏不直接找他？直接到他工作室跟他说不就行了吗？绕来弯去有趣吗？想到此，瀚哲心里不开心，心里嘀咕这大小姐在弄什么玄乎，正常的工作交流，有必要这样吗？

瀚哲的眼睛再次直直地盯着阿贞，似乎在问她为什么。阿贞匆匆看瀚哲一下，脸更红，拿起裁片跑了出去。瀚哲刚要转身回工作室，林小姐这时说："瀚哲，两天内一定要完成所有样品，香港公司追得紧，我叫阿贞晚上加班，你与娜姐也来加班，娜姐还要等绣花后在上面加珠绣呢，不能耽误。"

瀚哲刚要回话，娜姐捏着破鸭嗓子阴阳怪气说："那我不成了电灯泡吗？本来孤男寡女，刚好一对，好好培养一下感情，我来，惹大帅哥讨厌不是，我不来行吗？"

娜姐说后，双眼鬼鬼祟祟溜来溜去，看看林小姐脸色，看看丹丹，又看看瀚哲，脸上笑又不是，不笑又不是，口里发出一阵怪怪的沙哑呵呵声，然后大笑，笑得全身的肥肉荡来荡去地动。丹丹没好气地斜视她一下，扭头转身出去。瀚哲正要回林小姐的话，林小姐走到他身边，一手拍着他的肩膀说："瀚哲，你是人才，好好做，先把精力放工作上，天涯何处无芳草，女朋友嘛，等我帮你介绍，不急，把工作做好，我看好你。"说完转头要求娜姐这两晚也要来加班。

瀚哲没说什么，只是点点头，娜姐又说："是是是大帅哥，你技术好，生雅，姿娘仔见着羡慕死，心挫挫叫，雅姿娘一大堆，免急。林总有个妹，生雅死，比阿贞好百倍，有机会我自告奋勇当红娘。是吧，林总？"

娜姐说后，眼看着林小姐，不忘在瀚哲面前竖起大拇指，在林小姐面前诡异一笑。瀚哲苦笑，对林小姐说："林总，谢谢关心，我会努力工作的。"转身回了工作室。

阿贞的性格，一直让瀚哲捉摸不定，隔天她又碰到需要问瀚哲的问题，但她这次更滑稽，不再拿过来写字楼，只是停下手头工作，眼睛往瀚哲工作室这边直盯着，脸红红的似乎在用眼睛对瀚哲说话。瀚哲根本没注意阿贞停下工作。阿贞往他这边看了很长时间，弄得全车间的女工都停工，看一会儿阿贞，又看一会儿瀚哲。有的女工开始交头接耳窃窃私语了。

丹丹在写字楼像是发现什么，忍不住，过来工作室对瀚哲说："怎么眉来眼去了，整个车间的人都停工看着你们俩，难怪女工们私下都在议论，贞姐喜欢你。你看贞姐停下手头的活坐着发呆，只是眼睁睁直盯着你，已经半个多钟了，够明目张胆的。喂，是不是昨晚加班擦出火花？你够厉害啊，哥哥。"

"你说什么呢，开这种玩笑。我已经忙得要死，谁有闲工夫看她。难道她做样品又碰到什么问题？"瀚哲边整理资料边说，头都没抬。

丹丹说："我看八成是，你快去看看。"

瀚哲说："我没时间专门注意她，她不过来说，我怎么知道她又碰到问题，这大小姐也够任性的，真是。"

瀚哲说完，就往车间看去，阿贞正直勾勾望着他，眼里分明欲语。瀚哲猜她在做样品过程中肯定又碰到什么难题，只得急急往她工作的车位走去。说真的，他心里对阿贞有点反感，以前样品在制作过程中，有问题是妙珊直接拿到工作室问他，他从来不用进车间。可这大小姐，坐着不动还要让他过去，如果不是因为她是雪儿的表妹，瀚哲真要骂她一顿。

车间里百几十号女工，都注视着瀚哲往阿贞这边走来。

瀚哲极少走进几乎全部是女工的车间，脸上有点发红，女工们都停下手中的工作，擦亮眼睛打量着他。他一下成了女人堆里的亮点，她们看得他浑身不自在。

平常生产中所有的质量、要求和技术工艺要点，一般是妙珊在负责。阿贞和样品组另一人少君偶尔也会为车花女工们做些示范，有疑问也是妙珊直接去瀚哲工作室沟通。而今天，瀚哲打破常规，直接到车间来，而且阿贞刚才直勾勾注视他，那种有意让所有人都知道他是专门到她身边的这种行为，会让所有人私底下认为，瀚哲与阿贞似有某些特殊的关系，或者有某种默契。

她为何要这样做？瀚哲心里问。他想：自己真笨，应该让丹丹过去问阿贞，有问题，通过丹丹到他工作室说就好。他后悔刚才听了丹丹的话，但后悔已来不及，他已走到阿贞身边。

瀚哲走到阿贞身边，见阿贞竟然抬头对他笑，瀚哲霎时间有点蒙了，刚才心里那一点怨气抛到了九霄云外，心里一阵慌乱。他骤然想起，不是一直想找机会与她说话吗？眼下机会就在眼前。这样想着，他脸上更红，倒显出不好意思，他轻声甚至是温柔地问她："有什么问题没？"阿贞答："没呢，就要你过来，好玩。"

瀚哲一听，直接快晕掉，没好气说："我工作忙得要命，开什么玩笑，样品没问题是吧，那我走了，你真是……"

瀚哲说后，急急往回赶，回到工作室刚坐下，透过玻璃窗，阿贞竟然用纸巾拭着眼泪。他不敢再看她，只得装作一副若无其事的样子，继续做他的事。可心里却慌乱得不知如何是好，他又不好过去安慰她。想不到她居然在车间里，众目睽睽之下哭。而且是在瀚哲刚从她身边回来就哭，难免会让人产生更大误会，甚至会让人认为是不是阿贞工作出什么差错，被他骂哭了。

果然，丹丹进到工作室，问："你咋把她骂哭了？"

"哪有？她差点把我弄哭是真。"

"她在哭，你好好的啊！"

瀚哲说："女孩子的心事，就这样，捉摸不定，一时风，一时雨。我不知道她弄什么。她不是碰到问题，而是说就要我去她身边，我不知道她是什么意思。我刚才跟她说，我忙得要命，不要开玩笑，她就哭，这不是有意在玩我吗？丹丹，有机会你说说她，不然我叫你雪儿姐说说她。唉，弄什么玩意儿。"

丹丹说："你糟了，嘿嘿。"

瀚哲说："咋说？"

"大哥哥，你千万不能对雪儿姐说，说了你会更乱，不，更糟。她昨天问我，说你是不是雪儿姐的男朋友，我不敢直说，只说并不清楚。你自己想想，这是什么原因吧，你这么聪明，难道要我挑明吗？"丹丹说。

丹丹说完就走了，瀚哲往车间望去，阿贞居然不在位子上，不知去哪儿了。这时，瀚哲的心彻底慌了，下午还有两个样品要做，如果完不成，第二天交不了货，那就是他的责任。公司所有样品送去给客户前，都要由他把关，确认没问题才交给林小姐。瀚哲一时不知如何是好，只希望下午能见到阿贞。

下午上班，阿贞竟然没来，瀚哲急得像热锅上的蚂蚁，六神无主，只得央求丹丹快去宿舍找她，让阿贞快来完成这两件样品。中午在饭堂吃饭，他也没看到阿贞去吃饭，她究竟赌气去哪儿了？在饭堂看不到她，已经让瀚哲神伤了一阵子，后悔在车间说她。

丹丹去了约有一个钟，未回，林小姐焦急过来瀚哲工作室找他，说："咋弄的？瀚哲，明天这批样品一定要送到香港客户手中，这关系到公司下半年的生产货源，你千万不要因为私事而耽误公司业务。我听娜姐说，你与阿贞闹别扭是吧？谈恋爱就谈恋爱，不要把私事带到公司来，懂吗？"

瀚哲一时哑口无言，有口难辩。他不可能把责任推阿贞身上。幸好这时丹丹带着阿贞进来，阿贞见林小姐批评瀚哲，幸灾乐祸笑，然后对林小姐说："林总，都是我，中午身体不大舒服，耽误了进度，是我的责任，没事没事，我能完成，我赶快去做。"阿贞说完出去忙活，林小姐也回了写字楼。

等阿贞和林小姐出去，丹丹说："我到宿舍，她还在哭，她说心情不好，坚决不来上班，我说了一大堆好话都不行，最后，我在临出门时对她说，如果样品明天送不出去，会连累你受责，甚至影响到公司下半年接单量，更严重的，老板会炒你鱿鱼。她听完，身体像打了鸡血，立即从床上一下子跳下来，洗个脸就跑过来。我真不知道你们唱的是哪一出，依我看，今后有你好受的。"

瀚哲听完，摊开双手，耸耸肩摇头说："丹丹，我真是莫名其妙，一头雾水，我根本弄不明白她为什么这样，是什么用意。"

丹丹说："谁知道你俩私下的事，反正贞姐对你有想法了。你死定了，恭喜你啊，瀚哲大哥哥，哈哈哈，我看你必须提前想好，怎么向雪儿姐解释。"

瀚哲现在是跳进黄河也洗不清了。

丹丹说完就走，关门时，转回头用食指在自己脸上比画，羞瀚哲。瀚哲无奈，长长叹一口气，心里想：这两个大小姐，够自己受。还是雪儿好，雪儿就是对他好，他想念雪儿。对阿贞，他绝对不可能有想法，到目前为止，他只是出自一种正常的关心而已，因为阿贞平时太忧郁，她忧郁的眼睛说明了一切。难道阿贞也经历过不幸，或者有其他原因……

第十章

几天后，阿贞不小心被车针刺穿手指，血流如注，急匆匆跑进写字楼。财务妹刘海英一见，猛敲瀚哲工作室的门，说自己血晕症，见血就怕。她脸上发青，脖子发白，对瀚哲说："瀚哲哥，阿贞给车针刺穿手指，一直在流血，快晕死，你赶快帮她包扎。"

瀚哲一听，也特别紧张，放下手中的笔，赶紧跑到写字楼，口里说："怎么好端端的，就把手给刺破了。"

阿贞正捂着流血的手，眼睁睁望着他，看他过来，居然微笑着迎上来，气定神闲地，把被刺穿的手伸到瀚哲面前，若无其事，似是有意在等他过来，根本没把刺穿手指当回事。

瀚哲发蒙，紧张得抓不稳阿贞递给他的那只手，这是他第一次抓阿贞的手。他看着阿贞一直流血的手，赶紧叫海英从备用药箱里拿出绷带，清理完血，替阿贞包扎伤口。

包扎时，瀚哲关心问她："痛吗？"

阿贞倒是很坚强，一直脸带微笑，说："不痛，你不是在包扎嘛。"

瀚哲好奇，阿贞手虽抖着，但好像没一点痛感。刚才，瀚哲抓住阿贞的手时，阿贞的身子不自觉颤一下，脸红，眼不敢看瀚哲。

　　瀚哲只顾专心帮阿贞包扎，第一次替人包扎伤口，而且是给美丽的女孩包扎伤口，他心里紧张的程度不亚于新兵上战场，弄了几次弄不好，脸上涨红，显出不好意思来。他不敢抬头看阿贞，阿贞的手一直哆嗦着。也许是两个人心里同样紧张的原因，配合不默契。

　　过一会儿，阿贞把眼睛移回，微笑说："瀚哲哥，慢慢来。"双眼死死盯在瀚哲的脸上，似在观赏着一件心爱的宝物，居然没半点不好意思，直盯得瀚哲脸上热辣辣。

　　双方近距离身体接触，从阿贞身上发出来的一丝沉沉体香，让瀚哲深吸了几口气，他此时几乎能听到阿贞心跳的声音。瀚哲脸上不禁热得发烫，整个身体也是热烘烘的，呼吸声明显急促加重，心脏也剧烈跳动。瀚哲清楚记得，这种感觉，当初他和雪儿拥抱时也出现过。

　　终于，瀚哲帮阿贞的伤口包扎好，他如释重负，深深透了一口气，凝神看着阿贞，阿贞抬头，一脸春风，甚至是妩媚，羞羞对他微笑说："瀚哲哥，谢谢你。"

　　瀚哲说："还痛吗？"

　　阿贞说："没事，不痛。"

　　瀚哲看得阿贞低下头，他不好意思再凝视她，说了句没事就好，赶紧回了自己工作室。

　　老周人长得不高，圆脸略胖，眼睛小得只见一条缝，稍弯，似女人的月牙眼，眉尾微向下，两片薄唇里有一排整齐洁白牙齿，密不见缝，自称是守口如瓶的人。他的面相慈眉善眼，是一个好人。老周经常主动与瀚哲聊公司里的一些事，聊丹丹与林小姐的矛盾。这天，老周神神秘秘地吩咐瀚哲说："阿哲，你可要站好队。"

"站什么队，没那么复杂吧，我就一打工仔，东家不打西家打，不会饿死。"

"对，你有技术不怕。"

"那是，我从来不担心。"

这天下午，老周走进瀚哲工作室，坐定后压低声音说："昨晚林小姐又让老板给打了，这次打挺重。"

"为何打？他经常打她？"瀚哲惊愕问，心里觉得林小姐委屈。

"好像货质量出问题，扣了很多钱……"老周欲言又止。

瀚哲试探性问："不是一贯抓得很好吗？"

老周起身关门，压低声音说："林小姐与娜姐勾结，或娜姐骗林小姐，用次品珠片，货到香港，客户还没验货，珠片已全部变色。老板赔钱不说，还影响信誉。一生气，喝完酒就打骂林小姐。我今早听丹丹说的。"

"哦。"

瀚哲没往下问，虽然他只来几个月，觉得公司太复杂，迟早会出问题。但他倒体谅林小姐：她很辛苦，这么大工厂，里里外外靠她一人管理，帮忙的人不多，有时难免出错。雪儿舅舅打她，不应该。记得有一次，老板酒醉后不知因什么事，把林小姐打到手骨折，第二天林小姐扎着绷带，还要继续来上班。那天，瀚哲不知情，关心问她，林小姐说是上楼梯不小心摔伤，老板要出差她必须跟着去。事后丹丹告诉瀚哲，是被她大伯给打的。想到这些，瀚哲觉得林小姐真的很可怜，她究竟在抱着什么期望？是钱？是幸福？人前的一点虚荣？她究竟为了什么？自己的事业？日后扶正结婚？但听说她已经打了两次胎。瀚哲心里同情她，虽然林小姐认为瀚哲不是她的人。

瀚哲与老周说："这事不聊，咱们说点别的吧。"

"有女朋友吗？"

"怎么突然问这个？"

"有人对你有意思，你这小子长得帅，有技术，对人好。如果我是年轻女孩，也会爱上你。"老周一脸正经。

"不可能吧？我才来几个月，哥不要取笑我。"

"什么不可能？你往车间那方向看一看就懂。"老周叫瀚哲透过玻璃窗，望一下外面车间阿贞的方向。

其实车间那个方位，两月来，特别是样品风波和包扎事件后，平时上班，瀚哲也是经常看过去。老周说的，瀚哲心知肚明，因为那是阿贞的方向。最近这段时间，他更是频繁往那方位看，有时看过去时，阿贞刚好望过来，两对眼睛的视线，碰撞交织在一起，似乎形成一股电流，击中他的身体。瀚哲会浑身发热，会立即把头往回转，阿贞也不好意思低下头，不敢看他，脸红红的。

时间长了，瀚哲发现阿贞性格真的特别乖僻，而且带点偏激。她很少与人说话，见不到她与人交谈。让瀚哲更矛盾的是，按理说，阿贞是雪儿的表妹，雪儿来信中却极少提到她，所以瀚哲也极少主动与雪儿提及阿贞，也许，雪儿一家与阿贞她家不甚来往。因此，瀚哲只能是暗地里关注阿贞，发觉阿贞与丹丹的关系也很一般。这究竟是为什么？她来到舅舅公司，做一个普通的车花工，有点不合常理，究竟为什么？

人，往往有好奇心。

"喂，你看一下嘛，我每天在写字楼里观察，她看你这边不下二十次，有时还托着下巴发呆，就往你这里看。"老周又催瀚哲看过去。

瀚哲不自觉往阿贞那边看，这时，阿贞正好也往他工作室这边看。四目相对，仿佛眼里在问候对方。瀚哲微微向她点一下头，阿贞知趣低下头，嘴角轻轻动一下，算是回应他。

这时，鬼精灵丹丹进来，一看瀚哲向阿贞那边看，绘声绘色说："瀚哲哥，不许脚踩两条船啊，不然，我与雪儿姐姐说去。"

"小孩子不要乱开玩笑。"

"不是开玩笑，人家经常主动向我打听你呢。"丹丹接着对老周使个眼色，继续说，"周叔您说吧，那天贞姐向我打听瀚哲哥时，您也在场，还说人家帮她包扎手的时候很认真、很用心、很温柔，人家念念不忘呢。"丹丹说后，"咯咯咯"笑个不停。

"是，是的，阿哲，有这回事，那天阿贞说这话时，还含情脉脉往你工作室看呢，这不假，你看你看，阿贞又往你这边看过来了。"老周满脸坏笑，指了指车间，附和着说。

瀚哲不敢再往阿贞那边看去，严肃对他俩说："不要越描越黑，我不可能与她是什么男女朋友关系。上次她不小心给车针扎破手指，那天写字楼只有我与海英，周大哥不在，本来是周大哥的事，却让我代劳。海英一见血说晕，我只能硬着头皮帮阿贞包扎，我是男人，义无反顾，很正常。换作丹丹你或其他女员工，我也会一样。"

丹丹淘气道："小女子感激不尽，谢谢大哥哥。"说后像潮剧旦角千金小姐拜见长辈样做个万福，弄得老周大笑。

"实际上，我从来没和阿贞单独说过一次话。你们不要拿我开涮。"瀚哲委屈解释。

在老周和丹丹夹击下，瀚哲心里明显有些浮躁，脸上热乎乎。回想那天帮阿贞包扎手的时候，的确也有过一丝心猿意马，阿贞猛烈的心跳声，他几乎可以清晰地听到，她胸部在他眼前一起一伏，令他心里没法平静。抓紧阿贞的手时，她身子的颤抖传到他的手上，他也跟着发颤。阿贞的手柔软温暖，感觉无比舒服。虽然低头认真为她包扎，不敢看她，他知道阿贞一直凝神注视着他，她满脸红霞，身上一股香味让他回味好多天。那天的情景，一直在他脑子里出现。事实上，为阿贞包扎手指的那天晚上，阿贞吃过晚饭后主动来找过他，只是他那晚正好不在宿舍。他是第二天听长得一脸猥琐的司机阴阳怪气描述这回事才知道的。

老周与丹丹一唱一和，虽然有点拿瀚哲开玩笑的味道，可是瀚哲心里却美滋滋的，既舒心又暗暗欢喜。想起那天的情景，忽然怦然心动。他没让自己开心的心理表露出来，而是理直气壮地反驳着老周与丹丹，一副根本不当回事的样子。

丹丹与老周都哈哈大笑。老周临出门还幸灾乐祸来了一句："有戏看了，丹丹。"

"也许吧？肯定的。"丹丹也扮个鬼脸，扔下这句话走了。

瀚哲一脸茫然，心里小乱，不自觉又抬头往阿贞那里看去，见阿贞低下头，不再与他对望。瀚哲思绪更乱，想：难道老周和丹丹说的话是真的？

下班后，瀚哲有意在阿贞返回宿舍的路上等她，当阿贞走到瀚哲面前时，低着头加快脚步逃过，仿佛他俩是陌路人。

等阿贞从瀚哲面前走过，瀚哲不敢立即跟上去，在她后面似有意又无意慢慢顺着她的方向去。

经老周和丹丹这么一弄，瀚哲心里本就乱得一塌糊涂，脑子里好像有两个自己在打架：该不该主动与阿贞打招呼？同事之间难道不可以做朋友吗？何况她是雪儿的表妹。按道理，彼此应该互相关心，包括丹丹，理应成为朋友才对。另一方面，瀚哲又犹豫，就算说说话，要与她说什么话呢？难道直接说：贞，我是你雪儿姐的男朋友，咱们也是朋友。这样也太幼稚了吧，唉，他一时没了头绪，乱得不知所措。

也不知怎么走的路，他居然顺着阿贞回宿舍的路，磨磨蹭蹭地跟着阿贞来到她住处的楼下。

阿贞与丹丹住沙埔头村长家的住宅楼，公司把整栋楼租了下来，阿贞与丹丹住二楼，老板与林小姐住三楼。丹丹与她大伯及林小姐他们一起吃饭，有专门厨师负责做饭。阿贞却不同，她不与他们一起吃饭，只在这里住，自己在工人食堂吃饭，她只是住在这里。

瀚哲不知道他到这里为了什么，为了与阿贞说句话？为了多看她一眼？还是为了让她知道他跟着她来？

人在心神不定的时候，有时真会做自己及外人都难以理解的事。

他不知不觉走进这栋楼，一楼大厅是公用地方，有一个长条形状、可同时容纳几个人一起洗衣服的洗衣台，还有一间厨房和饭厅。

二楼眼前出现的一幕，让瀚哲终生难忘，每一个细节都让他刻骨铭心。

阿贞正背对着大门口洗头，她的长发既黑又长，柔软顺滑，上班时穿的那件宽松印花纯棉白色短袖T恤已经除下，胸部只穿着黑色吊带紧身拉架文胸，上身基本裸露出来，整个后背更是完全裸露着，一整片凝脂肌肤，她洗头的水，滑落在她的肌肤上，光滑的皮肤像荷叶上的露水滑落一样，干净得不留一点痕迹。秀色可餐这几个字，这一刻让瀚哲真正理解。他整个人几乎入定，不敢有动作也不敢弄出响声，因为任何一丁点儿响声，哪怕是一根针儿掉落地下发出的声音，都会破坏这绝妙一刻。

阿贞一边洗头一边哼着《月亮代表我的心》，洗头时的水声，又有如这画面的音乐伴奏。瀚哲在这种只有他们两个人在场的空间里，完全陶醉了。他有一种扑上去，然后紧紧抱住阿贞的冲动。但理智告诉他，他不能这样做。他羞愧地努力控制着自己就要爆发的冲动。他心里既想看着阿贞，又怕被阿贞知道他正在看着她。

他心里那一种莫名的冲动，已燃烧他整个躯体，他全身发烫，极度狂躁，他快把持不住自己了。

理智告诉瀚哲，他必须立即离开，在这里停留的时间越长，只会让自己向着可能发生的罪恶靠近一步。瀚哲打了一下自己脸，正想偷偷地离开，这时阿贞抬起头，直起身，擦着头发，突然转过身来，把她完整的曲线暴露在瀚哲眼前。看到瀚哲，她本能地尖叫了一声。

画面一时静止。

空气仿佛凝固。

两个人完全傻眼了。

好一会儿，阿贞先反应过来，她本能地一手抓过毛巾，围住身子，一脸惊恐的神情，脸色涨得血红，语无伦次地指着瀚哲说："你，你，你真坏，你怎么会在这里，你偷看我，你坏死了。"阿贞说话的语气并不十分愤怒，但非常激动。

瀚哲战战兢兢开口说："我不知道我怎么来到这里了，刚才跟着你，不知怎么就到这里来了。对不起，贞，我不是故意的，是我不好。"说完，他急急转身跑下楼，他不敢再待下去。

回到宿舍，瀚哲心神不定，努力让自己冷静下来。可刚才阿贞那苗条、玲珑的背影和转过身来那一幕，频繁浮现在他面前，那是多么美妙的一刻。阿贞确实比雪儿更漂亮、更丰满，甚至是带点雪儿没有的野性，令他回味无穷。阿贞一脸天然忧伤感，让他有点心痛，看一眼就忘不了。她的身上似乎带着一种吸引他想去接近她、了解她的魔力。她冷艳且带点忧郁，感觉她似乎一直想接近他，但她又好像有一种复杂心理，让瀚哲说不出来的一种感觉。像人的心里痒痒，又抓不到痒处，却又不得不老想去抓。她真的很难捉摸，这难道是她吸引瀚哲，让他对她有好奇心的原因？

难道阿贞下班一路回来，早就发现瀚哲在后面跟着她，有意这么做的？有意这么大胆脱了上衣洗头，把绝美身材让他看？瀚哲不知道阿贞生他气没有，不知道她怪不怪他。只知道女孩在不太熟悉的男人面前，把自己的身材暴露无遗，肯定羞涩。但从她的表情看，又觉得她不是真怒，甚至娇羞嗔怒的语气，带点撒娇的味道，或许她有意，抑或对他真有好感……

稍为冷静后，瀚哲想起雪儿，他已经有几天没给她写信，她一定在等他的信，她肯定急死了。

他责怪自己不该去阿贞那里，也不该在车间与她眉来眼去，更不应该对阿贞有任何半点想法。他对不起雪儿，若没有雪儿帮忙，他不可能去公社服装厂设计室工作，不可能有条件边工作边继续画画，也不可能到特区她大舅公司，更不可能认识阿贞。

雪儿几年来一直在鼓励他、帮助他，她几乎是他的精神支柱，雪儿是他一生中的贵人。她几乎是在认识他之后，就一直用一颗真诚的心，扶持着他。他会一生一世记住雪儿对他的真情。

瀚哲没去吃晚饭，而是提起笔给雪儿写了封长信。他对雪儿说这几天因为工作忙没给她写信，顺便谈了丹丹和阿贞的一些情况，谈了林小姐与她大舅的一些事以及公司的货被扣钱的事。当然，阿贞的事只是一笔带过，然后是大量对她的思念。

写完信，瀚哲把刚才撞见阿贞洗头那一幕，写在了另一本日记里。接着默默回味刚才那些镜头，难得一个不加班的晚上，他沉浸在刚才偶见阿贞洗头、她回头惊慌失措的那一刻，那一瞬间的静止，让他激动得久久不能平静下来。

阿贞真的太美，那是一种原始的美，野性的美。

若是没有雪儿，他也许会疯狂爱上她。

他憧憬有一天，他能为阿贞画一幅画，他一定会让阿贞的美貌定格在画面中。

他彻底乱了。

第十一章

瀚哲决定找老周，把凌乱思绪理一理。

老周家简洁，单位分的一房一厅，客厅一套简陋木沙发，餐桌折合式放墙边，旧办公桌上面一部康佳牌十四英寸彩色小电视，是家中最值钱的电器，旁边一个落地风扇。沙发对面墙中间挂王淑明的《东山草堂》，瀚哲临摹的。

"周哥，晚上不用出去吧？"

"不用，阿哲坐，正想找你聊事，来，喝茶，黄山战友刚寄来的上等太平猴魁。"老周热情招呼。

"谢谢周哥，好茶。"

"想了解阿贞？知道你这小子无事不登三宝殿。"老周直截了当说。

"不是，我就是找你闲聊。"瀚哲尴尬。

"怎么不问丹丹，她俩住一起，又是表姐妹，清楚，你问我，是怕丹丹知道你对人家入心？"周哥却更是一针见血。

"没呢，就闲聊，嘿嘿。"瀚哲表情不自然，脸红。

"阿贞来公司比丹丹早，之前老板让她学管理，她说不会管人，愿做车工，自己挣多少是多少，自由，货接不上当休息。倔强，是懂事女孩，但整天一副忧郁相，不像丹丹，丹丹有时使小孩子脾气，仗势欺人。"周哥却毫不理会，自顾着说。

　　瀚哲凝神听。

　　"需要我帮忙，搭搭线做媒？"

　　"大哥说哪里话，随便聊聊，真没这意思。只是觉得她鹤立鸡群，特立独行，与丹丹也不是很亲密。"

　　"她对谁都冷，丹丹也一样。阿贞跟普通工人在大食堂吃饭，难能可贵。全身包得严实，浑身像带着刺，谁也不敢碰她，都敬而远之，一百多女工，陈娟华是她唯一朋友。她其实挺孤独，好像捂着什么心事。有时从她眼神，感觉她有微微的忧郁。这种性格，与丹丹鬼精灵的个性，完全不一相，也有冲突，但她让着丹丹，她俩感情其实挺不错。"老周把对阿贞的看法，都说与瀚哲。

　　"会不会很难相处？"瀚哲试探性问。

　　"你这小子，看来真对人家有意思，心痒痒是吧，咋不大胆约她，能不能做朋友，那是看缘分。"老周一脸正经说。

　　"没，没，没这意思，随口问一下。"瀚哲努力澄清。

　　"你看你，还说对人家没意思，说话急成这样，哈哈。"

　　这时，周大嫂理完家务，也来凑热闹，说："小兄弟，是不是有意中人？"

　　瀚哲一时不知说什么好，脸红。撞见阿贞洗头那一幕，又出现在他脑海里，不禁脸现害羞。

　　他只顾想着阿贞与雪儿，忘记自己在老周家，站起来回踱步。

　　"你这年龄，也该谈恋爱了。"

"阿贞？不敢想，她是老板外甥女，我不敢高攀。"

"如果她追你，你接不？她对你有意。我去找老板，她次次在楼下等我，问你情况。对你没意思，她干吗问，是吧？就像你，心里没想法，急着问她干啥。"

瀚哲有点害怕：若是她真的主动约他，他该怎么面对？赴约，对不起雪儿；不赴约，伤阿贞的心。瀚哲一时心烦意乱，仿佛阿贞已经约了他，口里嘀咕："不会吧，但愿没有。"

他不愿去想未发生的事情，也有意转移话题，对老周说："发生了再说。对了周哥，你不是说有事找我吗，什么事？"

"是这样，为发掘特区人才，省委宣传部在特区范围内做一个艺术人才的摸底，举办首届南粤美术作品省级大展。我给你报了名，下个月底交一幅作品，代表上埗区参加，你得认真准备，最好能拿个金奖回来，我看你的水平一定行。"

老周用领导的口气布置任务，瀚哲也乐意接受。他说："行，没问题，领导交代的一定完成，能不能拿奖，那无所谓，重在参与。"

老周说："那好，说定了，你好好创作，到时我把你的画送组委会去，你用心，一定要拿个奖，给咱公司长脸。"

"好的，一言为定，我一定不令大哥失望。"瀚哲拍着胸脯说，然后别了老周夫妇回去。

路上，他一直回味老周对阿贞看法的一席话。从老周家出来，肚子饿得直打鼓，才想起还没吃晚饭，在路边大排档吃碗云吞面，回宿舍路上，想起雪儿曾经对她说的一句："一生只够爱一个人。"

他却觉得：一生，不够爱一个人。可惜人没有来生。雪儿、阿贞，这一生，谁能与他在一起？雪儿妈妈肯让雪儿嫁给他吗？阿贞，他能爱她吗？不行，绝对不行。

或者，她俩都不是。

回宿舍，要经过荔枝树下弯弯曲曲的小石径，穿透树叶落地上的月影儿，像一幅灵动水墨画，显出虚实疏密，人走过，不同图案照射行人身上，光影变幻晃动，层次感极好。走这段宁静小路，像画里穿梭，别有一番情趣，几乎让人忘了工作的劳累，一下子舒心。

瀚哲刚过小石径，将到宿舍门口，阿贞出现在他面前。见了瀚哲，她想叫他，手刚举过头，又似想起什么，硬生生收回。这小动作让瀚哲感觉出她心里那份欣喜，虽然她还是保持女孩特有的矜持。

她依然穿着黑色健美裤，宽松的白色T恤，一身休闲得体，显得落落大方。

阿贞的突然出现，吓瀚哲一跳，他下意识停下脚步问："你怎么一个人在此，等谁？"瀚哲的语气明显带着关心。

阿贞不论出现在任何地方，一般都是与娟华一起，而她在这里，肯定是在等他，他是明知故问。

阿贞低着头。也许她在这里已经等了些时间，此时见到瀚哲，脸上郁闷尽散，一双小手在胸前十指相叉，分开，再相叉，再分开，小激动伴随着娇羞，似要开口对瀚哲说话，却欲言又止。

瀚哲不敢正视她，低头说："蚊子多，给叮了不少吧，晚上出来咋不叫娟华陪，万一碰到坏人，怎么办？"瀚哲声音不大。

"就等你，碰到坏人也是你害的。"阿贞头轻轻扭一下，半娇半怒，说话间手不断摸手臂。

动人的声音让瀚哲心里酥痒。这句话，声音小到感觉她是在他耳边说，就像优美悦耳的音符，沁人心脾，入他心田。瀚哲骤然觉得整个人舒服极了，内心的欢喜无从表达。身体竟不自觉地向前蹭了几小步，做出想去拉她手的举动，但他及时收住脚步，脸热得发烫，心跳加剧。

"这能让娟华一起？你就装不懂？比梁山伯还傻，亏我等了你快两个钟，蚊子咬得受不了，你倒好，跑哪儿去了？"阿贞又娇嗔地说。

"我去周哥家聊天，对不起，我不知道你有事找我，是我不好，怎么就跑出去了呢？"瀚哲自责说。

"你明天……有空吗？"她小声问。

"明天，星期天不用上班，有，需要我帮你做什么？"瀚哲有点受宠若惊。

"咱们一起到荔枝公园咖啡厅，喝杯咖啡行吗？去不？"

真是哪壶不开提哪壶，刚才与周哥才说到这事，想不到这么快就来了。瀚哲想：去还是不去？去了，对不起雪儿。不去，又让他心有不忍。他不是一直想尝试接近她，关心她，甚至是……但如果雪儿知道，雪儿会怎么想。雪儿容忍他与别的女孩约会？这是对雪儿不忠吗？但阿贞洗头那一幕又让他心里极想接近她，阿贞太有魅力。

阿贞眼睁睁看着他，等他回话。见瀚哲迟疑，她不开心地低下头。夜色下，瀚哲发觉她不开心、失望的表情，他突然觉得，阿贞缺失的是关爱，她心里一定有什么一直缠绕着她的疙瘩，也许是某件事，也许是某个人，她真的需要关心。何况背着雪儿和阿贞出去一趟，也不算背叛吧？

心里纠结了好几分钟，他既激动又忐忑，终于鼓起勇气说："好吧，几点？"

"上午九点，明天见。"阿贞抬起头，脸色已是光明亮丽。

瀚哲说："好，明天见。"

听了他肯定的答复，阿贞急急转身走了。

回了宿舍，瀚哲一个人发呆。初见阿贞，惊为天人，再见她洗头那一幕，瀚哲在阿贞的世界里已经完全沦陷，似乎再也无法解脱。从第一天起，每次看她一眼，目光一触到她，就紧紧追随着，很怕一眨眼，眼前的她就不再是她。

短短几个月来，她已经完全走进他的心里，她注定是他人生轨迹中永远抹不去的心魔。他问自己：喜欢上阿贞了？也许有这种可能。那雪儿呢？雪儿为他付出那么多，他不可能再爱别人，绝对不可以，不能忘恩负义，更不可以爱阿贞。雪儿为他的工作、他的前途，做着无私的奉献。雪儿不顾一切，甚至为他还说宁愿不上大学……他不敢想下去。

这晚，瀚哲彻夜难眠。

第二天，瀚哲提前十几分钟来到市政府旁的荔枝公园，阿贞还没到，咖啡厅也才刚开门。瀚哲选了一个靠窗能直接看到公园的位置坐下来。

咖啡厅装修考究，拙朴的红砖墙，只磨平整，原木色框大窗，玻璃明亮，吊顶是深灰色调，用竹做的灯笼，点缀整个空间，每个角落都颇费心思。音乐吧台一套专业音响，播放着钢琴王子理查德的《致爱丽丝》，悦耳入心。

九时整，往咖啡厅门口望去，阿贞正缓缓走来。

蕾丝V领修身吊带黑色连衣裙，女人曲线体现得极具穿透力；玉臂美颈在黑色衬托下，肤色显得更白；手拿白色手袋，胸前一朵洁白玉兰花饰品，十分显眼；头上戴一顶白玫瑰花边、白色立体兰花装饰的黑色荷叶形遮阳帽，脚下一双手工绣白玉兰花的黑色布鞋。阿贞的整个装扮，分明很费了一番心思。显然，她很认真地对待这次约会。

"贞，这里。"阿贞一进门，瀚哲起身向她招手，让座，极礼貌招呼她坐下。

落座后，阿贞问："很早到？"红晕的脸上带着腼腆。

"没，刚到一会儿，你今天真美。"瀚哲由衷赞美她。

"平常不美？"她微微一笑，百媚滋生。

"不，不，平常也很美，是说今天更美，反正是特别美。"瀚哲脸红发热，说话语无伦次。

"看把你紧张的。"阿贞笑着说，瀚哲跟着笑，气氛一下子轻松了下来。

"喝什么，咖啡，还是奶茶？"

"咖啡。"阿贞想了想说。

她放下手袋，摘下帽子，理了理飘逸的秀发。这一连串动作在瀚哲眼里，也是极优美极有节奏感，心想：阿贞比雪儿更懂打扮，更有韵味，她的美带着野性妖艳。

瀚哲向服务员要了两杯咖啡。不一会儿，服务员送来咖啡，转身轻声赞叹："哇，好美。"

瀚哲一听，对阿贞说："女人都夸你美呢，何况男人。"

阿贞对他微笑，看他一眼，低头，又再看一眼，脸绯红。手指在胸前微抖。瀚哲不经意瞄一下她胸前V领倒三角。身上似触了电，一股热流贯穿全身，脸炽热。他下意识低下头，不敢再看她，假装弄起咖啡。

阿贞被瀚哲盯着，满脸不自在，欲言又止，还是忍不住问："你是有意跟着我去宿舍，还是……这让人羞得无地自容。"

这句话令瀚哲尴尬，脸再度热得发烫，有点不知所措，只好假装镇定小声问她："这很重要吗？"

"是。"她很认真地说，再看他，神情倒是慢慢恢复自然。

"那就……算是吧。"瀚哲表情有点古怪，心里既兴奋又紧张，还是不敢看她，边弄着咖啡边回答。

"真的美？看那么久，入心？"阿贞自信地说，说后扬一下头，看得出蛮骄傲。

"是的，很美，那情景，终生难忘。"

阿贞满脸灿烂，自豪感与满足感表露无遗。女孩子，谁不喜欢男孩子夸呢。

"我整个身体让你这坏蛋给偷看透，你不能出去乱讲，不然我对你不客气。"虽是这么说，但看出她内心的欢悦，仿佛凯旋的将军姿态。她又问："我与雪儿，谁更美？"

突然一句话，瀚哲一时难以回答。像新媳妇过门，早起得罪丈夫，睡过头得罪婆婆，他进退两难。都是绝美的女孩，雪儿帮他那么多忙，为了他伤她妈妈的心。阿贞，虽然性格有点孤傲倔强，甚至偏激，但本性不坏，人也有气质，也是值得爱的一个女孩。

或许，阿贞问他这句话，是一种不自信的心理表现。

她为什么突然提起雪儿，难道她知道雪儿和他的关系？是丹丹对她说的？或是从他日常与雪儿频繁的通信中发现的？若不是丹丹说的，说明她一直在留意他。

他该如何回答呢？怎么回答才不会伤她的心？回答不好，会伤害两个女孩的心，虽然雪儿现在不在这里，但瀚哲一样不愿伤害她，哪怕是言语上的伤害。

"你们俩没有可比性。"他说。

"一定要表态。"阿贞不依不饶。

"怎么突然说起雪儿？"

"你们是同一个地方的，还是同学？"阿贞认真问。

"是，雪儿是我同学。你们都很美，都是值得爱的人。"瀚哲忽然觉得今天的约会，也许不是他想象的那么美妙。他接着问阿贞："雪儿和你提我了？还是丹丹告诉了你什么？"

"一天一封信，甚至有时是两封，谁不知道，还装呢。"阿贞的话里分明带点醋意。

她确实细心，也证明她一直在关注他，这是好事还是坏事？瀚哲不敢去想，也不愿意去想。

"贞，咱们不说雪儿，行不？"瀚哲有意岔开话题，不想把这次约会弄得不欢而散。

"你会爱我吗？"她水灵灵的眼睛盯着他，眼神是真诚的，认真的，更是坚毅的。

她突然直接这么一句，瀚哲心里一时七上八下。他根本没这种心理准备，更没考虑爱阿贞这个问题。雪儿对他好不用说，从初中就爱他。他对阿贞有好感，那种忧郁的感觉，让他想接近她了解她。阿贞有十足的吸引力，像她说的"我整个身体让你这坏蛋给看透"，他希望带给她一点点开心，一点点快乐。他潜意识里已经爱上她，当看到阿贞洗头那一幕，他心里清楚，他完全被俘虏了，他喜欢她。也许，这就是一见钟情，难道阿贞对他也是一见钟情？

他怎样回答才不会伤她的心？

他又要怎样回答才不会伤害雪儿？

他一时陷入困境。

他的心，被自私、虚伪、贪婪折磨着。

"贞，你是一位很值得爱的好女孩，你很美，气质好，对人真诚，对自己有信心点，会有很多人爱上你。"

"你还是没回答我的问题。"阿贞低头盯着胸前那朵玉兰花小吊饰，显然，他的回答让她有点失望，"瀚哲哥，你告诉我，你会爱上我吗？"阿贞诚恳问。

瀚哲注视她，不知咋回。

阿贞再次用她那双透着疑惑带点忧郁、美丽的眼睛盯着他，动情说："瀚哲哥，你是我第一个，也可能是唯一一个，让我有感觉的男孩。我可以不顾女孩的矜持主动约你，难道你还不懂？从你到公司开始，从第一次见到你，我就一直留意你。你来的前几天，我听丹丹说雪儿姐介绍了一位帅哥男同学到公司，我当天是有意在写字楼等着。那天你刚到，老周引你到门口时，我一见你，心里莫名生起好感和紧张感，急急要见你，与你碰撞，把水洒你身上，都是我有意的，我……我要让你记得我。后来有一天，让你帮我包扎手指，也是……我想……再一次近距离接触你。那天之后，我一直憧憬着，有一天能好好和你在一起，哪怕是聊聊天也行。不怕你见笑，我从没谈过恋爱，一般的人我真看不起，但是你，我也不知道，你有什么让我……让我特别喜欢。总之，就有那种感觉，说不出来的感觉。无形之中，你对我，好像有一种磁场，一种吸引力。每天早上一睁开眼，第一个念头就是：快点第一时间让我见到你，只要一见到你，我心里就舒服。见不到你，我整天闷闷不乐。晚上，也老想起你为我包扎手指那个情景，想起我洗头转身，看到你眼睛注视着我那定格的一刻，那一刻，瀚哲哥……我，我爱上……你了。你会爱我吗，瀚哲哥？"

阿贞一段真诚的表白，顷刻间让瀚哲乱了方寸。他对她这段话既吃惊又激动，脑子里一片空白。他有点招架不住，阿贞平时对任何人都是一副冷酷高傲的表情，今天对他说这些话，要鼓起多大的勇气，能感觉到她已经彻底爱上他。

"我的整个身体都让你给看了，你真不动心？"阿贞满脸泛红，更直接追问。

"我，我对不起你，贞。"瀚哲诚恳、矛盾地说，他此刻心理极其复杂。

"贞，我不是坏人，请你相信我。"瀚哲看着阿贞，认认真真地继续说，"你给我的印象特别特别深刻。"

"就这么简单？"阿贞用怀疑的目光看着瀚哲，那眼神也带着她惯有的也许是天生带来的忧郁。瀚哲的心被那眼神一阵阵揪紧，若痛若刺。

他又能怎样表述？他没能力答应或许诺什么。

他不敢与她对望，阿贞凝视他的那种眼神让他不寒而栗。

痛苦的是：爱她却无法表达，而这个人就坐在对面。阿贞已经大胆直接，向他表达了她的爱。人非草木，孰能无情？她，从未谈过恋爱，勇敢放下女孩的矜持。可他，就算心里有千万般的爱，都不敢直接表达出来，他心里记挂着雪儿。

雪儿是他的初恋，对他有爱有恩，有情有义。他不能见异思迁，不能做伤害雪儿的事。当然，他也不能伤害阿贞，他是阿贞第一个有好感、有勇气表达爱意的男人。

他该怎样对阿贞表达？既要让她知道他爱她，关心她，还要让她知道他会保护她。但这种爱，不一定能够最终在一起。他不应该接受阿贞的约会，更不应该在她面前，表达或表现出心里有那种也爱她的言语或意思。

可他又真的喜欢她，甚至爱她。但他不可能现在与她说：我也爱你，贞。他苦恼得几乎要哭。瀚哲强忍着巨大的心理压力，大胆、带点冲动抓住阿贞的手，凝视着她说："贞，我，我……把你当亲妹妹呢，哥哥肯定会关心爱……爱……护妹妹。"

阿贞挣脱瀚哲抓着她的手。她纤细柔软的手，瀚哲曾经抓过，那是极舒服的感觉，但此刻她的手，却是冰凉。

阿贞低下头，失望的眼神让已经泛红的眼睛更显忧郁，眼角分明闪出泪珠。她几乎哭着说："谁稀罕做你妹妹。"说完这一句话，眼泪无声地涌出来。

不知什么时候，咖啡厅的音乐换成了邓丽君的《但愿人长久》，似乎有意增加他俩一时无语的尴尬的气氛。

瀚哲不知怎么安慰阿贞，这个时候，除了与她说他爱她，对她一见钟情之类的言语，其他的言辞都是多余的。但这样的话，他又没办法说出口。

她不喜欢瀚哲委婉的说辞，更不会接受所谓兄妹的说法。她可以直接约他出来，就是把他当自己初恋的男人。她大胆表白，是因为她认为值得把自己的爱给眼前的这个男人，甚至将她未来的一生都愿意托付给这个男人。

她一直对自己充满自信。

瀚哲却没有向她表达他的爱。

这时，不知趣的服务员走过来问他俩还要不要什么，两人异口同声说不要。

阿贞是个聪明的女孩，她立即抓住这打破尴尬的机会，擦干泪水抬起头对瀚哲说："钟瀚哲，今天约你出来这事，你不要对公司任何人说，周大哥、丹丹更不能说。哥哥，从今以后，我不会再约你。我一个普通的车花女工，配不上你。你也不要以为我会爱上你，我是有意试探你来的。你也不要爱我，我……我……"阿贞说着说着，又一阵眼泪直流。

瀚哲赶紧递过纸巾，知道她心里苦，女孩子主动向男生示爱，而得不到想要的结果，心里肯定会痛得难以形容。

阿贞说的，也许不是她心里真正要说出来的话，也许是反着说，女人的心，也许？……

阿贞最后动情的"哥哥"，如锥子扎痛瀚哲的心，当她说从此不再约他，也让他伤心，瀚哲强忍着伤心对她说："贞，你放心，我懂。"

"我们回去吧。"阿贞向瀚哲投来征询的目光，看得出她想尽快离开他。

"好吧，贞，你还会理我吗？你很优秀，你是特别美丽的女孩，如果我有你这样美丽的妹妹，从心里我会爱……爱……护她，哪怕赴汤蹈火也在所不辞。请你相信我，贞，你懂的。"瀚哲觉得说这样的话，很苍白无力。但他只能将对她的爱，深藏于内心深处，这样才不会伤害她们中的任何一位。

真的不会伤害她们吗？

离开的路上，两个人一路无话，她一直不回头瞧一眼走在她后面的男人，只是不停地擦着眼泪。

瀚哲心欲碎。

女人的心，最怕被男人偷了去。

她的心，一定是让她心中的男人偷走了。

两人回到阿贞住的宿舍楼前，瀚哲忽然见到一个极像雪儿妈妈的女人正朝他俩走来。

瀚哲大吃一惊，上前就想要与阿贞说话。阿贞见了这个女人，也是大吃一惊，见瀚哲的运作，立即把手放背后，使劲向他摇手。她有点惊慌失措，摇完手后，又迅速擦干脸上眼泪，让自己恢复自然。

瀚哲心里打鼓：难道雪儿和她妈妈到鹏城了？雪儿信中分明说月底才来。

阿贞走到"雪儿妈妈"面前，停下来，声音甜美，十分亲热叫了声："妈。"

瀚哲愕然。

阿贞这一声"妈"，让瀚哲悬着的心，终于彻底放下。他松了一口气，脑子里第一时间的反应是：哦，对了，阿贞妈妈与雪儿妈妈是双胞胎，两位妈妈是同一个样子，还好！他定了定神，跟着阿贞站住脚。

"妈，您来鹏城，怎么不提前打个招呼？好让我有个准备。"定神之后，阿贞用撒娇语气说，她拉着妈妈的手摇一下，又说，"妈，您啥时到的？见大舅没？周日，大舅会过来鹏城，妈，女儿想您。"

"我闺女也会哄人了，宝贝女儿，妈妈也想你。让妈看看，哇，越来越漂亮了，美，太美，妈妈爱死你。"

阿贞妈妈将阿贞揽入怀里，阿贞却忍不住哭出声来，她妈妈以为女儿太长时间没见，想她了。瀚哲却明白，阿贞这时的哭声是借着见到她妈妈，将刚才约会的郁闷委屈，彻底释放出来。

"妈刚到，看你高兴，傻孩子，快别哭，哭了不美。妈没见你大舅，倒是见到丹丹，说大舅在公司写字楼，我正准备去。"

阿贞妈妈说话声，几乎与雪儿妈妈的声音一模一样，但多了些亲和力。瀚哲听起来觉得没有压力，人自然放松。他走上前，礼貌地向阿贞妈妈微笑说："姨姨您好，我叫钟瀚哲，阿贞的同事，很高兴见到您。"

阿贞见瀚哲主动与她妈妈打招呼，破涕为笑，向她妈妈介绍说，瀚哲哥是她大姨那地方的人，大姨丈推荐给大舅，在公司做设计。

"听丹丹说，我宝贝女儿今天跟一位帅哥出去约会，不错。"阿贞妈妈不停打量着瀚哲，看得他脸红。阿贞妈妈继续说："我说小伙子，我可只有阿贞这么一位宝贝女儿，你要好好对她。"

"妈，您说啥呢，羞死人，同事而已，什么都不是，不要听丹丹瞎说，我俩就喝了杯咖啡，不是什么约会，说得人家怪不好意思，他早就有女朋友啦。"阿贞满脸泛着红光，语气带着撒娇带着无奈带点忧伤，说完看瀚哲，分明暗示他：我妈都看见了，日后怎么解释？

"姨姨，认识阿贞是缘分，阿贞十分有教养，人也特别漂亮，谁见到她都喜欢她。都是您家教好，调教出这么漂亮优秀的好女儿。"

瀚哲夸阿贞的话，也是在夸她妈妈。

"不错，会说话，人聪明，好，好，我宝贝女儿有眼光。不过我说小伙子，她从小没受过苦，你可不能欺负她，要是谁欺负我们家宝贝，我可不客气。"阿贞妈妈说后满意笑着。

"妈，不是不是，您还说，您再说我不理您。"阿贞拉着妈妈的手，给瀚哲来个暗示的眼色，让他先离开，然后聪明地转换话题，"妈，我陪您去找舅舅。"

瀚哲心领神会，礼貌地辞了她妈妈转身离开，刚迈开腿，身后传来阿贞妈妈的话："好，去找你大舅，你大姨妈晚些到，雪儿也会一起来。"

阿贞妈妈这句话，让瀚哲全身打冷战。听到雪儿和她妈妈要来，他没半点欢喜兴奋的感觉，相反，他心里相当复杂凌乱，雪儿、阿贞，她们……

他想：如果雪儿发现他对阿贞有好感，发现他与阿贞出来约会，该如何解释？还好与阿贞这次约会，他没向阿贞承诺什么，也没有正面答应阿贞的示爱。虽然，他并没有斩钉截铁拒绝阿贞……

可是雪儿，会相信他吗？

第十二章

瀚哲和阿贞约会后的第三天，雪儿和她妈妈到了鹏城。

雪儿到鹏城那天晚上，瀚哲在加班，雪儿到工作室找他。

身穿素黄色乔其纱连衣裙的雪儿十分妩媚，瀚哲心里美滋滋的，想：如果雪儿天天陪伴在自己身边，该是多么幸福。

两个人一见面立即深情拥吻。两人都兴奋异常。一阵热吻之后，瀚哲问：怎么你妈妈也来了？雪儿说舅舅有事要与妈妈和姨妈商量，具体不明白，主要是她妈妈不放心她来。

温存过后，雪儿离开瀚哲怀抱，毕竟是在公司。瀚哲收拾后，带雪儿去街边吃夜宵。

两人坐下后，瀚哲从胸口取出一个翡翠玉兰花吊坠，这是他用第一个月工资，托林小姐在香港买的，一直戴身上。他双手递给雪儿："雪儿，送给你。"

雪儿接过，凝神注视瀚哲，若有所思。看着手里吊坠，睁大眼睛说："算定情信物？我一定好好珍藏……"一边说一边小心翼翼把坠子挂胸前。

等上菜的工夫，雪儿一本正经说："我想到鹏城来，我不想上大学，我偏科厉害，英语数学总考不好，估计考不上好大学，读个中专没啥意思，你认为如何？"

"你妈会把我恨死，认为是我勾引你，造成你不读书。"瀚哲没正面回答雪儿，他首先考虑的是雪儿妈妈这一关怎么过，如果雪儿不考大学，她妈会伤心。望女成凤的她一直希望女儿考上大学，光宗耀祖，为自己脸上争光。

瀚哲想：雪儿不上大学，这事够麻烦。雪儿来鹏城，也许会使他俩真正分开。瀚哲的预感告诉他：如果像现在这样维持，雪儿继续读书，她妈妈内心希望他俩能慢慢自然分开，反对的力度没那么强烈。雪儿不读大学，她妈妈肯定迁怒于瀚哲，感觉会有事发生。

"你在想什么？呆头呆脑，你还没回答我的问题呢，坏蛋。"雪儿说完看着瀚哲笑，齐整的雪白牙齿特漂亮，两个小酒窝，他百看不厌。

他心里当然希望雪儿来。如果她去上大学，如花似玉的雪儿，气质这么好，肯定追求者众，雪儿就不一定是他的。他真的希望与雪儿在一起，她来了，可以让他安心工作，更重要的是，他俩在一起，阿贞的问题迎刃而解，想到此，他对雪儿说："我赞成你出来，这里是全国最开放的地方，是实现梦想的地方。记得你说过，无论我到哪儿，你一定会跟着去哪儿，是吗？雪儿，这叫夫唱妇随。"

"你这坏蛋，就知道你会这样说，不理你了。"雪儿又脸红，故意转过头，她心里既开心又纠结。

瀚哲看着她的窘相，故意说："你不来看着我，我会被别的女孩抢去啊。你知道不，我换的衣服，放宿舍外面洗衣台上泡，经常有女孩抢着洗，你怕不？"

雪儿一只手使劲往瀚哲大腿上一拧说："你敢！我叫大舅炒你鱿鱼。看你还敢对别的女孩想入非非。"

"痛，雪儿。"瀚哲装作很痛的样子，轻轻打一下她。雪儿温顺地把头靠他肩膀上，一副小鸟依人的模样。他抚摸雪儿的秀发，温柔说："雪儿真美。"

雪儿抬起头看着瀚哲，双眼含情脉脉，满脸通红。

两人拥抱在一起，享受这一刻的温馨。

瀚哲有感而发："瀚哲前世修来的福分，今生有雪儿，怎么可能喜欢别的女孩，谁都替代不了。"

"真痛吗？活该。谁叫你对我不好，你真的不会对别的女孩好？你说，谁抢着给你洗衣服啦，阿贞、丹丹，还是其他女工？"雪儿口里说活该两字，脸上带着笑。瀚哲心花怒放。

雪儿凝视他，温润软绵绵小手，抚摸她刚才拧过的大腿，关心问："还痛？就知道你坏，把人心给偷了，我的心几年前就给你偷了去。"

雪儿说话的声音压得很低，低着头，脸上那一层红光，将她心中此刻的甜蜜，尽情写在脸上。

瀚哲紧紧抓着雪儿的手深情说："雪儿，瀚哲一生都给你，我会用一生来爱护你，无论走到哪儿，无论什么时候，我永远会惦记着你。雪儿，我爱你。"

"这样就够了，我相信你，你今后不要辜负我就行。我的心里只有你一人。哪怕将来你不要我，我心里还是只爱你一人，至死不渝。"

说完，她接着说："瀚哲，相信你绝对有发光之日，一定能出人头地。"

瀚哲感到一股暖流流遍全身，有这样一位不嫌弃他一贫如洗，在背后一心一意支持他，站得高看得远的雪儿，真是三生有幸。雪儿宁愿放弃学业，放弃自己大好前途，顶着家里人及外界的压力，这是何等爱他，又是何等勇气。瀚哲感动地说："雪儿，瀚哲今生有雪儿，夫复何求。雪儿，但求一生一世，永远在一起，长相知不相离，雪儿。"

"那，我留下？"

"好，咱俩又能朝夕相处了，就怕你妈会把咱俩拆了。"

"没事，有舅舅呢，我舅舅喜欢你，他听我的。"

"那就好。"瀚哲这"好"字刚说出口，就发觉他正面不远处，阿贞正慢慢朝他俩走来。

阿贞的突然出现，让瀚哲身子打了一战，心立马吊了起来，他全身如出疹子般直冒汗，整个人骤然紧张异常。阿贞这时候出现，究竟是何意？

雪儿也看见了阿贞，抬手打了声招呼。

瀚哲装作若无其事，脸往别处看，他不敢看雪儿，也不敢望阿贞，脑子却一直在打转，想着该如何与阿贞说话。

看着阿贞快到他俩身边，瀚哲不知如何应对，三个人在一起，肯定要说上话。雪儿敏感，心思缜密，说不定会从行为举止中发现一些蛛丝马迹。或者从他与阿贞的对话里，体味出阿贞和他的微妙关系。

瀚哲没办法阻止阿贞过来，他心乱如麻，只好怀着忐忑不安的心情，无奈等阿贞过来。

阿贞每往前走一步，他心里的紧张就加重一层，真是不是冤家不聚头，她怎么知道他与雪儿在这里？又偏偏在这时出现，有什么话明天公司说不行吗？她是否为他而来……

他脑子乱了。

也许阿贞是来找雪儿，两姐妹少见面，她来找雪儿聊聊天，是人之常情，自己是不是太敏感？阿贞不可能有意来搞破坏，也不可能将他与她在荔枝公园约会的事告诉雪儿，更不会把他看到她半裸身子洗头那一幕讲给雪儿听，但阿贞的性格委实让他放心不下。

心里七上八下，瀚哲还是决定主动出击，他向阿贞招手，说："阿贞，来，过来坐坐。"

"雪儿姐，姨妈让我找你回去，怕你在外碰到坏人。"阿贞不看他，坐下后直接对雪儿说。

阿贞说到坏人两字时，在桌下有意用力踹了他一下，瀚哲身体自然动一下，他悬着的心放下一半。

瀚哲身子一抖，雪儿斜眼看他。她当然听得出，阿贞意思是说瀚哲是坏人。

阿贞见状，掩着嘴偷笑，幸灾乐祸。

瀚哲身子一直绷紧，脸上表情僵硬，不敢看她俩。

"就回。贞妹，要不要吃点什么，然后一起回？"雪儿说，眼睛却盯着阿贞和瀚哲的一举一动。她明显有点不高兴。

"我晚上不吃东西，怕胖，我破例吃个橘子吧。"阿贞边说边看着瀚哲，拿了个橘子剥着皮，刚才的笑容不见了。

姐妹俩对话，瀚哲坐在旁边，就像多余的人。他脸红脖子赤，像无所适从的小丑，尴尬得浑身不自在。阿贞嘴里回答雪儿话，眼睛却一直看着他，细心的雪儿看在眼里。

从阿贞既带着关心，又带着埋怨责怪的某种难以形容的眼神里，雪儿隐约看出，瀚哲和阿贞也许不只是普通同事关系。雪儿不露声色，她默默看着瀚哲，又看看阿贞，脸上一副若有所思的样子。

听阿贞说她晚上不吃东西，瀚哲的话脱口而出："难怪身材那么好，真……"

姐妹俩愕然，不约而同把目光射向瀚哲。雪儿身体直哆嗦，脸上僵硬、紧张甚至愤怒，脸色由红转黑，眼睛仿佛在骂他般瞪着瀚哲。

瀚哲发觉说错话，硬生生不再往下说，脸上一阵发热，一下子红到耳根。

一句自然流露的话，一句出自内心的话。

现场气氛骤然绷紧。

三个人谁都不说话，时间仿佛静止。

阿贞低着头，不出声，一脸忧郁，这是她平时让人看到的那一面。

雪儿看一下他，看一下阿贞，像要在这令人窒息的气氛中，寻觅破绽似的，她一脸疑惑，脸色十分难看。

这场景实在尴尬，三个人竟找不出一句话来打破这压抑的气氛。

三人各怀心事，沉闷的气氛让人透不过气来。

瀚哲苦想着怎么打破这可怕的气氛。他不自觉随手拿个橘子，忘记剥皮就往嘴里塞，一口咬下去，橘子汁四散喷出，喷到雪儿和阿贞的脸上。

他赶紧拿纸巾为雪儿擦脸。阿贞一脸怨气，自己拿纸巾擦脸上的汁液。

雪儿似笑非笑说："忽然心不在焉，见到阿贞，是不是浑身不自在？也是，表妹是漂亮美女。常言道英雄难过美人关，看来你也是。也难怪，你们每天都见面。"雪儿的话明显带着情绪。

阿贞强作欢颜，顺着雪儿的话："是啊，爱是自私的，容不得分享。瀚哲哥，你不会看上我吧？你有了雪儿姐，怎么可能会对我有非分之想呢？就算有贼心，也无贼胆，只能苦了自己，半夜起来哭可能有。雪儿姐你放心，他是你的，哈哈。"阿贞说完大笑。

姐妹俩都是话里有话。

场面让瀚哲难堪，他既搭不上话，也不敢跟着笑，只能傻傻低着头。

气氛沉闷。

三人中浑身最不自在的人是瀚哲。如果阿贞突然说一些他与她约会之类的什么话，那就不是尴尬那么简单了。他想，无论如何都要打破这让人窒息的局面，如果三个人谁都不说话，确实很不正常，而这种气氛持续时间越长，雪儿的疑心就会越重。他鼓起勇气问："阿贞，要不来瓶汽水？"

"不用啦，谢谢你。"阿贞仿佛受宠若惊。

瀚哲后悔，自己好像说多错多。

雪儿直向瀚哲瞪眼，脸上乌云尽染。她的眼神像利箭，让瀚哲浑身不自在，心慌意乱。以前，与雪儿在一起，瀚哲从来没有过这种感觉，他觉得雪儿仿佛在对他说：你就懂得关心她，对她献殷勤。

场面窘迫得让人透不过气来，三个人好像都不懂得如何化解，一直各自呆呆地坐着。

"贞妹，我妈和姨妈都在舅舅那里？"雪儿终于问阿贞。

"是的，好像说有什么事。"阿贞说完起身，准备回去。很快又望着瀚哲说，"我先回去，你们不要太晚，雪儿姐，晚上咱俩住一间房，我等着与你好好聊呢。"

阿贞起身时，瀚哲身体稍微动一下，准备起身，挪一下身子，打算顺着阿贞口气，想说那一起回去。但他见雪儿纹丝不动，没有和阿贞一起回去的意思，只得硬生生把将到嘴边的话咽下去。

雪儿看他的眼神明显有异样，带着刺人的斜视状。

雪儿说："那好，贞妹，你先回，我们随后就回。"

阿贞走了，瀚哲的心里虽然放松了些，却似乎隐隐作痛。

雪儿静坐着，不说话，脸色十分难看。

瀚哲不知道说什么好，这时他说的任何一句话，雪儿听起来都会十分反感。

终于，雪儿看着他说："你见了阿贞反应这么大干吗？你们不是天天在公司见面吗，还这么大反应。我看你和她不是一般熟，也不是一般的同事关系，不然你怎么知道她身材好。"

女人的心，天生细腻。

雪儿这几句话，瀚哲又惊又怕，脑子里立即浮现出阿贞洗头那一幕。此刻，他好像偷东西给抓个现行，羞愧得无地自容。

瀚哲一时竟找不出一句适合的话来回应雪儿。他与阿贞有过约会在雪儿面前本就心里内疚。他浑身热得渗出汗来，脑子里急转着找合适的话来回答，最后硬着头皮小声说："猜的，我见你们俩身材差不多，都很漂亮。"

牵强的回答，雪儿并不满意，忍了很久的泪水哗啦啦流成小溪。瀚哲赶紧拿纸巾给她，雪儿不接，硬生生哭出声来，一边哭一边说："你刚才看她的眼神，就知道你有多关心她，就你能体贴人。她站起身要回，你也抢着要跟着回，她说话都是看着你，你们是不是好上了？还有，她一走，你一直望着她的背影，看来心也跟她走了。"雪儿说完，突然站起来转身就走，不再理瀚哲。

瀚哲来不及回她的话，赶紧提起桌上的橘子跟上去，去拉雪儿的手，雪儿甩开他的手，只顾自己走，边走边擦泪水。瀚哲只好跟在雪儿后面，边走边说："雪儿，不是你想的那样，阿贞是你的表妹，我就当是我妹妹，我就只是礼节性的热情。"

雪儿不理也不回头，一直自顾走着。一路无语，两人回到阿贞与她大舅住的地方。

到门口，雪儿突然站住，回头说："要不，你也上来，反正这地方你应该很熟悉，阿贞在上面。"雪儿还在气头上。

"你说哪里话呢，难道我让你一个人回来不成，你又不是很熟路。"

"对，知道你熟路。"

瀚哲一脸委屈，万般无奈，把那袋橘子递给雪儿，说："晚上早点休息，不要想太多，明天我找你，晚安。"

雪儿拿了橘子进门，自顾上了二楼。瀚哲站门口呆若木鸡。

回住处后，瀚哲彻夜难眠，心里乱得一团糟，躺在床上迷迷糊糊胡思乱想，不知自己何时睡着的。

第十三章

第二天，瀚哲刚进工作室，阿贞就蹿了进来。他有点措手不及，赶紧找一块布，遮住参加画展的画。他花十几个晚上画的《姿娘》，画中人物就是阿贞。

阿贞红着脸对瀚哲说："中午下班后，外面吃午饭，就咱俩，有话跟你说。"

瀚哲还没反应，抬头时，她已转身把门带上，扔给他一个含情脉脉略带忧郁的回眸，一溜烟跑回车间。

瀚哲脑子一片混乱，阿贞忽然约他中午吃饭，她昨晚与雪儿聊了什么？为何主动约他吃饭，难道不怕雪儿知道，能解释清楚吗？难道她想有意刺激雪儿?

他想问问丹丹是否知道发生了什么事，却一直没有见丹丹来上班。他心里着急，他不断蹿出蹿入写字楼，恍若得了多动症。

林小姐见他进进出出写字楼多次，过来他工作室。她今天穿套大方领、黑色香云纱连衣裙。瀚哲边弄图纸边微笑说："林总，这身香云纱，衬您身份，您天生模特身材，穿上显高贵大方。"

"油腔滑调，会捧人。不过话说回来，这裙子昨天才从香港带过来，设计师审美眼光就是不一样，如果小我几岁，说不定春心荡漾。不过我说瀚哲，光靠嘴甜不行，工作上也要让我放心才行。"

林小姐脸上表情复杂，瀚哲读不懂。

"林总，我工作怎样你是知道的，做得不好的地方，请林总多多批评，我努力做到最好。"

"老板对你评价很不错，有机会我一定提携你，让你有更大的发展空间。"又说，"找个时间，我带你去见个人，一起吃个饭。"

"好的，谢谢姐。"

这时，老周进来，林小姐与老周打个招呼，回了写字楼。老周坐椅子上，盘起腿。

"怎么不见丹丹，鬼精灵跑哪儿去了？"

"没见她，画展的画，完成了没？过两天要送组委会。"

"差一点，晚上整理一下，明天给您。"

"那行，明天下午下班后我来拿。"

"好的，您真不知道丹丹在哪儿？"

"我说瀚哲，长得帅是个负担。找丹丹干吗？我看，林小姐看上你了。"老周阴阳怪气，说后对瀚哲竖起大拇指，阴阴笑。

"去去去，死老周，开什么玩笑，她那么大，还是老板的……怎么可能。"瀚哲一副发怒的样子。

老周压低声音神神秘秘说："她当然不行，但她有个年龄与你差不多、长得比她漂亮百倍的妹妹。姐姐为妹妹找对象不行吗？林总觉得你合适也很正常，她想把妹妹嫁给你也不一定。"老周说完就走，临关门时扔下一句，"明天记得给我画。"

中午下班出了公司，阿贞已在公司楼下等，见瀚哲出来，说："去岭南春酒家，那里环境不错。"

两人一前一后，很快到了岭南春。

酒家建在一个园林里，是典型的岭南园林风格，小巧精致的园林景色，按十香园格局布置，其中有一角是按荔湾小雅斋的布局，园里到处充满优雅的艺术格调。曲径通幽、朴拙石道、小桥流水、雕梁画栋，无不体现出这里是经过精心营造，每个角落都有不同花草树木，造型各异，假山、太湖石、美人蕉、桂花、月季、芍药等，无不恰到好处又巧夺天工，而且独具匠心，美不胜收。

一个小包间，四个精美茶点和一壶陈年普洱。瀚哲打量阿贞，她依然有点娇羞，但没有了第一次约会时的那种羞涩感。从她略带红晕的脸上，看出她极放松。

"贞，有什么事？"瀚哲待两人坐下后，紧张地问。

"没事就不能和你吃饭吗？你放心，姨妈、雪儿姐、我妈、丹丹都去逛街了，咱俩一起吃饭不会有人知道。"阿贞见他的紧张样，奚落道。

"贞，我不是这意思。你对我好，我懂。咱们开心点，吃东西。我没怕什么，炒鱿鱼我都不怕，东家不打西家打，哪里都能混口饭吃。"瀚哲略有些尴尬地说。

"对，对，炒鱿鱼。昨晚，雪儿姐回来，一直不说话，后来问我，说你如果不在舅舅公司做，你会怎么样，然后……还问我，是不是与你约会。我没正面回答。雪儿姐分明对我不太友善。瀚哲哥，我怕你离开这里没工作，见不到你，又怕雪儿姐误会。她昨晚哭了一整晚。"阿贞看着瀚哲说。

见瀚哲没回话，阿贞接着说："我猜，咱俩约会就我妈见到，难道我妈在姨妈面前说了什么？瀚哲哥，你不在这里，我可没心情工作，你能不走吗？或者，我跟着你走。没有了你，我不知道自己会变成什么样。"说完，她的眼泪就下来了。

瀚哲递张纸巾给她，说："傻丫头，这都是些没影的事，你想那么多干吗？何况，就算真离开了这里，我也不会饿死，你别担心。"

这时，窗外下起了小雨，略为阴黑的天空，恰似瀚哲这时的心情。

几个点心两个人都没吃完，或者说都没什么心情吃。

瀚哲准备等雪儿回来后，找个机会解释一下，事实他也该在雪儿和阿贞两人之间做出解释，以免引来更大误会，害了自己也害了别人，但雪儿会听他解释吗？

他并没有想到，这顿饭是他与阿贞两个人一起吃的最后一餐饭……

晚饭后，月明星稀，瀚哲呆呆站在老板住的房屋前老荔枝树下等雪儿，他要告诉雪儿，他与阿贞的关系不是她想象的那么复杂。事实上，他与阿贞也没什么见不得人的事，只要与雪儿解释一下，应该就会消除不必要的误会。

等人的滋味太不好受，他不停地来回踱步，清凉的夜晚，居然出了一身汗。

也许她们早就回来了，但瀚哲没勇气进去，他认为这里住的人，与普通的打工仔，身份不一样。平时瀚哲见到他们，都有点自惭形秽。

一阵胡思乱想，未见雪儿出来，反而是丹丹下了楼。

"终于回来了？一整天你跑哪儿去了，想找你说句话都找不到。"瀚哲迎上去。

"是，回来了，雪儿姐心情不好，我看是你惹的祸，她不愿下来见你。今天一整天，她几乎没说话，一直闷闷不乐，看来你伤了她的心。"

瀚哲目瞪口呆。

丹丹继续说："你上二楼吧，大姑妈叫你上去。"

瀚哲鼓起勇气上了二楼。

房间灯光有些昏暗，客厅里红木沙发上，坐着雪儿妈妈姐妹俩，没见雪儿，也未见阿贞。二楼三间房，有一间房门虚掩，房间里没开灯，漆黑一片，似乎里面有人有意在听着外面的动静。瀚哲思忖：是雪儿还是阿贞？抑或她们俩都在里面，瀚哲略感不祥。

他略做镇定，恭敬叫了声："两位姨姨好。"

她们并不招呼瀚哲坐下，气氛十分尴尬。

瀚哲分明惹她们不高兴，或者是想到他要来，她们心情早就不高兴。

他心跳加剧，脸色青白轮变。似乎回到学生时代，自己没完成作业，老师罚站，众目睽睽之下受批评，仿佛周边围着一大群人，用异样的目光看热闹。

他一时找不出一句合适的话来打破僵局。客厅里一片静寂。

姐妹俩终于同时上下打量着他，好像要在他身上，找出什么她们想要的答案。她们的目光看得瀚哲浑身不自在，心里想，双胞胎难道行为也同步？为了逃离这凝固死寂般的地方，他客气地告辞："两位姨姨累了一天，早点休息，我要去加班。"说完便准备离开阿贞妈妈突然开口说："小伙子，别急，我大姐有话跟你说，你坐下吧。"

瀚哲在公司见过阿贞的妈妈，她的头发是烫过的短发，他便是从这头发分辨出来的。这对姐妹，长一个样，声音也几乎一样。四十多快五十岁，身材都保养得很好。

雪儿妈妈冷冷说："瀚哲，你离开这里吧，离开雪儿，雪儿需要读书。你在这里，雪儿说要跟着来，说她不上大学，我心里受不了，我不能容忍，让你给毁了她的前程，我们的家庭，不需要她现在出来挣钱，你必须离开她。"

语气如寒风刺骨。瀚哲此时已经完全恢复平静，认真听着雪儿妈妈说的每一个字。

雪儿妈妈越说越来气："你没安好心，当年我心太软，没将你们真正拆开，老张把你安排到我弟弟这边来，害得雪儿藕断丝连，成绩一落千丈，闹着不考大学，要来鹏城与你一起，真把我给气死了。都是你，你究竟给雪儿吃了什么药，能让她这么死心塌地爱你，不怕与我闹翻，你们俩把我活活气死好啦。"

雪儿妈妈说到这里，眼睛往虚掩着门的房间望了一下。瀚哲心里确定，雪儿与阿贞都在里面，这些话是说给他听，也是说给所有人听的。

他不知如何回答。一旁的阿贞妈妈也接上话："瀚……哲是吧，你这小伙，长得精神，我弟弟前天还在我面前夸你，说你人品不错，有担当负责任，有上进心，想培养你，想派你和阿贞到珠海分厂，你来当厂长。但我说瀚哲，你怎么搞的，有了雪儿，还和阿贞约会，脚踩两条船？你不仅害雪儿，也伤害阿贞，伤害你自己。你千万不要害我家阿贞，她单纯，从没与男人拖过手，她受不起这种刺激。你离开阿贞，今后不要找她，不然你们三个人，谁都没有好下场。你不要说你没和阿贞约会，我可是亲眼见到的。"

雪儿妈妈听了阿贞妈妈这席话，气得七窍生烟，她坐沙发上，胸部一起一落，脸上青一阵红一阵，恨不得过来抽瀚哲两耳光。

瀚哲羞得无地自容。

虚掩着门的房里，隐约传来哭泣声。

雪儿妈妈瞪着瀚哲，气势汹汹说："你怎么解释，之前我还想只要你好好对雪儿，会尝试容忍，可是你，现在还弄出个阿贞来，你这小子，简直欺人太甚。雪儿为了你，付出一切，宁愿牺牲学业，宁愿和我闹翻，也要跟着你。可是你，我想不到你是这样的人，你叫我如何放心。你真是个忘恩负义的人，枉雪儿死心塌地地爱你。"

瀚哲一时语塞，两姐妹的话，虽然说得有点过，但基本是事实。他忽然觉得，真像阿贞妈妈说的，他这样会害了雪儿和阿贞两人。瀚哲脸上一时热一时冷，一时红一时白，不知如何回答。他羞愧难当，恨不得地下有个洞，让他钻进去。

他真的不知如何回应两位姨姨的话。他记得在公社服装厂时，雪儿妈妈就十分反对雪儿和他谈恋爱。确实也像她说的，当时她心太软没把他俩拆开。而来到这里，阿贞对他有好感，也是事实，他不应该与阿贞约会，更不应该心里对阿贞动了念想。如果他继续在这里工作，万一雪儿真的过来鹏城，他怎么面对雪儿和阿贞？虽然阿贞极有可能让她舅舅把他派往珠海，但与公司分不开，业务来往他也不可能不与阿贞说话，形同陌路。

雪儿如果来，她和阿贞姐妹俩的关系就会让他给搞坏，看来离开公司，是他最好的选择。但问题是，他离开这里，离开雪儿，离开阿贞，就能解决问题？如果能解决问题，那么他可以义无反顾地这样做。但他离开之后，能一下子忘掉雪儿？也抹去阿贞？他又能往哪儿去？他脑子里一下子乱得很，不知如何是好，一时没法回话。

虚掩着门的房里，隐约传出哭声，分明是雪儿的声音。瀚哲心头一紧，心怦怦乱跳。两位姨姨的话，如当头一棒，骤然把他打醒，令他无地自容。他恨不得立即离开，更希望雪儿与阿贞不要出现，如果雪儿和阿贞这时出来，他更没法面对。他稍微稳定一下情绪，正想回话，雪儿妈妈又说："你自己明天去交辞职书，三天内离开公司吧，从现在起，不要再见雪儿，我一定要看着你离开这里才放心。"

"不不，不要，妈妈，等舅舅从香港回来再说，我不要瀚哲走，妈妈，求您不要让瀚哲走，求您不要让瀚哲走。"雪儿从房里不顾一切冲到瀚哲身边，把他抱得紧紧的。

阿贞站在房门口，脸上也挂着泪水，一脸深深的忧郁，那一双失去灵秀的眼睛，呆滞地紧紧盯着他与雪儿。

瀚哲抚着雪儿的秀发，用只有他俩听得见的声音对她说："雪儿乖，好雪儿，你回你妈妈那边沙发坐，你这样抱紧我，你妈妈更气，阿贞看着也不好受，你二姨妈心里肯定也难受，乖，雪儿，你过去吧。"

雪儿用手在瀚哲后背猛捶，边哭边说："你骗我说和阿贞没什么，你和她都约会了，还说没关系，你根本没把我放心里。你担心阿贞心里不好受，是心里有她，关心她，我恨你。"

瀚哲不知道该怎么做，只是再一次对雪儿说："雪儿听话，先过去你妈那边，我求你。"

雪儿说："不，我就要抱着你，我就不让你走，我不要你离开我。"说着把他抱得更紧。

这时，阿贞忍不住哭出声来，她一边大哭，一边掩面跑下楼。阿贞妈妈立即从沙发上腾地跳起来，口里直叫："贞儿，你去哪儿？回来。"快速跟着阿贞跑下楼去。

雪儿妈妈冷眼看着雪儿和瀚哲紧紧拥抱，更加怨恨，狠狠地说："就是你把雪儿害的，如果你真是对她好，你就离开雪儿，走得远远的，今后永远不要再来见她。你已经害苦了我家雪儿，现在又来害阿贞，你就是一个小流氓，朝三暮四的人，你叫我怎么放心把雪儿交给你！你自己走吧，一定要走，就算我弟弟明天回来也没有用，没有回旋的余地，你走，死得远远的。"一字一句说后，又走过来硬生生把一直哭泣的雪儿强行从瀚哲身边拉开，接着说，"你走吧，我不想再见到你，走得越远越好，忘恩负义的东西。"

雪儿死死拉着瀚哲的手，她跪在妈妈面前，顺势把瀚哲拉下，两人一同跪在雪儿妈妈面前，雪儿哭着央求说："妈，求您不要让瀚哲走，雪儿爱他，我的心里只有他，妈妈，雪儿求您。"

雪儿妈妈看都不看瀚哲一眼，斩钉截铁地说："不行，不行，他一定要走，这忘恩负义的狗东西，气死我了，把我的脸给丢尽了。"

"雪儿，瀚哲爱你，你听妈妈话，我走就是。"说完，瀚哲拿开雪儿的手，站起身，头也不回地冲下楼。

雪儿瘫坐在地上，边哭边喊着瀚哲的名字。

瀚哲刚跑到楼下，丹丹就迎了上来，问瀚哲："真要走吗？要不等大伯回来，我跟他说说，你再等几天，你不要立即离开，看看有没有回旋的余地？"丹丹说得情真意切。

"丹丹，谢谢你，不用了，我这就离开。我在这里，会让很多人伤心。明天我就去办手续。"瀚哲看着丹丹，强忍着不让自己眼泪掉下来。

"还有什么要我帮忙吗？你尽管吩咐，我能办到的一定帮忙，比如说，要和雪儿姐或者贞姐说什么话。"

丹丹的话让瀚哲瞬间崩溃，禁不住垂下两行热泪说："丹丹，谢谢你，帮我约雪儿明晚到我工作室，我必须和她当面聊一聊。你大姑妈这两天盯雪儿盯得很紧，只有你带雪儿去公司，你大姑妈才不会怀疑，你帮帮忙，好吗？"

丹丹见瀚哲言语甚是伤感真切，毫不犹豫地一口答应。

第二天晚上，丹丹把雪儿带到瀚哲的工作间。车间及写字楼都没有人了，丹丹关了公司大门，便在门卫伯伯那里聊天喝茶。

雪儿一进工作间，便把瀚哲抱紧。瀚哲抚摸着她乌黑发亮的秀发，心痛地说："雪儿，只隔一天就憔悴成这样，脸上一点光彩没有，又不是世界末日，你不用为我担心，我没事，你放心，我承受得了。"

雪儿没应，只顾抱着他，依偎在他怀里。也许这是两人离别的拥抱，她不愿让任何事打断了她依偎在他怀里的这一刻。她说："瀚哲，不要说话，让我抱着。"

瀚哲深情地看着她，动情地轻轻吻她饱满光亮的额头，然后十分理智地推开雪儿，让雪儿和他一起坐在沙发上。

"雪儿，听你妈妈的话，你还是回去考大学，按你的资质，补习一年，完全能够考上大学。"

雪儿睁大眼睛看着他，赌气说："我就不考大学，我就偏不上大学，我能养活自己。就算不让我到鹏城来，我也不会再读书，你到哪儿，我就到哪儿。哪怕天涯海角我都跟着你。"

"我明天办完手续就离开这里，我暂时没办法带着你。"瀚哲诚恳对雪儿说，一只手抚摸着雪儿的小手。

"你不要我了？你是不是心里有别人？你走了我往哪儿找你？我早就想好了，读完高中就来鹏城陪你，一起工作。今后咱们永不分离。我跟舅舅说好了，他也赞成。可我妈，我妈就是不同意。但现在我确实读不下去，我没办法再静下来读书，你懂吗，瀚哲？"雪儿说完又把身子往瀚哲身上靠，眼里闪着晶莹的泪珠。

"雪儿乖，咱不哭，不要胡思乱想，什么我有别人，我一直想找个机会单独与你说，我与阿贞，去荔枝公园咖啡厅喝过一次咖啡，但不表示两个人有那个意思。我已经有雪儿，哪里还要别的女朋友。但我必须对你说，雪儿，这阶段，我确实没办法带你走，我现在工作没着落，不知道能不能养活自己，你难道跟着我去流浪？你妈和你大舅也不肯，这事万万不可。"

"你就是心里有贞妹，不然咋会和她约会，你就不怕我伤心？枉我为你放弃读书，你不离开我，我才相信。要不然，我和大舅说，你和我一同去珠海？反正我不让你离开我。"

瀚哲心里感动，过了一会儿他放开雪儿，雪儿含情脉脉盯着他，用坚定而深情的语气说："瀚哲，我爱你，今生今世，雪儿不会再爱第二个男人，如果你真的要离开这里，我们真的分开，请你记住我今晚说的话，无论你到了哪里，无论你贫穷与富贵，我的心永远跟随着你，如果你离我而去，雪儿将终身不嫁，瀚哲，你记住。"

瀚哲感动得又一次抱紧雪儿，他抚着雪儿的脸说："雪儿，瀚哲深爱你，无论在哪儿，你在我心里，永远是我的雪儿。"

"你要记住咱俩今晚说的每一句话，我相信你，不要让我伤心。我知道，你离开这里可以让自己暂时冷静一下，那也好，离开这里也好。但不知贞妹现在怎样，你还是要注意，千万不要让她太受刺激，她受不了刺激，她没那么坚强，她是在单亲家庭里长大，我姨丈很早就去了……你要处理好与她的关系，不然，她会经受不住打击。"

瀚哲望着她感动地说："雪儿，阿贞是个好女孩，但我不可能对她有非分之想，我会与她解释清楚，她和我是完全没有可能的。"

"我就怕她死脑筋，一直缠着你，你离开一下也好，不要让我妈姐妹俩的故事在我和贞妹身上重演……"雪儿似乎觉得说漏嘴，小手掩嘴，惊愕望着瀚哲。瀚哲一听，甚觉惊讶，脑子里依稀记得，以前雪儿爸爸偶尔与他提起过这件事。难怪昨晚雪儿妈妈那么气愤，甚至到了忍无可忍的地步，原来她姐妹俩有故事。

瀚哲当然不敢往下问，也不应该问，他又一次拥抱着雪儿，动情地说："雪儿，不知道是不是前世修来的，今生让我遇到你，雪儿，我真舍不得离开你，能让我天天见到你、天天在一起多好啊。可是，瀚哲明天走后，不知哪一天才能再见到你，我今后怎么找你？"

雪儿死死地抱着瀚哲说："你找丹丹，丹丹肯定能给我传信息，或者会把我在哪里告诉你，记住，一定要来找丹丹，瀚哲，找丹丹。"

"好的，我找丹丹。"

"不用找，我来了，雪儿姐，我们回去吧，太晚了姑妈会怀疑，瀚哲哥，你也不要太晚。"丹丹突然冲进来说，把他俩吓了一跳，场面也十分尴尬，瀚哲与雪儿立即分开，雪儿羞得满脸通红，瀚哲不好意思地对丹丹说："小坏蛋，不先敲个门，怪吓人的。"

"就吓你，我怕你做坏事……哈哈。"丹丹说后看了一眼雪儿。

雪儿说："你这鬼精灵就爱想歪，想哪里去了，我们回去吧。"

姐妹俩拉着手回，雪儿依依不舍，一步三回头。

瀚哲心绪翻腾，他就要离开雪儿，离开阿贞，离开丹丹。他能去哪儿？他还能见到她们吗？难道他与雪儿，真的就这样分开了？

在雪儿面前，他刻意装出一副若无其事的样子，实际上这两天，他十分迷茫，他与雪儿，今后的路该怎么走，能有结果吗？他在心里对自己说：瀚哲啊瀚哲，放下雪儿，放下阿贞，你可以吗？你能做到吗？

第十四章

　　雪儿妈妈勒令瀚哲离开公司的第二天，瀚哲整理完成送展的画并交给老周后，离开了公司。

　　林小姐安排瀚哲先在老周家住下，这样有事能通过老周找到他。

　　老周私下对瀚哲说，林小姐说会抽空找他，帮他找工作。

　　瀚哲在特区人生地不熟，想了想，只得暂时住在老周家。

　　这之后的好几个夜晚，瀚哲都彻夜不眠，他经受着失恋、失业的煎熬。他不时想起雪儿，雪儿对他说过的从一而终，她无私的爱和恩情，他一生都不会忘记。张老师的提携，他会终生铭记。雪儿现在是什么情况？她肯定和他一样睡不着觉，甚至终日以泪洗面，活在痛苦煎熬之中。

　　那几天，过去的人和事如幻灯片般在他脑海里浮现。

　　他想起阿贞，写字楼前初次见面的小碰撞，阿贞刺破手指让他包扎的镜头，洗头的一幕，荔枝公园约会，都让他刻骨铭心。阿贞会更加忧郁吗？她的承受能力不比雪儿，不比丹丹，她心里一定有什么心理阴影，她能经得起打击吗？

他想起丹丹，小妮子聪明伶俐，虽是说话不饶人，但心地善良，乐于助人，无论在工作上还是生活上，都给予他不少帮助和照顾，是一个可爱的小妹妹。

他想起大牛和小燕，他俩现在感情发展得怎么样？但愿这两个他最要好的同学，能顺理成章在一起。其他同学呢？阿九儿、丽花又是什么情况，他们都好吗？

他想起猛叔和八叔，今后，又有谁给他指引和帮助？路又该咋走？他想起先生，先生和师娘几年前来了鹏城，可是先生没给他在鹏城的具体地址，他到现在也不知道先生在鹏城的哪一个角落。

他觉得自己太失败，在最开放、最有活力的前沿城市，人只要肯吃苦就能找到工作、能挣到钱的环境下，自己居然弄到这种地步。他嘲笑自己，甚至怀疑自己，是否适合在鹏城待下去，他决定用几天时间在鹏城转一转，散散心看看再说。

几天后，老周带他去江南春，说林小姐请客，叫上他一起吃顿饭。

到了江南春，林小姐已到，身边还有一位美女。见了他俩，林小姐开门见山介绍说："瀚哲，今天专门请你吃个饭，我曾经说过，要请你吃饭，见一个人，这不，我给你带来了。这位是我胞妹，林佳玲，比你大两岁，一点不比雪儿、阿贞差，你们好好交往，有缘分在一起更好。你是个人才，说不定我姐妹俩，还需要你的帮忙。我希望，妹妹能找你这样的人过日子。"

林小姐这番直截了当的话，说得瀚哲和佳玲脸上发红。

这太过突然了，他与佳玲只是初次见面，林小姐直接就说希望让他做她妹妹的男朋友，太直奔主题，难道这是相亲场合？林总也太过直接了，这样说话，让双方都无比尴尬，瀚哲想。

老周则全然不顾瀚哲的尴尬，高声附和道："不错，林小姐这个建议好，要不，我来当红娘？准成。"

瀚哲往佳玲那边看，只见佳玲脸上红得像红番茄。

如果说雪儿清纯得像一朵洁白的天山雪莲，人见人爱；阿贞忧郁得楚楚动人，让人心痛；眼前的佳玲，则是成熟中透着秀气，自有一种成熟风韵的女人味，别有另一番韵味。若真要与雪儿、阿贞做比较，只能说各有千秋。

其实他听丹丹说起过林小姐的妹妹，早几天，老周也对他提起过，两人对佳玲的评价都极高，现在一看，确是如此，不觉心里添了几分好感。

"瀚哲，你好，一直听姐姐夸你特别特别优秀。其实，我很早就见过你，今日有幸相识，也是缘分，来，握个手。"佳玲主动站起来，向瀚哲伸出手，落落大方。

瀚哲反倒手忙脚乱，慌忙将双手在身上擦一下，站起来与她握手。佳玲的手绵软温暖，身上的香水味，香而不浓，沁人心脾，令他身心舒畅。

"你好，你真的见过我？"

"真的见过，在某个活动现场。我曾与姐姐说，要去公司找你，姐姐一直不让，说你太忙。"佳玲的声音极动听。

"哦，谢谢，佳玲姐，幸会幸会。"

佳玲慧眼溢光，大方说："能不叫姐吗？叫佳玲或者玲玲都行，叫姐显老，我很老吗？"

"对不起，好的，那叫玲玲就是。"瀚哲接上她的话，觉得自己很笨，话都讲不好。

一旁的老周插话说："瀚哲，林总对你一直很关心，这次给你和佳玲拉个线，让你们相互了解沟通，日后如果能发展更好。"

林小姐接上说："瀚哲，玲玲，你们先试着做个朋友，说不定还真能在一起，姐看好你们。"

瀚哲脸红心乱，刚给人炒鱿鱼，工作没着落，雪儿、阿贞的关系还没处理好，他不可能与佳玲交往，于是说："林总，我知道您关心我，周哥也一直给我不少关照，谢谢你们看得起我，谢谢。"话到最后，瀚哲是看着佳玲说的。

"你们先保持联系。我始终觉得你是个人才，不管你去了哪里，今后我们也许会有合作机会。佳玲如果能和你在一起，那是你们的缘分，也是你们的福分。佳玲，你日后要好好对瀚哲。"林小姐说。

"姐，说得人怪不好意思，这要看缘分。"

瀚哲接着说："玲玲，今天能认识你，是我的福气。"

"我会珍惜的，瀚哲。"佳玲说。

老周说："对，这是缘分。瀚哲，佳玲做事有分寸，通情达理又善解人意，是典型的海阳好姿娘，你不要错过，今后说不定能给你帮助。周哥不会看走眼。"

"周大哥，我哪有您说的这么好，我就是一个普通人，谢谢周哥夸奖。"佳玲边说边给老周添茶，一脸笑容。

林小姐问瀚哲："工作有着落没？要不你先到周哥战友的广告公司那边帮忙？过段时间，等各方面弄完，我让老周联系你，把你和佳玲都带过来新公司，希望你到时能过来帮我忙，我让你当厂长，你有这份潜质和能力。"

这顿饭是瀚哲到鹏城后，吃得最愉快的一顿饭。

回周哥家路上，瀚哲反省自己，怎么离开雪儿没几天，就变成一个没原则的人，见到佳玲，没半点淡定，像是未见过女人一样。他心里对自己极反感，难道这么快忘了雪儿？忘了阿贞？难道失恋的人，就是这样。对雪儿的信誓旦旦哪里去了？难道男人真没半个是好东西？如果雪儿知道他这样，一定会恨他一辈子。男人，难道真的如此见异思迁吗？

这边厢，小燕以优异的成绩考上了省新闻学院，她的理想是日后当一名记者。大牛考上海阳枫洋农校，他的成绩刚刚过中专线，为了照顾小燕娘，他选择了离家最近的中专学校。

八叔和猛叔私下闲聊，夸大牛懂事。

小燕理解大牛对她母亲的一片孝心，也理解大牛对自己的一片痴心，更知道如果没有大牛，她不可能安心地离乡背井去上大学。

拿到录取通知书那晚，小燕娘开心地流着泪说："你不能忘了你阿牛哥，娘身体越来越不好，家里全靠阿牛。家里经济压力大，到了省城，你要想办法挣钱，尽量减轻阿牛压力，他自己读书也要吃住花钱。今后，你要对你阿牛哥好，你晓得吗？"

大牛说："阿娘您别担心，燕子的事就是阿牛的事，我会努力。我想好了，咱家每年养两头猪，每周中间，我抽空回趟家，做好田里的活。现在又不是挣工分，都是各自管好自己的田，我能行的。周末的两天，我去打点零工，能支撑燕子，阿娘您放心。"

小燕看着大牛，心里无比感动，也无比纠结，不知如何向大牛、母亲说，她更没办法应承大牛和母亲，读完大学回家乡，顺理成章嫁给大牛，如果这样，她读大学做什么！她只能等大牛自己想通。她内心充满愧疚，因为直到今天，她还需要大牛的无私奉献，她甚至认为她和母亲是在利用和榨干大牛的一切，包括所谓的深情，她有时反思与大牛的这种关系，会咒骂自己不值钱的理智和无情。

从懂事开始，她就知道大牛为这个家付出了很多，大牛对母亲、对她，那是比对亲娘、亲妹子还好，她也懂得母亲一直希望将来她和大牛结婚生子，一家人开开心心过日子，大牛也是一直努力对她好。但是她对大牛，却是只存有兄妹之情，是亲情，她也曾尝试接受大牛，可就是没一点感觉，她接受不了大牛的粗俗，接受不了大牛的胸无大志。在这变革的年代，年轻人应该顺应社会，去闯荡走天下，广阔天地大有作为，应该像瀚哲一样，哪怕在外经风雨、受挫折，也是一种锻炼，不会一生屈死在这个小岛上，毫无建树。她不愿接受自己的平庸，也不认可大牛的平庸，她的心在远方，她要像瀚哲和雪儿一样，走出乡下，走出三江，走出海阳，去接受时代的洗礼。

她对大牛说："大牛，谢谢你对这个家的支撑，对我和母亲的照顾，燕子不会忘记你的恩情，无论到哪儿，无论任何时候，你永远是燕子的哥，母亲的儿。"

大牛说："燕子，我懂。"说完点了点头，挑起水桶挑水去了。

小燕娘看着他俩，无言以对。

到井边，刚放下一担桶，或因脚没穿鞋，大牛不小心跌了一跤，手腕被挫了一下，一片皮肤挫伤，渗出血来。他急急直奔八叔家来，猛叔正好也在。八叔见状，急急去房里找出纱布帮大牛包扎。大牛气喘，脸上乌云密布。他摸着受伤的手，无精打采，木桩般坐着。猛叔见大牛眼里泛红，分明是哭过的样子，便找个话题夸大牛说："阿牛，读中专，很棒哦，三年很快，毕业后，回来当公社干部，行，叔为你骄傲。"

八叔说："是啊，村里一下子出了一个大学生和一个中专生，是咱村里的光荣。阿牛，争取在学校读书期间入党，这是日后的资本，必须的。"

大牛似懂非懂，加上心情不好，不知如何回答，只是一脸茫然，他本想让八叔给小燕娘说说他和小燕的事。

猛叔见状，猛然明白了大牛想说什么。每周末来回的渡船上，大牛没少让猛叔帮忙向小燕娘说说他和燕子的事。

猛叔说："阿牛，你是好仔，叔和八叔看着你大，将来读完书，有出息，回咱公社来当干部，什么女人没有？老吊一棵树上，男子汉大丈夫，纠结这破事干吗！"

大牛听后哭丧着脸说："叔，这是爱情，您不懂。"

八叔说："就你热单边，没用，毕业回来，叔帮你说媒，找一个，挑水去吧，不要胡思乱想。"

大牛边走边自言自语：别的女人，我才不要呢。刚走到门口，与正匆匆低头赶路的大憨撞了个正着，大憨性急，骂了句笨牛，大牛不与他计较，爬起来自顾走了。大憨爬起身，边拍打身上尘土边骂："这死笨牛，急着去抢宝，走路不看路。"嘀咕间走到八叔家，在大牛刚坐的竹椅上坐下，便问八叔有没有瀚哲在鹏城的地址。

未等八叔开口，猛叔狂赞大憨说："阿憨，好样的，对，要去外面闯一闯，叔撑你，叔有阿哲地址，叔给你。"猛叔抢着把瀚哲在鹏城的地址给了大憨。

八叔吩咐大憨，在外面好好做事，挣到钱省点用，过两年回家娶个老婆，生儿育女，也就成了。大憨点头应道："嗯，俺明白。俺娘说，俺啥也不会，就有几斤蛮力，干粗活还行，俺会好好做。"

大憨边给番炉仔添火炭，边和猛叔八叔闲聊，无意间说："乡里有风言风语，好像是阿九儿对吊灯弟说的，丽花丈夫死了，丽花她爸在浮洋供销社找了份布铺职员工作给丽花，不知是不是真的。吊灯弟说何雅苹去了京都，是跟着一个做生意的河南老板混日子去了。"

八叔告诫大憨，不要跟着人家乱说，丽花家的事千万别乱传。猛叔跟着说："是啊，阿憨，出去赚大钱好，不要在乡里和阿九儿、吊灯弟等人混日子，阿九儿和吊灯弟，都是没出息的混仔，从不走正道，迟早会出事。"

大憨点头应了声好。

几个人又闲聊了几句后，大憨把喝茶家当收拾好，和猛叔辞了八叔，从幸福里各自回家，不提。

第十五章

云林美术广告公司是一家小公司，在公司叶老板力邀下，瀚哲暂时栖身于此。

广告公司做设计的一共有三个人，瀚哲负责美术字广告排版设计，当时还没有电脑，设计纯手工画图，美术字靠格尺格。

工作之余，瀚哲经常去文化宫参加书画培训，老师是肖焕群。

瀚哲从周哥家搬出来了，他不能总麻烦周哥，当然也是为了方便自己晚上去文化宫学习。

这一晚下课，刚走出教室，瀚哲就见佳玲站在走廊角落，便走到她面前，问："你怎么来了？"

佳玲见了瀚哲，本来神情十分焦急的她，立即露出笑容，抬头注视他，又低下头，脸上罩一层绯红。她略带羞涩又抬头看看瀚哲，欲言又止。

"是有什么事需要我帮忙？你可以直接去公司找我，或者找周哥带一下话也行。"瀚哲一脸迷茫。

"没事，就想见你。"佳玲细声说着，挪近一下身体，站在瀚哲身边，几乎碰到他，脸上又一阵红，"就想见见你，那次和姐姐吃饭到现在都两个月了，你都不找我。"

"我，我……"瀚哲语塞，但他心里有雪儿，又牵挂阿贞。他懂佳玲的心，明白佳玲是贤淑女孩。但雪儿是他的至爱，他的恩人，他必须拒绝佳玲，便狠心说："我送你回去吧。"

佳玲听了，脸上笑容瞬间荡然无存，看着瀚哲，略带失望地说："那……好……走吧。"

说完，她犹豫一下，便主动拉起瀚哲的手。他似触了电，全身一阵发热，想要抽出手，又怕影响她的心情，只好由她拉着手跟着她走。

瀚哲心里别扭，他看了看周围，没发现异样目光，心态稍放松。佳玲倒是没半点生疏感，像是大姐姐牵着弟弟，像热恋中的情侣般自然。

回到宿舍，瀚哲彻夜难眠，心中万分纠结。眼前总浮现雪儿第一次出现在学校的镜头，她夸他的那一瞬间，走出校门高高竖起大拇指的背影；耳边不时响起她写给的他只有一句话的那些信，"瀚哲，今生今世，只爱你一人。"这是山盟海誓，是爱的宣言。还有木棉树下的拥抱、缠绵和热吻，瞒着她妈妈为他争取学习、工作的机会，自己省吃俭用给他学习生活费，义无反顾帮助他到鹏城的公司，为了照顾他而不上大学……这一切，就像发生在昨天。为了他，雪儿无私奉献，认定他是她托付一生的人。仿佛她为他而生，甚至可以为他而死，倾其心中挚爱默默付出。他怎能背叛她，更不能伤害她！

而阿贞，放下女孩矜持，放下高傲，勇敢向他表白。阿贞让人怜爱的眼神，不时闪现在他眼前。他不能给她爱，可他比关心雪儿更关心她，阿贞更需要关爱与怜惜。他和阿贞，难道只是朋友吗？

佳玲，确实是好女孩，她善解人意，她在他最失意的时候关心他。这是一份难能可贵的爱。可是，他能不顾及雪儿，不顾及阿贞，欣然接受佳玲的爱吗？不行，绝对不行。他已经辜负雪儿，伤了阿贞的心，他不能再伤害佳玲。

他快崩溃，他痛苦，却找不到人诉说。

几天后，老周约他晚上到他家吃饭。

周家嫂子重礼节，称呼瀚哲小叔，每次在周哥家，瀚哲身心都极放松，好像回到家里一样。

晚上，周家嫂子做了一桌好菜，四冷四热，瀚哲问咋做这么多，老周故作神秘说还有人来。

说话间，佳玲提了两袋水果进来，瀚哲见她，浑身不自在，既欢喜又有莫名其妙的尴尬。佳玲似乎早就知道他会来，一进门就走到他身边，嘴巴凑他耳边，脸几乎贴瀚哲脸，窃窃私语般问："来很久了？"

她的话温柔亲切，带着笑容，嘘寒问暖那种，一下子把两人距离拉近。

瀚哲霎时放松，再没半点尴尬，也没有生疏感，仿佛两人是恋爱中的男女朋友。

"刚到，玲玲，你好像知道我要来？"瀚哲说完帮她提水果。

佳玲笑而不答，让他把一袋水果放在茶几上，另一袋给大嫂，指着茶几上的水果说："记得回去时带上，自己吃不完，就拿到公司和同事分享。"

"玲玲，你太客气了，先放大哥家里吧，我明天上班前来拿，谢谢你。"瀚哲心里感动，这个女人太会照顾人了，她确实用心在为他着想。

"你刚到新公司，与同事之间相处融洽点好，咱俩是朋友，这是应该的，有空我去你公司看你。"

"玲玲，谢谢你关心。"瀚哲心里又一阵感动，心里想，佳玲真的是从细微处体贴他、关心他。

"应该的，不要介意，几个水果值不了几个钱，我还不大好意思拿出手呢，不要放在心上。有什么需要帮忙，尽管吩咐，我会竭尽全力帮你。我理解你这段时间的心情，你不要想太多，我是你朋友，朋友有困难相互帮助极正常，我愿意为你做任何事。"

听了佳玲一席话，瀚哲忽然觉得，那晚佳玲去文化宫等他，自己却对她冷落，实在是不应该。

老周安排好菜，招呼他们吃饭，瀚哲和佳玲坐一起。席间，老周说："瀚哲，首先恭喜你，你送去参加展览的画得了一等奖，这次省展的一等奖，只有一个，就是你，可喜可贺。就知道你这小子，准会有出息。来来来，咱们为瀚哲干一杯，真了不起。"

四人同时举起酒杯，一饮而尽。佳玲欢喜得呛了，她不会喝酒，一杯下去，整个脸红得像关公，瀚哲赶紧拿杯水给她。

喝口水后，佳玲说："恭喜恭喜，瀚哲真棒，我太高兴了，破例喝这一杯。"

周大嫂说："玲妹妹，祝贺小叔得奖，一杯不够，得多喝几杯，高兴嘛。"

佳玲说："嫂子，我从不喝酒，不然这么值得庆祝的事，肯定要多喝。"边说边给瀚哲碗里夹菜。

老周说："佳玲，当自己人了，哈哈，看来你们俩，将来还真能成为一对。来，瀚哲，咱再喝一杯。为你，为佳玲，就当是双喜临门。"

"周哥，你别取笑我了。"佳玲微微一笑，对着周大哥说。

老周端起酒杯，与瀚哲碰了杯，一饮而尽，接着说："不是取笑，我看你俩挺配的。不过佳玲这两三年内，会有一劫，只要过了这一劫，就是富贵荣华一生。"

瀚哲一听，心里略不安，本与自己不大相关，但朋友之间，不免有些担心，便半信半疑问老周："这一劫，严重吗？"

老周说："没事，人一生中不可能一帆风顺，有点小挫折很正常，不过你们俩倒真是天生一对。"

佳玲说："谢谢大哥，如果有缘与瀚哲在一起，受点挫折，也值得。"佳玲说后，脸红红注视着瀚哲。

瀚哲没接话，他不知道如何反应。也许在佳玲心里，他就是她的彼岸。但瀚哲十分清醒，他此刻完全没有接纳这份热情的爱，他心里记挂着雪儿。他只是礼貌性对佳玲说了句谢谢。

周哥见瀚哲不说话，对瀚哲说："后天开幕典礼你一定要参加，到时我带你去。如果你在公司，代表公司出席多好，我安排一帮人一起去，长长脸，有气势，现在变成咱私下的事。不过，我和丹丹林总说了，去不去由着她们。"

瀚哲站起来说："谢谢周哥，这杯酒，我敬您与嫂子一贯对我关心照顾，真心感谢。"

这时，佳玲跟着站起来说："大哥，我也敬您和嫂子一杯。"

周家嫂子站起来，端起杯子，玩笑着佳玲说："我说玲妹妹，不用这么快就帮出面，等一下单独来，你不是说破例一杯吗？"

佳玲脸更红，含情脉脉看瀚哲一眼说："就这一杯了，大哥大嫂对我好，如果不是大哥大嫂，我不一定能与瀚哲一起喝酒吃饭呢。这一杯，也敬瀚哲，来，我先干为敬。"

饭局在欢乐的笑声中结束。

从老周家出来，佳玲提议去大家乐，瀚哲觉得放松一下也好，或可洗去这段时间心中的郁闷。

每周末晚上，大家乐都会聚集来自五湖四海全国各地的打工者一两百个年轻人，当然有工作人员主持，有专业音响师，有专业DJ，有维持秩序的保安人员。大家抱着自娱自乐的心态集合在一起，共同度过一个愉快的周末，很受打工一族欢迎。

两人到达时，这里已经黑压压聚集一大批人。

佳玲到主持人那儿填完单，回到他身边，兴致勃勃地说："咱们很幸运，刚好赶得上，是排在压轴出场，我报了两首，第一首你独唱，第二首咱俩合唱。DJ一见你的名字，就说对你印象极深刻，她说你是业余唱者里，具有专业水准的歌手。其实，我第一次见你就是在这里。"

"哦，原来是在这里，难怪你说见过我。"

佳玲见他若有所思，笑着说："有一次你在台上唱，我在场，听到两个女生在议论，说你是她们同事，一问，是姐姐公司的人。第二天问姐，她说肯定是瀚哲。姐姐对你评价极高。从那天晚上开始，我每个周末来，看看能不能再碰上你，可惜再也没碰到，最后还是让姐姐出面把你约出来吃饭。瀚哲，你知道我的心了吧。"

"哦，原来你早就对我一见钟情，难怪我喜欢唱什么歌，你都清楚。"

佳玲含情脉脉看着他。

佳玲火一般的热情，让瀚哲有点招架不住。他放不下雪儿，雪儿在他心里，任何人都代替不了。他是不是不该和佳玲来大家乐？又或者难道，不知不觉之中，他潜意识里接受了佳玲？

他有点迷茫，他后悔和佳玲来大家乐。

这时，他听到DJ叫到他的名字："今天晚上，压轴出台的，是具备专业水准的业余歌手钟——瀚——哲，我们的大帅哥，请大家鼓掌欢迎。"台下响起一片掌声。

瀚哲走上台中心，接过小梅递给他的麦克风，向场下观众礼貌鞠了一躬，台下又响起整齐的掌声，等掌声过后，瀚哲即兴来了几句开场白："大家晚上好，我叫钟瀚哲，我今晚唱的第一首歌，是为爱而唱的，《爱在深秋》送给大家，唱得不好请大家见谅。谢谢大家。"

说完，瀚哲全情投入歌唱。他的肢体语言、形象以及声音和音乐的过门，都拿捏到位。一曲终了，台下响起雷鸣般的掌声。

掌声停歇，瀚哲接着说："今天晚上我献给大家的第二首歌，是一首合唱，我想邀请我的朋友，林佳玲小姐上台与我一起合唱《请跟我来》，请大家欢迎。"

佳玲款款上台，她的美貌引来台下更热烈的阵阵掌声，穿着得体的一套白色连衣裙的佳玲站在台中间，灯光下妥妥一位白雪公主。

临近深夜，大家乐结束，众人四散离去，热闹的广场，只剩下零落几个人。

突然广场上一个熟悉的身影映入瀚哲眼中，那是阿贞。他的心一阵咚咚乱跳，他顾不上和佳玲打招呼，便直奔阿贞身边。阿贞一见他，便蹲下去抱头痛哭。

瀚哲心里隐隐作痛，他蹲下身想要扶起她。

佳玲走过来，轻声对瀚哲说："你送她回去吧。"

瀚哲看着一脸疑惑与委屈的佳玲，点了点头，示意她先回。

宁静的广场只剩下瀚哲和阿贞。

过了很久，见阿贞稍稍稳定下来，瀚哲便拉住她的手，轻声说："贞，咱回去吧，我送你回去。"

阿贞甩开他的手说："不要你拉，我自己会走，你手脏。你才离开我们几天，就有新女朋友了。这才过去不到两三个月，你就忘了我和雪儿姐。我恨你。"

瀚哲又愧疚又尴尬。

"我没人陪，没人爱，没人关心，一个人孤独得很。"阿贞边走边说，"你知道我多想你吗？你知道吗，那天在公司，我看写字楼只有你和海英，就把自己手指用车针刺破，然后找你包扎。为的是能近距离接触你……你离开公司这段时间，我无时无刻不想着你。可你……可你居然有了新女朋友！"

原来那次在写字楼，阿贞让瀚哲帮她包扎手指，是阿贞的苦肉计。

瀚哲一时无语。他真的像阿贞说的那样，才短短两三个月时间，就和佳玲走在一起。也难怪阿贞刚才反应那么强烈，如果让雪儿看到这一刻，肯定也会把他骂得狗血淋头，他真的对不起雪儿和阿贞。

想到这段时间，三个女孩同时出现在他的生命里，他真的困惑了。他不知道如何处理。她们三人都很优秀，他能不能全部放下？他能怎么做？

158

阿贞见瀚哲不说话，问："刚才那女的叫什么名字？我好像在哪儿见过，你说过你不能爱我，那你为什么这么快就爱上别人？"

瀚哲还是没回阿贞的话，而是试探性问："贞，你妈和你大姨年轻时，是不是同时爱上了一个人？"

阿贞没回话，瀚哲又问："她们是不是同时爱上了雪儿爸爸，是吗？"

阿贞并不回话，只是低着头走路，心事重重的样子，脸上又重现她那忧郁的模样。

瀚哲不敢再问，雪儿提起过阿贞受不了刺激，除了说阿贞没那么坚强外，似乎还有别的原因。想到这一层，他后悔刚才不该冒昧开口问阿贞，如果连带引出阿贞伤心事，或者她爸爸妈妈的事，更不好。

阿贞放缓脚步，定了定神轻声说："我也不太清楚，好像是有这么一回事：我妈……我妈和我大姨，同时爱上了一个人，但那个人不爱我妈……她们姐妹俩最终翻了脸。"

"后来呢？"瀚哲边走边问。

"后来，我妈遇上了我爸，就跟着我爸走了，嫁到了海城。我听妈妈讲过，当时要嫁到那么远，姥爷姥姥特别反对，我妈是跟着我爸跑的……你，你长得有点像我爸，我爸也很帅。你的气质特别像我爸。可惜，爸爸在我九岁那年，因为车祸……"阿贞说到这里看了看瀚哲，一手捂着胸口。

瀚哲拉着她的手用力握了握，说："贞，对不起，挑起了你的伤心事。"

听了这话阿贞停下脚步，又一次蹲下去抱着头哭泣。瀚哲一时心慌得很，他不知该怎样劝她。只有把她扶起来，战战兢兢地说：

"贞，真的对不起，我不是有意的。"

瀚哲一时想不出更好的话来安慰她，心里暗暗责怪自己哪壶不开提哪壶。雪儿早就与他说过，阿贞受不了刺激。可今天晚上，她本就已经受尽刺激，这时他忽然又提到她爸爸。

她九岁就失去了最亲爱的人，一直与母亲相依为命。好不容易爱上一个人，而这个她爱的人，又不能给予她想要的爱。

他后悔刚才问她的话，更后悔今晚到大家乐来，想到这儿，他情不自禁把阿贞搂紧。

拥抱着阿贞，瀚哲抬头望了望，夜的宁静伴随着偶尔行人的匆匆而过。瀚哲心乱如麻，他该怎么办呢？

沉默了很久后，他硬起心肠，柔声对阿贞说："贞，我已经从公司出来，不可能再回去了。我现在暂时在一家广告公司上班，也从周哥家里搬出来了。我很感谢你，一直这么关心我。贞，你是一个值得爱的好女孩，可惜我们有缘没分，也许这就是命。我，我对不起你。你忘掉我吧，我不值得你爱。"

"我忘不了你，一想起你看我洗头的那晚，一想到你盯着我出神的时候，我心里就美美的，瀚哲哥，我想你已经想到不能自拔，你知道吗？"阿贞忘情地说，她在对他说，也似乎在对她自己说。

瀚哲心里感动，但他又不知道该如何作答，更不敢让她再说这些话，只好拉着她的手赶路。

两个人终于来到阿贞的宿舍门口。荔枝树下，阿贞紧紧抱紧他，整个人软绵绵依偎在他身上，久久不愿松开。

瀚哲狠心把她的手轻轻从身上挪开，道了一声晚安，便头也不回地转身就走。身后颤抖的哭声又隐约响起。

听着这若有若无的哭声，瀚哲心里没来由冒出一段话：问世间，情为何物，怎一个悲字了得。

夜风，凉意刺骨，天空下起了小雨，他在雨夜里孤单得像丢了魂魄的夜游者，漫无目的地走着……

第十六章

　　鹏城文化馆展厅一楼，瀚哲的作品《姿娘》挂在展厅正中央。这是这次画展唯一的一幅金奖作品。

　　画作前围了一大群人，肖焕群老师，市委宣传部长，省美协主席、《鹏城文学》主编陈老师……作为该幅作品的作者瀚哲当然也在。

　　担任评委主任的省美协主席，正在给市委宣传部部长介绍这幅画："这幅画以特区普通女工做造型。女工身穿白色T恤，黑色健美裤，神清气爽站在绣花车前；绣花车灰色调，画面的黑白灰处理恰到好处。表现手法兼工带写，白描线条加上墨块的处理十分到位；骨法用笔，书法入画，线描质量极高，抑扬顿挫、一波三折阴阳飞白，无不尽显功力；健美裤的墨块处理也甚到位，浓淡干焦湿五色运用合理，墨色精妙，人物造型准确。女工脸部相当醒目，面部细节刻画十分精彩，她双眼炯炯有神，神采飞扬。将鹏城女工的青春靓丽，以及朝气蓬勃的精神面貌，表现得淋漓尽致，极有张力。灰色调的处理以及车间背景的淡化处理，虚实结合到位，把本来就十分美丽的女工衬托得靓丽无比。这是近年来特区美术作品中少见的好作品，获得金奖实至名归，有生活。"

宣传部部长说："不知画家本人今天是否在场？这位画家应该是中生代画家之中的佼佼者吧？"

肖焕群老师赶紧拉过瀚哲说："部长，这就是作者，是一个才二十出头的年轻人，是我的学生。"

瀚哲微笑着给各位领导及老师鞠躬，然后说："部长好，各位老师好，多多指教。"

部长惊讶打量着瀚哲，微笑说："老肖，贤师出高徒，这么年轻，好好好，后生可畏，年轻有为，咱们特区就是要多出人才，不错，不错，大有前途，叫什么名字？在哪儿工作？"

"谢谢部长，谢谢老师，学生叫钟瀚哲，在做设计。"

美协主席说："很好，小小年纪不简单，传统功夫扎实，是一幅好作品。小伙子，今后要继续创作，为特区的文化建设做贡献，多出好作品，明年全国大展要参加。老肖，恭喜你，教出一位好学生，这后生假以时日，必定前途无量。恭喜。"

肖老师说："谢谢部长，谢谢主席，谢谢各位老师，小伙子天分高，是一个可造之才，虽没上过专业院校，但基础打得不错，特别是用笔用线，有王淑明之风，用墨有八大之意。瀚哲，各位领导、老师都看好你，这是对你的肯定，你要珍惜，要更加努力，不要辜负大家对你的期望。"

瀚哲又一次向各位老师道谢，说一定会努力提升自己。

《鹏城文学》主编陈老师半开玩笑问瀚哲："年轻人，画里画的女孩，是不是你女朋友，画得这么好，肯定是你女朋友。"

瀚哲并不作答，只是微笑看着陈老师。

陈老师继续说："画里的女孩，面带微笑，亭亭玉立，整幅画无论是笔墨的运用，墨气的起承转合，模特的精神气质和构图，都表现得气韵生动，人物栩栩如生，跃然纸上。模特原型，肯定美貌，更为此画加分。可见你是用心创作，出乎心，溢于情，创作时倾注了对女孩的情感。创作题材来源于生活，这是一幅能够打动人的佳作。"

瀚哲恭敬对陈老师说谢谢。

肖焕群老师是这次画展的评委之一，更是给予这幅作品极高的评价。《鹏城文学》把这幅画作为这一期的封面刊登，主编老师还亲自执笔写了画评，算是对年轻人的鼓励。

这时，周大哥夫妇、林小姐和佳玲四个人一同走进展厅，叶老板带着小朱和公司同事也到了，又不免夸一番。佳玲听到众人都夸瀚哲，比瀚哲还开心。瀚哲主动拉着佳玲，两人并排站一侧聊天。

林小姐见佳玲与瀚哲一起的那种亲密，笑容满面说："真的是天生一对。"

佳玲脸上泛红，撒娇道："姐，你取笑人。"一边说一边却靠瀚哲更紧。

这时，阿贞不知从哪里钻出来，一见到佳玲与瀚哲这么亲密，眼里骤然射出一束仇视的目光，死死盯着佳玲。瀚哲大惊之下，不知如何是好。

阿贞顷刻间泪如雨下，掩面往展厅门外奔出去。

瀚哲心里立即乱了，他最担心的场面终于出现了。

所有在场的这些朋友，老周夫妇、叶老板和同事、林小姐等人都把目光投向瀚哲和佳玲。大家心里明白，画里面的人，正是刚才那位女孩。

内疚让瀚哲顾不了现场其他人的感受，他正准备去追阿贞，一个更熟悉的身影向他走了过来。

瀚哲急忙停住脚步，却不敢招呼。在她的身后十几步远，她妈妈和舅舅也走进了展厅。

她的出现确实令他意想不到，他完全没有一点心理准备，他的脑子顷刻间一片空白。

雪儿的突然出现彻底乱了他的心！

佳玲和他亲密地依偎在一起的镜头，不单阿贞看到了，雪儿、她的妈妈和舅舅，肯定也看到了。

雪儿直奔他眼前，铁青着脸怒目而视。她抬起右手，看似要打瀚哲一巴掌。但大庭广众之下，她犹豫了一下，还是把举到一半的右手，硬生生收了回去。

雪儿盯着他，眼里几乎要喷出火来。她伸出一只脚，往瀚哲脚尖狠劲地踩了一下，另一只脚狠劲踩一下地面，眼睛瞪一眼他，又瞪一眼佳玲，一脸绝望的表情。

瀚哲一脸慌张，呆若木鸡，心里羞愧无比。他已经完全没有心思理会阿贞，也没心思理会佳玲。

佳玲和雪儿是第一次见面。两个人互相对望了一眼便避开，谁都没有说话。

让瀚哲想不到的是，雪儿与佳玲的第一次见面竟是在这种场合。他呆呆地站着，一时想不出怎么开口说话，半句话都想不出来。

展厅里的观众都把目光投向瀚哲。

这时，一旁的雪儿妈妈满脸乌云地狠狠瞪了一眼林小姐，仿佛怪她带着佳玲出现在这里，要把心中的所有怨气，都发泄在她身上。

林小姐没理会雪儿妈妈，只是与雪儿的舅舅打了一声招呼，略交谈后，才知道他们是今天一大早从珠海赶过来的。

瀚哲根本没想到雪儿会出现，更没想到雪儿会把她舅舅和妈妈带来捧他的场。他能想象这中间，雪儿做了多少工作，他的感激之情油然而生，愧疚和自责也随之而来。雪儿心里最牵挂的始终是他，他却没有为她坚守那份纯真的爱。他实在不配雪儿这么爱他。

瀚哲看着面前愤怒到极点、梨花带雨的雪儿，想起雪儿离开后，他与佳玲纠缠在一起，他羞愧难当。

雪儿明显瘦了，人憔悴了很多，他不由得一阵心痛。

雪儿肯定更痛。

她的心也许在滴血。

瀚哲能够理解雪儿的愤怒。

雪儿这次来的目的，应该是想让她妈妈相信她的眼光，让她妈妈知道自己看中的人有多优秀，这是一个能让她托付终身的人。她希望通过这样的事实让她妈妈对他的偏见有所改观。

可是，抱着美好希望到了展厅，映入眼帘的居然是这样的一幕。她万万没有想到，她不敢相信自己的眼睛，更无法理解，她离开他才多长时间，他就有了一位这么漂亮的女孩！甚至在大庭广众、众目睽睽之下，两个人亲密地依偎在一起。她看到的，亲眼看到的，她妈妈和舅舅当然也能看到。她无地自容，也知道自己这段时间所有的努力，所有的用心良苦，都白费了。今后，她关于他的任何言语，在她妈妈面前，都会变得苍白无力，毫无意义了。

良久，惊魂未定的瀚哲战战兢兢地说："雪儿，你来了。"

雪儿不说话，只是转过头，看着墙上的作品。当她看出画中的女孩是阿贞，而不是她时，满脸绝望更是表露无遗。她万念俱灰，冷冷地说："你能，你真能。你有羽毛了，你会飞了。瀚哲，想不到你是一个这样的人，你真的是忘恩负义。木棉树下的信誓旦旦，又在哪里？码头边的夜话，抛到九霄云外了？你真能啊！瀚哲，是我瞎了眼，从今以后，你我恩尽情断。"

雪儿说后，谁也不看，昂着头大踏步离开展厅，只留给瀚哲一袭黑色的背影。

瀚哲被雪儿骂得狗血淋头，雪儿快走到门口，他才如梦初醒，拔腿去追雪儿。雪儿妈妈伸出双手将他拦住，表情僵硬，眼神鄙视，她冷冷地说："有必要吗？你还有脸见雪儿！她会原谅你吗？你害她还不够？忘恩负义的狗东西。枉她为你倾注了那么多心血。"雪儿妈妈说完，转身就往外走，追着雪儿而去。

瀚哲站着不敢再跟出去，这时雪儿舅舅走到瀚哲面前，看一眼画，又看一眼他，表情复杂，口里挤出几字：好自为之。说完，他也拔腿而去。

全程冷眼旁观的林小姐回头吩咐佳玲："无论如何要照看好瀚哲。"

佳玲回答说："姐姐放心，我懂的。"

一番闹腾后，大家也没心思再待在这里，很快，周大哥夫妇、叶总和小朱，先后与瀚哲辞别而去。

展厅里的人散得差不多时，佳玲见瀚哲依旧发呆站着，便走过去，安慰说："瀚哲，没事。"

瀚哲被佳玲一叫，才从呆滞中清醒过来，他看着一脸担心的佳玲，失魂落魄地说："玲玲，我彻底伤了雪儿的心，她再不会理我了，阿贞也不知哪儿去了，我心里难受。"

佳玲挽着瀚哲，温柔说："瀚哲，玲玲不会离开你，我爱你。"

过了很久，佳玲又对他说："咱们回去吧。"

瀚哲恍惚答道："好吧。"

刚出大门口，两人大吃一惊，不约而同地叫出声："阿贞！"

阿贞在门口右侧台阶上蹲着，双手抱头。

见此情景，瀚哲的心一下子又提了起来，浑身发麻。

刚才在展厅的一幕，分明让阿贞受到了极大刺激。

瀚哲真不知道该怎样做了。身旁的佳玲走到阿贞身边，伸手想把阿贞扶起身。阿贞的反应十分激烈，狠狠地推开佳玲，佳玲被阿贞推得后退几步，跌跌撞撞倒在地下。阿贞连哭带骂道："都是你把他给勾引的，我不用你假好心，恨死你这狐狸精！"

佳玲惊讶羞愧，却又不知说什么好，只能委屈地低下头。

瀚哲赶快走过去，扶住佳玲。阿贞见状，发出一声冷笑，然后看都不看瀚哲一眼，起身后迅速离开。

瀚哲眼睁睁看着阿贞离去的背影，不知如何是好。

画展之后，雪儿彻底断绝了与瀚哲的一切联系，阿贞也大受打击，辞了职，心灰意冷地回到了海城。

第二天，瀚哲冷静下来后，回想画展现场发生的一切，确定还是无力处理好这些关系，他必须理清自己的思路，也必须面对这些关系。

这天，他请了半天假，去了沙埔头一趟。

到了沙埔头后，他第一时间找到老周。老周正在看当天报纸文化副刊，上面刊登的是这次画展的获奖作品，瀚哲的那一幅作品最大，放在最显眼的位置。老周见他进来，给他倒了一杯茶，说："你这小子，怎么弄的，居然给弄了个金奖，真了不起，我脸上也沾光。"然后神神秘秘，压低声音说，"你这小子，以前在家里就跟人家好上了，怎么又沾上人家表妹？我又不知道你们这中间的来龙去脉，不然我也不会帮林小姐这个忙，好心做坏事。"

瀚哲心里很不是滋味，说："说来话长，咱俩以后再聊，我想知道雪儿在哪儿？"

"怎么？佳玲没和你一起？"老周答非所问。

"没呢，她陪我回云林公司后就回去了，不要说佳玲，雪儿呢，下午回公司没？阿贞也没回来吗？"瀚哲语气很急，想立刻知道雪儿在哪儿，他要见她。

"雪儿和她妈妈当天没吃饭就直接坐船回珠海了。阿贞我倒没见，她不会也去珠海了吧？"老周耸耸肩，摊开双手一副爱莫能助的样子。

"林总在不在？我问问她，她应该清楚一些。"

"林小姐今天没来，你到她住的地方找她吧，估计在那边，阿贞或许也在那里。"

瀚哲直奔老板住的那栋村长楼。刚到荔枝树下的小石径，娟华从门口走出来，手里提着一袋东西。看到娟华，瀚哲的心略为放下了些。既然娟华在，正常情况下，阿贞应该也在。他加快脚步迎上去，问："娟华，阿贞在里面吗？"娟华语气不善地回道："自己看去。"

娟华的话让他的心一下子不安起来，他走进大门，直奔上二楼。阿贞和她妈妈都不在，只有公司清洁阿姨蔡大姐在整理房间，他问："大姐，阿贞在不在？她有没有回来？"

蔡大姐说："娟华来收拾阿贞的东西，说阿贞跟着她妈回海城了。我不大清楚，你上三楼问一下林总，她在三楼，她应该清楚一些。"

瀚哲道了声谢，便上了三楼。

"林总，我是瀚哲。"

林小姐从房里出来，理一下衣服和头发，招呼他坐。接着给他倒了杯水，给自己也倒了一杯，才坐在他的对面，开口问："这么急，想问什么？说吧，慢慢说，不用急。"林小姐边说边做着手势让他平静。

瀚哲忽然觉得，林小姐说话的神态与平时判若两人。平时她总是一副严厉的样子，但今天，他感觉她特别和蔼可亲。

"林总，雪儿回来没？"

"没呢，她回珠海了，中午饭都没吃。"

"阿贞呢？"

"她倒是回来了，但刚刚走了，回海城了。阿贞妈妈说带阿贞离开一段时间。"林小姐说到最后，似有所感触地看着心事重重的瀚哲。

好一会儿，林小姐问："瀚哲，阿贞说她约你吃过一顿饭，是吗？"

"林总，不好意思，我现在不想提这些，我的心很乱。阿贞怎么样？情绪稳不稳定？我怕她出问题，她受不了刺激，我现在最担心的是阿贞。"

"我觉得，你现在不宜见阿贞或雪儿，这时候你们都冷静一下更好。你也趁这段时间好好梳理一下。"林小姐真诚地说。

"娟华来收拾阿贞的东西？难道阿贞不再回来？"

"我不大清楚，或许稳定后会再回来？她离开一阵冷静一下，对双方都有好处。不过，我听她妈妈与老板私下聊过，阿贞只认定你。她死心眼，爱你爱得极深。"

"但我不可以爱她，更不该将她画进画里，让她更……她……她是个善良的女孩，我没处理好，对不起她。"

"懂得就好，我猜，你心里也是爱着人家的，不然怎么画得那么美。瀚哲，你有才，但要处理好这些事，不然你今后的人生不会好过。"

林小姐话里的意思，瀚哲当然听得懂。

林小姐顿了顿又说："这段时间你冷静一下，好好想想如何处理好这件事。我当然希望你能和佳玲在一起。我自己婚姻不顺，希望佳玲能幸福。佳玲是个坚强的女孩，懂得包容。她爱你，将来你有事业，她肯定是个好帮手。在鹏城这地方，这年头，弱不禁风或者温室里的花朵，不一定适合你……你自己好好想想。"

"林总，谢谢您的关心，玲玲确实又美丽又善解人意。"

"我正在弄个小公司让佳玲做，到时候你过来帮忙？我相信你们可以做得很好。"

"再说吧，谢谢林总看得起，谢谢您。"

"好吧，佳玲会找你的。"

瀚哲心事重重地辞了林小姐出来。娟华站在荔枝树下，见他出来，递给他一张纸，上面写满了他的名字，字迹分明有被水浸过的痕迹，瀚哲认得出是阿贞的笔迹。娟华说是在阿贞枕头下找到的，她不知怎样处理，便拿来给他。

或许，这是阿贞留给他的唯一念想。

而林小姐的一番话，让他意识到，他确实需要冷静一段时间，好好想想今后该怎么办。

如此想了，瀚哲索性跟周哥打个招呼，托他转告佳玲，让她暂时不要找他，事实上这时候他也不敢面对佳玲。处理完这些，他回到公司便辞工了。

一晃三个月过去。这几个月，瀚哲没有经济来源，好在有老周的帮忙，在老周的帮助下，瀚哲搬到了离原沙埔头宿舍远一点的岗厦村一间荔枝林里的旧小屋。

这是特区原先住的小瓦屋，周围是上了年纪的荔枝树和杧果树，屋外地面是泥地，一下雨，如在池塘里走。

搬过来那天，老周帮忙，离开时告诉他，需要帮忙就去找他。

瀚哲感动得快流泪。

"不用谢我，这是林小姐吩咐的。对了，前几天，我与佳玲见过一面，她瘦了很多。她说这几个月特别忙，林小姐和人合伙在白石洲租了七八百平方米厂房，准备搞个公司，做婚纱晚装。她一直在那边，没时间来找你，不知道你现在的情况。我今天是带着任务来的，佳玲让你找个时间，去白石洲与她见见。这是她在白石洲的地址和电话。"

瀚哲接过老周给的地址和电话，说："大哥，咱们坐会儿，聊聊？"

"不如这样，我请你吃晚饭，咱俩到外面找个大排档，边吃边聊。"

"好。"

两个人来到一家小餐厅，要了一份饺子和一份家常手撕饼，一个韭菜炒鸡蛋，一碟水煮花生米，各来了一瓶啤酒。喝下一杯酒，瀚哲借着酒胆试探性问："大哥，雪儿离我而去，阿贞走了，我和佳玲能否走下去？"

"哥是过来人，大胆说你一句，你对她们三人都用情。爱情这东西我不太懂，但我觉得不可以这样。首先是雪儿，她是你的初恋，是吧？她对你有恩，而且你们还是从初中就开始谈恋爱，你真对不起她。她肯定为你付出了很多，也肯定很爱你，是吧！雪儿是十分有素养的女孩，那天在画展，她能在那种情形下，强忍自己的情绪，给你留脸，你说她有多爱你！难道你不知道？其次是阿贞，以我对阿贞的了解，我猜，肯定是她主动约你。阿贞爱你。你把她画得那么美丽，她不爱你才怪。而你，有可能心里也爱着人家，只不过你不敢爱，因为你已经有了雪儿，你不可以再爱阿贞。就算你对阿贞有多爱，或者她只认定你，你跟阿贞也绝对没可能走在一起，那又何必呢！我琢磨着，阿贞有什么让你入了迷，你才没斩钉截铁地跟她说明，造成这种结果。当初，你就不该与她约会，她的心早已让你给带走了。"

"是的，都是我的错。"

听了老周这么一席话，原本就自责的瀚哲更是无地自容，自己太对不起她们，有了雪儿，还和阿贞约会，但愿阿贞好好的。

老周接着说："至于佳玲，确实也是个好女孩，又美丽又懂礼貌又善解人意，还有事业心，处事大方得体。她爱你，是你的福分，我始终认为她最适合你。你这小子可能命不错，碰上了她。但你必须处理好与雪儿、阿贞的关系，免得日后节外生枝。这是你的人生大事，你必须慎重。"

是啊，他该怎么做？佳玲是和他在一起一辈子的人吗？他真的需要好好考虑。

"吃菜，喝酒，不要老是想女孩。来，喝一杯，今晚不醉不归。"老周见他发呆，给他酒杯倒酒。

瀚哲平时不喝酒，今晚竟然喝得尽情，他在借酒浇愁。

"大哥，我从叶老板公司出来，佳玲可能不知道，搬到这边来她也不知道，我过得有点狼狈，你暂时不要告诉她，我怕她担心。"

"你从老叶那边出来，林小姐知道，林小姐有没有告诉佳玲我不清楚。不过你搬到这里，我没给林小姐说，她们应该都不知道，要不要我跟她们说？迟早她们总会知道。"

"以后再说吧，来，喝酒，谢谢哥，你永远是我的大哥，我敬你。"

"今后有什么打算，如果林小姐找你到她公司帮忙，你会去吗？"老周问。

"大哥，我要好好考虑今后的路怎么走，雪儿虽然决绝而去，但我心里，她是无可替代的，在我心里她永远是第一位的。如果我去林小姐那边，说明我心里已经完全接受佳玲，将雪儿和阿贞彻底放下了。另外，如果我和佳玲一起，一定会刺激到雪儿、雪儿舅舅和雪儿妈妈，不知两家公司在客户、货源方面，有没有冲突？何况雪儿妈妈本来就一直对林小姐有看法。我先试着找其他工作做，老是麻烦你和她们不好，我心里过意不去。"

"没什么麻烦，这个你不用放在心上。我还是认为你去林小姐的公司最合适，当然，你有你自己的想法。但是，俗语说生事不做，熟事勿忘。你还是应该找适合自己技术专长的工作，这个你一定要慎重。"

"是的，大哥说得有理。"瀚哲若有所思应了一句。

"至于雪儿和阿贞，亲眼看到佳玲和你在大庭广众之下那么亲热，肯定难以容忍难以接受。这一幕在她们心中，也许永远都抹不去。这种误会，你也无法解释清楚，更不会轻易得到谅解。阿贞一而再，再而三受到刺激，你如果再不放下她，只会对她造成更大的伤害。你真要想清楚。"

"好的，我记下了，谢谢大哥教诲。"

"还有，佳玲这种女孩，也不是人人可以碰到，你自己三思。当然，要你现在立即完全放下雪儿，估什也不可能。就算你这小子现在与佳玲结婚，我估什你心里也放不下雪儿。也许，你一辈子都放不下雪儿。如果你喜欢自讨没趣，也可以去珠海找她，但她母亲能让你见雪儿吗？你不要太天真。"

瀚哲听了老周这番话，竟是无言以对。

"吃饼，吃饺子，不要挂着想女孩了，把酒喝完，菜吃完就回去，晚上好好想想。"

这顿晚饭，让瀚哲心里更乱。

第十七章

当晚，回到出租屋已是晚上九点多，瀚哲复杂的心情并没被黑夜淹没，反而更杂乱。

昏暗室内发出一股阴湿的霉味，岗厦村夜晚极宁静。他点上蚊香，坐在老藤椅上，看着空荡荡的屋子，四壁萧然，蚊子嗡嗡作响，环绕身边。他心里惆怅，既孤单又迷茫，内心无比失落。

他对着墙上自己写的书法发呆。

燕雀之志

尝思爪下之食

肠不盈于百粒

声不远于五畦

翱翔藩篱之下

其气量亦自足矣

鸾凤之志

一举千里

非梧桐而不栖

非竹实而不食

鸣于朝阳

天下称其庆

志度气象

固自有殊也

他放不下雪儿，他知道雪儿不会真恨他，雪儿对他的心他懂。至于阿贞，就算自己对她有刻骨铭心的好感，也只能放下。

只是这也未免太巧合了，像她们姐妹俩上一代人的翻版，他与雪儿、阿贞，估计难有好结局。

要找佳玲吗？今后就与佳玲一起，直到结婚？雪儿，阿贞，难道就从此不相往来？

第二天醒来，已经是上午十点多，他睡过了头，精神却萎靡不振，浑身乏力。他洗了个澡，找了家小餐厅吃了碗豆浆和一块煎饼，便往沙埔头找丹丹。

他必须去找丹丹，让这鬼精灵给他出出主意，告诉他今后该怎么做。

到沙埔头，刚好是吃午饭的时间，他在公司门卫那儿等丹丹。丹丹出来见到瀚哲，一脸惊讶的表情，问："怎么不进去？"

"到的时候快下班了，这里等你就行。"

"好几个月没见，你瘦了很多，活该。这样吧，我们去到岭南春，我请你吃餐好的。"

"就知道丹丹对我好，只要没饭吃，跑来找你，准行。"

"就知道你会耍无赖，走吧。"

不一会儿，两人来到岭南春，丹丹叫了几碟茶点和一盘青菜，两人边吃边聊。丹丹问："现在在哪儿做，在白石洲？"

"没呢，失业。"

"不是吧，那个女人不是一直想把你拉过去吗？用的是美人计。"

丹丹的话明显带刺，只是既然涉及佳玲，他还是有必要澄清一下，于是说："我是什么东西，人家比我强百倍，我什么都不是，就是个打工的，人家也不用什么美人计吧。她们不是那种人。"

"你看，我都没说谁，我就这样护着，看来你的心早就在人家那儿了。我真替雪儿姐和贞姐伤心，碰到你这个无情无义的人。"

"丹丹，对不起，我不是一直都没有过去吗？我过来不就是想让你给我拿主意吗？"

"如果你去了白石洲，等于宣布，永远失去了雪儿姐。你也知道，我大姑妈有多讨厌林小姐，大伯与这个女人也肯定不会有好结果。而你却与她妹妹走在一起，在那边工作，不是更刺激我大姑妈吗？这样会彻底断了雪儿姐这条路，你好自为之。"

丹丹这些话，他很明白，他心里一直纠结着。佳玲真心对他，他也需要工作养活自己，这与在她姐姐公司工作是另一回事，他真是进退两难。

丹丹见他不说话，有点来气，小妮子说话本就从来不饶人，她加重语气说："瀚哲哥，我劝你慎重再慎重，雪儿姐动用她爸爸和我大伯的关系，做我大姑妈的工作，从珠海来看画展，你认为她心里放弃你了吗？雪儿姐的性格你难道还不清楚，你们所有的同学，肯定都知道你们俩的事，是吧？这份感情，能说没就没？都是你的错。你一来到这里，就与贞姐眉来眼去，惹得人家小姑娘爱上你，你却不能把爱给人家。而且一开始不说清楚，断了人家念头，跟人家约会。这样真是你的不对，或者真像我大姑妈说的，你就是个流氓。"

瀚哲脸上热得滚烫，一脸羞愧，他不敢看丹丹，低下头小声说："所以我离开你大伯公司。"

"你啊，好是好，就是不负责任。你一走了之，有想过她们吗？"丹丹看着他说。

"我走也不是，不走也不是，那我要怎么做才行？去珠海，你大姑妈不让。回你大伯公司，这不可能吧。看来也只能去白石洲，我总得生活啊，丹丹。"

"知道你早就想去那边，她妹妹不是一直在等你吗？你去吧，去，去，去，你来与我说做什么。你的心早就在那边。"丹丹气愤地说着，转过头不理瀚哲，顿了顿又说，"不知好歹的东西，那狐狸精就会把我大伯拖垮。我大伯的公司迟早被这女人搞惨，她把肥仔、李生拉过去，带走大伯很多客户。你还想着去帮她，如果你去，今后不要来找我。这个女人太厉害，知道你这类干技术活的人才难找，公司的样品设计水平，完全可决定公司的死活。你在公司时，客户就喜欢你设计的东西。你被大姑妈赶走，大伯一直不甘心，才会做我大姑妈的工作，想用雪儿姐挽回你，哪怕让你去珠海也好。可是你早让人家用美人计给拴住。她妹妹是不是比雪儿姐、贞姐更有吸引力？不就是更成熟点吗，会体贴人？你啊，花心大萝卜一个，我真替雪儿姐伤心，碰见陈世美。"

丹丹牙尖嘴利，骂得瀚哲无地自容。但她骂得很对，他只能一直低着头。

尴尬的气氛充满整个小包间。

过一会儿，丹丹转过头来看着他，手往手袋里拿东西，说："这是雪儿姐临走时偷偷给我的，是她在珠海的地址和电话，她猜你会来找我，让我见你时给你。要不要去找她是你的事，我算完成任务了。"丹丹边说边从随身带的手袋里拿出一张纸递给他。

"谢谢你，丹丹，我会去，我想雪儿。"瀚哲接过丹丹给他的纸。

稍后，丹丹买了单，两个人告别后各自回去。

回到岗厦村，瀚哲破天荒写了一封信寄给玉芳老师，讲述了他在鹏城失业，略带暗示雪儿与他分开去了珠海，他心里很迷茫。

丹丹骂瀚哲骂得极有道理，特别是丹丹说的去林小姐公司帮忙的事，让他陷入深深的矛盾中。

极度迷茫中，不知不觉又过去了三个月。

这一天，房东来催交房租，瀚哲才发觉自己已经没钱吃饭，更不要说交房租。

他只得去找老周，想借点钱渡过难关，可屋漏偏逢连阴雨，老周夫妻俩不在，一打听，才知道老周夫妻俩回老家探亲了。

他不敢去找丹丹，更不愿去找佳玲，只能等过几天老周回来，那时候便什么问题都能够解决。

当天晚上，他翻来覆去睡不着，想起到鹏城近两年，一事无成，不如回家？念头一起，却又极度挣扎，究竟是回家，还是继续留在鹏城？

回家乡，他又能做什么？初中毕业后他在生产队做过一段时间农活，他很清楚，从三元村挑粪到鲤鱼山脚下生产队田地，几里路来回就一个上午，肚子饿且不说，一路伴随着粪的臭气，的确难耐。掰蔗壳，又闷又热，蔗壳的边缘带刺，像刀片割肉一样又痒又痛，只有做过的人才知道辛苦。在蔗园里闷得有窒息感；种番薯要拿着锄头整天半弯侧着腰掘土，用的是腰力，做十几分钟，衣服便能拧出水来，累得腰酸背痛，手心起几个泡是十分正常的……总之，当农民，各种艰辛历历在目，他坚决不回去。并且现在不再是生产队集体干活，已经包产到户责任制，他又能做什么？

毕业前，他在同学面前发过誓，这辈子不会回来耕田，拿锄头，要靠手中的笔，挣钱养家。回去，村里人怎么看他？同学们又怎么看他？雪儿怎么看他？重新回到一穷二白的地方？那个以往靠摆渡过江才能与外界接触的地方？一下小雨就是泥泞小道的地方？那个村前屋后到处半遮未掩的露天粪坑、大雨一下便屎尿溢流满地的地方？少年时边读书边拾粪，有时会跟着一头猪等猪拉屎，然后与人争个面红耳赤，颈粗脖子赤。那种穷怕了的日子，他不敢想象。并且还要遭受哥哥的无端刁难欺负，阿九儿等一伙二流子的嘲笑和讥讽；雪儿妈妈也会更看不起他。说什么他都不能回去！上次玉芳老师回信，说虽然三江大桥通车了，三江的面貌改变了一些，但还是建议他最好不要回乡下。毕竟，在特区，任何时候都有机会，回到三江，能让他发挥的地方少之又少。玉芳老师还在信中鼓励他，男儿当志在四方，信义著于四海，若要有成，必先苦其心志，劳其筋骨，饿其体肤者也。

可是眼前没钱交租，没钱吃饭该怎么解决？他不知路在何方，是坚持下去，振作起来找份工作，还是继续沉沦？

好在他尚算清醒，第二天，他到小祝士多店，对小祝说："小祝，买两条香烟，过几天才给你钱，准备送礼用，行吗？"

"当然可以，难道我还信不过你，有需要再来拿。"

赊了两条烟后，他把烟拿到另一家士多店，对老板说，朋友给了两条烟，从香港过关带来的，自己不抽烟想把烟卖掉。士多店老板也够黑，回收的钱比他在小祝那里买的价钱，每条烟要少六块钱，也就是说每条烟他要亏六块钱。但他还是只能硬着头皮把烟卖了，以解燃眉之急。

他在等老周回来，他只要挨过老周回来前这几天就行。

五天后的下午，听说老周回来了，瀚哲正准备去找老周借钱，老周却过来找他了，还带了一个人来。

老周带来的人是佳玲，瀚哲根本没心理准备，吓了一跳。心想，周哥也真是，无缘无故把佳玲带来。他一时心慌意乱，说："玲玲，你怎么来了，这地方不适合你来。周大哥，怎么能带佳玲来这里，嫌我不够窝囊，羞死人了。"

佳玲看着昏暗散发着霉味的房间，肮脏的地面，房间乱吊乱挂乱抛的衣服，看着简陋得不能再简陋的小床和破旧的藤椅，忍不住眼睛红了。

她不顾老周在场，冲上去紧紧拉着瀚哲的手说："都怪我，没把你照顾好，我应该早点过来！我天天在等你，我只想让你一个人冷静一下，想着等你疗完心里的伤，你就会来找我。周哥说你住的地方条件差，没想到这么恶劣，这哪是人住的地方。都是我不好，我应该早一点过来。我以为让周哥把地址电话给你，你肯定会来找我。姐姐早就给你安排好了，她一直在等你过去。我知道你俩，是不是如果我不来，你就不再找我是不？瀚哲，玲玲爱你，玲玲愿意一辈子和你在一起。咱不住这地方，咱搬走吧，去白石洲，去姐姐的公司，行吗？那里肯定有你的用武之地。你不要再消沉下去，听玲玲一回，玲玲不会害你。"

瀚哲感动不已，他百感交集，思绪万千。

"玲玲，我知道你会为我着想，是我不好，不该让你担心。玲玲，对不起。"他动情地说。

佳玲抬头望着他，说："瀚哲，我心里早就告诉自己，无论你多穷多苦，我一定要和你在一起。从今以后，你到哪儿，我就到哪儿，咱们不再分开，除非我死了，好吗？你知不知道，这几个月，我有多想你，我做梦都想着你，我想你想到都快疯了。"

瀚哲深情地注视着佳玲，两人四眼相对。分别这几个月来，彼此的牵挂在重逢的这一刻，彻底倾泻。

老周识趣地到门外抽烟。

过了一会儿，佳玲说："你不能再住在这里，今天就搬，去姐姐公司上班。姐姐说你去了，把公司的生产管理都交给你，负责全厂管理，她暂时不会从那边出来。"

瀚哲不好再拒绝，和佳玲立即收拾好东西，别了房东，一起往白石洲林小姐的公司去。

瀚哲成了朝朗婚纱晚装绣花有限公司的主设计师和生产部经理。

第十八章

　　一个月，这天下午快下班时，丹丹突然来了朝朗公司找瀚哲。

　　瀚哲让丹丹去白石洲小公园门口的粥店等他，他下班后去找她，顺便请她吃顿潮式砂锅粥。

　　下班后，瀚哲与佳玲打过招呼，找个理由说晚上不回去吃饭，便直奔潮式砂锅粥店来。

　　丹丹等他坐下，给他盛了一碗粥，说："想不到我会来找你吧？你怎么心事重重的？"

　　"你这鬼精灵，几个月不见，一见面就奚落我，哪有什么心事重重，难道成熟一点不行吗？"瀚哲装作生气的样子。

　　"是成熟了点，也难怪，与成熟的女人在一起，是应该要成熟点。近朱者赤，近墨者黑嘛。我们几姐妹，没一个成熟的，难怪你会来白石洲，就因为人家成熟，枉我雪儿姐一番苦心。"

　　丹丹不客气地奚落瀚哲，这小妮子牙尖嘴利，他一贯说不过她。不过，虽然她说得有些强词夺理，但一提到雪儿，瀚哲立即没了脾气，只能让她说个痛快，当然他也巴不得她会透露点雪儿的信息。

"丹丹，无事不登三宝殿，你今天来白石洲，肯定有什么事，是吧？你大伯叫你来当说客，要我回去不成？"

"你现在能走得开吗？你能离开狐狸精的妹妹吗？如果能，我倒可以说服我大伯，把你要回去。你能吗？"丹丹边说边观察瀚哲反应。

瀚哲这时脑子十分清醒，覆水难收，他当然不可能回去。回去怎么面对雪儿和阿贞？怎么面对雪儿的妈妈？完全不可能。在他落魄无助的日子，佳玲一直不离不弃。他已经辜负了雪儿，辜负了阿贞，他不能再辜负佳玲。哪怕是错，他也只能一直错下去。

想到这里，瀚哲斩钉截铁对丹丹说："不可能，丹丹。"

丹丹说："早就知道不可能，我也不是来做说客，是有一个人要见你。"

瀚哲立即紧张起来，竟情不自禁抓着丹丹的手问："是雪儿，还是阿贞？"

"你抓得我痛，大坏蛋！除了那个从开始就认定你日后必能出人头地的痴情雪儿，还能有谁？在画展那天，你把人都气晕了，人家心里不甘心，要问个清楚。喂，那天你真的拿了头彩，三大美人同时出现，还好我没去，不然成了四美争夫，哈哈哈。"丹丹挖苦瀚哲。

"你这鬼妹仔，又挖苦我。在哪儿见？她来鹏城？"

"明天，中午后你请假，我帮你们安排在岭南春喝下午茶，有什么要说的，明天下午把握住机会。"

瀚哲说："好的，我一定去。"

"吃完粥，你先回去，等我买单，免得人家记挂生疑。"丹丹为瀚哲着想。

辞了丹丹后，瀚哲心想，正好把那幅画及日记给雪儿，权当做个留念就是，不知雪儿肯接受否？

隔天下午，瀚哲带着画和日记来到岭南春酒家，一到大堂，丹丹已经在候着。

丹丹见了他，立即迎上来说："在玉兰香包间，雪儿姐在里面等你，我回公司了，大伯叫我去处理点事，完了我再过来。"丹丹说完就走了。

瀚哲怀着忐忑不安、纠结甚至恐慌的心情，进了玉兰香包间。雪儿正低着头，一副心事重重的样子。转身看到瀚哲进来，她呆呆看着他，好似陌生人初次相见一样。

雪儿比刚来鹏城时瘦了很多，人也很憔悴，瀚哲一看就心痛。瀚哲放下手中的日记本和画，走到雪儿身边，说："都是我不好，雪儿，对不起。"

雪儿抬起一双泪眼看着他，冷冷地说："你不是对不起我，你是对不起你自己。"

瀚哲无言以对，只得坐下来。一时间两人都无语。

不一会儿，服务员送来点心，瀚哲终于有了开口的机会，道了声："谢谢。"说完往雪儿碗里夹了块点心，说，"雪儿，吃些东西，我估计你中午也没吃饭，吃点吧，不能饿坏身体。"

"你就会假好心。"雪儿有气无力地说。

瀚哲趁机说："你一个人来的，还是你妈也来了？"

"你还提我妈，画展那天，什么面子都给你丢光了，我妈对你恨之入骨。我还敢在她面前提起你吗！她如果知道我来见你，能让我来吗？"

"画展那天，我没想到你会来，更不知道你把你妈和你舅舅带来。"

"没想到我来就可以和别人卿卿我我？那可是众目睽睽的大场面。"

雪儿心里的痛和难受程度可想而知。那种场合，本来她是半个主角，她全身心付出终于有了曙光。她本想依偎在瀚哲身边，让她妈妈看到他俩有多般配，让她妈妈在大庭广众之下脸上闪光，把一贯对瀚哲的偏见和反感彻底改观，从此接纳瀚哲。可是雪儿的一片心血终究白费了。她设计得再完美，唯一机会的准确把握性再高明，心思再缜密，也经不起瀚哲一次又一次的不理智和对爱情的摧毁。

"画展开幕前几天，舅舅说你的作品得了金奖，问我想不想去看。你不知道听到这个消息，我有多高兴！我当然要去啊！我和舅舅费了九牛二虎之力才说服妈妈，然后三个人从珠海赶过来鹏城看画展，给你捧场。可是你……难怪我妈说，你就是一个忘恩负义之人。"

瀚哲无地自容，雪儿的用心良苦，雪儿几乎用尽能用上的一切手段，说服她妈妈接纳他，甚至把他融入她的生命里，在她心里，他就是她的一切。可他又做了什么！

听着雪儿这一席话，瀚哲觉得自己就像她们说的一样，是一个忘恩负义的人。

雪儿继续说："咱俩从认识开始，到公社服装厂，再到鹏城舅舅公司工作的这段时间，你的人生轨迹里，如果没有我，你能有今天？更过分的是，去鹏城，你不但与阿贞约会，甚至还有了林小姐的妹妹。我没想到你是一个如此三心二意，厚颜无耻的人！瀚哲，我们这下完了。"

雪儿所说的一切都是事实，瀚哲想不出如何解释，因为他，他和她，彻底完了。

"雪儿，对不起！"他只能说这些。

"你就知道说对不起！你为什么要这样对我，为什么？你为什么要这样做？你说。"雪儿边说边忍不住哭出声来。

他不知道如何安慰她，只好拿起日记本，说："这里面有我写的，从咱俩开始谈恋爱到现在，每天对你说话的记录，你回去后看看，这幅画是送给你的。"

"难道我们真的就这样断了，你难道不能到珠海求我妈，难道上次我让丹丹给你的地址，你也忘记了？你真这么绝情！你难道真的能将过去的一切忘得一干二净?！瀚哲，我为了你，放弃读大学；为了你，牺牲了我自己的前途；我花费了大量的心血，都是为了你，让你能出人头地。可是你，你，你现在，跟着别的女人，爱着别的女人，你，你真是不仁不义。"

瀚哲无地自容，就差地下有个孔让他钻进去。

瀚哲正要说话，丹丹惊魂未定跑进来，说大姑妈见雪儿姐今天跑来鹏城，追了过来。现在正到处找她。丹丹让她立即回去，不然大姑妈知道更坏事。说完不管三七二十一拉起雪儿，拿起瀚哲送给雪儿的画和日记本就急急离开。临出门，雪儿回头深深望了瀚哲一眼，哭着说："瀚哲，千言万语，记住一句话，来珠海求我妈，雪儿等你，瀚哲，切切。"

瀚哲点了点头，眼睁睁看着雪儿匆匆离他而去。

朝朗公司是林小姐把原来在雪儿舅舅公司里跟单的李生、肥仔拉出来，三人投资合办的新公司。林小姐占65%的股份，李生占15%，肥仔占10%，剩下的10%，给了佳玲和瀚哲。公司业务与雪儿舅舅的公司一样，也就是说，李生和肥仔带走了一部分雪儿舅舅公司的客户。

公司的业务，主要是承接婚纱晚礼服和毛衣的手工绣花、手工珠绣及手钩通花，等等。

佳玲的同学妙珊，是车花生产车间主任。她在公司成立时，跟着林小姐过来，她的手工车花技术一流。

瀚哲除了工资，林小姐额外另给他5%的股份。佳玲负责公司财务，也协助瀚哲日常管理生产，以及负责写字楼的客户接洽及对外联系等。

公司刚成立，自然很忙，即便在同一家公司，瀚哲与佳玲也没多少时间单独相处。好在自从来到白石洲，瀚哲的生活起居一直是佳玲在安排，瀚哲除了工作，其他的事都由佳玲这个免费保姆负责。佳玲实际上比他更忙，更累。

长期工作生活在一起，朝夕相处，感情自然越来越深。不知不觉，瀚哲似乎已离不开佳玲，内心已经认可佳玲，他觉得他已经彻底爱上了她。佳玲的任劳任怨，佳玲对他无微不至的关心，让他体会到了海阳姿娘的贤惠。

但是，佳玲对他越好，他越是内疚。特别是那天见了雪儿后，雪儿让他去珠海求她妈妈。雪儿的心始终如一，而且在想尽一切办法挽回他俩的爱。可是，现在这种局面，公司才运营几个月，他怎么可以一舍而去？况且雪儿妈妈这一关，阿贞这一关，他真的无力应对。

朝朗公司所有的员工，都知道瀚哲和佳玲是一对热恋中的恋人，甚至风传，他俩不久就要结婚。瀚哲内心虽然纠结，但佳玲为他做的这一切，也令他感动，他的心，他的灵魂，似乎已找到安放的家。

周末，瀚哲和佳玲偶尔会出去放松放松，其实也只是在公司附近的西丽湖或香蜜湖、公园里，找个僻静的地方谈谈心，聊聊将来。

这一个周末，两个人再次来到香蜜湖，在一处僻静的角落，瀚哲坐草地上，玲玲头枕着他的大腿横躺在草地上。两个人有一搭没一搭地闲聊。

随着聊天的深入，两个本就互有好感的人越发情动，佳玲索性起来坐他大腿上，双手勾着他的脖子，微红着脸说："瀚哲，咱俩结婚吧，明年，好吗？我明年二十六了，海阳女孩像我这么大才结婚的不多。"

瀚哲想了想说："玲玲，条件如果允许的话，好啊，但是……但是……"

"但是什么？"佳玲望着他，焦急问。

"玲玲，你是通情达理的人，瀚哲就实说吧，在结婚之前，我必须去一趟珠海，把该了的心愿了了。我必须再见雪儿一面，你相信我吗？"

"好，一言为定，玲玲相信你。"

瀚哲感动，他用力把她拥紧，一阵热吻。

"玲玲，你值得瀚哲爱，谢谢你理解我，也只有你能理解我。"

佳玲若有所思，喃喃自语："瀚哲，你是我的一切。"

"玲玲，不早了，咱们吃饭去，吃完饭回白石洲。"

"好，听你的。"

第十九章

这天，瀚哲和肥仔中午在罗湖侨社大巴站坐大巴，前往澄城莲下工区，朝朗公司的部分产品在这里加工生产，两个人此番前来就是过来检查一下这边的生产质量。

到了莲下，两人转乘乡下人叫"三脚鸡"的电动摩托三轮车前往。

司机说车子只能驶到村口，村里转弯抹角的小巷，三轮车进不了，到那儿只能改乘单车或步行。问有没有人来接。肥仔说有，已经约好了在村头天后宫等。

一路颠簸，终于到了约定地点。

司机大叔接过钱，对着肥仔竖起大拇指，满脸恭维说："谢谢老板，谢谢老板，番客就是不一样！"

在天后宫前来接他们的两个人是父子俩，丹丹的叔叔和堂弟。丹丹叔叔是位民办教师，堂弟名叫鹅弟，十六七岁，是个小胖子，看上去傻乎乎的，有点憨。

丹丹的父亲是雪儿的亲舅舅，因为少时家穷，三四岁时，被父母送给这里的远房亲戚做"风围墙"。海阳人有一风俗，结婚后如果几年都不生孩子或生不了孩子，会向别人家讨个儿子或女儿，用来挡风挡煞，叫"风围墙"，据说这样再怀孩子时，就会顺顺利利。

这当然是一种完全没有科学根据的说法，但海阳人就相信。这不，早年丹丹的父亲一来，她奶奶就生了她叔叔，难道真有那么巧合的事？权且信其有吧。

丹丹叔叔父子俩各踩着一辆二十八寸单车，一新一旧。那时候，一户人家家里有两辆单车，在乡下说明这个家庭很有钱，是殷实人家。那时候，一般整个村就几个家庭有单车，而他们家有两辆，说明他家不是有华侨亲友，就是有人在政府物资部门工作并且身居要职，他们一家属于第一种。

丹丹叔叔父子俩都是老实巴交的乡下人，话语不多。丹丹的叔叔去过沙埔头，瀚哲和肥仔都认识他。

路上，鹅弟突然冒出一句："丹丹姐昨晚回来了。"

瀚哲一听立即绷紧神经问："真的？"

丹丹叔叔说："是的，我哥哥叫她回来办点事。"

瀚哲霎时间忐忑不安。

丹丹叔叔这个工区，一直与雪儿舅舅公司是合作关系，只要沙埔头那边有手钩的，一般都投放在这里做。林小姐利用她在公司的优势，偶尔也会把自己工厂的货放到这里做。丹丹舅舅虽然知道，但他还需要林小姐帮忙，只眼闭只眼开，只要不过分影响公司的利益就行。

在丹丹叔叔家吃过午饭，瀚哲让鹅弟带他去找丹丹。

瀚哲到丹丹家时，丹丹正与她爸爸说事，一看见他，立即从椅子上站起来，随口就问："瀚哲哥，你什么时候来的莲下？来做什么？"

瀚哲还不及回答，丹丹又问："你来查货？我叔的工区，你又不是不知道质量好，还亲自来查货？真是。噢，对了，现在你做厂长，亲自抓质量。什么时候，我们没工做时求你大厂长给点货做，行吧？大坏蛋厂长。"

一旁的丹丹爸爸见女儿挖苦瀚哲，呵斥道："无家无教，过门是客，还不快点给你瀚哲哥冲茶。"

丹丹爸爸去过沙埔头好几次，早就认识瀚哲，他可能也知道一些瀚哲与雪儿、阿贞之间的事。

瀚哲对丹丹爸爸说："叔叔您好，没事，我一直把丹丹当妹妹看，平常受她奚落还少吗？习惯了，她不用这语气，我反而觉得不对劲，见外了。"然后转头问丹丹，"你昨天回来的？准备待几天？"

丹丹说第二天就回鹏城，大伯让她回来与她爸爸商量，准备在家乡找厂房，移一部分旧的电脑绣花车过来，在这儿搞个加工点。

丹丹爸爸知道他俩有事要谈，起身找了个理由离开，顺便把鹅弟也带走了。

丹丹爸爸一离开，瀚哲迫不及待地问："雪儿情况怎样？她在珠海？"

"怎样？能好吗？能去哪儿？难道回去读书？停了那么久，哪能接得上！"

"都是我不好！"

"是啊，岭南春与你别后，回到珠海她大病了一场，差点没命，这段时间好像好了点，她去大伯公司上班了，学跟单。"

"什么病？"

"什么病你难道还不懂吗？瀚哲病，茶饭不思的病，明知故问！真是陈世美。你啊，掉进了温柔乡，哪会理雪儿姐。你知道吗，那天她偷偷把珠海地址让我转给你时，她是流着泪给我的。可你，难道你把地址都给弄丢了？她在那边望穿秋水，你却……你却……哪怕是过去看她一眼都没有，你真是忘恩负义。从前一切的一切，比不上现在天天的温柔？你啊，大哥哥，我怎么说你才好。"

"丹丹，我，我有苦衷，我……"丹丹的话让他心痛。

"你有什么苦衷，还不是因为有了别的女孩，移情别恋罢了。"丹丹顿一顿继续说，"还有，白石洲的公司，你难道看不到所有的客户，包括货源、技术人员，都是从沙埔头带过去的？这样下去会把大伯公司掏空。大伯人给掏空，钱被掏空，这狐狸精太有心计。你就是帮凶，大姑妈会恨你一辈子，她一提到你名字，每次都咬牙切齿。"

瀚哲羞愧夹杂着矛盾，心里隐隐作痛，看来想见雪儿一面，也很困难了。他本来想说，你哪知道，他上一段时间生活都没着落，但他没说出口，只是说："唉，她做不了跟单，管理也不行，不如你。雪儿的性格我清楚。"

"人会变，环境改变人，就像你，不也是改变成忘恩负义的人了。雪儿姐，她又能怎样？难道每天在家里，待着想你，久了再弄出病来？我听说，今年春节，雪儿姐不会跟大姑妈回乡下，她们会在珠海过春节，我觉得，你最好过去一趟。你不会真把地址弄丢了吧？"丹丹又不忘奚落瀚哲。

瀚哲赶紧说："我哪会弄丢，我无时不在想着去珠海找她。"

"是吗？"

瀚哲一时无语，丹丹也不再说话。

瀚哲想，从画展到现在快一年了，他与雪儿最后一次见面，是在岭南春，也已经过去有半年多了。他真的必须找个时间去见一见雪儿。

一会儿，丹丹自言自语说："贞姐也快一年没回沙埔头了。"

"为什么？"瀚哲听了，问。

"她的情况我不太清楚，二姑妈也有快一年没来过，听说过完今年春节，贞姐会回公司来，具体情况只有大伯和二姑妈才清楚。"

这时，鹅弟急急忙忙小跑进来，说肥仔叫快点回去，准备走了。瀚哲只好与丹丹约好，回了鹏城再见。

回程大巴上，瀚哲回味与丹丹的对话，似乎就像丹丹说的，他是不是真的把雪儿忘记了？

难道如丹丹说的，从前一切的一切，都比不过现在天天的温柔？

与佳玲朝夕相处，特别是日常生活她几乎是无微不至地照顾，佳玲已经是他生活中不可或缺的伴侣，这又如何叫他放得下！面对佳玲，他难道能够彻底以壮士断腕的姿态离开吗？

就算他有一万个心在雪儿那边，雪儿妈妈的固执与成见他能改变得了吗？他想与雪儿生活在一起，她妈妈能答应吗？况且，雪儿是独生女，不可能离开父母。雪儿也是孝顺女，她有勇气逆她妈妈的心意、不顾一切跟他走？他还是一无所有的人，她妈妈绝不会同意，这点他很清楚。况且他现在帮林小姐做事，肯定加深了雪儿妈妈的误解，他真的没有信心面对她们。

但他一定要见雪儿，春节后去，哪怕是最后一面，也要去，他在心里对自己说。

长夜的黑暗与车的颠簸让心事重重的他不知不觉中睡着，带着惆怅与混乱，带着痛苦与迷茫。

隔天中午，回到公司，他来不及把行李拿回宿舍，就直接去了写字楼。他知道佳玲一直在等他，他俩整整两天没见面了。

一进写字楼，佳玲迎上来抱着他，并不顾及一边的肥仔。肥仔知趣往瀚哲的设计室去，临出门转过头调皮说："两个狗男女，注意不要咬了舌头。"说后笑眯眯地把门关上。

"我想你，你去鸵岛这两晚，我老睡不着，老担心你，怕你路上不安全。"

佳玲见肥仔出去，立即抱紧她，忘情吻他。

缠绵一会儿，两人分开，佳玲给瀚哲倒杯水说："工区的情况怎样，顺利吗？"

"很好，质量没问题，老工区比较放心。"

"那就好，姐姐昨天来，说这批货完工后就另找工区，做公司的固定加工点，不能靠那边了。"

"为什么？"

"她没说。姐姐昨天来时心情不是很好，说头一天晚上又让他给打了，那人一喝完酒心情不好就打她。我跟姐姐说，快点离开算了。"

"林总咋说？"

"姐姐说现在还不行。"

"也是，这是林总自己的事，咱管不了。"

"我听后百感交集，姐姐命不好，十七八岁出来社会混，已经十多年。跟他后全身心投入帮人家拼命，无夜无日做，贡献自己的青春，到头来又能得到什么？"

　　"这东西我们外人没法说清楚，只有你姐姐自己知道。也许，命里如此。"

　　"后来她问我咱俩结婚的事，我说还没定。瀚哲，我太想和你结婚了，这样咱们有个安定的家，一起拼搏多好。"佳玲说后，整个人软绵绵依偎在瀚哲身上。

　　他陷入深思，难道他真要与佳玲结婚？他准备好了吗？自己现在什么都没有，没钱没房子没事业，这样会不会太急？当然，佳玲是适合做妻子的女孩，不嫌他出身贫寒，默默支持他，对他不离不弃，在他最困难时她从不逃避，她勇敢地给予她爱他的信念，让他建立信心，包括精神上的支持。她从没在他这里得到什么，只是认真地爱他，包括他的一切，哪怕他的缺点和他的错误。这是一种无私的爱，更是一种没有杂质的爱，这种纯洁的爱让他觉得舒服自然。想到这里，他对佳玲说："玲玲，我是一无所有的人，你真的想好了？"

　　"想好了，我不怕，咱有手有脚，到哪儿都能挣钱过生活，只要我能天天在你身边，我就心满意足了。我愿意为你做任何事，包括为你生好多小孩，瀚哲。"

　　佳玲说到小孩两字，脸一下子红起来，她看着他，有点羞涩又有点自豪。她用小拳头，轻轻打了他几下，边打边说："嗯，嗯，你真坏，你笑人。"然后把头往他怀里钻。

　　瀚哲感动地抚着佳玲，动情说："玲玲，我怎么会笑你，等过完春节，我去一趟珠海，回来咱就找个好日子，把婚结了。"

佳玲整个人立即蹦了起来，红唇狠狠地贴在他嘴上，润润地一吻，然后说："说好的，不能反悔，我等姐姐上班就给她报喜，让她高兴高兴。"说后，佳玲脸上掠过一丝不易觉察的不快，若有所思地问，"你一定要去珠海？"

"一定，这是我结婚前唯一的心愿，你知道雪儿为我付出了很多很多，可到头来，她什么也没得到。我一定要和她解释清楚，我不能让她不明不白，我也必须明明白白告诉她。"

"好吧，我相信你。"

"要生好多小孩啊，特别是女孩，到时我们一胎就俩，两胎就四个，三年内生四个，你看行吗，大母猪？"

"我打你，你这大坏蛋。"佳玲说着假意抬起拳头，做打他状。

妙珊正好进写字楼，看到这情景，走过来笑着说："公众场合打情骂俏，不要脸。"

佳玲指着他说："他欺负人。"

妙珊说："一个愿打，一个愿挨，秀恩爱呢。"

朝朗公司不大，瀚哲在这里充分体现了他的价值。

成立以来，公司业务蒸蒸日上，林小姐虽然是股份最大的老板，但她很少过来，一来是因为雪儿舅舅那边的生产任务很忙，更多的是瀚哲的全身心投入及所有骨干人员精诚合作，让她可以做甩手掌柜。

公司对外有佳玲，香港的业务有李生和肥仔，技术上有瀚哲及妙珊，加上瀚哲的专业水准及他推行的亲情管理，大受工人欢迎，在这里工作，有家的感觉和温暖。瀚哲将公司几十号人管理得很有凝聚力，公司的生产力及质量极受客户的赞赏，短时间内就很有知名度，甚至有了能与雪儿舅舅公司抗衡的实力。要知道雪儿舅舅的公司是这一行在香港的老大。

这天上午，佳玲说老周与她姐姐会过来。瀚哲心想，距与佳玲说好春节后结婚只过去两天时间，难道他们是为佳玲和他的婚事而来？当然，年关将近，林总也可能是过来安排年终大会的事。

"臭小子，忙着拍拖，忘记大哥了？"老周一进工作室，就大声说。

"都是你，把我往火坑里推，忙得要了我的命，哪有时间拍拖，我倒想，大哥。"

"听说你准备结婚了，不跟大哥说一声，把我这月老给忘了？要不是林总亲口说，我都不知道！"

"不是才刚有这打算嘛，玲玲提两次了，我不能老拖着，耽误她。"

"是啊，你们俩是有情人终成眷属，这是好事，也是公司的喜事，年终大会上我会把这喜讯告诉全公司员工，让大家祝福你们。"林总突然进来兴冲冲插了一句。

瀚哲见了，忙站起来，很有礼貌让座后说："林总好，谢谢您一贯的栽培。这是玲玲看得起我，也是缘分，谢谢。公司年会就不用公开了吧？这是私事，我不想太张扬。"

林总说："要的，要的，这是我妹妹的大喜事，我只有这个妹妹，一定要热闹热闹。是吧，老周？"

老周附和说："是啊，这样我这做媒的也脸上有光。林总，当初我跟你说得不错吧，这小子靠得住，有技术有管理能力，用他绝不会错，是吧？这不，为你省了多少心。"老周不忘适时讨一下功劳。

林总看着瀚哲，开心说："是的，我很高兴。瀚哲，有什么需要，尽管对玲玲说。"

"姐姐，怎么又说我了？"这时，佳玲进来问。几个人都看着佳玲笑，佳玲一脸红光，走到瀚哲身边，用手套住他的手臂依偎着他，另一手竖起大拇指，看着她姐姐和老周："你们看看，郎才女貌，绝配。"说后咯咯大笑。

谈笑一番后，林总把佳玲叫了出去，说要吩咐年会的事。两人在门口低声说着什么，佳玲边说边看瀚哲，脸上的表情甚是复杂。看样子姐妹俩是在说他。

等林小姐和老周走后，瀚哲问佳玲："刚才与姐姐说什么悄悄话？"

"主要是年会的事，别的是秘密，反正你不吃亏，都是为你好。"佳玲说后，红着脸出去，似乎她做了一件见不得人的事一样。

瀚哲一头雾水，心里嘀咕：年会也有秘密？

春节前，农历十二月二十晚，朝朗公司第一年度的年终晚会在白石洲外商接待中心二楼举行。

年会从晚上六点开始，公司所有员工都参加，把接待中心二楼挤得满满的。老周也带着老婆受邀参加。林总、李生和肥仔、瀚哲与佳玲、妙珊和老周夫妇坐在主桌。

瀚哲是年会主持人。这晚，他穿着一套深蓝黑色西装、白衬衫，戴着佳玲送他的红色领带，尖头且擦得黑亮的皮鞋给他增添几分绅士感，一米七八的身高，标准的身材加上略为整理的头发，显得十分阳光帅气。这身打扮，是佳玲花了好几天时间为他精心准备的。

妙珊看着他，对身旁的佳玲说："玲玲，你有福气，能驾驭这帅哥，羡慕死人了。"

佳玲脸上露着开心笑容，她说："我什么都没做，就是全心对他好，任何事我首先想到的是他，这也许叫精诚所至，金石为开吧。"

一旁的林总笑呵呵说："缘分，缘分，这事最该感谢周哥，这月老做得好。玲玲，今后要多多感谢你周大哥，知道吗？"

佳玲脸带桃花，春光满面，笑着说："晓得，晓得。"转头对老周夫妇说，"谢谢大哥大嫂。"

老周夫妇说："这是你的福气。"

佳玲这晚当然也是精心打扮：黑色吊带蕾丝边连衣裙，是前几天林总去香港给带来的，V领领口开得很低，蕾丝若隐若现，佳玲的身材曲线也确实很美，凹凸有致而且丰满，脖子到上胸露着天然凝脂般的肌肤，让这纯黑色的连衣裙一衬，极是性感。

林总看着打扮得漂漂亮亮的妹妹，又看看台上的瀚哲，拉着佳玲的手，压低声音说，"记得我上次跟你说的吗，该做的还是要做，等木已成舟什么都值得，明白吗？呵呵，姐姐只能帮到这里，别的就要靠你自己了。"

佳玲看一下台上的瀚哲，低下头，涨红着脸轻声说："我懂，姐。"

一阵掌声过后，台上的瀚哲手拿麦克风，淡定地说："尊敬的林总，尊敬的两位香港老板，尊敬的周大哥，尊敬的朝朗公司所有员工，大家晚上好。"

台下掌声雷鸣。

瀚哲接着说："今晚在这里，我想借着这个机会，要特别感谢一个人，她就是我的女朋友林佳玲小姐。可以说，如果没有她，我就没有今天能与大家共聚的这个机会。在我最落魄的日子里，是她给了我支持和勇气，帮助我渡过难关，让我能够为今后的事业奋斗。今晚，我站在台上，心情无比激动，觉得自己之所以能继续生活工作在特区，真的要感谢佳玲，没有她，我也许已经回乡下去了。谢谢你，佳玲。"瀚哲说后往佳玲坐的方向深深鞠了一躬，佳玲也起身微笑着回了个万福。

瀚哲继续说："各位兄弟姐妹，这一年里，经过大家的共同努力，咱们朝朗公司取得了很不错的成绩，这是我们兄弟姐妹的功劳。今晚，公司借这个晚会，让大家欢聚一堂，吃个团圆年饭，大家尽情喝酒，喝个痛快。来，这第一杯酒我代表公司，先敬大家一杯。大家干了。"

瀚哲说后一饮而尽，台下有的员工起哄嚷着："瀚哲哥好样的！"

瀚哲再倒一杯，接着说："这第二杯酒，咱们敬林总和两位香港老板，这三位老板为了咱们公司付出了很多，肥仔老板还经常亲自下工区，辛苦只有自己知道。来，我们大家敬三位老板一杯。"

说完，他又是一饮而尽，然后再满上一杯酒说："第三杯酒，我们还要单独感谢我们林总。晚会开始之前，林总说，她会奖励每个员工整年工资的月平均数。等于每个人多发一个月工资，这是林总从她自己的股份分红里面私人拿出来的。另外，佳玲已经帮所有准备回家的员工安排好回家的票。我建议这第三杯酒，咱们全体员工敬林总姐妹一杯，大家干了。"

瀚哲说后又带头干了一杯，台下又一阵起哄。

掌声过后，瀚哲接着说："大家静一静，林总有一件大事要对大家宣布。有请林总，大家鼓掌欢迎。"

佳玲听了，面如桃花。

林总上台后，微笑看着台下说："大家好，首先，谢谢大家这一年来辛苦了。"顿了一顿，林小姐理一下头发继续说，"快过年了，希望大家开开心心，今晚尽情畅饮。我代表公司以及我本人向大家拜个早年，祝大家阖家新春快乐，万事如意。"

话音刚落，台下一阵雷鸣般的掌声。

这时，肥仔对着台上嚷："喜事，喜事，林总快说喜事。"

林总看着主桌的佳玲说："玲玲，你上来。"

佳玲两手略提着长连衣裙款款而上，走到台上。林总挪开一步，指着佳玲说："大家说，佳玲与瀚哲般不般配，是不是天生一对？"

台下异口同声，有节奏地说："是，是。"

等掌声停下来，林总提高嗓子说："我要宣布的喜事就是，佳玲与瀚哲已经决定，过完春节回来，农历二月初就结婚，大家恭喜他们。明年回来，我给大家发大红包。"

如雷的掌声中，瀚哲和佳玲满脸笑容，双手紧握。

这时，有员工不断起哄："亲一个，亲一个。"

两人听了相视而笑，大庭广众之下，还是觉得有点尴尬。瀚哲说："要不我们拥抱一下吧。"说后把佳玲拥在怀里，掌声再一次响彻全场。

临近十二点，晚宴才在一片欢呼声中结束。

说实话，在这种场合宣布这一件事，瀚哲并不感到特别高兴。在他看来，佳玲与林小姐似乎急了点。他一直希望不要太张扬，因为直到今天他内心依然纠结。

不可否认，佳玲在他最失意的时候拉了他一把，生活中也无微不至照顾他，他在林小姐的公司也体现了自身的价值。

但雪儿在他心中，永远是第一位的，他不可能忘了雪儿。那天他答应佳玲婚事，但他没想到会这么快。他决定春节后立即去珠海见雪儿，但他该怎么面对她？该怎么说？想到这里，他心里发愁。

佳玲却不一样，恰恰相反，她很满意如此高调地宣扬他和她的婚事。她需要高调地让她潜在的对手知道，让她们彻底对瀚哲死心。

晚会结束后不久，一帮人来到鹏城湾大酒店，要了一个卡拉OK大包房。

服务员送来几打啤酒及小食，林总多要了一瓶洋酒，她对他和佳玲说："瀚哲，玲玲，姐姐我今天为你们两个高兴，今晚我们不醉不归。"

这种场合下，瀚哲当然是绝对的主角，因为一直想着雪儿，他略有些烦躁，有点一醉方休的意思，对过来敬酒的一概来者不拒。

很快他就醉倒在沙发上，林总叫来服务员，在楼上开了个房间，让佳玲扶他上去休息，吩咐佳玲照顾他。

佳玲扶瀚哲进了房间，扶他躺床上。半醉半醒的瀚哲依稀觉得佳玲坐在床边，喃喃自语："瀚哲，你不知道玲玲有多爱你，只要你愿意，佳玲什么都愿意给你，包括身体，甚至性命。"

第二天早上，瀚哲醒来时，见自己赤条条，又看了看坐在床边的佳玲，一激灵明白昨晚发生了什么，一把抱住佳玲，吻一下她，感动地说："玲玲，委屈你了。"

"我心甘情愿，我爱你，瀚哲，我说过要为你生好多小孩呢。"

第二十章

离春节还有三天，佳玲和林总回了乡下过年。瀚哲没回家，这个春节，他准备在鹏城过。

正月初五，赶在佳玲回来之前，瀚哲抽空去了趟珠海。

从蛇口坐双翼船去珠海，只要一个钟就到珠海香洲码头，这是从深圳去珠海最快捷惬意的路线。

船到香洲码头是下午四点多，上了岸，瀚哲掏出丹丹给他的地址，打了辆的士，直接前往雪儿舅舅在珠海的工厂。一路上，他都有些忐忑不安。

到了工厂，才发现工厂还没正式上班。门卫说大小姐偶尔会来，今天没看见她，他打电话问问。

电话一直没人接听，瀚哲心急如焚。

瀚哲问雪儿住哪儿，门卫说离这儿不远的彩虹花园601房，走路十几分钟就能到。

瀚哲谢了门卫，拿起行李刚要走，忽见雪儿从大门外慢慢走来，霎时又喜又忧，喜的是终于见到雪儿，忧的是雪儿又瘦了很多。虽然雪儿的气质和美丽依然，但脸上多了好些愁意。

雪儿惊讶注视他，仿佛不认识他似的，愣愣站在原地。

瀚哲顾不上拿行李，冲上前去，一把将雪儿搂在怀里。

骤然相逢的喜悦，瀚哲的拥抱，让雪儿全身冒出冷汗，她面色苍白，身子软绵绵无力地往下坠。瀚哲吃了一惊，边死死抱紧她，边大声喊门卫过来帮忙。门卫跑过来，边掐雪儿人中，边让瀚哲倒了杯热水让瀚哲喂雪儿喝。

过了一会儿，雪儿脸色慢慢恢复，瀚哲一颗悬着的心才放下，知道她为何如此，心里一阵内疚。

门卫看雪儿醒来，笑着说："没事，可能是太激动了。年轻人，难免。很长时间没见了是不？"

瀚哲说："是的。谢谢阿伯。"

"这就是你的不对啦，小帅哥，大小姐在这里，是我们最尊敬的人，你可不能欺负她。"

"您说什么呢？"雪儿娇嗔说，接着拉着瀚哲的手，说，"走吧，回家，我妈回乡下了。"

一句回家，让瀚哲既感动又内疚。

路上，瀚哲问："你妈妈有没有说什么时候回来？"

"大概这两天吧。舅舅说回来时顺道捎她回来。"

到了雪儿家，瀚哲放下行李，转身就和雪儿拥抱在一起，两个人谁也不说话，只顾着吻着对方。

好一会儿，雪儿推开瀚哲，冲了杯奶茶，招呼他坐沙发上。瀚哲情不自禁又把雪儿搂怀里，说："瘦了很多，都是我不好。"

雪儿听了，不说话，只是默默流泪，瀚哲一见，心里慌，却找不到合适的言语安慰她。他知道她一直在等他，等他来珠海，等他来了，两个人一起向她妈妈求情。她的心始终如一，可是，雪儿妈妈这一关，他怎么过啊？他知道他与雪儿已不可能，何况他和佳玲已经有了酒店那一夜。

雪儿依偎在他怀里，说："你的日记我都看了，我不知道你从舅舅公司出去之后，有那么多的波折，过着三餐难度的日子，你怎么不去找丹丹，让丹丹与我说呢？瀚哲，你过得不好，我心里也苦，你懂吗？你是我的一切。"

"都过去了，不要说了，雪儿。"

"晚上住家里，咱在家吃饭，我来做。"

"好。"

"你也够狠，从岭南春见面到现在，这么长时间才过来，我以为再也见不到你。"说着雪儿又哭了。

瀚哲知道她心中有着万般委屈，却一直没有地方倾诉。

瀚哲也完全理解，她刚才为什么会晕倒。这段时间他给她带来了太深的伤害。一切都是因为他！

"我这不是来了吗？雪儿不哭。雪儿，是瀚哲不好。"

"我只问你一句，你心里真的没有我了吗？"

"任何时候，不管在哪儿，雪儿在瀚哲心中永远是第一位！雪儿，相信我，瀚哲永远不会忘记你对我的爱和对我的好，雪儿。"

"你会只爱我一个人吗？"

"雪儿，瀚哲爱你，一直深爱你。"

雪儿凝神看着他，她是极细心的女孩，听出他话里的意思，她并不是唯一。

他知道他的回答不能让她满意，但他又能怎么说？春节前鹏城湾大酒店那一晚，佳玲与他已经有了男女之实，佳玲把一切都已经毫无保留地给了他，他必须负责。

两个人相对无言。

晚饭后，两人出外，顺着情侣路边走边聊，不知不觉一直走到了烈士公园。两人进公园找个石凳坐下。一坐下，雪儿整个人就往他身上倒，两个人少不了又是一番亲热。雪儿含着泪说："瀚哲，你还记得初三快毕业那个晚上吗，在韩江码头木棉树下，你指着摆着船灯在码头洗衣服的村妇，问我愿不愿意为你洗一辈子衣服，那样过不了几年我就会像她们一样，我说我愿意。"

不等瀚哲回答，雪儿接着说："无论如何，今生今世，只有你钟瀚哲是我的唯一，我不会再爱第二个男人，就算我妈不让我嫁给你，我也不会嫁给别人。如果真那样，我就终身不嫁。瀚哲，你懂吗？"雪儿说后，又伤感地流下两行泪水。

瀚哲心里一阵感动，他为她擦去脸上的泪水，又抚弄着她的头发，就要说几句话安慰她，突然又想起与佳玲在酒店那一晚，觉得这也许是他与雪儿在一起的最后一晚了。但对她说他要结婚的话却是无论如何也说不出口。

他只是紧紧抱着她，他知道，过了今晚，这种拥抱也许就不会再有。

两个人静静地拥抱着，过了好一会儿，一阵凉风吹过，吹散了雪儿的长发，瀚哲轻轻帮她梳理着，弱弱地说："雪儿，已经晚了，回家吧。"

"好的。"

到家里已经是晚上十点多。

冲完凉，瀚哲穿着一条短裤和T恤来到客厅。刚洗完澡的雪儿也正好从房里出来，一头长发散乱地撒在脸上，也许是刚洗了澡的缘故，她的脸上染着一层淡淡的绯红，散发出清纯素朴的原始之美，妩媚无比又有几分性感。瀚哲有点把持不住，心跳骤然加剧，心想，雪儿真美，雪儿的美与佳玲的美不同，佳玲胜在成熟，雪儿胜在气质。

雪儿没发觉瀚哲的反应，她倒了两杯红酒，递了一杯给瀚哲。

一杯酒喝完，雪儿再各添了一杯。瀚哲借着酒意，顺势把雪儿搂在怀里，雪儿柔顺地配合着。

瀚哲爱抚着她说："雪儿，我太想你，心里一直惦念你。"

"我也是，每天都想着你。"

也许是太过思念，也许是酒精的作用，两个人本能地同时起身，相拥着起身挪步，进了房间，瀚哲一把把雪儿抱上床……

第二天早上，雪儿起早做了早餐，回到房里把瀚哲叫醒。她坐在床沿，小心翼翼理着瀚哲额头上散乱的头发，又情不自禁低下头，用两片热得滚烫的唇，轻轻吻他，边吻边轻声自语道："不晓得咋就心里只有你，雪儿爱你，你是我的唯一，为了你，我什么都愿意做。"

瀚哲揉了揉眼睛，心里生出一种难以言状的舒畅。

瀚哲抱雪儿入怀，动情地说："雪儿，瀚哲爱你，你在瀚哲心里永远无可替代。"

雪儿温存地帮他理了理乱了的头发，说："不早了，你赶紧去洗漱，然后来吃早餐，不然等一下冷了，房间我来收拾。"

阳台外的玉兰树上，不知名的鸟儿叽叽喳喳欢叫着，唱着人听不懂的晨曲。

吃完早餐，雪儿正在厨房洗碗，雪儿妈妈突然开门进来，边开门边喊："雪儿，妈回来了……"

话音未落就看到只穿了一条三角内裤的瀚哲，再看看厨房里只穿着性感内衣的雪儿，似乎明白了什么。她脸色铁青，颈上青筋暴起，眼睛要喷出火似的怒视瀚哲，口里声嘶力竭蹦出两个字："流氓！"

　　瀚哲惊慌失措，讷讷叫了声："姨姨。"

　　"不要叫我，你就是一个流氓。"

　　雪儿妈妈大声骂瀚哲一句，然后把行李随手一放，快步走到瀚哲身前，劈头盖脸给了瀚哲好几巴掌。

　　瀚哲毫无准备，当然他也不可能用手阻挡或走开，只能任由雪儿妈妈抽打。从厨房出来的雪儿见了这一幕，身子一颤，手上的盘子砰的一声掉地下。她顾不得一地的瓷盘碎片，快步跑过来，站瀚哲前护住他，用哀求的语气颤抖地说："妈，不要打瀚哲，是女儿想他，是女儿让他来的，都是女儿的错，您要打就打我吧。妈，女儿不该惹您生气，都是女儿的不是，妈。"

　　雪儿妈妈置若罔闻，她没放下抬着的手，只是歇斯底里地骂道："忘恩负义的狗东西，难道在画展上还让你羞辱不够，你还有脸来找雪儿！像你这种人，怎么不让车给撞死，留着来这里，害我雪儿。你滚出去，快点滚出去，死得远远的，我不想再见到你，不要弄脏我的眼。不知道上一世雪儿欠你什么债，好端端的，竟让你这流氓给糟蹋了。"

　　说完，雪儿妈妈放声大哭，边哭边骂着雪儿爸爸："天杀的死老张，明明已经拆开了，还让女儿跟他好，还让女儿去鹏城，一点都不负责任，你不得好死。如果雪儿有什么事，我跟你没完。"她一把鼻涕一把泪，又骂自己，"我怎么没了心眼，没下狠心，当初我就不该心软，我也不得好死，怎么能让雪儿不读书，跟着这流氓去鹏城，让白眼狼害苦我的雪儿。"

雪儿哭成了泪人。

瀚哲看看雪儿，又看看雪儿妈妈，战战兢兢叫了一声："姨姨，对不起，惹您生气了。"

雪儿妈妈一听，更是火冒三丈，收住哭声吼道："不要叫我，你这个鬼仔，天杀的流氓！你怎么还死缠着雪儿？我求你了，不要再来找我家雪儿。"说完气势汹汹又追着要打瀚哲。

雪儿瘫在地上，她伤心到了极点，再没有力气挡住她妈妈，只得抱住她妈妈的腿，有气无力一边哭一边哀求道："妈，都是女儿不好，惹您生气，女儿求您不要再打，都是女儿的错。妈，您原谅他，妈，是女儿不好。真的是女儿太想瀚哲，让他从鹏城过来的。"

雪儿妈妈指着瀚哲，又看着哭成泪人的雪儿，悲戚地说："雪儿，我的乖女儿，你根本不知道，这次见了你舅舅，才知道这忘恩负义的东西，已经要和那狐狸精的妹妹结婚了。可他还来这里欺负你，这让你今后怎么做人。雪儿，妈妈只有你一个女儿，怎么舍得让人欺负你，可你还是被这畜生给欺负了……唉，只怪妈心不够狠，更怪你爸，怪这无耻的流氓。"

说完后，雪儿妈妈大哭出声。

雪儿一听瀚哲要结婚了，两眼翻白，喘了口大气，大叫一声，不省人事地倒了下去。瀚哲立即跑过去扶起雪儿，大力掐着她的人中，口里不停地叫："雪儿，雪儿。"

雪儿妈妈急忙倒了杯温水，喂雪儿喝了。雪儿慢慢缓过气来，脸色由白转红。她一醒来，立即将瀚哲推开，死死盯着他，眼神像利箭一样，仿佛在问：你要结婚了？你一直不说？昨晚还把我处子之身给玷污了，你这么狠心！让雪儿今后怎么生活，怎么面对爸妈，怎么面对所有人？你已经要结婚了，竟然还这样做？你从来就没把我放在心里，你既然心有所属，你昨天怎么不说清楚？你还来珠海做什么？这样做有意义吗？你真是个流氓！

瀚哲无地自容地看着雪儿。

雪儿哭得泣不成声，却没有眼泪，她不再看他，只是用极度虚弱的语气，有气无力地求着她妈妈说："妈，这是命，是女儿的命不好，女儿认命，您让他走吧，女儿从今以后再也不会见他了。"

雪儿妈妈听雪儿这么一说，泪如泉涌，随后指着瀚哲，叫他立即滚出去。她拿起瀚哲的行李扔出门外，双手又拉又扯把他推出门外，然后把门砰的一声重重关上。

房里，只留下雪儿悲戚的哭声和她妈妈的咒骂声，流下一屋的泪水。

当天，瀚哲带着内疚、失落和羞愧从珠海香洲乘船返回了鹏城。也许是他的行为触怒了上天，那天鹏城大雾，他乘坐的的士出了车祸。这次车祸险些让他丧命，他的肋骨断了三根，左小腿粉碎性骨折。

当他醒来时，已经躺在医院的病床上，佳玲已经在他身边守了两天两夜。她原本还在乡下，得到消息后第一时间赶回了鹏城。

"玲玲，这是在哪儿？"瀚哲虚弱地问。

"华侨城医院，你醒了就好。你刚做完手术，你先好好休息，虽然有轻微脑震荡，但医生说休息一个月就能完全康复。"

"玲玲，对不起，我不该去珠海。"

他不应该对雪儿有越轨行为，这是对雪儿的亵渎，也是对佳玲的不负责任。

"不要想太多，养好伤最重要。什么都不要想，我理解，我的人都是你的，难道还不相信你。我知道你对我好，也对雪儿好，对阿贞也好。"

"玲玲。"瀚哲情不自禁流下眼泪。

"我知道你心里苦，既然是你的人了，都快结婚了，我必须跟着你的心走，无论你怎么对她们，我都能理解。你放心，结婚后你就会有责任感，就会不一样，我相信你。"

"玲玲，我……"瀚哲感动得说不出话来。

佳玲说："你不要动，你小腿上有固定，千万别动。姐姐下午会过来看你。"

一场意外的车祸，本来预定的婚期，只得往后挪。瀚哲在医院躺了近一个月，耽误了很多事，包括公司很多他负责的工作，这样一来，也就忙坏了林总和佳玲。

林总要在沙埔头和白石洲两边奔波。随着朝朗公司的茁壮发展，林总与雪儿舅舅的关系变得越来越恶劣，这也加快了他们分道扬镳的脚步……

佳玲则在公司和医院两边走，新年度开工，新老员工要安排……佳玲一天来回要跑好几趟。

这段时间，佳玲忙得人都瘦了一圈，不知是不是因为太忙胃口不好，有点厌食。瀚哲怕佳玲累坏身体，叫她少来。但佳玲不放心，说他是她的一切，如果没有他，她活着毫无意义，依旧对瀚哲无微不至地照顾。

终于熬到出院。出院后，瀚哲拼命工作，似要把这一个月时间补回来。一个月后，瀚哲加班加点，终于把这段时间积下的工作基本完成，才稍微松了口气。

这段时间的混乱和忙乱让他似乎忘记了与佳玲的婚事，直到这一天下班后，佳玲过来设计室，走到他身边，红着脸在他耳边蚊声说："我可能……可能有了，这几个月月事没来，这段时间的厌食可能是正常反应，你有可能快做爸爸了。"佳玲说后在他脸上亲一下，抱住他，继续动情说，"我还没给姐姐说呢，她如果知道，一定很高兴。"

瀚哲听了，心怦怦直跳，一开始有点愕然，接着欣喜若狂。他定了定神，高兴地把佳玲搂紧，抚着她的脸说："玲玲，太好了，你真棒！你太争气了。你坐下，让我摸摸这争气的小肚子。"边说边轻轻抚摸佳玲的小腹。

"还没最后确认呢，要到医院再查一下。"

"肯定是，前段时间你老厌食，我还怀疑你身体是否有问题。原来，是咱钟家有喜了。明天，我陪你到医院查一下。"

两人正开心说着，林小姐走了进来见他们开心的样子，问："什么事这么开心，玲玲？"

"林总，玲玲快做妈妈了。"瀚哲笑着对林小姐说。

林小姐惊喜地说："真的！那太好了！姐姐替你开心，玲玲。那你们得赶紧定个时间把婚礼办了，姐姐一定把这事办妥。瀚哲，今后再不要叫林总了，叫姐姐，我们可是亲人了！"

"好的，姐姐。"瀚哲叫了声姐姐，接着说，"姐姐，感谢您一路对我的关心，谢谢玲玲给我的爱。我一定会对玲玲好，您放心。婚礼的事，我是这样想的：咱们公司现在正在起步阶段，前段时间我又躺医院一个多月，耽误了公司好多事，我心里一直内疚，后面的工作比较多，我想婚礼办简单一点，行吗？"说完瀚哲看着佳玲。

佳玲看看林小姐，又看看他，没有说话。

一会儿，瀚哲又对佳玲说："玲玲，本来这是你我的人生大事，姐姐对咱们也好，婚礼是该搞得隆重一点，可是公司的事确实太多，希望你理解。"

其实他内心想得更多的是：婚礼越简单越好，不能再对雪儿和阿贞有任何刺激，以免节外生枝，况且他与雪儿……

林总听后看着佳玲，她在等佳玲开口，她要知道佳玲的意思之后才做决定。

"你说咋办就咋办，我理解你的心，也知道你心里想什么。好，就简单点，我其实也是这么想的。但婚纱照不能少！我想，咱俩拍婚纱照肯定很漂亮，瀚哲。"

瀚哲感激地看着佳玲，拉着她的手，在她手心里叩了两下，说："玲玲，这个肯定，你来决定在哪儿拍，我听你的。"

林小姐笑着说："好吧，那就这样定了，五月一号快到了，要不就选那一天吧！正好五一全公司放假，我们去鹏城湾大酒店摆几桌，叫上亲戚朋友、老周夫妇、肥仔、李生、妙珊他们，瀚哲再把你叔婶接来。婚礼简单办，婚纱照你们自己提前安排好。"

"好的，谢谢姐姐。"瀚哲与佳玲异口同声说。

"对了，姐姐，还有一件事，明天上午我与瀚哲请假去医院检查确认一下。"

"好，你们去吧。晚上我打电话帮你们约好医生。"

第二天，医院妇产科李主任确认佳玲确实怀孕时，瀚哲与佳玲欣喜若狂，两个人高兴地搂抱在一起。

见他俩高兴的样子，李主任说："玲玲，恭喜，你真争气，小伙子也厉害，怀的双胞胎，已经有三个月了。这之后直到生产前，玲玲每月都要来检查一次，预产期在九月底左右，你要记得。因为是双胞胎，你要特别注意保养身体，要多吃有营养的食物，不能过度操劳。前段时间你有点过劳，要注意。还有，小伙子要忍一忍，小孩出生前，不能房事，知道吗？"

"谢谢李主任，我知道了。我会好好照顾玲玲的，您放心。"

"另外，从现在开始，玲玲最好不要去上班，或者只上半天班，一定要注意休息，重点补身体。玲玲虽然体质不错，但怀了双胞胎，身体会增加很多负担，一定要注意，以免临盆时出现意外。"

佳玲说："李主任，没事，我工作量不大，主要就是日常对外接待客户和跟单，不辛苦。我会控制好工作量，谢谢您。"

李主任说："那好，我和你姐说一声，叫她让你多休息。"

两人别了李主任回到公司，老周与林小姐正在公司写字楼。见他俩进来，老周对瀚哲比了个大拇指，说："恭喜恭喜，快当爸爸了。"

"谢谢大哥。"

"瀚哲，我早说过，佳玲是夫人命，旺夫，有福气，好生养，是不？当然，你这小子也挺能耐，哈哈。"老周说后哈哈大笑。

"哥，李医生说，玲玲怀的双胞胎。"瀚哲脸带笑容说。

老周说："啊！那太好了，双响炮，你小子厉害，有福气！娶到佳玲这么好的女孩，真是前世修来的。"

"是啊，瀚哲，姐姐也替你们高兴，李主任刚打电话给我，说是双胞胎，可把我高兴坏了。我要把小宝宝认作干女儿干儿子，当自己亲生的宠。"林小姐接上老周的话开心地说。

几个人寒暄一番后，林小姐把瀚哲叫到她办公室，说要交代一些事。

瀚哲一进她办公室，她示意他把门关上，对他说："瀚哲，这段时间你的首要任务是照顾好玲玲。另外，李主任特别吩咐这段时间不能房事。"

"我明白，我一定无微不至照顾好玲玲，不让她做任何家务，并且控制好自己！您放心，姐。"

"这就好，还有一件事，李主任没跟你和玲玲说，怕影响你们心情，玲玲的胎要观察一段时间，前段时间她累过头动了胎气，加上玲玲骨盆窄了点，对分娩可能会有点影响，又是双胞胎，可能到时候要剖宫产。"

瀚哲听了，有些惊讶，突然想起刚认识佳玲时，老周曾说过佳玲两三年内必有一劫，难道是生产这一关？他甩甩头，强迫自己不想那么多，对林小姐说："明白。我会照顾好玲玲。"

"这事不要与玲玲说。"

"好的，姐，我懂。如果没其他事，我先出去了。"

"好，没事了，你去吧。"

从林小姐办公室出来，佳玲走过来拉着他的手问："姐姐说什么了？"

"没什么，就是吩咐好好照顾你。"

"真的？"

"真的。她还问问咱们去哪儿拍婚纱照，说让你有小孩不要跑太远。玲玲，你想去哪儿拍？"

"还没想好，一切你拿主意就行，反正在哪儿拍我都开心。"说完，她揽住瀚哲，甜甜地笑。

第二十一章

三江公社前几年改为三江镇，三江大桥通车后，三江镇乡村道路也改善了很多，镇里多了一些小工厂，经济也慢慢发展起来了。

猛叔身体一年不如一年，但依然天天在韩江里日晒雨淋。张老师有意让他不再在渡口摆渡开船，打算安排他到镇服装厂当门卫，做些接信件派报纸的事，但猛叔不肯接受这份工作。张老师决定去找猛叔聊聊。

这天傍晚，张老师提一瓶三江大宫米酒和几个小菜，踩着单车，到东溪大码头渡口，准备等猛叔开完最后一趟渡，在船上小饮。

猛叔的船一靠岸，张老师就走了过来。猛叔没想到张老师会来渡口，心想：人好，就是不会瞧不起人。

猛叔心里难掩兴奋，哼着歌拴好渡船，打亮船灯，招呼张老师上了船，又从船舱里搬出一小圆桌、几张小凳，张老师摆上带来的酒菜。正准备开喝，就见八叔踩着单车过来，猛叔和张老师急急招呼八叔一起上船。

三个人一边谈天说地，一边喝着小酒。

黄昏的韩江很美。

东溪大码头渡，虽没西溪渡口人流来往热闹，但两岸成片的竹林、小树和隔岸堤上的旧屋，散落泊于岸边的小渔船，炊烟袅袅，白鹭鸶翔于江面，带出天然画景；远处的鲤鱼山隐隐在目，三元塔擎天一柱，蔚为壮观；却也是别有一番风景，置身于船上，身心无比舒服。

"猛兄，自从乌树渡口撤了，好长时间没见你，见你身体依然棒棒的，好底子，不错。八叔，我们是第一次见，来来来，咱们干一杯。"

八叔听了说："张老师，阿哲在家时，经常对我提起你，说你人特别好。今天有幸见面，幸会幸会。"

猛叔接着八叔的话说："是的，老张，阿哲特别崇拜你，也特别感谢你。这小子，不知哪世修来的福报，能碰见你。"

"这孩子是块璞玉，天资聪颖能吃苦，上进心强，假以时日，能成大事。"张老师望着猛叔和八叔说，眼神里却有一丝不易觉察的困惑。

他已经有近一年没听雪儿提及瀚哲，雪儿妈更是一提到瀚哲就怒火冲天，他小舅子又说瀚哲已没在公司做，他隐约觉得雪儿和瀚哲可能出了什么问题。

"这小子不知咋的，快一年了都没他信息，前两天碰见他叔，听说他每个月只寄钱回家，但信却懒得写了。"猛叔说。

"大憨上月回来过一趟，我问过他。大憨说很久前瀚哲去他做工的工地找过他，大憨当时刚好回了家，没碰上。听大憨说，阿哲好像在工地做过几天，我当时以为大憨瞎说，不过，大憨是老实人，也许真有这事。张老师，阿哲不是一直在你小舅子的公司做工吗？"八叔说。

"是，他去我小舅子的公司就是我安排的。后来到底怎么样我不清楚，没留意。"张老师说完，端了酒碗，招呼猛叔八叔喝酒吃菜，有意引开话题。

八叔说："这年头政策好，年轻人肯在外锻炼，不会错。像大憨，脑根直，傻憨傻憨，但他会吃苦，包工头信他，让他带个小队，干得不错。吊灯弟、加二、老员这些，在乡里，人不人鬼不鬼地混日子，田耕不下，又懒做工，唉！废了。阿九儿倒是混出个样子，还行。"

"听大牛说，加二找他借钱，准备买头公猪养，那倒是好，比闲逛好。"猛叔说。

"八叔，你是老党员老干部，多开导年轻人，赶上好年代，只要肯做工就能挣钱，总会慢慢富起来。"张老师说。

"是，是，八兄。"猛叔说。

"猛兄，一年一岁，不要再开船了，我那边要一个门卫，你来吧，起码不用天天在江上风吹雨打，行不？"张老师说。

八叔听了说："阿猛，这好啊，软风软日，比这六月日头在江里猛晒，轻松多了，我赞成。"

猛叔点上烟，吸几口，站起身来，望江想了一会儿，说："阿猛粗人，只会渡人，难得老师你看得起，行吧，这情，阿猛领了，谢谢。"

"那就说定，下月去上班。"张老师说。

猛叔说："好，好。"

夜黑下来，寂静的江面溢出一阵阵笑声。

自从猛叔来服装厂上班，张老师每月都会招呼猛叔一起去服装厂附近的五兄理发店剪一次头发，有意无意打听瀚哲的情况。

猛叔并没有瀚哲的信息，别说他，连和瀚哲最亲近的大牛近两年都没有瀚哲的任何消息。

大牛中专毕业后，分配在三江镇文化站，他常往猛叔那边跑，陪猛叔喝茶聊天。猛叔叮嘱大牛，工资省点用，存点钱，破老屋翻新一下，碰到合适的姑娘，把婚结了，算完成传宗接代的责任。

大牛听后只是点头，心里却无比忧愁，他心里何尝不想结婚，更懂得需要尽孝阿娘，可他心中的人儿小燕，就是不给他机会。现在他们有单位，也可算是干部，她咋不把人生大事当回事，也不顾及阿娘感受？只是借口工作忙，回一趟家都说没时间，结婚的事就更不用谈，难道她打算今后不结婚。

大牛只认定小燕，一直不死心，他相信他对小燕和阿娘所做的一切，终有一日，会让燕子回心转意，即便不是为他而是为阿娘，燕子也该回来，他一个男人，照顾阿娘总有些不大方便，他坚信放飞的燕子有一天会回巢。

小燕毕业后，分配在省党报采访部，从见习记者做起。那些年，她几乎是居无定所，成天在外到处跑，采写新闻，出差一周半月是常有的事，忙得一塌糊涂。每次她娘提到婚事，她都说采访任务重，太忙，没时间考虑个人事，况且还年轻，过段时间再说。

大牛一直在煎熬，他憧憬着与小燕结婚生子，一家人其乐融融，人生才算完美。

但小燕几乎不怎么理他，几次来信，只问她娘身体状况，从没半句涉及婚姻大事。大牛隐约觉得，自己与小燕越行越远了，好像路上碰到的两个人，各自走在相反的方向而去，没有再遇见的可能。他只能在原点等，耐心等待小燕走不到尽头，然后折返回到原点，但他不知要等到何年何月。

　　阿九儿退伍后，在城里靠做生意有过一段风光的日子，不过因为好赌，很快又变成了穷光蛋，痛定思痛，回村后，阿九儿承包了鱼塘和几十亩菜地，他对政策的敏感度很高，改革开放初期，阿九儿便意识到这个政策的利好，他学养鱼，学种菜，几年下来，很是赚了一些钱。

　　这之后，阿九儿被镇政府立为新农民标兵典型，他把嘉陵摩托车换成进口的铃木王，没事便戴个墨镜开着车兜风，俨然成了有钱人。

　　时代也确实变了，割鱼草饲鱼种菜的阿九儿，也光荣地成了入党的对象，他不会写申请书，虽说读完初中，可他写的字，如果不用几根竹子撑着，字会倒下，离开学校没几年，他早把在学校学到的几个字，打包还给了老师。他在自家鱼池钓了三尾大鱼，硬着头皮上门，求同学平玉帮他写入党申请书，平玉不肯，最后他是找大牛写的。

　　阿九儿成了共产党员，还当上了三元村治安主任。

　　也许该是阿九儿要发，时势造英雄嘛。阿九儿是地道的生意人，精明能干，又精于结交朋友，上至达官贵人，下到贩夫走卒，他都认识不少，自然建立了不错的人脉。

　　村里换届时，他利用自己是三元村治安主任的条件，走后门找关系，又叫吊灯弟暗地里帮着，硬是在乡里党员投票时，当选为村副书记。

接着，他把吊灯弟也弄进了村委会，当上了村里治安主任。

阿九儿早年对丽花念念不忘，奈何丽花看不上他，心灰意冷之下，娶了邻村一女孩，没多久又离了婚，现在他老婆是丽花，也算是功德圆满了。

丽花在读高中时，当然看不上阿九儿。当时，她曾喜欢上了一位男教师，虽然她和那位男教师的年龄相差十几岁。但被爱情冲昏头脑的她，完全不顾家里人的反对，也不接受她爸爸给她安排的工作，最关键的是男教师是有家庭的，因为这起师生恋，男教师最终被学校开除，丽花之后也辍学到城里租屋住。

等那位男教师办完离婚后，丽花和男教师结了婚。婚后丽花才发觉，她丈夫有心理问题，常怀疑丽花对他不忠，一直家暴打她。后来，她丈夫犯了抑郁症，自杀身亡。夫家人说她声音沙哑命孬，是破家相，她在夫家受尽折磨，在夫家没法生活，只得离了夫家，她爸爸动用关系，让她去了供销社上班。

一个离婚女人，名声还不怎么好，到了供销社，自然成了众人议论的焦点。只短短一两年，丽花便再忍受不了，辞了工作，在街边做起卖面薄粿条的生意，她爸爸发誓从此不再管她，一家人几乎与她断绝关系。

丽花每天早出晚归，可惜不大懂做生意，又是娇生惯养之人，终是支撑不住，只能作罢，此后便终日无所事事。

早两年，她回了一趟三元村，碰见阿九儿，阿九儿感叹丽花的不幸遭遇，勾起早年对她的一片痴恋之心，便暗示丽花，他还一直在等她，鼓励她回乡里，他会照顾她。

丽花受生活所迫，又念着阿九儿的痴情，最终回了乡里来，跟了阿九儿。

有才自从当上三元村的治安主任后，因为有阿九儿这层关系，赌摊开得更加肆无忌惮。

加二找大牛借了些钱，买了头公猪重操旧业，算是有了份正儿八经的职业。时来运转，加二这年结了婚，隔壁村一媒婆帮他找了一个软妮（天生不会走路，乡下人叫软妮），没花一分钱礼。

接亲那天，加二叫上好兄弟老员，提了两斤猪肉两瓶酒，兴高采烈到丈人家，抱着软妮回家。路上，加二对老员说，将来生个女儿嫁给老员，老员傻傻地跟着加二开心。趁加二没注意，还偷偷摸了一下软妮的小脚。

大牛帮老员找了份清洁工的工作，只是老员每月可怜的一丁点工资，几乎都用在了帮加二养软妮，为的是加二随口而出的许诺。

七个月后，软妮为加二生下一个女儿，老员也跟着加二欢喜，想着十几年后，自己也会有老婆了。

这年年底，大憨带着漂亮媳妇回家，他也结了婚，大憨娘在祖宗牌位前跪了一整天，谢天谢地谢祖宗，憨头憨脑的傻儿子终于能传宗接代续香火了。

大憨的老婆是大名鼎鼎的何雅苹，说来也真是阴差阳错，大牛、阿九儿、丽花、有才等人怎么想也想不出，何雅苹会嫁给大憨。

阿九儿心里更是极不平衡，当年何雅苹在招待所上班时，是城里的一枝花，他去找她，这骚狐狸碰都不让他碰一下，想不到，回城这些年后，沦落到嫁给大憨回归了三元村。

大憨和何雅苹结婚，在三元村成了特大新闻。丽花更是幸灾乐祸，觉得曾经比她更风光的何雅苹嫁了大憨，过得比她更破更烂，今后在同学面前，她倒不用抬不起头了。

何雅苹早几年辞去招待所工作后，跟着一个叫贾怀仁的大老板去京都。刚开始，何雅苹跟着贾怀仁也风光了一会儿，殊不知贾怀仁是一个走私犯，好日子没过两年，贾怀仁被抓判刑。

京都待不下去的何雅苹，辗转到了鹏城，租住的地方离大憨做工的地方不远，她便在香蜜湖附近，找了一家酒吧做驻唱歌手。

环境改变人，何雅苹是聪明人，她仅用一周时间，死学了十几首粤语流行歌曲，浓妆艳抹一番，穿着性感，姿色出众，凭着在京都混了几年的经验，居然很快成了京都知名歌手何雅苹。

一时间，何雅苹活出了精彩，当然，她本就是一个善于顺应环境改变自己的人。

大憨做工的工地恰好在酒吧附近，有一天晚上收工后，他在酒吧门口的驻唱歌手广告牌上看到了何雅苹的相片，但又不敢确定就是她，他决定去一趟酒吧。

这天，土里土气、憨头憨脑的大憨参着胆子踏进酒吧。他第一次到这种场合，心里忐忑，进酒吧后便找了靠后的一个僻静卡座坐下，要了两瓶啤酒、一碟花生和一碟瓜子，等待何雅苹出现。

其实他不过是好奇，何雅苹与他虽是同学，但两人并无交集，而且她回城已有十几年，她是否还记得他他都不知道。

九时许，大憨终于等到了何雅苹出场。

见到从演歌台小偏门出来、穿着吊带低胸超短大红色连衣裙，极其冶艳性感的何雅苹，大憨不敢相信这个女人就是何雅苹。

台上的何雅苹倒是见惯场面，举手投足十分优雅。唱了几首歌后，到了互动时间，一个大肥佬拿着一朵红玫瑰花和一杯酒上台，让何雅苹喝酒，并作势拥抱。何雅苹惊退几步，推开男人，男人借着酒意，口里污言秽语，纠缠着不下台。

大憨看不下去，走上台挡在肥佬面前，一把把何雅苹拉在身后。

有酒吧保安人员的出面，这个小风波很快就平息了下去。何雅苹却并没有认出大憨，直到大憨提到三元村，她才想起来，当天晚上就请大憨在街边吃夜宵。

同在异乡的两个老同学自此便多有联系，一来二去的，两个人更是熟悉。

也许是身心俱疲，也许是虽觉得大憨呆头呆脑，却是踏实实诚之人，于是在某一天，当大憨提出想与她交往时，何雅苹义无反顾地答应了，选择跟着大憨过日子。

第二十二章

这年五一，瀚哲与佳玲举行了一场简单的婚礼。婚礼只请了老周夫妇、瀚哲叔叔一家、佳玲父母、李生肥仔和妙珊，再加上公司写字楼工作人员和业务骨干，凑了两桌算是举办了婚礼。

结婚后，林小姐减轻了佳玲的工作，佳玲每天只上半天班。

瀚哲则定期抽空去香港，接受香港的一些著名设计师的指导，他的设计水平得到了飞速提高。

老周偶尔过来白石洲，每次都会给他带来一些他关心的信息。

这天，老周特意对瀚哲说："老板在丹丹家乡搞了个分厂，迟些时候，丹丹会回澄城，阿贞前两天也回来了。珠海那边，雪儿和她妈妈好像不住原来的地方了，搬到了新买的房子住，但雪儿不在公司上班了。要不，你找个时间找丹丹问一下雪儿的情况？"老周说完，把丹丹的电话给他。

"噢，好的，谢谢大哥。"瀚哲象征性回一声，其实在他心里，每次听到雪儿或阿贞的信息，就有点心绪不宁的感觉。

虽然已经结婚，但他心里一直记挂着雪儿和阿贞，特别是雪儿。他见丹丹，也是以了解雪儿的信息为主，阿贞的消息则只是附带。问题是现在的丹丹，不一定肯对他说实话，他在雪儿家族的人眼里，是无赖，是叛徒，是一个忘恩负义的人，是流氓。

这天，瀚哲瞒着佳玲，悄悄约了丹丹。

他与丹丹约在福田上海宾馆二楼茶餐厅见。

去福田的车上，瀚哲心里一直极度矛盾，他不知道这样算不算背叛佳玲，但雪儿的信息他确实需要知道。瀚哲一直放不下雪儿，他忘不了雪儿。或许，这是对佳玲的不忠，是精神上的出轨。

到了上海宾馆，瀚哲在二楼茶餐厅找了个靠窗位子，刚坐下不久，丹丹不声不响出现在他面前，吓了他一跳，赶紧礼貌地起来让座说："丹丹，鬼精灵长高长胖长漂亮了，有女人味了，特别好看。"

"你就是懂得说讨人喜欢的话，难怪她们一个个让你给俘虏。本来见你就想骂你，让你一夸，准备好骂你的话都给弄丢了。唉！我的瀚哲哥，你……你啊，不知道该怎么说你，唉！如果与你结婚的是雪儿姐，丹丹现在可要叫你姐夫，怎么你就偏偏是与别人结的婚呢。"

"丹丹，这么说，你一见我，就想骂我，但看在雪儿的面上，你才不骂我？"

"就因为雪儿姐，应该更要骂你。可是，现在骂你有什么用。偷偷告诉你，大姑妈在你结婚前，就是大约在四月中旬时来过鹏城，她急急忙忙叫我找你，说想单独与你聊聊，好像是说要聊雪儿姐的事。但一听说你五一要结婚了，而且听说是奉子成婚，大姑妈打消了找你的念头，直接打道回珠海了。"

"有没有说是什么事？"

"这个我不大清楚，我只是偶然听大姑妈和大伯聊天时，隐约听到了一些，好像是雪儿姐出了什么状况。去医院做过什么检查？说雪儿姐在医院昏过一回，却死活不肯留在医院。具体情况不知道。大姑妈离开时，还说什么雪儿姐的命就是苦。"

"雪儿病了？什么病？"

"我哪知道是什么病！相思病吧，想你想得慌了。瀚哲哥，你把雪儿姐姐给毁了，大学上不成，跟着你出来，可没想到最后的结局是这样。唉，你真的坏透了。"

瀚哲心情骤然沉重起来，难道雪儿病得特别厉害，有生命危险？

如果他是雪儿，他也可能会出现这样的情况，深爱的男朋友已经成为别人的新郎，这种精神上的打击无法估量，而自己又没办法去改变或阻止，心里要承受太大的折磨。也可能会茶饭不思，导致身体不适？或者是其他什么情况？难道那晚发生的事，导致雪儿有了……去医院做什么？还昏死过一回？瀚哲不敢往下想。总之，不论雪儿出现哪种情况，均是因他而起。对于雪儿，永远是他对不起她，一生一世如此。今生，不知是否有机会偿还，只能看造化。他越想心情越沉重，眼眶情不自禁地红了。

丹丹看他不说话，继续说："瀚哲哥，你已经结婚，不要再与雪儿姐、贞姐任何一人见面，不能再有误会。你啊，就是多情误自己，这样对你太太不公平，女人最忌讳的就是这一点，你切记。"

"谢谢你，丹丹。听说雪儿和你大姑妈搬地方了？"

"是的，可能想改变一下环境吧！新搬的地方只有我大伯知道，我不知道。"

"明白，丹丹，谢谢你。我真的对不起她们。雪儿的其他情况你一概不清楚？"

"真不知道。瀚哲哥，我大姑妈神神秘秘的，我问大伯雪儿姐得了什么病？大伯拉着脸说，小孩子不要知道太多事，我不好再问。今后，如果有雪儿姐什么消息，我会第一时间想办法通知你。"

"好的，谢谢你，丹丹。"

瀚哲不好意思再问关于雪儿的事，何况丹丹也确实不知道雪儿的状况。也许雪儿妈妈封锁了雪儿的消息。

"贞姐回公司上班，二姑妈也跟着来了。贞姐去年一直在海城看医生，听说她患上了轻微精神分裂症。还好现在人基本正常，但受不了刺激。"

瀚哲全身打寒战，眼定定的看着丹丹，仿佛眼前就是阿贞坐在他对面，一时竟不知该说什么好。丹丹见他紧张，安慰说："没事，你今后不要与贞姐联系就好，让她慢慢忘记你就行了。现在又不像以前，她来了这么长时间，从不打听你，所有人都没有跟她提你已结婚。贞姐身边本就没什么朋友，她已经把你忘了也不一定。"

"那是，我还敢见她吗？阿贞能把我忘了最好。"瀚哲心事重重地坐着发呆。他突然很害怕见到阿贞，生怕惹出更多的麻烦事来。

丹丹看他这副窘态，说："瀚哲哥，不要想不开心的事。我下个月回澄城，那边工厂一搞好，我就立刻回去。"

"很好，丹丹，你真行，聪明又能干，你在这里锻炼了好几年，回去慢慢来，你肯定能做得好，瀚哲哥看好你。"

"谢谢，今后有需要的时候，你看在雪儿姐的面上，多多帮助我。其实，以你的能力不至于寄人篱下。大伯很早就说过，他很看好你，他说香港那些洋行的设计师和大伯说过，你是这一行里少有的奇才，加上你管理能力好，今后一定前途无量。大伯说，可惜他没办法留住你这位大才子。"

"你大伯过奖了，我哪有那么好，你替我谢谢他。至于今后，只要你需要帮忙，只要我力所能及，我一定尽力。"

"一言为定。"

"一言为定。"

吃完晚饭，已经是晚上七点多钟，瀚哲买了单送丹丹上车，然后准备去公车站等公共汽车回白石洲。

"瀚哲哥。"身后突然传来弱弱的一声。

听到这熟悉的声音，瀚哲的心骤然间像给什么戳了一下，腿竟然不听使唤，回头一看，阿贞就站在他不远处，双眼无神，呆呆盯着他。

阿贞幽灵般地突然出现，以及令人毛骨悚然的一声"瀚哲哥"，让瀚哲全身起了鸡皮疙瘩，他的心剧烈震动，快要蹦出来般。

他努力控制住自己，惊愕地看着阿贞。他完全惊呆了，他一点心理准备都没有。他怎么都想不到他会在这里见到阿贞，而这正是他最怕发生的事。

眼前的阿贞，眼神忧郁，带着疑惑甚至呆滞。她脸上虽然带着笑容，但却很不自然，满是僵硬和勉强，仿佛是糨糊给糊上去的一样。

略为镇定后，瀚哲脑子里第一个念头是：丹丹才叮嘱他千万不能刺激阿贞，他必须先了解阿贞为什么会在这里出现。难道她是尾随丹丹而来？如果是，她肯定听到了丹丹与他的通话，知道丹丹是来见他。如果真是这样，那意味着阿贞从下午就一直在这附近等他出现，甚至晚饭可能都还没吃。这很不可思议，常人一般不会这么做，但阿贞却真的会这么做。

阿贞的出现令瀚哲六神无主，心慌意乱。

一阵慌乱后，瀚哲上前拉着阿贞的手，她的手很冷，冷得像刚从冰箱冷藏室拿出来一样，一股寒气直刺得他身体又颤了一下。

"贞，你怎么一个人在此？你什么时候回鹏城的？吃饭了没？"

"我下午就来了啊，丹丹接电话时叫着你的名字，说在这里见你，我就跟过来了，但不知道在哪里找你，就一直在大堂等着。刚才见你和丹丹从楼上下来，我就躲柱子后面，我不想让丹丹知道我来这里。"

说着，阿贞抽回被瀚哲拉着的手。他能感觉到她对他的疏离。闷热的夜晚，她说话时身子竟然打着冷战。如果在以前，他一定会拥抱她，给她温暖。但现在不行，他已经结婚，他没有资格这样做。

"贞，我们先找个地方，你吃点东西，好不好？"

"不用，我刚才吃过面包，不饿。"

"那，那让瀚哲哥送你回去？"

阿贞没回答，只是盯着瀚哲，两手抚弄着手袋上的百合花饰件。黑色手袋上的白色百合花，十分抢眼。

阿贞穿一身素绿色的连衣裙，明显比以前瘦，但依然很美。虽然整个身形略显骨感，但她高挑和凹凸有致的身材，依然极具吸引力。而与生俱来的忧郁感，以及孤傲的性格，让人感觉有一种神秘感。

瀚哲不敢正视她，他怕自己把持不住，阿贞忧郁中带着诱惑的眼神，会让他心生怜爱。

正胡思乱想间，就听阿贞说："你那么急着回去？我已经这么长时间没见你，我有好多话要对你说。我在这里等你一下午了，你就这么忍心？"

"贞，我……我，我已经出来很长时间，我必须快点回去。"瀚哲支支吾吾说。

阿贞瞪大眼睛说："你现在不理我了！我就知道你从来没爱过我，你甚至讨厌我。可我还是喜欢你，我就喜欢你。"

"不是这样的，贞。"瀚哲突然想起，丹丹说过阿贞还不知道他已经结婚，却又不知如何说出口，只得说，"你不要想太多，我不值得你爱。"

"我们找个地方聊聊，好不容易才见到你，我不想现在回去，我有话对你说。"

阿贞的要求让瀚哲为难，他已经出来一下午了，佳玲肯定在等着他回去。而且他还是找借口骗佳玲出来的。

不过阿贞的要求也很正常，她确实很长时间没见他了，他是她的初恋，她向他敞开过心扉，也向他表白过自己的爱，眼前这个男人在她心里占着极其重要的位置。她心里可能认为瀚哲也爱她，她等这么长时间，不可能与这个男人打声招呼就回去。她可以悄悄地尾随丹丹出来，那肯定不会只是为了见他一面这么简单。

瀚哲心里激烈地斗争着，一边是刚结了婚怀孕的妻子，她在家里，正等着他回去；一边是一直苦爱着他，受尽折磨，分开很久，现在只求一丁点时间待在一起的女孩。他该怎么做？

"瀚哲哥，你懂我对你的心。"说完，阿贞主动拉起瀚哲的手，没了刚开始见面的生疏感。

"贞，我……我……我懂，但是，我，我，我……"

瀚哲不知道该怎么说，一时也找不到适合的言语来劝她回家，又担心他这时离开，她会做出什么事来，无论如何，他必须送她回去。他不能让她再受刺激。

想到这里，瀚哲再也管不了那么多，他硬着头皮说："好吧，咱们找个地方，坐下聊会儿，但我住得很远，待会儿我送你回去后要立刻回去，我不能在外面耽搁太长时间。"

阿贞笑逐颜开，高兴说："行，不会耽搁你太多时间，我们去荔枝公园。"

"荔枝公园离这里有点远，不如，我们就在这儿的咖啡厅吧！等一下我送你回去也方便，好吗，贞？"

其实瀚哲心里想的是，到了荔枝公园，难免勾起阿贞太多回忆，他俩第一次约会就在荔枝公园，这会儿过去，弄不好不可收拾。

"还是荔枝公园好，打的去，很快的，晚上公园静。"

瀚哲想了想，无奈答应，但他提出，九点之前他必须送阿贞回去，然后自己回白石洲。

阿贞答应说："好，听你的。"说完拉起瀚哲的手走。瀚哲一阵别扭，总觉得路上行人都向他投来怪异的目光，周身不舒服。

毕竟，他已经结了婚。

夜晚的荔枝公园，树荫下的长凳，一般是情侣占据的地方。阿贞找了一处僻静、灯光昏暗的地方，两个人一坐到石凳上，阿贞整个人便往瀚哲怀里靠，整个身体都倒在他怀里，软绵绵的。瀚哲怕刺激到她，只得被动地伸出手搂住她，心里七上八下。想起家里的妻子，他不禁自责。

阿贞看着瀚哲的脸，舒心惬意地说："瀚哲哥，如果今后每个晚上，都能这样躺在你的怀里，该有多幸福，你说能吗？"

瀚哲不敢回答，一心只是想着，待会如果回去晚了，佳玲问起，他该怎么回答，是继续骗她，还是把实际情况诚恳地告诉她？他心里有一种从未有过的恐惧感和负罪感，他不敢正视躺在怀里的阿贞，两眼无神地发呆。

"瀚哲哥，你发什么呆？想什么呢？"阿贞见他失魂落魄的样子，忍不住问瀚哲。

"贞，你不是说，有好多话要跟瀚哲哥说吗？你说吧。"

"我就喜欢躺在你怀里，很舒服，我做梦都是这样。我就是喜欢你，我爱你。我要和你结婚，给你生小孩。我愿意一直给你这样抱着。瀚哲哥，你让我这样多躺一下，我就喜欢你抱着我，我什么都愿意给你。还有，上次画展那幅画，你会送给我，是吗？"阿贞答非所问。

瀚哲听了她深情的言语，一时不知如何作答。

阿贞却已经完全进入状态，她含情脉脉地看着瀚哲，闭上眼睛说："瀚哲哥，我什么都愿意给你，你要了我行不？"

瀚哲心里极度烦躁，他定了定神说："贞，那幅画我一直放周大哥那里，原本就是要送给你的，改天瀚哲哥让周大哥给你拿过去。贞，你有什么话，起来说好不好？我不能太晚回去，太晚了没公车，白石洲离市内远。"

"我先谢谢你，瀚哲哥，等一下你打的士回去，我给钱。要不然，我直接跟你回白石洲，在你那边住几天？我就是要跟你在一起，我要和你……"

"你说什么？跟我去白石洲？"

阿贞不经意的这句话让瀚哲大吃一惊，全身直冒汗，他把阿贞扶起来，提高声音着急说。

瀚哲是真的怕阿贞一直死缠着他，但他又不敢直接与她说他已经结婚了。如果与她说了，她一时接受不了，受到刺激，出了什么事怎么办！可阿贞这样缠着他，他不知道如何是好。

阿贞见瀚哲反应这么大，坐直身子后，惊讶地说："你就这么怕我，讨厌我？你看我身子时，怎么不怕？我不就是跟你开个玩笑吗，看把你给吓的。"

瀚哲惊魂稍定说："瀚哲哥不好，瀚哲哥没有你想的那么好。贞，我不值得你爱。你忘了我吧。"

"就知道你心里一直没我，我就是贱，自作多情，我比不上雪儿姐，比不上佳玲。可我这身段，哪一处比不上她们？你说，你看。"阿贞说着，伤心地哭起来。

阿贞突如其来的哭声，让瀚哲心里更加慌乱，他心烦意乱地把阿贞拥进怀里，心里想着的却是白石洲家里，独守空房等着他回去的佳玲。

瀚哲越想越觉得自己对不起佳玲，他心里对自己说：瀚哲啊瀚哲，你在这里与阿贞纠缠的时间越长，就会让佳玲在家里等你的时间越久，佳玲的心里会越难受。必须想办法，尽快把阿贞送回去，然后快点回家。

现在的佳玲还有那将出世的孩子，才是他的一切。

"贞，在我心目中你是一位好女孩，我一直把你当自己妹妹，瀚哲哥怎么会不爱护自己的妹妹呢？咱不哭，好吗？听瀚哲哥哥的话，现在晚了，咱们回去，我先送你回去，好吧？改天，我找个时间，咱出来聚一聚，行吗？"

"难道你不能再陪我一下吗？我可以等你一个下午，你却不能陪我两个钟？你能陪丹丹一个下午，见到我，你就陪不了我？我真是自找的。"阿贞哭得更加伤心。

"贞，不哭，是瀚哲哥不好，我从中午就出来，真的不能太晚回去。"瀚哲的话苍白无力，但他真的一点办法没有。

过一会儿，阿贞收住哭声，看看表说："说好九点，现在才八点多，我就喜欢与你在一起，我做梦都想着与你在一起。"

说完，阿贞再一次整个人倒在瀚哲身上，瀚哲不得不双手搂住她。

时间一分一秒过去，阿贞一直紧紧搂着他，身体紧紧地贴着他，享受着在心爱的人怀里的温馨。

瀚哲明白阿贞想做什么，可是他没办法给她，一旦稍有差池，那将不可收场，自己则将永无葬身之地，全世界都不会原谅他。

瀚哲越想越怕，便硬起心肠说："贞，瀚哲哥明白、明白你的心，知道你对我好。但现在真的很晚了，瀚哲哥送你回去，乖，听话。"

"真那么急着回去？"阿贞慢悠悠说道。

"是的，听话，你出来这么长时间，你妈肯定也着急。谁也不知道你跑哪儿去了。我估计，现在大家都在找你。乖，听瀚哲哥的话，找个时间我再约你。"

"我才不怕，只要能与你在一起多一点时间，我什么都不怕，我就要你这样抱着我，我觉得幸福。"

瀚哲欲哭无泪，对此时的阿贞，他真的毫无办法。他快要崩溃了。

"好啦，好啦，看你急成这样，也免得我妈和大舅担心，我们走吧。"

瀚哲听了，深深出了一口气。他赶紧拉着阿贞走出公园，叫了辆的士送阿贞回去。

看着阿贞走进公司大门，瀚哲才重新叫了辆车回去。一路上，他不停流汗，仍然心有余悸。

第二十三章

回到白石洲的家，已经是晚上十点多。

佳玲见他回来，笑逐颜开，她已经等他等了很长时间。瀚哲一进家门，她撑着略凸的小腹，跑过来抱住他，默默流下眼泪。他赶紧搂住她，说道："玲玲，刚才还笑着呢，怎么突然就哭了，对不起，是我不好，我应该早点回来。玲玲，乖，不哭，你的瀚哲不是好好的吗？瀚哲爱你，瀚哲爱玲玲。"

佳玲破涕为笑说："人家不就是担心嘛，下午你一离开，我一直心神不定，好像失去了什么。瀚哲，玲玲爱你，玲玲不能没有你。"

第二天上午，瀚哲一到设计室，第一时间给阿贞写了一封长信：

贞：

见书如见人，瀚哲百拜。

贞，自从到鹏城工作，在第一次见到你之后，感觉你与众不同，鹤立鸡群，你的美丽和个性都给我留下深刻的印象。

也许是造化弄人，或者是我当时对你有好感，抑或是想更接近你，居然让我跟着你去宿舍，看到你半裸着身子洗头的那一幕。让你的形象在我心里烙下了深深的印记，贞，你确实很美。

让我觉得对不起你的是，不应该与你到荔枝公园咖啡厅约会，这样造成了既想爱你又不敢爱你的两难局面，这是对你最大的伤害。我更不应该把你的形象画在作品里，引起了大家的麻烦，也引起雪儿更大的误会，这都是我不好，都是我的错。

自始至终，我一直关心你。你略带忧郁的个性让我有点怜惜，甚至有点疼爱。希望去了解你、去关心你，让你改变自己，也想让你知道，有很多很多的人，关心你，爱护你。

这种想法和做法，也许一开始就是错的，当然，你的美丽，你的真诚，对我的挚爱，我永远都会铭记，一生一世。

开始与你接触之后，内心一直在斗争着，因为我有了雪儿，我不可能再爱你，只得把对你的爱藏在心里。

然而，在你舅舅公司工作的那段难忘的日子里，我们天天抬头不见低头见，又让我放不下你，说句掏心的话：我心里确实也爱你，真的爱你，可我必须控制我自己，我不能爱你。一个人内心最痛苦的是：深爱着一个人，却没办法也不可以表达出来。我心里一直也承受着这种痛苦的折磨，心灵及精神上的折磨。

我只能在心里暗暗关心你，况且你是雪儿的表妹，雪儿的妹妹也就是我的妹妹，我总把你当我的亲妹妹。也难怪，我没有勇气坚决坦诚地与你说：我不爱你，坚决不与你来往，这是我的大错。

贞，我一直告诫自己，不要再让你伤心，让你快乐地过每一天，特别是听你讲到，你爸爸的意外对你的打击之后，我对自己说，要鼓励你，开心地过好今后的日子。可是到最后，你的心却让我伤得最深最重，我这一生最对不起的人就是你。

到了今天，一个现实就是，当初我没能够给你的爱，现在我依然没能给你爱，我已经与佳玲结婚，而且我的太太肚子里已经怀着两个小宝宝。所以，我必须很认真地对你说，我真的不能再去见你了。阿贞，我俩今生有缘没分，只能待来生，若能相遇……

贞，这封信我会让周哥带给你，也把那幅画送给你，就当是做个留念。日后若能有缘相见，也不知何年何月了。

所有的一切，都是我的错。

虽然，我这样做有点自私、有点无情甚至对你有点残酷。但是，我真的没办法给你任何爱的名分，哪怕是心里深深爱着你。

贞，当你看完这封信，希望你要坚强，也希望你把我彻底忘记，我不值得你爱，更希望你找到自己的爱情。贞，忘掉我吧，彻底地忘掉，贞。

顺颂

安祺

瀚哲顿首

写完信之后，瀚哲托老周把信和画给阿贞送了过去。

没几天，老周回说，阿贞和她妈妈去了珠海她舅舅的公司上班。

自那之后，他再没有阿贞和雪儿的任何信息。

瀚哲心里庆幸阿贞能撑得住，但他不知道阿贞是否真能顶得住，她的病究竟怎样？他只能在心里暗暗祝福她，祝福她一切都好。

林小姐与雪儿舅舅那边完全断了关系，之后老周调回他自家的总公司，丹丹也回到了澄城。

林小姐与雪儿舅舅的闹翻也让两家公司水火不容，瀚哲也就更加没办法得到雪儿、阿贞的任何消息。

这之后，他将所有精力全部放在公司的生产和管理上，他做的一些创意设计，逐步在香港一些洋行中打响知名度。一家国际顶级品牌公司曾多次通过香港客户暗中挖角，愿意提供优厚薪酬，甚至开出到国外进修深造的条件，希望瀚哲去进修，学成后回大中华区总部，兼做品牌策划和推广工作。这些在外人看来的极大的好事都被瀚哲婉拒，林小姐对他有知遇之恩，他更不可能抛下佳玲不管。

佳玲的肚子也一天比一天大，瀚哲尽责贴心全力照顾。

到了八月，佳玲基本不再上班，在家调养身体。

医院的李主任来过两三次为佳玲例行检查，八月下旬的例行检查后，她对林总说，佳玲必须到医院做个确诊。佳玲的骨盆有点窄，而且检查时发现其中一个胎儿脐带绕颈，并建议生产时最好去设施更完备的市妇幼保健院。

李主任提醒林总，佳玲分娩时肯定是个难关，必须有足够的重视和心理准备。瀚哲听后，心里忐忑不安，终日提心吊胆。

八月底的一天下午，佳玲忽然觉得肚子痛。要命的是那天瀚哲在外地出差，林总和妙珊匆匆送佳玲到市妇幼保健院。

接了林总打来的电话，瀚哲一刻也不敢耽搁，打了部车就往鹏城赶。路上，他的右眼一直跳，跳得他心慌。他心急如焚，脑子里浮现佳玲的影子，她躺在医院的病床上，等着他到她的身边，给她力量。瀚哲恨不得车子会腾空飞起来，让他一下子飞到佳玲身边。

瀚哲赶到医院时已经是晚上十点多。

一到产房门口，瀚哲便迫不及待想进去见佳玲，但产房严禁进入。看到等在产房门口的林总、妙珊和老周夫妇都是一脸焦急的神情，他心里更不踏实。一问，才知道佳玲从下午开始肚子痛，七点多才进产房，到现在是什么情况也不知道。九点多时医师出来要家属签字，说要确认剖宫产，由于瀚哲不在现场，是林总代签的。

时间一分一秒过去，医院的走廊上只剩下他们这一家人，静寂的走廊让瀚哲觉得有点冷，甚至是阴森森的感觉。他的身体不停地颤抖，彷徨、焦虑与慌张始终陪伴着他。

突然，医护人员呼叫紧急支援，瀚哲见了这不祥的征兆，更是急得像热锅上的蚂蚁，他的头嗡嗡作响，心乱如麻。

瀚哲感觉自己好像被抽离了灵魂，他用近乎绝望的眼神，看着医疗人员来回奔波，一会儿是血浆，一会儿是输液，甚至还用上了氧气瓶。他的心揪得紧紧的，心像被针刺一样，紧张得直流汗，在手术室门口来回不停踱步。

佳玲的情况应该很恶劣，他心慌得厉害，来到林总旁边，拉着林总的手说："姐姐，怎么办？我有点怕，都这么长时间了。"

林总也紧张得双手直哆嗦，但她安慰瀚哲说："吉人自有天相，没事的，玲玲没事的。"

瀚哲说："但愿如此！"

一旁的老周说："瀚哲，没事，头胎是麻烦点，这很正常，何况玲玲是双胞胎。"

时间一分一秒过去，到了大约晚上十一时，手术室门终被打开，一位护士抱着一个婴儿出来。瀚哲悬着的心终于放下一半，但还来不及松一口气，护士接下来的话却给所有人的开心泼了盆冷水，让大家又都紧张起来。这盆冷水淋得瀚哲全身起了鸡皮疙瘩。护士说另外一个女婴脐带绕颈，有窒息的可能，产妇也很不乐观，医生正在全力抢救。

瀚哲望着手术室，内心更是无法平静，他对自己的无能为力很自责。他感到无助与无奈，这种折磨快让他疯掉。

又过了约半个钟，医生和护士终于一同出来，一见他们就说他们已经尽力了，产妇及另一个女婴没能抢救过来，最终能保住男婴已算万幸。

这真是晴天霹雳，瀚哲头嗡地一响，只觉眼前金星乱舞，天旋地转，竟不省人事，砰的一声直直地倒在地上。老周赶忙扶起瀚哲，好不容易才弄醒他。拉了张凳子让他坐下，喂他喝水。

林总抓住医生的衣服，声嘶力竭地与医生争吵。

妙珊也流着眼泪说："怎么好端端一个人，说去就去了。"

瀚哲坐都没办法坐稳，他没有流眼泪，但心中的悲痛无从形容。

医生努力掰开林总的手说："分娩和抢救过程，胎儿个头过大，而且有一个婴儿还脐带绕颈，很难顺产，又因为是双胞胎，产妇骨盆又窄，所以我们临时转为剖宫产，男婴生下后，发现羊水已经进入血液循环，也正是羊水栓塞最终导致孕妇的死亡。我们用尽了一切救治措施，还是无能为力。"

林总对着医生大吼："这不行，说不清楚，我去告你们。"

　　医生说："林总，真对不起，我是您朋友李主任的同学，如果不是有难度，李主任那边就能解决，也不用到我们这边。正好，李主任来了，你问问她吧。对不起，我们真的尽力了。"

　　听了李主任的解释，林总才慢慢消了点气，但泪水一直像雨一样不停地下。

　　一番解释之后，医生让他们进产房见佳玲，瀚哲第一个冲进手术室。佳玲全身已盖上淡绿色的布。他掀开掩盖在她头上的布，只见佳玲紧闭双眼，脸上没一点血色。

　　见到佳玲的遗体，瀚哲双腿哆嗦着弯跪下去，他抚摸着佳玲的脸，冷冰冰的没了温度。瀚哲哭喊着佳玲的名字，仿佛要将她喊醒："玲玲，你不要睡，咱回家，玲玲，你醒醒，你起来跟瀚哲说话，玲玲，玲玲……玲玲，你怎么可以不理我。你说我是你的一切，你怎么不管我了。瀚哲不让你走，玲玲……"到了最后，他瘫坐在地下，完全不知道自己是哭着还是笑着。

　　这时，一位护士过来问瀚哲："你叫瀚哲是吧？"

　　瀚哲懒得理她，只是点了点头。

　　"产妇临终前拉着我的手，不停说着一句话。"

　　"什么话？"瀚哲急切问。

　　护士见他面目狰狞，战战兢兢说："她不停地念着你的名字，说怎么还不见你，问我们你是不是去找雪儿了。她说，瀚哲，你一定要去找雪儿；瀚哲，你一定要去找雪儿。说完这些，她就去了……这是她临终的话，我觉得也许这些话对你很重要。"

　　护士说后就走，瀚哲看着像睡着的佳玲出了神，他竟然哭不出声来。

第二十四章

佳玲走后，瀚哲消沉颓废，每天以酒消愁，无心工作，喜怒无常，他不上班，也不与任何人联系，包括老周。

林小姐公司一下子失去两大主力，忙得实在顾不上瀚哲，她托老周找过他几次，希望他振作起来，公司实在是很需要他的帮忙。但瀚哲就是没办法正常工作，他尝试过几次到公司，总是不一会儿就坐着发呆，什么工作都干不了。

一个幸福的家庭，顷刻之间就散了。

那些日子，妇幼保健院门口，几乎每天都能见到一个蓬头垢面、穿着似乞丐的年轻人，手里总拿着一瓶酒，口里喊着玲玲两字，喝一口酒喊一声，这个人正是丧妻之后消沉落魄的瀚哲。任由保安人员怎么劝说，他就是不走。医院方无奈报警，但警察来了也只是将他带走，放出来第二天他又来了，到最后警察也束手无策。医院无奈，通过李主任找到了瀚哲的亲友，希望他们把他带回去。

肖老师来了，林小姐来了，老周来了，大憨也来了，但依旧谁都劝不回他。

直到这天下午五时许，一位老先生出现在瀚哲面前，叫他名字，他跪在先生面前大哭。

　　"起来，跟我走，上我家喝酒去，我让你喝个够。"

　　大哭一场之后，瀚哲心情稍微平复，起身乖乖跟着先生走。到了先生开的医馆，师娘一见他模样，心痛说："我的儿啊，好端端的，咋弄成这样！快快，先去冲个凉，换身衣服。哪有什么坎过不去的，先生和师娘在呢。"

　　瀚哲听了，跪在师娘脚下，哭着说："师娘，瀚哲心苦，玲玲没了，师娘。"

　　"不哭，不哭，师娘懂你心苦，到了家什么事都不是事。师娘知道你不是经不起打击的人，快去冲凉换衣服，我去弄饭，等下慢慢再说，听话。"师娘说后扶起瀚哲，找出一套衣服给他。

　　冲完凉出来，师娘已经弄好饭菜，三个人坐下后，先生问喝什么酒。

　　瀚哲先是大哭了一场，又用冷水冲了一个凉，已经平静了很多，听先生问，便说不喝酒。

　　"好，那从现在开始，你要化悲痛为力量，今后的路还长着呢，你不能就这样沉沦。你看一下你现在成什么样，不工作，不画画，算什么男人！我相信我不会看错人，我相信你不是这样的人，从现在开始，你一定要振作起来。"

　　师娘也接着说："孩子，人生哪有一帆风顺，有作为的人哪一个不是经过大风大浪？你行的，孩子，不为自己，你也要为孩子想一想。你还这么年轻，先生和师娘都不愿意看到你这样，佳玲在天之灵也不愿意看到你这样，孩子，人生谁没有过挫折。"

　　瀚哲听了先生和师娘的话，眼里又流下了眼泪。

先生又说："如果你暂时不愿回白石洲那个伤心地，先在家里住下，我女儿女婿到美国做访问学者，两年内都不会回，你安心在这儿安顿。"

瀚哲再次跪在先生师娘面前，说："先生师娘教诲的是，瀚哲让您二老操心了，是瀚哲不对，对不起。"

师娘赶紧扶起他。先生接着说："你对不起你自己，对不起你叔，对不起猛叔，对不起张老师和雪儿！你好好想吧，今后的路该如何走，你自己想想。"

"谢谢先生教诲，瀚哲会振作起来的。"

最后，先生语重心长说："孩子，你的潜能大着呢，好自为之。"

这一夜，瀚哲彻夜难眠。第二天一大早，他便去找了老周……

不久，在林小姐的运作帮助下，瀚哲去了意大利米兰一家国际顶级服装品牌公司学习。

时光匆匆，转眼五年过去了，身居珠海的雪儿不再麻烦舅舅照顾当年坚持要生下来的、已经五岁的女儿瀚欣，她决定自己做点小生意，独力培养瀚欣长大成人。

这天晚上，雪儿对她妈妈说，她决定去穗城做生意。雪儿妈妈当然不同意，说要工作就必须在珠海，正好舅舅的工厂缺人。虽然阿贞在厂里帮忙管理，但阿贞身体有毛病，似乎不能全身心投入，舅舅本来也希望雪儿出来帮忙。

雪儿本就怕每天见到阿贞，她不希望和阿贞再有任何误会，影响姐妹之间的感情。她之所以想去穗城做生意也是考虑到了这一点。

雪儿妈妈则担心，雪儿什么打工的经历都没有，何况做生意。自从瀚欣出生后，雪儿这几年一直是半养身体半疗伤状态，好不容易才走出人生阴影，出来做生意不知又要如何折腾，并且这也会影响瀚欣成长。

雪儿坚持说她已经深思熟虑过，她不愿意一直生活在家人的照顾之中，她决定去穗城学做生意。雪儿妈妈见拗不过她，只得同意，并且为照顾雪儿母女俩也跟着到了穗城。

刚到穗城，她们租住在城中村出租屋，一房一厅的握手楼。

其实雪儿并未完全走出阴影，但她需要让自己经受一些磨难，她知道培养瀚欣的任务要靠她自己，瀚欣的一切就是她的一切。

她必须把所有的爱都给女儿，所有希望都放在女儿身上，她要将女儿培养得出类拔萃！日后有机会相见，她才对得起瀚哲。

虽然瀚哲现在不知在哪里，但既然他给了她一个女儿，她就必须责无旁贷地抚养瀚欣长大成人。最黑暗的几年她都挺过来了，她坚信瀚哲不是坏人，虽然他在处理感情问题时不够成熟。

她知道自己在瀚哲心里占据着极重要的位置。她庆幸他给了她一个女儿，她愿意为他做任何事。无论如何，她都必须把一个优秀的瀚欣交给他，这样她才会安心，才能问心无愧。

那些天，雪儿去十三行，去高第街，跑沙河……最终，她决定在十三行做服装批发。十三行是开放年代早期闻名于世的服装批发集散地。

雪儿在十三行租了一个摊位，这之后，每天的凌晨三四点，她就开始进场做生意，个中辛苦，只有她自己知道。

改革开放初期，社会蓬勃发展，机遇遍地，那时候，只要肯干，只要努力，几乎都会有收获。雪儿当然也没有辜负命运的眷顾，抓住了改革开放的春风，抓住了这个机遇，很快她的生意就做得风生水起。

命运有时会和人类开玩笑，冥冥之中似有安排，雪儿之前从没想到自己有做生意的头脑，她的生意触觉太灵，很快，她就在服装批发这一行很出名了。

这之后，她搬到白马市场，开始做服装品牌，接出口单。随着生意越做越大，她把丹丹从澄城拉了过来，姐妹俩开始合作。

丹丹早些年嫁了人，先生是位老师，爱情结晶是一个女儿。

得益于改革开放，得益于人口红利，澄城从一个小县城发展成粤东的明星城市，这里的工业发展势头良好，城市配套十分完善。

丹丹从承接她大伯的加工产业转移开始，经过几年发展，工厂规模不断扩大。她在鹏城磨炼的功夫有了用武之地，企业做得风生水起。

姐妹俩合作后，她们在澄城成立了一家公司：姿娘服饰有限公司，雪儿只象征性持15%股份，丹丹持85%股份。丹丹负责产品开发生产，雪儿负责接单、销售。雪儿有销售经验，提供的样品也都是港台最流行新款，加上她做批发时积累了大量客户，销售根本不愁；丹丹则有一套成熟的管理经验，产品质量抓得十分到位，生产的产品都是带海阳特色的时尚风格。姿娘产品一时风靡整个服饰市场，发展势头迅猛，姿娘品牌一度成为服装界名牌产品。当然，利润也十分可观。

这一天，姐妹俩在澄城相聚，丹丹问："什么信息都没？"

雪儿明知故问："你说什么？什么信息？我不明白。"

丹丹说："大哥哥啊！你就装吧！姐，瀚欣都读初中了，难道她不问？她有权知道。"

"真没有，你也没他信息？瀚欣倒是经常问，但我能怎么说？有时候她会缠着她姥姥问，比如怎么家里从来没爸爸的一点信息，爸爸在哪儿？你大姑妈就会没好气地说他死了，在她出生那年就死了。"雪儿说着说着，双眼发红。

丹丹说："你都没有，我哪有他的信息？如果有，我肯定第一时间告诉你。不过，他怎么好像人间蒸发了？但你这样，难道想瞒瀚欣一辈子？该说的，还是要找机会说说。我看瀚欣特别懂事，相信她能承受，不会经受不了。"

"看看吧，等今后有机会再说。"

丹丹试探问："能原谅他吗？我看大姑妈好像也释怀了。"

雪儿没回答，只是默默流泪。

在白马时装城的一场"姿娘时装发布会"上，记者小燕遇到了主办方的代表雪儿。

那一天，小燕穿白T恤、牛仔裤、波鞋、短发，人偏黑瘦，显得特别精明干练。

雪儿则是长发披肩，黑色香云纱旗袍，天然模特身段，举手投足尽显东方女性美。

老同学久别重逢，惊喜了一大阵，雪儿提议去茶楼喝下午茶，姐妹俩好好聊聊。

"想不到在这里遇见你，大小姐成商界精英，真想不到！你生意做得这么成功，依然保养得这么漂亮，女明星都比不上你，真棒。"

"都是被生活逼迫出来的，也就是糊口，算不上什么成就，只能算比较顺，至于保养，我倒没刻意。"

"新时代事业女性这一称号，还说不算什么！一个海阳姿娘创业的代表性人物，都可写成一本书了，真佩服你，雪儿。"

雪儿被小燕夸得有点不好意思，给小燕添上茶，夹了个点心，说："不要总说我了，说说你。"

"我？我哪有什么好说的，当记者的，每天跑东蹿西，拼命抓新闻，弄到现在还是单身，失败失败。你呢？瀚哲呢？还好吗？"

"燕子，过两年你就四十了，还不早点和大牛结婚，难道不怕死笨牛娶了别人？哦，不对，你心里不愿意。不要要求太高，都高龄产妇啦，抓紧点，我女儿都读初一了。"

"唉，人生有很多不如意，一言难尽。"

"是啊，一言难尽。"雪儿说后深深叹了一口气，望着窗外若有所思。

"瀚哲呢？从你去鹏城，我就没有你们俩的消息，你女儿……是……他的吧？你俩……"小燕不大肯定问。

雪儿沉思良久，鼓起勇气说："燕子，不怕你笑话，我现在真的不知道他在哪儿。什么信息都没有，是死是活都不知道。也许他到现在还不知道当年我怀孕，有这个女儿。我太失败了，我们没结婚，女儿到现在也从没见过瀚哲，她不知道她爸爸是谁，长什么样。唉！人生，真是太累了。"

"哇，原来是这样。雪儿，对不起。看来你身上的故事，就是一本书，你真伟大。"

"燕子，没事，我已经习惯了，只是苦了瀚欣，还好女儿优秀，有点安慰，她画画特别棒，她现在读美院附中，她的理想是考上央美或广美。这些年我含辛茹苦，总算把她拉扯大了，太不容易了。"

252

"真的很不容易！雪儿，你承受得太多太多，太了不起了。瀚欣，瀚心，这名好！有你俩的基因，她肯定是个小美女！有机会，你带她让我见见，这干女儿我收定啦。"

"好，我先替她谢谢你。但是，燕子，日后见到瀚欣，你也不要提瀚哲。"

小燕觉得，雪儿和瀚哲肯定发生过很多故事，不然她早就会告诉瀚欣。想到这儿，她说："你放心好啦，我懂，但你能瞒她到什么时候？她有知情的权利。时间久了，反而会让她心里有阴影。"

雪儿长长叹了一口气："看机缘吧。"

"也是。"

"说说大牛吧，他现在什么情况？"

"一直单身，在镇文化站当站长。"

"哦，他一直在等你。"

"我和他是不可能的，我一直当他是兄长，有亲情，没爱情，他就是死脑筋。咱不说这个，谈谈你今后的打算。"小燕把话题扯开。

"做生意太累，等挣够了钱，瀚欣考上大学，我就不干了。我们的户口都在珠海，可能就搬回珠海，我写写书法，或者教小朋友写书法都行。等我爸爸退休后，也让他过来珠海，一家人在一起过简单的生活。"

实际上，雪儿打算日后定居珠海，也是为了姨妈和阿贞考虑，毕竟姨妈只有阿贞一个女儿，舅舅也不可能照顾她们一辈子，阿贞身体不好，听说前两年嫁了，姨妈也需要照顾。从另一方面来说，是瀚哲间接造成阿贞落下病根，她希望尽自己的能力为瀚哲做点什么，当然，这些她不会告诉小燕。

"这样也挺好，急流勇退，享受人生。我真羡慕你，雪儿。"

几年后，瀚欣以优异的成绩，如愿考上广州美术学院时装设计专业。

这一年，瀚欣十九岁。

雪儿把和丹丹合作公司的股份退了，白马市场的写字楼也卖了，她在珠海买了房，和妈妈搬回了珠海。

第二十五章

　　鹏城画展第二天，小燕从穗城去到鹏城，约瀚哲在展厅见面，要对他做个专访。与小燕同行的还有一人，那人一见钟瀚哲，大老远就向他直跑过来，然后一把抱住瀚哲大声嚷道："哎呀我的妈呀，咱兄弟俩几十年没联系，想死我了，想不到你成了大画家。"

　　瀚哲有点措手不及，定睛一看，见是他初中最要好的同学崔大牛，一时喜极，热情与他拥抱，伸手摸了一下大牛的光头，说："大牛，大牛，真是大牛吗？怎么变得我认不出了？他乡遇故知，人生一大幸事啊。"

　　大牛听了，眼里泛红，洪亮的声音如大喇叭一样："要不是我有事找燕子，我都不知道你这家伙在鹏城搞画展。燕子说今天要过来，我缠着就跟来了，我想见你。你这家伙，真不是兄弟，也不来找我，家乡也忘记了，回头得好好罚你，要请我喝酒哦。"

　　小燕听了，白了大牛一眼说："大牛，小点声，这里是公众场合。"

　　大牛眼睛瞄一下展厅，松开手，摸了一下光头，伸了伸舌头对着小燕傻笑。小燕没理他，对瀚哲说："带我们参观一下，回头我为你做个专访。"

瀚哲陪着大牛和小燕参观，每走到一幅作品前，瀚哲都详细介绍作品的立意、创作灵感、笔墨运用、构图布局，等等。他创作的家园系列有海阳八景、开元寺、牌坊街、韩江两岸新貌等海阳名胜古迹，以及瀚哲家乡三江镇三元塔、田园风光、原生态乡村等家乡美景；姿娘人物系列则是以复古民族风及敦煌壁画色彩系列为主题，带西洋重彩风格。

在一幅题为《寒江夜雪图》的画作前，大牛与小燕同时停下来。这是前年京城下了第一场大雪时，瀚哲创作的一幅雪景作品。小燕紧盯着上面题的一首诗：

寒江夜雪寂无声，冷月书香伴读明。

遥寄他乡愁几许，重逢今夜梦中萦。

小燕若有所思，觉得这首诗似乎别有想法，她自言自语道：寒江雪？雪儿读书的时候，在市报上发表作品的笔名就是寒江雪，哦，我明白了。她抬眼望着瀚哲，瀚哲刚好也回头看着她，小燕指了指他，又指了指画上的诗，欲言又止，一脸诡异，露出让他捉摸不透的笑容。

中午，他们在美术馆附近一间餐厅，小燕为他做了个简单的专访，才知道他三年前才从国外回来，这三年一直在京都。瀚哲没告诉她自己在做什么，只是说在画画。

"难怪呢，在国外，看来混得不错。"

一旁的大牛说："那当然，成大艺术家了，能错吗？"

吃饭时，小燕突然问瀚哲："回来后，没和她联系？"

瀚哲假装听不懂："哪个她？"

小燕说："还有谁？寒江雪，雪儿。"

大牛一听到"雪儿"二字，放下酒杯，立即抢着说："对对对，雪儿。老兄弟，你和雪儿现在什么情况？在一起吗？快说来听听。"

瀚哲摇了摇头，长叹一口气，不无遗憾地说："都快二十年没见了，她现在在哪儿我都不知道。"

小燕吃惊，睁大眼睛打量瀚哲："真不知道她在哪儿？也不知道她的情况？"

"难道还骗你？"瀚哲无奈摇了摇头。

小燕满脸狐疑，低头不语。大牛有点扫兴说："雪儿也够神秘，听说二十几年来咱们同学里，她跟谁都不联系，像是人间蒸发一样，难道受了什么刺激？"

小燕脱口说："我听说她有……"然后突然想起了什么，停了下来，用手掩嘴，看着瀚哲。

瀚哲和大牛同时惊愕地大声问："雪儿有什么？"

难道小燕有雪儿的信息？瀚哲想。

大牛又补了一句："雪儿好像没嫁人。"

瀚哲听了，心里极度复杂，画展开幕那天，与阿贞妈妈一同出现的白衣女孩，与雪儿有关系吗？她长得那么像她。那眼神，就像是在雪儿的脸上复制过来的一样。但白衣女孩怎么会和阿贞妈妈一起出现在展厅呢？她们现在是什么情况？阿贞呢？阿贞怎么样了？雪儿在哪儿？肯见他吗？这近二十年来，他无时无刻不想着雪儿。可惜……他一点消息都没有。

"燕子，能告诉我雪儿的消息吗？"瀚哲定了定神，用恳切的目光看着小燕，几乎是以哀求的语气问。

小燕犹豫一下，眼镜背后那双眼睛分明透出复杂的眼神，她不敢看瀚哲，低着头违心说："我，我也没她的消息。"

女人天生的敏感，让小燕确信雪儿和瀚哲之间，肯定发生过很大的事。雪儿没有瀚哲的任何信息，瀚哲也不知雪儿在哪儿，甚至有瀚欣他也不知，她不知这里面有何原因，他和雪儿不说，外人谁也不知道。她当然也不方便告诉他她和雪儿、瀚欣有过联系，雪儿在搬去珠海前，也吩咐她说不要和瀚欣提瀚哲，而雪儿去珠海后，她也再没和雪儿联系，和瀚欣也极少见面。

大牛接着问："燕子，雪儿她们在哪儿？"

"我也不太清楚。"

瀚哲知道小燕可能有难言之隐，她不愿意说，也不能怪她，估计她可能了解雪儿的一些信息。但她不告诉他，可能有某些顾虑。她并不知道他和雪儿的过去，也不知道展厅第一天发生的事情，更不知道有白衣女孩的出现，而且女孩叫阿贞的妈妈"姨姥"。难道白衣女孩真是雪儿的什么人？想到这里，他不觉将内心纠结和愁苦的一面表露出来，闷闷不乐。

大牛没注意到瀚哲微妙的变化，只顾边喝酒边自言自语："我回去找五兄了解一下，老厂长经常在五兄那里理发，五兄一定知道老厂长在哪儿，找到老厂长，就能知道雪儿的信息。"

说者无心，听者有意，大牛不经意的这句话却让瀚哲眼前一亮，他一下子来了精神。他知道大牛口中的老厂长就是雪儿的爸爸。他心里当即决定和大牛回一趟家乡，向五兄打听雪儿爸爸的信息，只要找到雪儿爸爸，就一定能找到雪儿。想到这儿，他迫不及待对大牛说："大牛，今天下午我有两个师兄弟从京都过来采风，不如明天跟你回咱们家乡写生，怎么样？"

"好，好呀，那再好不过了，我这文化站的大站长，绝对会做好接待工作！何况是咱自家兄弟，就这么定了。来，兄弟，喝酒。"

"那好，就这样说定了。"瀚哲说。

第二天，瀚哲和从京都来的师兄老赵、师弟阿光，跟大牛一起回到他离开快三十年的乡下，海阳市三江镇。

瀚哲离开乡下比较早，乡里人除了一些年纪比他大，以及一些同学之外，好些年轻人，他基本不认识，真的是"儿童相见不相识"了。离开家乡这么多年，瀚哲的感觉既生疏又熟悉，有点物是人非之感。

这些年，叔叔婶娘、猛叔都先后走了，他哥也不知在哪儿打工，他满腔感慨，岁月不饶人。

到大牛办公室坐下之后，大牛习惯性摸了一下光头，叫两位老师不用客气，说跟着瀚哲称呼大牛就行，又补充说，也可叫他牛站，这里的人都这样叫他。

老赵和阿光听后笑，异口同声说："好，就叫牛站。"

三江镇文化站是一栋三层楼的小院子，首层是接待室和培训大厅，大牛介绍说，平时这里也搞些免费书画培训。在海阳市，三江镇文化站是明星文化站，搞得最有声有色，每当省里有政治任务或检查什么的，海阳市委宣传部都会把三江镇文化站作为首选。大牛也因此成了海阳文化界的一面旗帜。他组织的大妈广场舞团，得过市里比赛一等奖。

三人听后，竖起大拇指夸牛站就是高，值得尊敬。

三江镇是韩江的一个冲积岛，也不能说是岛，只能说是洲园，园内是平原，约六米高的堤围，沿岸围住这片冲积岛。

旧时环岛设有七八处渡口，早期靠人工撑渡，出入全靠这些人工渡船，分别通往鸵岛、海阳、瀛洲等地。后来改用电船。

瀚哲出走鹏城时，这里还没通桥，经济十分落后。当时坊间说：好嫁女远路，不嫁女搭渡。

早期，因为交通不便，三江镇人民只能依靠勤劳耕作，收入微薄。改革开放后，大有好转，但工业基础依旧薄弱，发展依然滞后。

也或许因为如此，这里依旧保留着乡野原生态的面貌，篱笆残桥小屋、鹅棚鸭寮鸡窝随处可见；村前瓜架，屋后芭蕉、龙眼、石榴、枇杷、木瓜，玉米甘蔗蔬菜大棚随处可见。人行走在乡野田间，呼吸着清新的空气，另有一种神清气爽之感。这些都让瀚哲一行三人无比兴奋，对他们来说，这是休闲放松的好地方。

以前，一到枯水期，韩江就会有一大片金黄的沙滩，沙质洁净细腻，沙里面有很多贝壳类和爬行类小动物，野生河鲜品种多。韩江又是天然泳池，一到夏天，韩江是男人们最爱去的地方。现在金黄的沙滩已经没有了，早期修建的唯一与外界连接的三江人民大桥，也因为过度采沙导致河床下降而一度成为危桥。

岛内因地震冲积出两三座小山，海拔只有四五十米，其中最出名的是鲤鱼山。鲤鱼山上有一座建于明朝万历年间的三元塔，由当时户部侍郎林熙春倡建，是三江镇的标志物。地震把塔上的葫芦顶及顶层震坏，塌了半层，三元塔于是成为危塔，但塔身始终屹立不倒。

鲤鱼山的山脚下，有一座关帝庙及一座禅隐古寺，山下鲤鱼潭渡口，就是三江镇有名的急水渡。

韩江至此，江面突然收窄转弯，水流特别汹涌湍急。旧时闽地和客州往鸵岛的船只，到此处必烧香跪拜，祈求平安顺利通过，故而这里得名急水，三元塔则得另一名字叫急水塔。

一路上，大牛昂着油光可鉴的头，边走边指这指那，为他们三人介绍。每碰到熟人，大牛就竖着大拇指，对人说："京城来的大画家，咱同学。"

一路走着，大牛兴致勃勃对他们三人说："阿哲，我老崔可不是吹，这文化站还就得我才能干得好，换别人，那就不一定。你画电影票都能画出个大画家来，我大牛搞一个小小文化站，会干不好？咱们是同学嘛，我能差到哪儿去，你说是吧！这次你们给我画几幅三江风景，挂文化站大厅里，咱就有底气，既提高了咱文化站的品位，也让我好好学习。上级领导来，也知道咱三江镇，出人才，能给咱三江镇长脸增光。"

阿光听了，一头雾水，偷偷问瀚哲，画什么电影票。瀚哲说那是读书时候闹着玩的，为了看免费电影，自己画票呗。

这边厢，大牛夸完自己又夸瀚哲，也不忘猛夸大胡子老赵，说他的胡子留得特别好看，从明天起，自己也要把胡子留起来。

老赵知趣说牛站如果留起胡子，那肯定更牛，说后顺手塞给大牛两包他从北京带来的香烟。

大牛受宠若惊，竖起大拇指，神神秘秘对老赵说："听说这是大官抽的烟，寻常可买不到，您真牛，能弄到，谢谢，谢谢。"

第二十六章

　　大牛毕竟是文化站站长，懂得画家喜欢的一些地方，他带他们到原三江公社政府的旧办公地址，这座旧屋在非常时期未受破坏，保存相当完好；接着，又带他们来到了驷马拖车的地主大宅幸福里。

　　幸福里是典型的潮汕建筑，里面有几块镂空金漆木雕，已被列为国家级文物。幸福里门楼左边雕的是桃园三结义，右边是三英战吕布；人物造型及表情刻画精微细致，惟妙惟肖。这些艺术精品出自清末民初海阳郡著名木雕艺人之手，真真是巧夺天工，刀刀见功力，让人叹为观止。

　　从幸福里出来，大牛提议去五兄的理发店，顺便让他们了解一下三江镇的风土人情。

　　瀚哲一直记着大牛的话，从五兄处能找到张老师。当然是极力赞成。

　　老赵与阿光也说好，觉得乡下人古旧的理发店，也许有故事。

　　一行人往理发店去。大牛边走边聊着五兄的趣闻逸事：五兄肚里故事多，见识广，说话又幽默。很多时候，大家伙儿来这里不是为了理发，而是来凑个热闹，喝杯茶，听听笑话，当是一种消遣。

没一会儿，一行人来到了五兄的理发店。

"老五，带几位京都来的大画家，让你认识认识。这位是我同学钟瀚哲。"

一进五兄理发店，大牛就往八仙椅上一坐，大声说，然后掏出一包香烟，抽出一支给五兄，自己抽出一支，然后姿势优美地、重重地将烟盒放在小茶几最显眼的位置上，盘起脚抖动双腿，悠然自得地抽起烟来。

"五兄好，我少时读书，也常在您这里理发，您功夫真好，大牛兄抬举，我们就一个画者而已。"瀚哲对五兄作揖、握手。

瀚哲四处打量，觉得整个理发店几十年一直是这个样子，和他少年时在这里理发时的陈设，没有分别，简陋得不能再简陋，只是眼前的五兄，比他少时见到的，脸上多了岁月的烙印。五兄一脸皱纹，略显沧桑，但一双小眼睛黑白分明，炯炯有神，一看就知道这瘦小老头充满睿智。

五兄理发店里使用了几十年的理发椅，差不多都能作为文物陈列在博物馆了。椅子可后仰放低，让人躺上去修面割胡子。椅放斜时，要用人工操作，椅背后有一弯如镰刀状的锯齿形铁片，像椅子的尾巴，约三厘米宽度，厚半厘米。椅子放斜让人上半身往后仰躺下时，靠这一格一格的弯尾巴来控制斜度。上了年纪的椅子，一放斜就叽叽作响，四只椅脚用铁皮包住，锈迹斑斑。墙壁上一面镜片，水银已严重老化，像是沾满鸡屎，略可照出人影。镜子旁边吊着一片不知剃刀在上面磨刮了几千万次、黑黑的、硬邦邦的剃刀专用帆布。两把上了年纪的剪刀和一把手工理发剪，三把剃须刀和一把专挖耳屎用的挖耳勺，几条沾满黄棕色汗渍、破着小孔的小毛巾和一个印有工农兵图案的旧式洗脸盆，加上三张油漆颜色已经褪尽、锃亮可鉴、没了木纹的八仙椅，这些就是五兄理发店理发用的全部家当。

瀚哲和老赵、阿光十分惊讶五兄这份坚守的功力。也只有乡下，才保留有这么古旧的理发店。

五兄理发店三四十平方米，除了理发用的这里还摆有一张破旧缺角的茶几、一套工夫茶具、几个裂痕明显、杯口残缺的茶杯，茶杯已经认不出底色，只知道白开水倒进去，已经是纯天然的浓浓茶色。这茶杯让人怀疑，似乎用了几十年都未洗过。

大牛介绍说，五兄理发店是三江镇甚至是整个海阳地区仅存的最老式的理发店。每天，只要五兄一开店门，附近几个村的老少爷们儿，就有不少往五兄这店里来，或者喝茶或者理发，也带来各地的街谈杂闻。这也难怪，人天生就带有好奇心。

五兄是一位十分健谈的小老头，知识面十分丰富，三教九流几乎无所不通。他祖上是客家人，从他父辈开始，就来到了海阳三江镇三元村，就此在这里扎下了根。外姓人要在乡里站稳脚跟，需要平时与人相处极为谦细，甚至是谨小慎微。五兄则略有不同，他能在此地扎根，并且还有不错的人缘，除了热情好客，能说会道也是起了极大作用。加之职业原因，他与社会各种类型的人接触得多，每天与不同的人交流，慢慢自然就形成了一种见什么人说什么话的交谈方式，四乡八里对他的评价都很不错。

五兄这里每天门庭若市，信息混杂，最能反映一些真实的社会声音，简直就是三江镇的新闻传播中心。

"请坐，我来冲茶，京城来的大画家，贵客贵客，难怪早上，我左眼眉毛老是跳，屋檐下的喜鹊也叫个不停，想不到真有贵人到来，让我这破店，蓬荜生辉。牛站，你看，今天店里的灯光都分外亮，你牛站在灯下的光头，都比平时油亮得多，真是人逢喜事精神爽。牛站，就是识得名人大家，本身也是牛人。"

听了五兄这番猛夸，大牛很是受用，摸了摸光头笑眯眯。

五兄边泡茶边慢吞吞说："当画家好，见的世面广，写生等于游山玩水，自由自在。"接着又不忘回头调侃大牛，说大牛的香烟肯定也是不用钱，就像在他这里理发一样，从来不给钱。

几个人听后，都轻松笑着。

大牛摸着光头笑，脸有点红，有点不好意思，给瀚哲几个解释说，虽理发不给钱，但他经常给五兄送烟送茶，也等于给了钱，比给理发钱还多好几十倍，自家兄弟不能算得那么清。

五兄微笑，顺便问大牛，说自从何雅苹何仙姑跟着步真走后，这两年几乎就没见平玉来理发，听说人也不在乡里。乡里人说平玉被何仙姑、步真弄惨，被阿九儿和吊灯弟糊弄疯了，是不是有这回事？大憨兄老婆何仙姑，确实有些能耐，能把几个男人玩得团团转，牛站和她是不是有一腿？

大牛听了，一下子面红耳赤，急急站起来，提高嗓门说："天就知，我不过写几个字给那骚妇，她就到处炫耀，我特后悔。我在灯下发誓，那种骚婆娘，看见都爱呕，我有那么低档次吗？腰龟（潮语）五，不要乱弹琴，你别害我。"

五兄略驼背，大牛偶尔便骂他腰龟。

五兄听后哈哈大笑，说就是开个玩笑。

瀚哲立即打圆场说，肯定是开开玩笑，大牛是正派人，搞文化工作的文化人，肯定不会乱来，不要介意。大牛听了脸色稍微好了点，聪明岔开话题，然后打电话给当书记的阿九儿，说这两天带人去鲤鱼山画三元塔，后天去他办公室找他。

这边，老赵对五兄说："五兄，您这份坚持，可真了不起。"

"还真是，跟你们画画一样，慢工出细活嘛，心静就行，能糊口。最重要的是，我怕寂寞，每天来我这里的，什么人都有，街谈巷议的信息也多，能说的天南地北，会吹的头头是道，每天这里笑声满屋，我容易过日子，大家开心就好，是吧。"

大牛听了不忘恭维五兄几句："五兄在这里远近闻名，过去三江公社的老领导，理发一直只认五兄，现在虽然退休，搬到城里住，但隔三岔五就往乡下来，为的是与五兄这份感情，说白了就为了叙叙旧，何况五兄修脸剃须的功夫极好。原来公社书记那批老领导都只认五兄理的发，服装厂的老厂长也经常来五兄这里。"大牛说得五兄笑眯眯，受用不浅。

"服装厂的老厂长？是不是雪儿爸爸？"瀚哲明知故问。

大牛接着他的话说："就是就是。"

"哦。"瀚哲若有所思，随口应了一声。

五兄对瀚哲说："是，老张固定在我这里理发有几十年了。记得他以前曾经提过你，问我认不认识乡里一个叫钟瀚哲的年轻人。说你算是他半个学生，还是他把你推荐去鹏城。可惜后来你音信全无。"

五兄一提到雪儿爸爸，瀚哲身子不自觉抖了一下，刚拿到嘴边的茶倒了一胸口。

瀚哲很快镇定，对五兄说："是的，五兄，老厂长对我恩重如山，他肯认我这个学生，是我的福分。不知道他老人家现在怎样，我一直惦记他。如果能再见到他，也算三生有幸。之前是我做得不好，对不起他老人家，没有主动问候他老人家。"

"你这不回来了吗？肯定能见面。五兄，把最好的茶叶拿出来，重新换一泡茶，喝完茶我带他们到外头转转去。"大牛说。

五兄从一个柜子里拿出一小包茶，说："牛站，上次你拿来的东方红，就剩下最后这点，下次来时，记得带点来。不然你三天两头往我这边来，次次要喝好茶，我供不起。"五兄说完自嘲地摇摇头。

瀚哲看着五兄换茶叶，拿茶的手抖得厉害。

老赵对五兄说："五兄，打扰您，谢谢您盛情招待，从您这边学到很多很多东西，您的这种平常心是画者必须具备的，谢谢您。"

五兄说："你客气了，我就是图个简单，虽然理个头发才几块钱，一天理上十个八个，也能安排好我自己的生活，不用给孩子增添压力。这年头，年轻人也不容易。"

阿光说："五兄，能把简单的事做一辈子，这本身已很不简单。佩服，五兄。"

大牛一手摸着自己的光头，一手摸着将军肚对五兄说："下次来，一定给你带茶叶，别的没有，几斤免费茶叶还真有。"

几个人跟着开心笑，笑声弥漫五兄整间理发店。

乡下的晚上，没有城市的喧哗，寂静得让人几可入定。乡里大宗祠前半月池旁的大榕树下，瀚哲儿时与大牛夏夜经常在这里纳凉聊天，半月池也留下过他们的很多印记。

晚饭后，瀚哲和大牛来到半月池，两人坐在大榕树下石凳上。天上，月明星稀，云高气清；地上，半月池水清如镜，倒映着天上的星星和大榕树的影子，从水面倒影看，大榕树就像长到天上，正伸手抚摸着天上的星星。池里偶尔响起几声蛙声，不知名的小虫虫杂叫声，一些淘气的小鱼儿偏偏游上水面透个气，或是跳跃出水面画下一条小抛物线，硬是将倒影美丽的画面，弄出一圈圈小涟漪。霎时，镜面被弄破碎了，过一会儿，水面恢复平静，又是镜面的倒影。见到水面的反复，瀚哲脑子里却是一种破镜重圆的感觉。不觉触景生情，破了的水面极易复原，他和她，破镜重圆，今生今世，能吗？

瀚哲面对半月池凝神发呆，仿佛半月池里沉积着他匆匆那年的故事，他似要努力从清蓝清蓝的池水里，捞起他的记忆，脑子里情不自禁浮现出雪儿的影子，心里对自己说：钟瀚哲啊钟瀚哲，雪儿当初是怎么对你，到了今天，你却把自己弄成这个样子，与雪儿成了陌路人。居然没了雪儿的信息，快二十年了，人生有多少个二十年。生活真的如一场戏，戏里的你又是什么角色？

瀚哲抬头看着身边自顾吧嗒吧嗒很是享受抽烟的大牛，心里很是羡慕。又感叹身边坐着的是大牛而不是雪儿，如果此刻陪伴他的是雪儿，在这美丽的夜色下一起回味着从前的一切，那该有多好，多有诗意。可惜，雪儿还记得他吗？她发过誓他是她的唯一，除了他，她不会爱上第二个男人。但他不知道与雪儿能否还有相会之时，雪儿与他已是天南地北，形同陌路了。想到此，他内心一阵强烈的寂寞感油然而生。

他默默在心里说：雪儿，不是因为寂寞才想起你，而是因为太想你才寂寞，寂寞的感觉之所以如此之重，只是因为想你想得太深太深……

人在某种特定的环境之下，往往会触景生情，会勾起很多心事。他不觉又想起展厅里的白衣女孩，难道她真是雪儿的女儿？小燕为何欲言又止？如果白衣女孩是雪儿的女儿，他应该为雪儿感到高兴吗？会祝福雪儿吗？

一想起白衣女孩，瀚哲脑子里立刻有点昏乱，一下子闷得发慌。

这时，正逍遥自在抽烟的大牛，忽然问："阿哲，这次来鹏城做展览，是顺便来找故人的吧？找雪儿？"

"说什么呢，展览，包括来写生，都是正事，找什么雪儿，不要瞎猜。"瀚哲用严肃的语气，掩盖着心虚对大牛说。

大牛听了，呵呵傻笑着，半信半疑。

瀚哲见状，有意岔开话题说："大牛，记得初中时有一晚，咱俩在这里聊天，那晚小燕妈给了你两个烤番薯，你说吃多了番薯老放屁，不敢多吃，分了一个给我。"

"记得记得，那晚的情形有点像今晚。池塘坎上不时忽然响起一串蛙声，水面上也偶尔在不同位置冒出一些大水泡。记得当时我说的，水泡是池里的鱼儿在放屁，因为我在池里游泳时，一放屁也会冒起一大串水泡。"说完一阵大笑。

那时候可真好啊，虽然总是吃不饱穿不暖的。听了大牛这番话，瀚哲心想。

"兄弟，当年你去鹏城后，雪儿高中毕业后也去了鹏城，你们俩为什么最后没在一起？到底是什么原因？同学们说你移情别恋。听说当年雪儿妈妈把你从服装厂赶走，是怎么一回事？有这回事？"

大牛忽然的问话，打断了瀚哲的思绪。

"过去的事就让它过去吧！匆匆那年的那些事儿，一提就伤心，时空也不能倒转，只能说是我和她有缘没分。"瀚哲摇了摇头，苦笑着对大牛说。

大牛却不知趣继续说："想不到画电影票画出个女朋友，可惜最后成了陌路人。唉！人生总有悲欢离合，当年你是怎么追雪儿的？到现在，没有一个同学知道你是怎么追到雪儿的，也不知道你们后来，因为什么分开。我问过小燕，她也说不清楚。你能告诉我吗？"

瀚哲没直接回大牛的话，倒是想起大牛办公桌后面墙上，挂着的用汉隶写的王维的两句诗：白首相知犹按剑，朱门早达笑弹冠。

想到这儿，瀚哲反问大牛："怎么这样失落，办公室挂那两句诗？"

"唉，这年头，'人款'不好，什么都不行。"

"人款？不明白。"

"人，就是上头有人，款，就是人民币。我上头没人没关系，又没钱，谁帮你提干，又不会阿谀奉承拍马屁。这文化站站长，我一干就十几年，却一直提不了。走马灯似的换了多少届领导，还是这破站长，美其名曰我就是搞文化的料，最合适。高中大学的很多同学，现在都是教授、处长、电视台长了，就我这三江镇小文化站站长，人家也看不起。连阿九儿这家伙，自从当上三元村支部书记，也狗眼看人低，说话也不尊重人了。这世道变了。"大牛摇头苦笑着，抽了一口烟，习惯性摸了摸光头。

"这不就是生活嘛！我觉得你很不错，实际上再大的官不也是一样一天三餐，能吃得多少用得多少，天天大鱼大肉唱歌喝酒也不是好事，会把身体弄坏，还不如清淡点过。只不过你现在还不找另一半，确实让我意想不到。你还苦苦等着？"

"唉，一言难尽，我还咋找啊。"大牛说后，猛抽一口烟，然后跷着二郎腿，不时用一只手揉弄着脚指头，似乎在抓痒，抓完后把手拿到鼻子上闻，再抓再闻。

大牛见瀚哲正看着他，觉得不好意思，脸红红地看着他，对他傻笑。

瀚哲暗暗摇着头苦笑，提议回文化站。大牛说："好，你们今天刚到，早点休息，明天我带你们去鲤鱼山三元塔。"

第二十七章

第二天，上午，大牛带他们参观了三江镇抽纱刺绣非遗陈列馆，下午，带他们去鲤鱼山三元塔。

到了鲤鱼山，大牛第一时间带他们去山脚的关帝庙上香。大牛半掩嘴，神神秘秘一副老江湖的口气，说关帝庙灵，上炷香保个平安。

庙里的师父对大牛毕恭毕敬，偷偷塞两包烟给他，看得出，大牛平时常来。

大牛说镇领导换届好像走马灯，轮转快。每一届新书记、镇长上任，他都会带他们来关帝庙烧香。当然是保三江镇人民平平安安，各乡各里的老百姓生活日日向好。

在鲤鱼山下转了一圈后，大家觉得这里很适合写生。这里三元塔、关帝庙、禅隐古寺连成一片，山下是成片的芭蕉竹林，山上各种树木，把鲤鱼山上的三元塔，衬托得非常有气势；茂盛的一簇簇绿，与塔身灰色调十分协调；关帝庙和禅隐古寺，更是画里不可或缺的景物；山脚韩江急水渡口的小轮渡，等着过渡的大人小孩，单车摩托车，停泊在江里的小船，是画里天然的临水场景；码头边上几间小石屋，依着堤围而建，高低错落，古朴而有入画感。堤围内一小埕，竹林榕树相间，大榕树下有两头黄牛，石屋前，墙上放着农用工具，埕上有一张农家小木桌，几把简陋小竹凳。几位村姑大嫂在榕荫下绣花聊天，鹅寮上有一瓜棚遮着，旁边的菜地种着绿油油的菠菜韭菜天津白、厚合和芥菜，几只鸡儿正在觅食，远处两只正在嬉戏的小狗儿，不时发出开心戏耍的声音。偶有一只大点的黄毛狗，机灵地从远处匆匆忙忙跑了过来，不知要往哪里去。忽然停了下来，竖起耳朵，也不知听什么。堤围里面远一点，是成片的庄稼。灌溉水利沟，就像天然的切割线，纵横交错，有斜线、直线和横切线，把片片田园隔成大小不一的图案；几个鱼塘点缀其间，鱼塘旁有树木，金凤花、柳树之类，挨着树下，搭着一些零落简陋小木屋，鱼塘里网箱竹排，鹅鸭成群，一片岭南水乡原生态气象。

眼前这些景物让画惯北方名山大川的老赵和阿光，大呼美轮美奂。他们感慨，在这里才能真正体会到瀚哲画的那些田园山水，那是一种从骨子里发出来的朴素的原生态之美。

定下在这里写生后，阿光提议上三元塔远眺，大牛却极力阻挠，说塔年久失修，裂痕明显，随时有崩塌的危险。并且乡里人传说塔有塔神，有些灵异的东西，已没有人敢上去。

大牛提议乘船到韩江对岸，往三江镇这边看，把韩江急水渡码头渡口、关帝庙等建筑物，都入到画里，画面会更完美，更有观感。

众人听了，都觉甚好，便乘了一人一元的渡船，突突斜过江面到了对岸。上岸后往三元塔方向回望，视野似乎一下子开阔，上游江水迎面而来，江面显得壮阔。远景可见海阳大桥及笔架山。一江两岸之胜景让人心旷神怡，宠辱皆忘。

老赵大赞牛站长有牛眼光，难怪能当文化站站长。大牛一手摸着将军肚，一手摸着光头，笑眯眯沾沾自喜。

闲聊一番后，老赵与阿光对着田园胜景，就地拿出画具，开始着手画画。

瀚哲和大牛两人则在一旁闲聊。

待老赵和阿光各画了两幅写生，招呼他俩过去欣赏，四个人才发觉，太阳快下山了，便搭急水渡回文化站。

回来路上，瀚哲脑子里想着这两天的所见所闻，不知不觉又想起雪儿，这么多年她是怎么走过来的？白衣女孩是她的女儿吗？如果是，她的爸爸会是谁？雪儿没嫁人？难道那晚……

瀚哲决定找个时间单独找五兄，先打探打探雪儿爸爸的信息。

第三天，大牛带瀚哲三人来到三元村村委会办公室。

办公室进门大厅正面墙上，挂着领袖像，左边一面国旗，右边一面党旗，国旗和党旗下面挂满各种锦旗奖状，下面是各时期党员生活会的照片。

大牛一进门就大叫着阿九儿书记，就听有人房里"嗯"了一声。

早已经在这里等着的阿九儿，见他们到来，热情招呼道："贵客贵客，来，坐坐坐，老吹你先帮着招呼，我处理点急事。"

大牛平时说话有点吹，阿九儿便叫大牛老吹。

阿九儿没起身，坐沙发上，边说边弄着手机。等他们坐定一会儿后，阿九儿才瞄瀚哲一眼，放下手机慢吞吞说："听老吹说，瀚哲混成大画家了，了不起。读书那会儿，就知你这大情种有前途。"

瀚哲说："大牛抬举。"

"大情种，什么风把你吹来的？我记得很多年前你第一天去生产队赚工分挑肥，我叫你勿来做田，你唔是做田人，是不是？还是我有眼光。做田惨啊，赚无食。"阿九儿说完，掏出一包烟，给阿光老赵和大牛各派了一根，才招呼他们喝茶。大牛则掏出老赵给他的香烟，高高扬一下手，动作优美地放在茶几上。

瀚哲笑着对阿九儿说："书记过奖，我就是一个靠画画为生的人，不是什么大画家，不要听大牛瞎吹。"

阿九儿瞄了一眼他们几个人说："雪儿最近好吗，咋没一起回？三江最漂亮的一个女孩就跟着你走了，伤了多少人的心啊。"

瀚哲一时哑口无言，不知说什么好。所有人望着他，场面一时有点尴尬，瀚哲苦笑着摇了摇头。

阿九儿看大牛的香烟，眼前一亮，问大牛："老吹，弄包假烟在我面前吹呢。你咋弄的，帮我弄两条来，我送领导，咱不差钱。"

大牛白了阿九儿一眼，没好气说："就你的才假，以为像你，什么都假。"

阿九儿让大牛在外人面前这么一说，脸涨得一会儿通红一会儿铁青，急得脖子上青筋凸露，颈上像爬满蚯蚓，十分难看，一时气得说不出话来。他狠狠瞪着大牛，但在外人面前，他不便发作，只能是强忍怒气，皮笑肉不笑，阴阴说："牛站，说话注意影响，还好瀚哲是咱同学，不然人家还以为，我是凭什么当上这书记。瀚哲你说是吧！基层工作相当难做，无人愿意做，本来我包鱼池做得好好的，一年也能赚些钱，领导偏偏做工作，叫我来当书记，说我亚是勿做，俺乡里无人能做得起这个书记。镇领导去我家三叫四请，我才出来干这苦差事。赚钱无，甫胶仓仔有。我要是不搞活点民俗文化，搞点创收，能压得住？乡里处处要用钱，我去哪里找钱来用。天后宫香火旺，大憨嫂就有两角钱好赚，我不就是想尽办法为村民办点实事嘛。"

"对对对，书记说得没错。大牛，别乱说话，喝茶。"瀚哲忙打圆场，又说，"烟是老赵给大牛的，不假，从京都带来的。"

老赵一看这场面，忙笑哈哈说："书记好，我在京城老听瀚哲夸你呢，现在乡村书记确实难当，最基层也是最困难。大牛站长昨晚还说你一当上书记，就把三元村搞得很好，阿光也在场，是吧，阿光？"

"是是。"阿光也忙赔着笑说。

"可不是嘛，瀚哲是个明白人。谁稀罕这书记，好多人说我用钱买的这个，其实要不是镇长老跑我家，说我房脚在三元村是大房脚，人多势众，只有我出山，才镇得住那些社会仔，大乡里什么人没有，如果不是因为这样，我正勿出来做这破事。日日做三陪，不是陪聊陪玩，就是陪食酒，一天就喝喝酒握握手，食酒食到惨死，有时一日三四次。另外，乡里人家里有个什么乱七八糟的事都来找我，我还真不愿意干，烦死人。咱有钱，什么事不好干？难道食饱无事做，偏偏做这吃力不讨好的事！"阿九儿得意地发牢骚。

"是的是的，贤者多劳，贤者多劳。"瀚哲忙附和，心里却嘀咕：难怪大牛一直提升不了，这说话的方式，也太让人难堪。

"不就开个玩笑嘛，谁不知道你这大书记是三江镇最牛的村支部书记，有事找你还真行，镇党委书记镇长都给你三分面，不然咱画家同学来了，我能第一时间就带到你这儿来？我带他们来是拜个地头老爷，你说是吗，大书记？"大牛也知趣地把话圆了回来。

阿九儿听大牛这么一说，纵然有多生气也只得强作欢颜。

正说话间，瀚哲的另一位同学有才走了进来。

有才现在是三元村的治安主任，村民叫他吊灯弟。有才本来长得模样不赖，因为右眉与眼睛之间有块一出娘胎就带来的胎疤，颜值一下子变成负数。偏偏说话又带着口吃，眼睛还不停地眨，这小动作加上看人猪视眼，大大降低他的可观赏性。他读书那会儿成绩特别差，经常欺负同学，下课留堂、罚站、清洁厕所那是经常发生在他身上，又时不时干些偷鸡摸狗的事，所以给同学们的印象不是那么好。但他也有一大"优点"，当时学校成立宣传队排戏的时候，老师让他当汉奸狗腿子，角色选得十分合适。吊灯弟骨子里就是这类人，汉奸帽一戴，脸上的妆加了一些麻点，开襟的民国版唐装衫一穿上身，不扣扣子，在演日本鬼子大佐的阿九儿面前，点头哈腰、阳奉阴违的样子，简直就是电影里面的狗汉奸，也把阿九儿趾高气扬的傲慢衬托得十分到位。

听大牛说，有才承包了乡里百多亩的大鱼池养牛蛙，占用几十亩菜地，但一直不给钱。由于不善经营，又终日赌博，亏了很多钱，银行贷款一大堆。但这家伙居然入了党，还当上了村治安主任，也是三元村的一号人物。

"哇，人这……这么多，这……这么热闹？老……老同……同学瀚瀚……哲，什么……什么时候……回来的？"

有才进门这两句话，是费了吃奶的力气才说出来的。他好像刚从鱼池回来，脚上穿着拖鞋，裤脚一长一短，上衣没扣，裤头也不用皮带，松松溜得低低，让人看见里面蓝青色的内裤。见瀚哲在盯着他肚脐，他不好意思地将脏兮兮的衫往下扯了扯，扣了最下面那个扣，总算遮了点丑。但这第一印象，已经让瀚哲肚子里好像反了胃，直要吐出黄水来。

有才掏出一包香烟分给众人，分到瀚哲这里时说好久不见，问瀚哲是不是和雪儿结了婚，雪儿现在怎么样。

瀚哲一听他提起雪儿的名字，浑身发麻不自在，全身起满鸡皮疙瘩。雪儿这两个字在此人口里说出来，他真的想吐，这种人叫他名字他都觉得不舒服，何况他心中圣洁的雪儿。瀚哲不知如何作答，也难怪，同学中就吊灯弟碰见过他与雪儿约会。

最后瀚哲还是礼貌地对有才说："有才主任，我刚回来，听说你是有名的种养专业户，这可是农村政策大力支持的，可喜可贺，老同学有出息，我也高兴。"

"是……是啊，可信……信用社……主任就……就不肯贷……贷钱……给我，阿……阿狗（有才叫阿九儿阿狗）书……书书记，你你……要出出……面帮……帮我！"

"你这个吊灯鬼，笨蛋，上次不是教你叫老员晚上收垃圾的时候，去信用社后围墙，往上面玻璃窗掷石头吗？石头一掷，信用社李主任肯定来找我，我住说这保卫工作是你个责任，叫伊找你不就OK吗？伊找你办事，你住叫伊物贷款，贷款个事住好办得多。你这个主任是怎么干的，蠢猪。多动动猪脑子，勿探日甜去发廊洗脚店卡拉OK花天酒地，吃喝嫖赌，去KTV一夜千外二千元地花。"

阿九儿边说边笑着，沾沾自喜，也许他觉得自己很有办法，既为有才办了实事，也教育了有才，点子聪明。

几个人听后却都无语。

瀚哲觉得没必要在这里再浪费时间，向阿九儿道了别，几个人往老屋区走去。

瀚哲出生的大宅是青砖建的，位于乡里最中心，也是乡里最低洼之地，旧时一下雨大外埕就积水，人回家就像走在河里。

　　这是座坐西向东的明代建筑，海阳保留最完好的明青砖墙，就剩这一处。在震位开的正门，巽位有一口井，似乎应了易理的一句："巽风吹人贫，巽水养穷人。"主座的青砖墙有四五十厘米的厚度，古代没有水泥，用一层一层的青砖叠加砌成。

　　据说这座旧屋是标准的双背剑格局，第一进的门楼已经塌了，石门斗孤单立着，石门斗的门第，中间断成两段，门楼两边的残墙，连着左右各两间大房，也都塌得没了屋顶，屋里的土埕上，各自长着一株茂盛的鸟榕，努力地向空中发展。两个前房，厝顶也快塌完，偶尔伸出来剩下的几条木板。进了门楼是天井，天井是用大约宽五十厘米、长两米的花岗岩大石块铺着，长满茂盛的杂草，狗屎花几乎是这里的主人，堂而皇之占着能占的空地，茁壮得有点放肆。一行人进来时，惊走了几只正在觅食的鸡儿。

　　天井再进是第二进主大门楼，大门楼所有石材都是优质大理石，大门楼至今几百年，天然石色洁净，依然不见一点杂质发黑，可见气韵还在。石门斗横楣两边，有两个圆形螺旋纹浮雕，大门两边几处造型石刻也是明式，简洁为主，雕些吉祥的图案。正门门楣上的大石匾刻着"钟氏家庙"四个大字，据说敢用家庙二字的，必须是御赐。瀚哲祖上是常州游击，三品武官。大门楼基本还算完好，但第二进天井后的大厅及左右的房都塌了，也是狗屎花的地盘，长满整个天井和后厅，有一人多高，人走进去，会被淹没。

　　门楼两边仅有两间还未倒塌的前房，门半开着。

　　整座大屋唯有四周青砖墙是完整的。

　　一路走来，老赵和阿光不时向大牛问这问那，大牛耐心介绍。

一行人不知不觉来到了天后宫。

天后宫已经恢复原貌，香火很旺。进门正殿供着天后圣母娘娘金身，天后圣母娘娘塑像慈眉善眼，脸带笑容，雍容华贵。上面有一金字牌匾写着"海不扬波"四个字，供案之上香烛灯油，签筒胜杯，香炉水果，一应俱全。进门左边还有一很大的功德箱，用锁头锁着，大牛说只有阿九儿才有锁匙能开。

几个人慢悠悠在天后宫逛了一遍，已是到了午饭时间，大牛领着他们到三江镇远近闻名的大耳小食店吃午饭。

走进大耳小食店，高大体壮、肥头大耳、光上身、项上挂着大金项链的大耳兄笑容可掬迎了上来。

小食店的品种繁多，各种潮式小食几乎都有：牛肉丸、猪肉丸、灌面沙茶粿、浮豆干春饼、鸭母捻、鼠壳粿、粽子、菜头粿、芋丝粿、甜芋汤、粿汁、甜地瓜汤等，品种丰富，丰俭由人。大牛给每人各要了碗沙茶粿，每份配了一碗手打猪肉丸汤。

瀚哲已经好多年没享受过地道的本地小吃了，阿光和老赵更是吃得津津有味。大耳兄走过来，介绍说，他的店出品的小食，用的都是真材实料，特别是那锅猪骨汤，更是用文火熬了一晚上，汤里不用味精，味鲜而有营养；肉丸是自己手打，大耳兄边说边炫耀自己两条手臂，让他们看肌肉有多结实。接着，大耳兄对大牛说："牛站，能给写几个字吗？大耳食店。如果可以，我这小店也算挂上幅有名头西父（潮语，师傅）字画、你牛站名头响当当，乡里人也不会再说我大耳是卖豆芽出身的土包子，肚内倒滴无半点墨水，无文化。"

大牛比着OK手势，很爽快说："OK，OK，没问题，这事包在我身上，最多今后来吃饭你少收钱就行。"

大耳兄千恩万谢猛谢大牛，说中午这餐不收钱，就当他请大家。大牛连连在大耳兄面前比大拇指，红光满面，笑容甜美地摸了一下光头，掏出烟，抽一根给阿光，自己点燃一根，舒心吸了一口，看着瀚哲等三人。老赵阿光也够精，忙不忘夸他几句，瀚哲心里却不是滋味。

回文化站的路上，瀚哲问大牛："大牛，你说雪儿爸爸经常去五兄那里剃头，是吗？"

"我不大清楚，我没碰见过，都是腰龟五说的，腰龟五有时候就喜欢吹，提些德高望重的人给自己装门面。"

"你知道雪儿他们一家住哪儿吗？"瀚哲有意无意问大牛。

"我不知道。也许小燕知道，但上月小燕回来，我问她，她说与雪儿很少联系。"

"小燕跟雪儿有联系？"瀚哲追问。

"这个我真不知道，好像也没有。前几天在鹏城，小燕不是说不知道雪儿的消息吗？不过以前她们坐同桌，感情不错，有联系也不一定。"不过，我曾听腰龟五说雪儿爸爸经常去珠海。

"噢。"瀚哲觉得在大牛这里已经得到他想要的信息，便不再问了。

回文化站稍做休息后，瀚哲便往五兄的理发店去。他觉得五兄是个很有趣的人，此行说不定有意想不到的收获。

"嗯，就我一个人。五兄好，下午咋这么静，您一个人？"店里只有五兄一人，瀚哲来得正是时候。

"你真会挑时间，哈哈，快请坐，我这就冲泡好茶。"五兄见了赶紧把茶叶换了。

"谢谢五兄，听大牛说您剃头功夫一流，老领导经常跑您这儿理发？"瀚哲直接切入主题。

"这与功夫一流不一流没关系，人到了一定年龄，就会怀旧。我给那些领导理了几十年发，他们喜欢到乡下来，与我这小老头聊聊天，叙叙旧，顺便剃个头修修面，城里剃头不修面他们觉得不舒服。"

"是啊，老领导还保留着朴素的传统，不过这也是您手艺好，不然他们也不会来。听大牛说服装厂的老厂长也常来，他最近来过吗？"

"是啊，一些升到处级厅级的老领导，也没架子。嗯，你说老张啊，他好长时间没有来了，去年底来过一回，带了两斤好茶给我。他说外孙女上大学了，好像也是学画画的。他退休后去了女儿那儿。他女儿已有二十多年没回来过，他舍不得离开家乡，但女儿坚决不回来，最终他还是决定去女儿那边。"

"他们住哪儿？"

"珠海。"

五兄的话让瀚哲大概了解到雪儿的一些情况，从这些信息里，大约可以确认雪儿有一个女儿。

但这信息无异于晴天霹雳，他呆了好一会儿。他内心更关心的是，雪儿丈夫是谁？这些五兄肯定无从知道，雪儿爸爸也不会随便说。而展厅出现的白衣女孩，真的可能是雪儿的女儿，那么，雪儿是什么时候结婚的？

瀚哲打定主意，一定要再找小燕聊聊，她那天吞吞吐吐的样子，表明她可能知道些什么，或者大牛当时在场，她不愿让大牛知道，又或者雪儿吩咐过什么，反正，她应该有雪儿的消息。

五兄见瀚哲发呆也不打扰，只是慢悠悠冲茶，他似乎也知道些什么。

　　过一会儿，瀚哲定了定神，顾左右而言他，说："五兄您的茶就是好喝。"他不知道雪儿爸爸对五兄说过多少雪儿的事，不敢再谈这方面的话。

　　"这茶就是老张厂长拿来的，很不错的锯朵仔。"五兄说。

　　"你准备在这儿待几天？"五兄又问。

　　"可能会多待几天，看大牛安排。对了，五兄，天后宫怎么变成这样了，鱼虾蟹赌摊就有两堆，这可是聚众赌博，违法的，难道派出所不管？大牛还说什么步真、何仙姑？何雅苹怎么变成何仙姑了？她是我小学同学，听说她嫁给了大憨，现在好像不在乡里，我好像在京都见过她，这和阿九儿有关系吗？"

　　"何仙姑、步真、阿狗、吊灯弟这群人，不提也罢，一提话就长啦。阿狗书记简直是村匪村霸，猖狂得让人无语，他为所欲为，破坏村办公室监控，偷拿公章出去给不法商人办事，涉及的是土地问题。曾听说过派出所要抓他，镇纪委也要立案，但不知为什么，最后，也是不了了之，如果要抓，要抓好几十次。"

　　接着，五兄便向瀚哲娓娓道来天后宫这些年的变化。

　　自几年前步真进驻天后宫那一天开始，何雅苹就被阿九儿安排为步真服务。她每天买菜、煮饭、洗衣服，什么活都干，天天都往天后宫去。

　　与何雅苹有染的平玉暗地里恨极阿九儿。

　　实际上，何雅苹与步真是老相识。步真就是何雅苹在京都夜总会工作时的老板贾怀仁。贾怀仁当时因为犯事被关了几年，何雅苹也因此离开京都。出狱后，贾怀仁在京都混日子，他在三环的天桥底下摆过摊唱过歌，当过临时演员，当然，他也学过做正经生意，最终却欠一屁股债。最后，在同乡一位高人的点拨下，他还剃发出家。

这两年步真辗转到海阳，在开元镇国禅寺、四望坪的祥云古寺，都待过一段时间，最终都因六根不清净，被赶出。后来，不知在哪里碰到阿九儿，阿九儿带他回来，收留他，并安排住进天后宫。步真对阿九儿自是千恩万谢。

阿九儿有头脑，弄来了步真。步真毕竟是外乡人，人生地不熟，阿九儿便安排何雅苹为他服务，他每月拿出一千元给何雅苹发工资。

何雅苹当然想不到在这里竟然能碰上京都的旧人。

本来嫁给大憨，何雅苹倒想安分守己过正常人生活，一开始她对大憨娘也孝顺，大憨也真心对她好，努力挣钱回家，日子虽然平淡，也算有个好归宿。遗憾是她怀不了孩子，有自身原因，也有大憨的原因。

前几年，平玉骗她说有祖传偏方，能帮她怀上，她就此与平玉搭上，不久与阿九儿也搭上。她终究还是耐不住寂寞。

何雅苹自去天后宫上班后，便再也没进平玉的大门半步。以前却不是这样，那时何雅苹总找着词儿往平玉家里去，大白天里也不顾及乡里人异样的眼光，大摇大摆地进出自由，孤男寡女鬼混，惹得乡里人背地里议论，但何雅苹就是不管这些。

三元村人从远古起，就有崇尚美德的优良传统。旧时也有一位外来的师父住在村里，那时乡里有一禅隐古庙，就在如今天后宫的后面。老师父却当然没有如今步真这种气派，有专人侍候，出入有好车开。

听老人们讲，当时那位师父，名字倒不知道，号苦瓜。苦瓜师父道行高深，法力无边，能治病救人。比如有人吃饭给鱼骨鲠着，到了庙里，师父取一长约十二厘米、宽三四厘米的红纸，用手在红纸上面乱画，口里念念有词，画完之后，取出一小碗，倒半碗温开水，师父将红纸在碗里点火，化了，让来人喝下，来人便没骨鲠之感，竟舒服如初。又如有小孩夜哭，抱到庙里，苦瓜师父也是照样画符，也是画后取那碗，倒半碗水，一样化后让小儿喝下，哪怕是只喝下一点点，其后小儿也不再闹哭。

据说苦瓜师父出身京都怀柔云梦山鬼谷子门下，不知是哪一代的弟子，后又在三清山丘处机道长门下一脉受教，气正脉清，亦僧亦道，乡里人特别尊重他。某日苦瓜师父云游至三元村，于禅隐古庙住下来，化缘修庙，治病救人，一段时间后，三元村禅隐古庙远近闻名。可惜，解放后乡里人竟不知这老师父去哪里了。据说师父留下的那个符碗，给了平玉他爸。据说这符碗，就算师父不画符，倒水下去，喝下也能治病。不知是真是假，毕竟只是传说。

早些年，平玉没固定职业，偶尔在网络上发表一些艳情小说，在报纸也发表过几篇街谈杂议，对外自称是自由撰稿人。

平玉看书成瘾，自夸喜好研究易学，那几年帮人看地理风水、五行命格。他弄一个假翡翠绿色手镯戴着，自号"玉手环"，四乡六里颇有名气，一问"玉手环"，就知道是三元村的平玉。

本来平玉生活也不愁，一人吃饱全家不饿，性格也很和善。自从他二十几岁那年，新婚妻子过完洞房隔天就跑了，之后他便变了性格，孤僻，不喜与人说话，不愿再娶老婆。乡里人暗地里说，平玉是给人看地理风水，受了反噬精神出问题了，人也有些疯疯癫癫。

平玉自此守着祖上留下来的、天后宫北边一墙之隔一座四点金青砖大宅，一个人过日子。

何九儿承包了天后宫后，平玉便骂阿九儿贪乡里集体的钱，晚上干些见不得人的事，搜刮乡亲钱财。他骂贾怀仁，说怀仁两字拆开就是心不仁，还姓假，十足就是假的，法号步真，步真就是不真。平玉也骂骂何雅苹，说等大憨回来，一定把这娼妇的事给大憨说。

大憨长年在外做泥水活，一年回不了几天的家，大憨又不带老婆出外，因此何雅苹在乡里，几乎让人忘记她有丈夫，守活寡一样过日子。

大憨脚长手短，手指短，硬如竹节，人甚壮实，高个且肉头，皮肤粗黑，脑瓜儿却不大好使，死脑筋，话不多，站着不说话就木头一段，一看像个呆子，不过好在他做事踏实不偷懒，因此也不让人讨厌。

大憨虽是身体健壮，结婚十年有多，偏偏没生个一儿半女。在乡里人面前，何雅苹觉得竟矮人一截，闷闷不乐过日子。更难以启齿的是，她早年在京都自身弄坏身子不说，大憨看似粗壮如牛，可每次弄那事，既没个前奏，也不懂怜香惜玉，一骑上老婆肌肤如雪的身子，猛弄个十几秒钟，便把那污浊之物射了出来。何雅苹此时刚被弄上兴头，浑身发热，才要入戏，大憨已死猪一般，呼呼大睡去了。她只得一边辗转反侧一边心里骂着大憨。

房事本就不顺，加上大憨每年只回几趟家，何雅苹实在忍受不了，苦不堪言，再也顾不得乡里人笑，死拉硬拖，把大憨带到医院，医生一检查化验，说大憨在厕所里弄出来的那几滴混浊之物，成活率只有万分之几，没有生育的能力；而大憨的早泄，是因为长年手弄所致，已经很难改善。这结果一出来，何雅苹有如在大热天里让人给淋了一桶冰水，一下子心凉，就算平玉那方子再好，她也没办法怀上。

回到家里，何雅苹哭闹着要与大憨离婚。大憨立即跪下，猛抽自己脸，哭丧着脸求老婆不要走，说如果她一走，他大憨就更让乡里人看不起。只要她不离开这个家，她怎么做都行，自己拼命赚钱让她花就是。

家里有个老婆，有个人洗衣煮饭，母亲年迈，有个人照顾，到了晚上，有个人能让他搂抱着亲着嘴睡，这样多好！大憨虽憨，却不傻，自是懂得这些道理。何况他老婆又是妖艳之人，大憨看着舒服，更舍不得让老婆走。

何雅苹便与大憨提条件，说不走也行，要跟着大憨出去。她的如意算盘是，只要跟着大憨出去，凭着自己的身材和容貌，说不定就让哪一位工头老板给看上，跟了人家去，也不用把自己这朵好花死插在大憨这牛粪上。

大憨一听老婆要跟着自己出去，惊慌失措。大憨知道，自己老婆身材好，胸大，会打扮，肤白眼媚，又没生育，是让男人望而垂涎之人，跟着他出去，也许很快就不是自己老婆了。何况住工地，来自五湖四海的泥水工，会毫不客气轮着勾引自己的老婆，那样亏就吃大了。

大憨坚持不带老婆出去，他情愿委屈自己，也不愿把老婆带去，他认为自己这样做很聪明。大憨也懂得，老婆如花似玉，就像潘金莲嫁给武大一样，乡里男人也特别忌妒，特别是阿九儿这臭狗，每次看他老婆，都目不转睛。阿九儿心里肯定一直对自己的老婆打着坏主意，即是如此，毕竟是在乡里，任何人要想搞自己的老婆，那也只能偷偷摸摸，不敢明目张胆，就算老婆给他绿帽戴着，那还是比带着老婆出去划算。

大憨跪着挪几步，抱着老婆双腿求她，说他自己在外顾不了自己，家里母亲年迈，猪圈的猪和鸡笼里的鸡无人照顾，老婆大人绝对不能跟着出去。他大憨在外拼命挣钱捎回家让她花，平日里老婆要做什么他都不怪，只要老婆不离开这个家就行。

何雅苹见大憨说得诚恳，念大憨在她最落魄的时候照顾她，帮她治病，大憨娘一贯对她也很好，除了大憨弄那事不行，其他都无可挑剔，不忍这家给弄散，只能含泪答应大憨留了下来。但她暗示大憨，说性生活那方面她也需要，给大憨绿帽戴是迟早的事。

后来乡里人也知道，何雅苹与阿九儿、平玉都有些不正当的关系，但大憨娘自知儿媳妇嫁了大憨，也是委屈；大憨出门前又与他娘说了去医院检查的事，大憨娘只能一眼开一眼闭装看不见，心里盘算，不能让大憨不能生育的事给传了出去。吩咐儿媳说家丑不可外扬，传出去她死后见了祖宗，也没法交代。大憨娘还暗示儿媳，如果媳妇能怀孕，产个一儿半子，哪怕是别人的种，她也认。毕竟能传宗接代，大憨也不致无后，古人说，不孝有三，无后为大嘛。

自古说外来的和尚好念经，自从步真到天后宫之后，天后宫的香火，那是相当旺了。每天像是庙会，消灾植福的、脱厄解难的、渡劫升天的、还愿答谢的礼佛法会，等等；各种各样，一桩接着一桩。当然，步真也很有精力，一场接着一场地做着法事，阿九儿更是逢人就说步真功力一流，做法事更是肯拼，经也念得好听，念几小时经，像是在唱歌。反正乡下人谁也听不懂，只觉得步真念经的声音，真棒。

也难怪，这年头，谁家不求个平安发财身体好。放大耳（放高利贷）的人求放出去的钱能安全收回，当官的求个不被纪委约谈，官太太求家里的男人不要在外包四太五姨，有个二奶三奶也就算了，老板求发财，年轻的女孩求嫁个土豪，收六合彩的求赚得盆满钵满，如此等等。

步真确实很卖力，阿九儿更开心，他利用人脉，找些官太太、老板来做法会公德，大红钞票一沓一沓猛收，功德箱里的大钞票成倍倍增。每次开箱，阿九儿抱着钱，笑得眼睛挤成一条缝，说话也大舌猴，口水流得能湿了整个上衣。

阿九儿自从和何雅苹搭上，丽花心里便不是滋味，但敢怒不敢言，又念着阿九儿从读书时就一直追求她，倒算一往情深，对自己不错，照顾她，也就凑合过日子，毕竟自己有难以启齿的黑情史，也不是什么好女人。

阿九儿是生意人出身，经济头脑就是与众不同，经过观光考察学习之后，他发现一大商机，当时全国各地到处都在重视传统文化、国学佛学、老子庄子儒释道等，想起乡里天后宫也是古迹，有民俗文化底蕴，何不好好利用。

那几年，多有古刹寺院，或是土豪在山野投资新建的庙宇，打着弘扬佛教禅学的名义，实则更像是门庭若市的商业场所。

阿九儿揪住这一大商机，托熟人找关系暗中留意，也弄来个步真。从此，三元村天后宫的香火也骤然旺起来。

何雅苹自从做了天后宫生活助理之后，阿九儿再去大惢家里找她行云雨之事就名正言顺了，正正派派白天去。

以前阿九儿去大憨家里，都是晚上偷偷翻墙进去。每次与吊灯弟喝完酒，半夜三更等大憨娘睡了，阿九儿就偷偷摸摸翻墙，进大憨家的院子里，直奔何雅苹不上闩的房里，每次都像做贼一样，怕被大憨娘撞见，急急忙忙与何雅苹云雨一番，又匆匆翻墙头离去。

步真来天后宫之前，何雅苹一直也去找平玉，阿九儿来去匆匆，只顾满足自己，不理会她的感受，因此，何雅苹瞄上平玉。平玉毕竟算是有点文化的人，是半个文人，乡间秀才，肯定也懂怜香惜玉，与阿九儿这大老粗相比，那应该是天壤之别。

果然，表面一副半男半女状、疯疯癫癫的平玉，第一次就让她舒服得快活无比。

每次两人在平玉的床上做完后，何雅苹才觉得自己像个真正的女人，只有在平玉这里，何雅苹才能体验到男女这种生活的乐趣。

第二十八章

从五兄处回来，吃过晚饭后，瀚哲独自到码头木棉树下，刚坐下不久，正回味着当年与雪儿在这里约会的点点滴滴，大牛出现。

"就知道你这家伙会来这里，大画家，想雪儿？"大牛的突然出现让瀚哲有点扫兴，他本打算自己静一静。

"兄弟，有点感慨是吧，人到这年龄，会勾起很多回忆。"

大牛这两句话是大实话，瀚哲深有感触。

"是啊，离咱们一起读书那时候，一下子差不多三十年过去了，像眨了一下眼。每个人的生活发生了太多变化。唯一不变的是这韩江码头，这木棉树和江边的小竹林。木棉树已经长成参天大树，而当年码头边，木棉树下的人儿，不知现在怎么样。"

瀚哲的感慨，大牛不一定理解，他和其他同学一样，只知道雪儿当时好像是因为瀚哲而没有上大学，至于因为什么，瀚哲与雪儿又没走在一起，所有同学，包括小燕，没有一个人知道，更不了解他与雪儿去鹏城后所发生的一切。瀚哲对大牛说的话，更像是自己对自己说的。

瀚哲忽然想起大牛至今还独身，当然也知道他与小燕的故事，便问："大牛，你真的不结婚？都已经这把年纪了，该舍的，该放下的都应该放下了。"

　　"对啊，就是已经这把年纪了，我才无欲无求了。我只想把文化站搞好一点，过几年一退休，就学你，写写字，画点画，人生基本就走完了。对于什么情与爱，我已经看得很淡，只求简单生活就行，我不像你，有条件成为专业画家。其实我胸无大志，当年小燕就嫌弃我这一点，最终才变成这样的。"大牛一边说一边猛抽着烟。

　　"那也太简单了吧，这不是你崔大牛的性格啊！我记得，读书的时候，你可不是这样想的，你说等读完大学就回家乡，把家乡做成个文化的典范，向农村普及传统文化。"

　　"大学没考上，不是就上了个中专嘛。本来与小燕说好一起上同一所大学的，可我不争气。人就这样，命运有时会给你开个玩笑。"大牛自嘲地说，习惯性地摸了摸油光可鉴的光头，继续说，"兄弟，我真的很羡慕你现在这种生活状态，可以全国各地走，做自己喜欢做的事，多惬意啊。我就不同，基层的工作不好干。咱们这里还算不错，其他落后的镇，找个像样点的办公地方都难。"

　　"不说工作，我们说说小燕。我听说小燕的妈妈一直是你在照顾，不简单啊！大牛，能做到几十年如一日地坚持，这份心，这份坚持，不亚于五兄坚守剃头铺，可敬，兄弟服你。"

　　"这也没什么，小燕是独生女，她爸爸又走得早，她妈妈身体一直很不好。小燕上大学，就没人照顾。而我呢，不争气，只在市里农校上个中专，几乎天天可以回家，也不用离开，就帮帮小燕，好让她能安心上大学。能帮小燕做点事，是我心甘情愿的，我也不求她一定要报答我什么，只要小燕过得好就行。你说是吧。"大牛平静地说着，听得出他对小燕的一往情深。

大牛这番话深深打动了瀚哲，他重新打量一番正远眺江心、若有所思的大牛，心想：等回穗城见到小燕，一定要好好和她聊聊。

"她妈一直把我当儿子看，也希望小燕学成回来，我们一起过，但是……唉，人各有志，外面的世界更精彩，小燕也有向往也有追求。我是什么，丑小鸭一个，成不了大器，只想安分守己过日子。她不愿意回来，就成了这样的结局。我从不怪小燕，我相信缘分。只能说，我与她有缘没分，如果她过得好，我从心里祝福她，为她高兴。"

大牛的话，何尝不是瀚哲心里对雪儿、阿贞的想法。他看着只顾着抽烟的大牛说："是啊，我们都快到了知天命的年纪，只要大家都过得好就行。不过大牛，小燕好像离了婚，有没有什么打算，能有机会再走在一起吗？如果你有这意思，自己不好开口，等我回穗城，见到小燕时帮你说说。"

大牛又习惯性地摸了摸他的光头，好像有点不好意思开口。瀚哲继续说："大牛，该争取的就要争取，你不是说上个月小燕回来看她妈吗，你没提？"

"我能怎么提，都这么长时间了，大家的生活环境、生活状态都不一样，她现在是高级记者，每天忙得晕头转向，就因为照顾不了家庭，到了将近不惑之年才结的婚，也一直没要孩子，最终导致离婚。她事业心太强，但把自己一切都放在事业上，这样值得吗？我说女人啊，事业心太强，也不一定是好事。"

大牛这些话都是出自内心，但小燕的做法也没错，瀚哲很同情大牛，他真的很不容易，可以把自己一生的爱全部献给另一个人，却得不到任何结果。瀚哲心里对大牛肃然起敬。

"等这次写生完了，我回穗城与小燕见见面，我与她聊聊。你看行不？"

"再说吧，不太可能有大的改变。但她妈妈的身体是越来越需要照顾，她也可能会回来。顺其自然吧，随缘。"大牛说完，嘴角似笑非笑，显然，有点自嘲的味道。或许，他问过小燕，也不一定。

"小燕有洁癖，我五大三粗，在她面前一站，我总自惭形秽。平时我又喜欢喝点小酒，我吃肉，她吃素，生活方式有很大差别，我都这年龄了，怎么改，难啊，但她也说得对，我如果不改变生活方式，身体会越来越差。不像你，瀚哲，到现在还像三四十岁的人。"

大牛再一次摸了摸自己的光头，开心地哈哈大笑。他的大嗓音在宁静的江边飘得很远很远。

"有机会的，她很关心你，你们两个人，就差谁捅破这层窗户纸，大牛，你应该主动一点才行。放心吧，我去穗城，见到她会与她提这件事。"

"那我先谢谢你，兄弟，我心里还真希望她回来，因为照顾她妈，男人始终不大方便，不然小燕三天两头往回跑，会影响工作。"大牛还是说出心里话，实际上他一直在等小燕。他愿意等。这份心，不是什么人都能做到的。

等，是一种执着。

"是啊，她也真不容易，事业心强，你多理解她，可能她心里早就想回来也不一定。我相信有情人终成眷属。大牛，你明天先订两张后天从我们这边飞京都的机票，我要先安排好老赵与阿光回京，然后我才能回穗城。"瀚哲实际想尽快去找小燕，挖出雪儿的信息，在五兄那里，只知道雪儿在珠海，他相信小燕一定知道更多。

"好的，我来安排。"大牛十分爽快地说。

"阿哲，还有一件事，晚饭后，我碰到吊灯弟，听他说前几天去雪儿乡里买牛蛙苗，好像见到雪儿，不知道是真是假。不过，吊灯弟说话不大可信。他还说在三元村办公室见到你，以为你是伴雪儿回家，所以当天没说。我想：雪儿怎么忽然跑回乡里，她去鹏城之后就一直没回来过，我觉得这中间有故事。兄弟，你与雪儿可不是一般感情啊，是你始乱终弃吧？我曾偷偷问过小燕，她也说不太清楚，她与雪儿也没有联系。"

"你这死老吹，死笨牛，怎么不早说？"瀚哲只要一听到雪儿，整个人就会立即紧张起来，说话也急了。

"你看你看，听到雪儿就这样，看来雪儿的人生，与你有很大的关系。"大牛点了支烟接着说，"可能背后真有故事。"大牛说后斜视着瀚哲，好像要在瀚哲的脸上寻找答案。

"你不要瞎猜，我有快二十年没见她了。"事实上与五兄聊天后，瀚哲已经知道雪儿有个女儿，他继续说，"这种事你怎么能乱猜。饭可以随便吃，话可不能乱说。"瀚哲一副若无其事的样子，实际他心里紧张得很。

"雪儿现在在哪儿？"大牛似在自言自语，又似旁敲侧击，说完又摸了摸自己的光头，看着瀚哲傻笑。

"这样吧，大牛，明天你带我去雪儿村里走走，看看雪儿是不是真的回来了，你看如何？"

"好的，明天带你去。"大牛说完站起身准备回，瀚哲也站起身，一起往回走。

这晚，瀚哲一直睡不着，想着雪儿。

第二天，瀚哲怀着忐忑的心情，坐上大牛心爱的"大篷车"，老赵和阿光也一起，往雪儿乡里去。雪儿乡里与三元村，只隔着几里地的路。

大牛开着他的老吉普，车开起来的声音比拖拉机的响声还大。

行驶在绿意盎然的乡野田园间，吉普车米赤色的篷布顶，显得有点拙拙的大篷车，反而被衬托出一种朴素、拙陋的原始美，与田园倒显得很配。

大牛一路跟瀚哲介绍说，到了那里，先去找雪儿的堂兄，了解一下吊灯弟所说的雪儿回家乡的事是不是真的。雪儿的堂兄是村里的村主任，去年在他们村里十几位乡贤强烈推荐下，经村民选举出来的村主任。

很快他们到了雪儿村里。在大牛的引荐下，瀚哲见到了雪儿堂兄朴若。这是个朴素的乡下人，大约五十出头的年龄，穿着白衬衫蓝黑色长裤，瘦条的身体，文气的脸上，透着和蔼的气息；双眼炯炯有神，虽然都是村一级基层干部，但教书出身的雪儿堂兄，给他的感觉就是不一样。

"朴若兄，瀚哲是雪儿的同学，我们从小一起长大，现在是在京都发展的大画家，这次几个人来三江镇采风写生。今天刚好到了你们村，我跟他说您是雪儿的堂兄，不如进来喝杯茶，所以冒昧登门讨杯茶喝，多多海涵。"大牛说后抱拳作了一揖。

"欢迎欢迎，贵客临门，蓬荜生辉，请坐请坐。"朴若握着瀚哲的手微笑着说，"先生大名，早已久闻，今日得见君面，余之幸甚。

先生回家乡采风，实见先生桑梓之情怀，可敬可敬。"说后礼貌地请他们坐下。

"朴若兄过奖，大牛谬赞。朴若兄乃雅士，承蒙抬爱，瀚哲感激不尽。今日冒昧，实有不该。还请朴若兄包容。"

瀚哲顺着雪儿堂兄的语气说完这些。心里却暗暗想，像他这种十足文人，在当下农村基层能适应吗？又看他办公桌后面墙上，写有一幅"鸣鹤在荫"四字书法作品，便接着说："朴若兄乃鹤鸣之士，高风亮节，令瀚哲佩服，真心佩服。鸣鹤在荫，其子和之，吾有好爵，与尔靡之。今人人心多诡诈，故而人心不乐，人人相见若敌。若能秉持中正之德，至诚待人待物，则可达至鸣鹤相应，好爵共靡之境，共享和祥，施政亦然。未知余之拙解，岂合兄意。斗胆斗胆，兄莫怪。"

"先生见笑，朴若班门弄斧，附庸风雅是也。于先生面前，惭愧，惭愧。"朴若说后自嘲笑了，又给大牛和阿光递香烟。

大牛在旁，立即掏出香烟，递了一根给朴若说："朴若兄，抽我的，这个牌子的烟买不到的，是瀚哲朋友送的，就一包，还有几根，我专门留着到您这儿。"大牛很会借题发挥，说话压低声音还带着神秘感，接着又提高嗓子说，"你们两个人，不要这样说话好不好？怪别扭。"说后，又习惯性摸了摸自己的光头。

大牛这一说，三人同时会心地哈哈大笑。

"朴若兄，听说雪儿上两天回来了？有这回事？可是雪儿好像去了鹏城之后，有近三十年没回来了？"大牛非常直接就问。

"嗯，前几天确实回了，陪我叔叔一起回的。是这样，家严驾鹤西归，我叔回来主理，不过隔天就回去了。"朴若回话时还略带伤感。

瀚哲一阵心紧，满身惆怅：咋就无缘相见。

"真不好意思，不知令尊仙逝，我等唐突之甚，还望朴若兄见谅，节哀顺变。"瀚哲一听雪儿已回，虽极度失望。但还是赶紧接上话，然后有意将话题拉开，"朴若兄，刚才进村，骤觉村容村貌，甚是整洁美丽，栽花种树，有别于三江镇其他乡里。足见兄之治下甚是有方，敬佩。"

大牛也很知趣接上话："是的，瀚哲你有所不知，自从朴若兄上来当村主任，花了很大力气整理了村容村貌，绿化修路，排污清洁样样都做得很好，是咱全市新农村典范，还建了农家书屋。举办免费家政、劳动技能、电脑、书法培训，这都是朴若兄的能力。自己还在宗祠里讲课，讲一些农用科学知识，还组织学生课余学习《弟子规》《道德经》《逍遥游》《论语》《孝经》之类的传统文化，提出传统文化要从娃娃抓起。这是全市新农村干部的一个典型，市里还把经验向全市推广呢，这里也被评为海阳唯一的省级名村。"

"站长厚爱，过奖过奖。力所能及，分内之事，当尽力而为，乃吾初心。"朴若不紧不慢微笑着说。

"佩服，真是难得，我对为政之道一窍不通，但当下农村基层之复杂矛盾，确也甚为突出，难啊。像朴若兄这样具有传统文化素质的基层干部，太是缺乏。古人云：半部《论语》治天下，可这几十年来，华夏传统文化都给弄丢了，没了信仰没了传承，甚至没了人与人之间的诚信，……可惜啊。"瀚哲喝了口茶，看着朴若又说，"朴若兄能做到如此程度，实乃不易，足见兄之过人情怀，敬佩之至。"

"微薄之力，惭愧，先生之见甚是。然于今日之时势，倘能复古尊贤，正本清源，重视文化传承，假以时日，文化之道，民族之魂，定会得以重铸，信义重回正道。民族之强盛离不开文化向外推广，未知先生之见若何。"

"朴若兄所言极是。"瀚哲边说边向朴若竖起大拇指。

"是啊，颇有同感，时势不宜深聊，'言行，君子之枢机，可不慎乎'。"大牛说。

毕竟工作位置不同，大牛还是有意引开话题，他见他俩谈论着这些话题比较敏感，便提议不如出去田间走走，瀚哲立即赞成说好。

瀚哲与大牛辞了朴若，一同出来，各自到处观光。瀚哲走到一片芭蕉林前的大鱼塘边，忽然见到老员坐在鱼塘边坎上抽烟。瀚哲纳闷：老员怎么跑这边来，便上前打了声招呼便与他一样坐池坎上，好奇地问："员兄，跑这儿干吗？"

"大画家，你来只块做年，噢，来画安仔的，是不？"老员说话时，露出积着一层厚厚茶渍、参差不齐的牙齿，牙齿的缝隙很大，使他的声音有点漏气。

"是啊，来画安仔。"瀚哲微笑回答。

"大画家，画张分我好孬。"瀚哲没立即回答。老员见他未回答，接着又问："你画安仔好卖钱亚孬？"

"卖钱？还行，能过日常生活就好，要那么多钱干吗，这是个人喜欢的事。"瀚哲还真是很难回答老员的问题，接着又说，"你还没回答我，你来这里干啥？"

"掠石螺，卖钱，我刚刚在水里起来，歇一下吸烟。你看，我裤衩还湿湿的呢。一日摸十斤八斤石螺，卖二三十块钱，好买菜，将就过日，不然要饿死，两个软妮要我来饲，凄惨死哩。"老员抽着啲禾烟，指着放在他身边、里面有三四斤小石螺的小桶说。

"哦，不是有民政的照顾吗，村里也有负责点啊，她们确实没自理能力。"瀚哲不解地问老员。

"民政个月给几百元，三个人食，做年物过日，我帮乡里收垃圾，个月也就一千银，有时一撮有钱有势个人，几块钱的垃圾费，唔勿还。阿狗唔还，吊灯弟也唔还。加二死时，我够惨，唔知预上了死鬼加二和阿狗的当，吃亏死，去照顾两个软妮。"

老员一边说话，一边用另一只手伸进裤衩里抓痒痒，动作真是有点不雅。他的小裤衩是这边乡下人俗称的球裤，蓝绿色针织布，薄薄的，宽宽的，裤衩口包着白色包边。老员骨瘦如柴，裤衩口又阔，他抓痒的手在裤衩里有节奏地抓着，来回不停地动，动作娴熟，一看就知道经常是这样。

"俺乡里也有鱼池，有才那里不是有很多鱼池吗，咋跑这么远？"瀚哲问老员。

"勿提吊灯弟这个衰人，一提起他就气死人！"老员说后嘴巴张成圆形，喉咙里用力吸了一口长气，口中发出十分难听的怪声，咔咔地响，接着，他用力将喉咙里的痰，恶狠狠地往池里呸的一声，往池里吐了一口浑浊的痰，离池坎有一米多远，很响亮的一声。他口里吐出那一口脓黄白色小团状的痰，浮在水面上，很快就有一群小鱼儿游过来，争着吃了。

瀚哲看着他抓痒和吐痰这种特别恶心、很是不雅的举动，心里确实不是滋味。但并没半点看不起老员，在他看来这些是很正常的。

老员也似乎发觉瀚哲正看着他，有点不好意思，做了个傻傻笑着的表情说："大画家你不知，吊灯弟是人渣，仗着有阿狗撑着，不还我垃圾费。以前骗人去赌钱，抓去拘留。乡里人说吊灯弟是代阿狗顶着，认赌钱摊是伊个。你看这人做年好入党？当上村委和治安主任。这世道，俺做田人看不懂。赌钱摊，搞到乡里乌烟瘴气，猪鸡狗不宁，一些家庭公婆宙仔一日相骂相拍。乡里干部都是些乱七八糟的人，上两年，阿狗还搞个外来人来天后宫骗人，搞散大憨个家，平玉发疯。后来大憨老婆还跟人跑了，听说跑去京城，继续骗人。大憨老婆唔是人，我牵伊只手摸一下，她还不肯，这狗猖妇。"

老员分明带着鄙夷的口气，说完又往池里吐了一口痰，他一连吸了好几口烟。接下去说："也活该吊灯弟这个衰人，终日食赌嫖，占乡里百多亩鱼池，饲鱼又不晓饲，懒过虫，个个人叫伊做小乌虫仔，你哥，乡里人叫大乌虫仔，吊灯弟叫小乌虫仔。这两人在乡里最出名懒。你不知，吊灯弟鱼池，好几年没换水，池里积很多淤泥，要搞掉一些，把池挖深，换一池新水，放入新鱼，鱼正有清洁点的环境。好几年不去物，池太浅，水毒，水臭，饲鱼又全用饲料，又不刮鱼草，或是择些人家菜地里菜叶，去饲鱼。牛蛙也是用饲料拌激素药，大热天的天气一变化，乍风时雨，鱼就死，牛蛙也死。吊灯弟把死鱼撩起来，在鱼池边挖一个大窟，把死鱼埋了，这样，炎热日头一曝晒，窟底死鱼糜烂，生成虫，毒虫又爬出土，落池内让鱼给吃了，不年年死鱼才怪。他的鱼总有个臭土味，卖外地，比人家的鱼便宜多，本地的鱼贩子无一人爱卖伊个鱼。伊还骗人，在韩江里做了个鱼网箱，把鱼池的鱼，抓往韩江里的鱼网箱放上几天，让鱼外面的鳞色变淡，不那么黑，说是韩江鱼，老坑人，真该死。呸，这小乌虫仔就活该，今年又死了一大批的鱼。这挨千刀的吊灯弟，见俺家细妮奶大好看，老瞄我不在家，去偷摸俺家细妮两粒奶，伊再散甫母物，我个伊死去。"老员说完这话，把烟头扔地下，死狠踩灭，好像他脚下踩的就是吊灯弟。

"噢，竟然有这样饲鱼。"

"是啊，你说我跑这么远做乜个，这块鱼池老板，叫我隔几日，择一车菜叶喂鱼，答应我在池里摸些石螺去卖，我想行，你看，我今日就跑来摸石螺。"他指了指大半桶石螺得意地说。

"咱村里的池没石螺抓？"

"有，吊灯弟池里的石螺毒，食了爱拉肚子，无人爱买。我现在不敢去吊灯弟鱼池摸石螺。"

"原来是这样。那阿九儿怎么还让吊灯弟当治安主任。"

老员摸摸头说："这，这我就不晓，都是抱着私心，爱去乡里物一把，混日子。你看俺乡里，选举时是生产队会计去各家各户，分一人一元的选举费，会计员返到大队内阿狗儿办公室，就填上政府阿头指定个人名，这叫民主选举，阿狗就是这样物起来当上村主任的。我拍死不相信，乡里这群散甫母物人，怎么带领村民发财搞经济，奔什么小康？笑死人。阿狗一当书记，弄来个步真不说，还和大憨亩四散物。大憨全年无在乡里，阿狗经常去物阿大憨亩，吊灯弟做狗腿，物到乡里赃乱差，无一条路看着雅。他们天天花天酒地，听说最近被定做什么组织涣什么村，对，涣散村。这死父仔将乡里物到乌烟瘴气。"

老员的话让瀚哲听后反胃，就像吃饭时不小心，吃进个死苍蝇那般恶心。他不自觉摸了摸胸口，老员提到阿九儿与步真、何雅苹那些事，瀚哲在五兄那里也听说过，不想再听他说，伸手拍了拍老员的肩说："员兄，不要着凉，早点回去。"

从雪儿乡里回来，晚上，大牛请他们几个人吃了一顿牛肉火锅。

三个画家准备今晚合作一幅大画送给文化站做纪念，第二天便各奔东西，大牛送老赵和阿光去机场回京，瀚哲上穗城，他必须去找小燕。

回到大牛的工作室，借着酒兴，三人合作了一幅八尺整纸的作品，也是对这次来三江镇采风写生做个小结，这幅画准备留给大牛做个留念。他们借着酒气，用热诚的情怀，挥墨丹青；传统的笔墨，以书入画和骨法用笔以及现代的构成表现手法，把三江镇这世外桃源，表现得淋漓尽致。真可谓"何用别寻方外去，人间也自有丹丘"。老赵一边画还一边跟大牛说："牛站，这画好。朴素、淡雅、清新又有浓郁的乡土气息的美，真是田园诗意般的人间净土，如人听到乡野梵音，忘却现代都市的浮华烦躁，进入一种'静，净，清'的境界。遥想南阳高士刘子骥的'桃花源里可耕田'，也不过如此了。"

"是啊，人心干净，画面就干净。"阿光接老赵的话说。

"是的，赵哥，你们的用笔用墨，线条抑扬顿挫，景物层次分明，墨色浓淡干焦恰到好处，脉正气清，墨气很好，浑厚华滋，确实是一幅好画，难得，难得。"大牛说后，对着他们三人，竖起大拇指。

"是啊，田园山水，妙在营造出空灵、素雅、清净、原生态，画面力求体现内美或恬静或朴素；能体现宜观宜居宜游，一看让人产生亲切感。而最重要的是来源于生活，任何艺术都离不开生活，这是一种境界，也是人向往的生活状态，可陶冶心情。"

瀚哲接着说："所谓景由心生，心中之象。作品能见画家精神境界的追求：素雅、清净、恬静或者浑厚、雄壮等，都是画家注入自己思想的表现。更高层次的，则体现画家对人与自然的理解，天、地、人以及儒、释、道等精神层面的独特诠释。"

瀚哲也附和着来了几句，大牛对瀚哲鼓掌点头。

"太对了，阿哲，说得太好了。"大牛边说边给他们三人冲着工夫茶，他殷勤逐个给他们递茶。

完成《三江胜景图》后，几个人坐下喝茶聊天。大牛看了看时间是晚上十一点多，打电话给食街鱼生店的许老三，要了两斤韩江鲩鱼生（生鱼片）和两斤虾生、一斤狗肉。

大牛说鱼生狗肉，天下无敌。把自己珍藏的陈年茅台拿出来，这样他们喝着茅台酒，吃着鱼生狗肉，又开始谈天说地聊开。阿光和老赵从没试过吃鱼生，居然也吃得甚是高兴，大赞鲜甜爽口好吃。

大牛借着酒兴，端着酒杯站在椅子上，即兴朗诵："春光明媚，昆虫在交配，啊，表妹，何况我们人类。"

大牛朗诵完，把酒一干而尽。几个人开怀大笑，一个个姿态各异，笑声响彻整个文化站，也不得不佩服大牛的朗诵急才，几个爷们就一边喝酒一边赏画。老赵忽然指着瀚哲一脸坏笑地说："可惜啊，老钟没见着他最想见到的人，这次回乡行有点美中不足。"

大牛知道老赵话中之意，看着瀚哲。

瀚哲说："赵兄，今天兄弟几个高兴，咱不聊这个话题，明天我和大牛一起送你和阿光到机场回京都，我后天上穗城，在穗城待一段时间。"

"好的，咱们京都再聚，牛站下次和瀚哲一起来京聚聚。来，兄弟几个再来一杯。"老赵说后站起来举起酒杯，几个人也一起站起来举起酒杯，四个人一饮而尽。

第二天。瀚哲将老赵、阿光送到机场后，很快也辞别大牛，返回了穗城。

第二十九章

回到穗城的第一个周末，瀚哲约小燕喝早茶。他专门排了张酒店二楼临窗位置景观最好、视野能看到半个湖面的桌子。

酒店的装修尽显富丽堂皇，格调极其高雅。在这里喝茶的茶客们，言谈之间都会控制自己的音量。服务员礼貌而热情，服务极有分寸，谈话环境相对比较好。地道的粤式早茶文化，比那些大众消费的餐厅更地道，一个人或几个人各拿着一份报纸，在茶楼坐下来喝茶聊天，看报纸聊聊家长里短，要几份茶点，经常一坐就是几个钟，这是一种文化。

小燕准时来到。

老同学见面，彼此熟悉而又陌生，这么多年，两人只在瀚哲画展期间于鹏城匆匆一见，意犹未尽。瀚哲很绅士站起身，请小燕坐下，然后认真打量着她：小燕近视眼镜背后的双眼，依然美丽有神，只是较以前略显深邃，那是一双洞察社会百态的眼睛，无冕之王的记者，需要敏锐的洞察力。小燕很瘦，但并非弱不禁风那种，而是显得干练，素颜不化妆依然整洁而不失风采，虽然只是麻灰色纯棉圆领针织上衣，长牛仔裤，却更显干净阳光。

两人坐定后，瀚哲说："燕子，鹏城匆匆一刻，没时间多聚好好聊聊，还真是挂念，你越来越有魅力，依然还是那么漂亮。"

"就知道你会夸人，嘴甜，看来是个地道的坏人，不知道猎获了多少女人的心，我听了都会感动，入心。难怪雪儿……看来真是个坏人。"小燕瞄了他一眼，微微一笑又说，"开玩笑，开玩笑，大画家，家乡写生的感觉如何，还好吧？"

"感觉真行，大牛接待得很周到，也看到好了些东西，有点感触。不过，在燕子班长面前，钟瀚哲永远自惭形秽，惭愧惭愧。我不如你，心中装着社会民生，用镜头和手中的笔，做着正能量的各种报道和文章，还得过邹韬奋新闻奖，佩服佩服。"

"职业，糊口而已。我不做记者已经好久了，后来在大学教了几年书，这两年转到省报做副刊编辑，偶尔做些采访，也仅仅是客串。说白了在哪儿都是混口饭吃，哪里都一样。瀚哲，我已经没有了当初的满腔热血。人随着年龄的增长，会改变自己，而社会的改变，更让我有点适应不了。"小燕的语气，略带点惋惜与无奈，但不失坚毅，或者说生活及婚姻的挫折，令燕子有点看淡人生。

生活有时真的会令一个人改变很多，他深有同感。

瀚哲在大牛那里，对小燕的情况已略有了解，燕子这番话他并不觉得奇怪。他为燕子的婚姻不顺而惋惜，眼前的她形单影只；如果当初她回去与大牛结婚，或许是另外一番风景。可是，人生没有如果。他自己何尝不是这样，如果时光可以倒流，也许他与雪儿或阿贞，也不至于是现在这种结局。

"燕子，有没有想过调回海阳去，大牛不是一直在等着吗？"瀚哲还是想知道小燕往后的打算。

小燕听了慢慢说："今后看情况再说吧。是的，大牛对我很好，对我母亲更是照顾得很周到，我很感激。但与你说也无妨，我对大牛总是缺少点感觉。你也是过来人，情感这东西真的勉强不了，感情不能与感激或感恩混为一谈。大牛有事需要我，我肯定竭尽全力帮他，但这不是爱。因此也一直觉得很对不起大牛。"

小燕说完这句话，望着远处的湖面出了会神，然后把视线拉回来看着他，接着说："不要说我了，说说你吧，大画家，这些年可好？那天看你的画，我才懂得雪儿当年为何顶着重重阻力爱你，你太有才了，画得真棒！"

"哪里哪里，你过奖了，不过这些作品都是用心之作。"

"我觉得你把巡展第一站放在鹏城，好像是有意这么做的，我猜，也许是为了女……女人而来？但你心中的她也不一定在鹏城？说吧，需要我做什么，要我帮什么忙直说。我当这么多年记者，还是有一定的人脉的，嘿嘿。"

小燕见他没回答，又问："真的与雪儿断了？二十年有多啦，真的吗？那太可惜了。当初你们那么执着，最后却各分东西。难道你们分开之后，再也没见过？"

"是的，燕子。"他一时不知说什么好。

"够狠，你干什么去了，分开后她的情况也一无所知？你啊！如果雪儿有孩子，你会关心吗？大画家。"小燕问。

"老同学嘛，我一定关心。"瀚哲很认真回答。

"也是，老同学，应该关心，何况雪儿当年为你付出那么多。"

"我确实不知道她有个女儿。"瀚哲摇摇头，苦笑着说。

"哦，我以为你知道。是啊，雪儿封闭自己，去鹏城后我也与她失去联系，没有她的信息。你都不知道，何况我们！所以我也根本不清楚她的情况。雪儿藏得够深的呀，太不简单。"

瀚哲强作笑脸说："是啊，离开时间太长。人生几何，去日苦多。"

"画展开幕当天，打你的老妇人是谁？大庭广众之下动手，可想而知对你怨恨之深。还有那小女孩……"

"你咋知道？"瀚哲没有直接回答。

"我是什么职业？再说，那么大的事，特区报也做了报道，一些小报还添油加醋。老妇人究竟为何要撕掉你的画，画中人是谁？"

"陈年旧事，一言难尽。唉，我简单地说吧，画中人是雪儿的表妹，叫阿贞。老妇人是阿贞的母亲，也是雪儿的姨妈。那小女孩我真不认识。"

"当年你做了什么对不起人家的事？到了鹏城，和阿贞扯上关系？那阿贞呢？现在什么情况？难怪雪儿离开你。"

"算是吧，刚开始是误会……我现在没有她们任何信息，阿贞后来……唉，我是被雪儿妈妈赶出公司的。"

"小女孩呢，你对小女孩有何感觉，分开之后，又发生了什么？我肯定，问题出在你身上。"

"不提也罢……小燕，小女孩真像雪儿。"

"你爱上阿贞，约过会，甚至……"燕子把心里最想要问的一句话问出来。她直视着坐在她面前的男人，希望这个男人给她满意而又惊奇或者意料之中的答案。

瀚哲这时站起来给燕子添茶，想借此掩盖自己的心慌，缓和一下气氛。然后，他自我解嘲地对燕子说："唉！说来话长。"

"我越想越觉得你与雪儿的故事很多，你们俩都与所有同学失联二十多年，而你说和雪儿有二十年没见过。这背后究竟发生了什么？我一直弄不明白，为什么不肯上大学，而是雪儿去了鹏城，这中间肯定有原因。为什么？"

"命运弄人。"瀚哲一脸无奈说。

小燕紧盯着他问："瀚哲，能讲讲雪儿到鹏城后你们的故事吗？究竟这中间出了什么问题？你讲讲。"燕子用她独有的职业嗅觉，想挖出他与雪儿之间的一些往事。

"燕子，我是个坏人，很坏的一个人。"他开始认真与燕子讲述雪儿到鹏城之后，他与雪儿之间的故事，讲了见到阿贞洗头，和阿贞约会等，一直讲到他离开公司。

"原来你是这样给人家炒的鱿鱼，活该这样，真不是好东西！你也太厉害了，居然吃着碗里，又看着锅里。如果我是雪儿妈妈，也肯定会这样做，你真坏，坏透了。"小燕毫不客气地说，见他没回话，接着问，"后来你去了哪里？雪儿呢？阿贞呢？大画家，看来你的人生，就是一部小说，太复杂。今天又成了画家，而且还是国际顶级名牌公司大中华区艺术总监，著名时装设计师，你也太有故事了。"

"燕子，吃点东西再聊。"瀚哲必须缓冲一下自己的情绪，没直接回答小燕的话。他给燕子夹了一块虾饺，然后反问燕子："燕子，你觉得画展开幕那天的白衣女孩，有可能是雪儿的女儿吗？"

"你说白衣女孩啊，绝对有可能，但没听说过雪儿嫁人啊。不过，雪儿与我们二十多年不联系，嫁不嫁人，谁也不知道，一切皆有可能。你呢，你认为是吗？"

燕子说着盯着瀚哲，眼睛睁得大大的，接着追问："怎么把话头转到白衣女孩身上，对白衣女孩有兴趣？对，老妇人撕你的画。哦，我明白了，老妇人是阿贞妈妈，画中人是阿贞，看来阿贞被你害得够深。不然事隔二十多年，阿贞妈妈还这么恨你，一点不原谅你。你够坏，甚至有点可怕。"

瀚哲一时无语，脸上一阵发热。小燕脸色凝重，继续说："我估计，白衣女孩不是雪儿的就是阿贞的。是吗，大画家？你接着聊，后来你们还见过面吗？你与雪儿、阿贞怎样了？直觉告诉我，白衣女孩一定与你有关系，甚至有可能是你的……如果是，那伤得更深的，反而可能是后来与你生活在一起的那个人？你，你啊！雪儿、阿贞，难道还有其他人，你……唉，难道真还有，还有谁？"

在燕子的追问下，瀚哲不得不将发生在他身上的故事对燕子一一说了。

"你啊，真有你的，你害了多少人，你就一个多情种子，可惜情商为零，唉。"

两个老同学坐在一起，很随意地闲聊，当然，主要是他说，她听。他像讲故事一样，向燕子叙述着当年的往事，不知不觉到了午饭时间。

瀚哲讲述过程中，一直在观察燕子，他想从她的表情和眼神里，找到一点她对他当年与这三个女孩情感问题的看法。

出乎他意料，燕子听完瀚哲的故事，只是轻描淡写地说："你的情感也未免太丰富了，见一个爱一个，责任心哪儿去了？"

看到瀚哲一脸窘相，燕子又用半是责备半是自语的口气轻轻地说："原来，男人可以这样对待爱情，这也太可怕了。"

"是啊，燕子，回想起来真的太可怕，我就是一个坏人！情感这方面我处理得不好，当时的幼稚让我一辈子负疚。我就是一个始乱终弃、忘恩负义的人。"瀚哲对着燕子一脸苦笑。

"也难怪，当时你就二十出头，而且是在鹏城，受外面的影响多，人的思想比较开放。另外，搞艺术的人，也许在处理情感方面，充满浪漫主义色彩，可能骨子里就是这样，最起码我觉得，你就是这样。"

"也许吧。"

"也许这才是你真实的一面，人性的复杂性，太难让人看懂，哪怕是朝夕相处的人，你也不可能肯定就对他了解。或者，灵魂深处藏着的和心里想着的，并不是平常让人看到的那一面。就像雪儿，她根本想不到你是这样的人，而你恰恰就是这样的人。在当时，你真的就是一个忘恩负义的人。当然，我相信你本质没那么坏，也不是你自己想要这么做。冥冥之中，命运似乎就这样安排。可是这三个女人被你害惨了，你啊！我觉得，她们可能没一个有好下场。也许，这就是人的本能与弱点，这两种东西在你身上表露无遗，而且你还是自然表露出来的。太可怕了。"

燕子以记者独有分析事物的口吻，把瀚哲批得无地自容，他几乎让她给解剖得体无完肤了。他被批得无话可说，毕竟，回想起来，燕子说得不无道理。这一生，他对不起她们中的任何一人。

可是，时光没法倒流。

燕子说完，竟然眼圈泛红，也许再坚毅的女人，也会被这种曲折的情感问题所影响，而女人的心可能更能体会到这种残酷的伤感，毕竟大家都是女人。

瀚哲想到这一层，真诚地对小燕说："燕子，感谢你耐心听我胡说八道，真的感谢。"

"后来什么情况？"燕子认真问瀚哲。

"后来，唉，一言难尽。"

瀚哲一副无奈的样子。他总觉得，在燕子面前，他什么都隐藏不了。他想起此来的目的，试探性对燕子说："我想找找雪儿的女儿，看看能否从她身上找到一些蛛丝马迹，了解她是否知道我与雪儿之间的是非曲直，甚至是……了解她的爸爸。"

燕子瞪大眼睛看着他说："你咋知道雪儿有女儿？"

燕子说后死盯着瀚哲，似乎在说：原来你早就知道雪儿有女儿，对我，你都不讲真话。当然燕子到这时还没告诉他几年前就与雪儿有联系，她必须慎重。

"我是在乡下与五兄的聊天中无意得到的信息。但是在我没有弄明白之前，我也没办法下结论，我必须再从你这边，得到一些信息来做确认。"

"我可没什么信息。"

燕子明显在避开这个话题。她在顾忌什么呢？在鹏城那天，她欲言又止。她肯定知道雪儿的一些情况，甚至雪儿和她长聊过也不一定。但她不告诉他，或者说，她对雪儿做过某些承诺也未可知。再者，就算她把雪儿女儿的信息告诉他，也肯定要先得到雪儿或者雪儿女儿的同意。

瀚哲迫切需要了解雪儿和她女儿的情况，瀚哲再次看着小燕，诚恳地问："燕子，雪儿的女儿是不是在广美时装设计系上大学？雪儿一家住珠海？我真的想见见雪儿的女儿，你能告诉我吗？"

燕子若有所思，想了好一会儿，眼睛看着窗外，心里在挣扎究竟要不要告诉瀚哲。

"哦，这样吧，我帮你了解一下，我以前采访过，那所大学时装设计系有一个教授，我找这个教授问问从珠海来的读大二的女孩，应该就能弄清楚。"

"谢谢你，燕子。"瀚哲感激地说。但内心还是有点失望，燕子已经清楚他知道雪儿有女儿在广美上大学，还顾忌什么呢？难道雪儿一直恨他？不想她女儿知道他和她的过去？

"你认识雪儿的先生吗？能配得起雪儿吗？是不是很优秀？"瀚哲旁敲侧击。

"我……我估计，跟你差不多吧！雪儿那么优秀，她的先生肯定要有一定分量吧。"燕子似乎语带双关。

"我想应该不会差到哪里去。"

"真难为雪儿，不容易，当初为了你，什么都放弃了，可最后，却没能和你走到一起……真是造化弄人。"

燕子的话让他更想雪儿，这二十几年来，他做梦都经常想到雪儿。可他去哪里找她？她肯原谅他、肯见他吗？她妈妈……瀚哲心里一阵心酸，不觉眼圈泛红，一时无语。

燕子看着他，似乎有感而发说："爱一个人，原来什么都可以不要，唉，对有些人来说，在短暂的一生中，一生，真的只够爱一个人。"

"是啊，燕子，咱们都这把年纪了。大牛内心真的够苦的，你考虑一下，要不就调回咱们家乡上班吧，回到大牛身边。"瀚哲趁着燕子的感慨对燕子说。

"你还是先考虑自己的事吧，我的事我会处理的。你在穗城待几天？我明天就能把你要的信息给你。如果真有雪儿女儿的信息，你自己找她吧，我好像不方便在场。"

"燕子，今后还要你多多帮忙，如果你能与雪儿对上话，她那里有机会要替我说说话。如果你去那所大学能见到雪儿的女儿，你先给她透个信儿，就说有个她妈妈的同学想见见她，好让她有个心理准备，然后我再约她，会比较合理一些，好吗，燕子？麻烦你了。"

燕子苦笑着说："你怎么把球都踢给我了？我才不会当你的什么和事佬，就算今后有雪儿的联系方式，雪儿这边，我也不可能跟她说什么，也没能力去为你说什么。但透个风给雪儿的女儿，这我可以做到，不过人家见不见你是另一回事。我也不会把你说的这些故事，去说给人家听，更不会去问雪儿，我当作不知，这些故事也是越少人知道越好。你们之间的一切，不要指望我有任何意见和帮助，我不干这吃力不讨好的事。不过我还是很感激你信任我，把这些过去告诉我，谢谢。"

"谢谢你，燕子，谢谢你肯听我说这么多，更谢谢你的理解。"

第二天下午，小燕找到他，一见他就激动地说："瀚哲，太美妙了太美妙了，你知道雪儿的女儿是谁吗？太不可思议了！想不到，想不到啊。"

"看你激动的，难道有什么意想不到的惊喜。"实际瀚哲心里觉得，小燕早就见过雪儿的女儿，只是她没经过雪儿同意，不敢给他信息。

"确实是惊喜，雪儿真伟大。看来，你这风流情种还有很多故事没对我讲。你猜雪儿女儿的名字叫什么来着？这名字，我看颇有含义啊。也许……与你有关。"

瀚哲听后有点诧异："说来听听。"

"她的名字叫张——瀚——欣。瀚哲的瀚，你懂得。瀚欣，瀚心？寒心？看来瀚欣与你一定有关系，或者说，雪儿一直忘不了你。更吃惊的是，雪儿没嫁人，瀚欣是私生女。而且雪儿把瀚欣培养得出类拔萃。瀚哲，说实话，瀚欣跟你有关系吗？"

私生女这三个字无异于晴天霹雳，瀚哲一听，全身发抖，刚拿起来的咖啡洒了一台面。

"反应够大的。你啊，一定是个大坏人。你想想，雪儿一个人养育瀚欣，倾注了多大的心血。从我与瀚欣的对话中，她说从没见过自己的爸爸，但对自己的爸爸，抱有尊敬与好感，更迫切想解开自己心中的疑惑：为什么所有她身边的亲人，绝口不提自己的爸爸？都说爸爸在她出生那年就死了。家里一点关于爸爸的信息都没有。她还跑去过外地，问过一位叫什么来着，哦，叫丹丹的表姨，也得不到关于爸爸的任何信息。自小，她不常见雪儿对着一本旧的绿皮日记本出神，有时居然对着日记暗暗流泪。她猜测说那本日记，也许有她爸爸的蛛丝马迹。哎呀，真苦了这小女孩。"

燕子一席话，说得他更是无言以对。是啊，一个小女孩，从小就承受这么大的心理压力，真的苦了这孩子。而雪儿，更是顶着流言蜚语和异样的眼光过日子。可想而知，雪儿要经受多少风浪，多少辛酸，需要忍受多少常人难以忍受的压力，把瀚欣抚养成人，培养成优秀的大学生。这二十几年来，雪儿怎么走过来的！

瀚哲从瀚欣两字，读懂了雪儿的心，她坚守着自己的诺言，非他不嫁，一生只爱他一人，他是她的唯一。与她离别那天，她的那一句"宁为玉碎，不为瓦全"言犹在耳……想到这儿，他终于忍不住，在燕子面前流下了眼泪。

"感动吧！雪儿真不容易。"

燕子边说边看着他，似乎要读懂，为什么雪儿对眼前这个男人，能做出一生的牺牲。为了一个人，她放弃了一切。

"燕子，谢谢你，我想先见见瀚欣，但愿她不知道这里面的是非曲直。"

燕子瞪大眼睛看着瀚哲说："大画家，不要太天真，迟早，这孩子会明白其中的一切，她也有权利知道，难道你能够瞒她一生一世吗？我认为及早告诉她，更好一些。给你，这是瀚欣的电话，你自己找她去吧。"

燕子说完，把瀚欣的电话号码给他。

周日下午两点，瀚哲约瀚欣在大学附近的一间咖啡馆见面。

瀚哲早早就到了，选了一个靠窗的位置。他刚坐下，一个女孩的倩影就出现在窗外的小路上，分明就是鹏城展厅与阿贞妈妈一同出现的姑娘。她手拿一本红色封面的书，穿着一套素白色亚麻布连衣裙，走路姿态不紧不慢，秀发飘逸，落落大方。他知道这个女孩就是瀚欣，看着她缓缓走来，他仿佛看到了当年的雪儿，同样清新素雅和美丽。

"钟老师您好，您……找我？"一进咖啡厅，瀚欣语气兴奋，又带着腼腆，礼貌地与他打招呼。瀚哲控制住激动的心情，他不能在瀚欣面前有半点冲动，不能让瀚欣有让半点受惊的表现，他必须拿捏到位有度。他站起身来，微笑与瀚欣握手。坐下后，认真打量着她。

"我，我……"瀚哲还是控制不住自己，高兴得一时不知说什么好，支支吾吾的。瀚欣倒像是有备而来，她说："钟老师，想不到在穗城能与您见面，我做梦都想不到。燕子阿姨说您是我妈妈的同学，想见见我。那天在鹏城，真的对不起，我姨姥太激动，还打了您，我代她老人家向您道歉。"

瀚哲心里十分激动，瀚欣肯来见他，对他来说太重要了。鹏城匆匆一面，他心里已有太多疑问，而她和阿贞妈妈出现在展厅，说不定也有某种目的。所以，她愿与他见面，说明她内心也有想法。

瀚哲看得瀚欣脸红，她低下头。他发觉自己有点失态，怕场面尴尬，赶紧说："没事，我不会介意，她老人家可好？任何事都是缘分，就像咱俩，也是缘分，我也没想到会在穗城和你有机会见面，我以为我们只有展厅的一面之缘，谢谢你给我这个机会。"

"是啊，太有缘分了，想不到您还是我妈妈的同学。前几天燕子阿姨一说，我就猜到可能是您，今天一见，果然是您。钟老师，你画画真棒！"

瀚欣顺手把书放台上，瀚哲往书的封面上一看，是余华的小说《活着》。

"瀚欣，那天在展厅匆匆一眼，我心里已想到，你可能是雪儿的女儿，你太像她了。第二天，我想去找你们。但无从找起，接着连续三天在展厅等着，希望你们能再次来看展，可是，还是见不到你们出现，想不到，能在这里再次见到你。"

瀚欣听后似乎有点不好意思，莞尔一笑，抬手理了一下额上的秀发。

瀚哲见了，不禁有感而发："瀚欣真美，雪儿有你这么一位漂亮、聪明伶俐的女儿，也可欣慰啊。"

"我妈更漂亮，我妈说我的眼睛特像我爸，可惜，我从没见过我爸。"瀚欣听他提起雪儿，接着说，"钟老师，您跟我妈是哪时同学？是小时候的吧？"

瀚哲注视着面前的瀚欣，她是雪儿的女儿，也可能是他的女儿？他此刻思绪万千，胸中好像有千万头小鹿在乱跳，言语难以形容他的激动。可是，在没见到雪儿之前，他不能随便乱说，更不能乱认。他努力控制住自己的情绪，没有直接回答瀚欣的话，顾左右而言他说："瀚欣，我有点奇怪，你这个年龄，怎么也会看《活着》这本小说，这部小说太悲苦，你这年龄段，不一定理解生活的苦难，你怎么会喜欢这书？"

"也谈不上喜欢，因为我妈喜欢，我也就跟着看。我其实不是太懂，但我妈说这是部好作品，我就带来看看，一般我妈喜欢的，我都会喜欢。"

"哦，瀚欣真孝顺，很好。"

"是啊，比如说，我妈总是跟我说我爸是一位有毅力、有恒心的人，是特别有才气的人，是一个做任何事都能做得很有成绩的人。我妈要我继承我爸这种精神，好好读书画画。可惜，我从来没见过我爸，我姥姥和妈妈都说我爸死了，每次都会让我伤心好几天。"

瀚哲一听瀚欣提到她爸爸，心里骤然紧张起来。他很纳闷：怎么瀚欣跟他第二次见面，就提她爸爸，难道她从小燕那里得到一些什么暗示，或者是从其他渠道得到什么信息。

瀚欣继续说："但我不太相信她们说的，有一次丹丹小姨来我家做客，与我妈聊天时，说漏了嘴，我隐约听出点东西来。小姨说，我贞姨嫁在一个什么地方来着？我想想，哦，好像是要建新机场的一个地方，叫什么岗来的。那里要拆迁，能赔偿。她说，但愿贞姨病情能稳定，生活好过一点。还跟我妈说，还没有那个人的什么信息。我妈当时很紧张地说不要提这个人。当时我的心里就嘀咕，她俩说的，可能是他们都认识的人，也涉及了贞姨，难道是在说我爸？我当时心里是这样想的。"

"哦，你妈也许没有说谎，可能在她的心里，你爸早已经死了。你刚才还说什么？你贞姨，病了，是什么病？"瀚哲听了心里像打翻了五味罐，但他只能强忍着，控制着自己的情绪。他在问瀚欣时，语气明显还是很急促。

瀚欣没注意到他的情绪，回答说：

"什么病我没细问，但她们言谈中似乎说跟一个人有关，那个人应该是她们都认识的人。我也不敢问，但我知道丹丹小姨原来肯定也认识我爸。后来有一次，我去丹丹小姨那玩，死缠烂打问小姨，让她说说我爸的事。但小姨什么都不肯说。我就纳闷，难道我爸真死了？特别是我姥姥更夸张，我一提起我爸，她就瞪着眼，眼里好像要喷出火来，提高嗓子大声说，死了死了，你提他干啥。"

过了很久，稍平复下的瀚欣接着说："钟老师，您与我妈是同学，是吧，您也认得我爸吗？您知道不，我做梦都想见到我爸呢，这是从我懂事起就有的心里的念想。"

听到这里，瀚哲不仅心里如汹涌波涛，而且更加纳闷，瀚欣怎会在与他还不是十分熟悉的情况下，一下子把这些说给他听。难道她与其他人也说，或者她在旁敲侧击，还是已经找到什么她妈妈与他有关系的信息，不然她不会这样理性地说这些话，他必须试探一下，于是说："瀚欣，感谢你信任我，但是你为什么对我说这些故事呢，这是很私人的事，你对小燕阿姨也说这些吗？"

瀚欣想了想，说："才不会呢，我对任何人都没提过。但不知道为什么，一见到您，我就备感亲切，好像与您早就认识，很自然就流露出心事。对不起，老师，我不该跟您说这些话，给您添烦了。"

"不会，不会，这说明咱俩一见如故。难得你信任我，我愿意听。今后有什么心事，你尽管与我说，我绝不会对外讲，你放心。"

"老师，您真好，谢谢您。"

这一刻，瀚哲心里像万马奔腾，久久不能平静，他心里，激动夹杂着羞愧与内疚，一时不知说什么好。因为他欠她们太多太多了。这二十多年来，雪儿是怎样走过来的？是怎样坚持的？他带给她的只有苦难，可雪儿却依然在瀚欣面前，树立起她爸爸的美好形象。

想到这里，他压下心中的激动，微笑着对瀚欣说："瀚欣，你妈很伟大，你爸爸肯定也是一位很好的人，不然你妈怎么会这样深爱着他？你的预感也许是对的。我认为这中间，可能有什么原因吧！也许，只不过你妈认为，还不是时候告诉你而已，也许，当到了该让你知道的时候，她自然就会告诉你的。"

瀚欣听他这么一说，心情好了很多，她转了话题，说："钟老师，您画得真好，收我为徒行吗？我们有缘。"

瀚哲听瀚欣这么说，心里很高兴，说："好啊，刚好我这个采风计划，会在广东停留一段时间。不过有个条件，我在广州与你见面和你跟我学画的事，你千万不要与你妈说，行吗？"

"好的好的。钟老师，您对我真好，我太高兴，太幸福了！"

看着瀚欣开心，瀚哲也很开心，他接着说："欣欣，我今后就叫你欣欣吧，这样亲切。"

瀚欣说："好啊，好啊，我妈也是这样叫我的。"

"欣欣，你先回，我约了另一位朋友，下次我给你打电话，抽空咱们再聊。对了，这是给你的见面礼。"说着，瀚哲从随身袋里拿出一对已经为她刻好的、青田纯正峰门青石料的印章递给她。

其实他并没约任何人，但因为刚才瀚欣的一席话，信息量太大，他必须一个人静一静，好好消化一下。

瀚欣双手接过印章，很有礼貌地说："谢谢老师，但这礼太重了，我不能接受，您留给自己吧。我看这对印章的成色，纯得一点瑕疵都没有，应该很贵。"

瀚哲说："还行，收下吧，当老师的，总要给徒弟点见面礼，况且都已经刻上了你的姓名。你收下吧。"

"那好，谢谢您，我先走了。"瀚欣收好印章之后，拿起台上的书，礼貌地与瀚哲握手告别。

第三十章

"先生，晚餐吃点什么？"

咖啡厅的服务员过来，礼貌地提醒瀚哲，他才回过神来，他已经在这里呆坐了一下午。他有点不好意思，微笑道了声谢谢，买单走出咖啡厅。

刚步出咖啡厅，小燕打来电话，说大牛来了广州，让他晚上过去一起吃饭。

他直接打部出租车往小燕家里去，一路上想，老吹也真不够意思，来广州也不先说一声。难道这次是专为小燕而来？

半个小时后，瀚哲到了小燕家。

一进门，就见大牛正双腿盘坐在沙发上抽烟。

"欢迎，大画家，想不到这么快咱们又见面了，来来来，快请坐。"见瀚哲到来，大牛立即用他的大嗓子笑呵呵地表示欢迎，俨然是这里的主人，然后对着厨房里的小燕喊，"燕子，阿哲到了。"

"好啦好啦，刚好菜弄齐了，准备吃饭吧。"小燕炒完最后一道菜，从厨房出来。

"大牛，怎么没听你说要来广州，你这老吹，对我还故弄玄虚，是燕子让你来的？你们是不是有什么好事瞒着我？"三人入座后，瀚哲问。

"我……"大牛正要回答，燕子抢着说："我可没让他来，不要往我头上扣。瀚哲，见到瀚欣了？"小燕帮大牛解围，还把话题给引开了。

"是啊，我刚才听小燕说，你去见雪儿的女儿，快点说说情况。不要拿我和燕子说事，我爱来就来，咋的，不行啊？"大牛边说边喝了杯酒。

"今天下午，你不是去见瀚欣了？她打电话和我说你约她，怎么，没见着？"燕子说。

"见了。"

"聊什么了，说来听听，这中间很多故事吧？小燕，把它写成小说，准感人。"大牛边夹菜边说。

"我可没兴趣揭人家隐私，要写你自己写去，况且，人家还不一定与他有关系。"小燕白了大牛一眼。

"不是都见了吗？还说没关系，雪儿的女儿怎么与阿哲没关系呢，雪儿跟阿哲是什么关系，开玩笑，那可是初恋。雪儿为了阿哲，可是连大学都不读，这哪能没关系。是吧，大画家，见面聊什么了？我想听听。"大牛很不知趣，锲而不舍地追问，也不管燕子已经白了他好多眼，一直暗示他。

瀚哲说："唉，说来话长，确实聊了很多很多，但又没任何主题，天南地北，所以不知从何说起。"

大牛要再说什么，瀚哲有意岔开话题，问大牛："你突然来广州干什么？是不是想……"

"是啊，想你想你，知道你在广州，不是吗？来看你还不行啊？"大牛理直气壮地说，说后还偷偷瞧瞧小燕。这家伙还真是有急才，看来这文化站站长也不是白当的，他明明知道瀚哲说的是小燕，居然让他给圆场了过去。

小燕解释说："我在考虑调回咱们市日报社去，市委宣传部长找了我，说市日报社那边缺个主编，让我回去帮忙，我一直也在考虑，大牛是专为这事而来的，来做说客。"

瀚哲说："这不错，燕子，你回去，可以照顾你妈，还有……一举两得。"

大牛说："就是，我也这么说。"

小燕看着大牛，不语。

这时，小燕的电话响，是瀚欣打来的，她说想过来小燕这里，聊聊下午见瀚哲的事。

大牛一听就高兴，说正好可以见见雪儿的女儿，还说什么见证父女相认的过程。小燕对他瞪眼，没好气说："你赶快回酒店去，瀚哲也回去，免得她来了尴尬，吓着她。你们都快点回去，去去去。"

在燕子的驱赶下，瀚哲与大牛只得一同从小燕家里出来。

小燕刚收拾好餐桌，瀚欣到来，手上提着一袋水果，一进门见小燕在厨房洗盘碗，便立即走过去帮忙。小燕夸她懂事，吩咐她，今后来不要买水果，这里就如她的家，随时都欢迎她来。

瀚欣开心笑着说："燕子阿姨就像我的亲妈，到这里，幸福感满满。"

324

两个人在厨房就聊开了，小燕问："见过钟老师了？"

瀚欣说："是的，下午见了，钟老师人特别好，我求他收我为徒，他已经答应了，还送了一对纯正青田峰门青印章给我。看得出，他很关心我，但我觉得拿他的礼物很是过意不去。我妈说，不要随便要人家的东西，但钟老师说我用得上，而且还帮我刻好了名字，一枚白文刻了姓，一枚朱文刻了名。他说既然已经刻上我的姓名，当然就是我的，他这一说，我也只得拿了。"

"既然他有心给你，你就拿了吧。钟老师关心你也很正常，他是我的同学，也是你妈妈的同学，况且，你也是画画的，印章真的用得着。"

收拾好厨房，两个人回到客厅沙发。坐下，瀚欣旁敲侧击地问："燕子阿姨，我在想，钟老师会不会与我妈有更深一层的关系呢？我是指有别于同学关系的另一层关系。不然为什么，我见钟老师时心里老是联想到我爸，难道这是心灵感应？那天在鹏城，姨姥撕了画贞姨的画，还打了钟老师，我无端端心里替钟老师难过。我很纳闷，难道我妈、贞姨和钟老师，三个人有不寻常的关系？钟老师下午还吩咐我，不要向我妈提起他见过我。我觉得里面很复杂，有点乱。"

小燕边听边打量着瀚欣，感觉眼前这小女孩比同龄人成熟得多，聪明伶俐，她迟早会把自己的心结解开，就笑着问瀚欣："你是不是发现什么了？你妈和你姥姥，是怎么对你说你爸的？"

"她们一直说我爸死了，但我就是不相信，如果我爸真死了，那肯定要有遗物牌位什么的，我偷偷搜遍整个家里都没有发现。倒是发现我妈经常对着一本绿皮旧日记本，暗暗垂泪。我觉得，那本日记本肯定和我爸有关系，我也相信，我爸没有死。"

"不要想太多，你妈妈的事，我也不是太清楚，这个疑问，你只能去问你妈。你爸的事，除了你妈、你姥姥和你姥爷，还有就是你姨姥，我估计谁也不清楚。你不如想想办法去问问他们中的任何一位，那肯定就清楚了。"小燕把球踢回给瀚欣。

"对啊，我怎么那么笨，我应该去问我姥爷，姥爷最疼我，何况我已经长这么大了，就算我爸死了，也该让我知道啊，对不？谢谢小燕阿姨。不过，这次接触钟老师，我心里不知怎么就有一种奇怪的想法，钟老师会不会与我有关系？从第一眼见到钟老师，仿佛似曾相识。他身上有一种吸引我的亲和力。我见到他，就愿意把心里所有的事对他讲。燕子阿姨，钟老师会不会就是我爸呢？你告诉我好吗？"

瀚欣这一席话让燕子百感交集。她看了看瀚欣，心想：也真苦了这孩子。但她的身世，只能等她妈妈给她说，其他人不能乱下结论。这小女孩这么聪明，还是让她早点回去，免得她提的问题越多，越难回答，难免说错话，便说："我真的不知道，你最好从你姥爷入手，时间不早了，这里离学校也远，你早点回去吧。我也要审稿，不能太晚，回去吧，欣欣。"

"好的。我想办法把姥爷、钟老师、我妈都诓到广州来见一面。他们一见面，就什么都弄明白了，谢谢燕子阿姨。我就说嘛，燕子阿姨最疼我呢。"瀚欣说后，微笑着别了小燕回学校。

瀚欣离开后，小燕把与瀚欣的对话打电话给瀚哲说了。

瀚哲与大牛从小燕家出来后，找了家茶室喝茶。

一坐下，水还没开，大牛就开口吹起来："老兄弟，不是我吹牛，小燕这事，还要看我呢。"

"怎么说？我不明白。"

"三江镇来了个新书记，不知道他怎么知道知道小燕是我们同学，还说知道你，当书记的消息灵通，能耐就是不一样。"

"这也不奇怪，现在任何信息都是十分透明，这跟小燕调回去又有什么关系？"

"他说，从省里派下来刚上任的市委宣传部长是他同学。抓宣传工作很是不一般，市日报社缺一位总编辑，她第一时间就想到了燕子，说对燕子很有印象。当年燕子得到邹韬奋新闻奖，省委宣传部部长给燕子颁奖时，她在场。"

"所以，女部长到三江镇找她同学三江镇书记，书记又找了你？"

"是啊，我拍着胸对书记说，这事包在我身上，保证把燕子给拉回来。咱跟燕子是什么关系，那可是相当不一般的关系。"

"是的，你对燕子的功劳大大的。"话这么说，瀚哲心里却想，燕子回去的理由，可能主要是因为要照顾她妈妈。

"难道只有功劳，你也知道，我对燕子的心。"

"是的，这个我认同，也很佩服你，大牛，这可不是吹的。"

"有机会你要帮我劝劝燕子，兄弟。"

"好的，我会的。"

大牛一听，笑容满面，灯光下油油的脸反光。他习惯性摸一下光头，口里吐着烟圈，很是惬意的样子。抽完一根烟，好像忽然想到什么，他瞪大眼睛说："兄弟，你聊一聊瀚欣，那天见面你们聊什么了？"

"你还是说说咱乡里的事吧，我过段时间会去一趟澄城，到时我也会回乡里找你。"

"乡里有什么好说的,还不是那老样子,哦,对了,下个月村里换届选举,上级领导和镇政府好像有意要换掉阿九儿和吊灯弟等人,民愤很大,估计凭村民选举,也是选不上。"

"这很正常,不学无术又骄横跋扈的人,怎么能够为村民办实事!"

"是的。"

"老员和五兄怎样?"

"老员家的大软妮突发心脏病死了,我出面去民政局给申请了几千元帮忙办的后事,老员往后也许能好过点了。"

"也真苦了老员,他是个好人,你想想政策上有什么可以帮帮他,比如帮他找份相对固定、能照顾到家里的软妮、解决日常生活的工作给他,摸石螺卖钱过日子总不是长久之计,何况日晒雨淋的。"

"好的,我回去想想办法。"

"五兄怎样?五兄心态很好的人。他阅人无数,人正直,乡里的事他甚明了。有时,乡里的一些事倒是可以听听他的看法。"

"我也是这么想的。这次镇里有意培养一些大学生村官,五兄的儿子大学毕业后已工作三四年,有一定群众基础,这次是镇政府考察的对象,准备重点培养,代替阿九儿。"

"五兄的意思?"

"才不是。腰龟五够精明,说什么他们这一房是外姓人,现在农村工作,靠的是房脚大,自己房脚细,说什么也不答应。我一直在做老五的工作,他死活不肯答应,说不愿得罪阿九儿。阿九儿乌心肝,报复心极强,吊灯弟是帮凶惹不起。但乡里再这样让他们胡搞下去,迟早要出大事。"

"阿九儿一个小小村干部就可为非作歹？"瀚哲听后有点惊讶地问。

"有啊，村里违规卖地，建了几幢无任何手续的商品房，卖给了村民，没经过村民大会或村民委员会，全是他说了算。给谁建，多少钱，这些都不透明，这是违法的。上次有人提出不同意见，他暗地里叫吊灯弟把那人给打了。吊灯弟一直强占着的鱼塘和几十亩地，也不给钱。"

"他怎么当上书记的？吊灯弟又怎样当上治安主任？"

大牛一只脚跷上凳子，手摸着将军肚，喝杯茶，说："上一届违规操作当上的。选举那天，全村党员总共八十多人，只来了三十多名，硬是违规进行投票。而镇政府抓组织的委员，也没认真按章办事，选举投了十几票就宣布当选。至于吊灯弟，还不是阿九儿说了就算。"

瀚哲听后无语。

大牛见瀚哲不说话，问："你就一画画的，问这些干吗？"

"听听还不行吗？"

"也不是，对你有害无利，你还是说说瀚欣，咱侄女，雪儿的女儿，你的……"

"我的什么，你还是好好考虑小燕调回去后你俩的事吧，这是你最好的机会。"瀚哲打断大牛的话。

"我看难，你又不是不知道，她一直看不起我。晚上这餐饭，她对我的态度你难道看不出，我与她几乎是不可能的。但是，就算她一直不理我，我也会一直对她好，我愿意，也心甘情愿。人，有时就这么贱。"

"人啊，这情字……"瀚哲有感而发。

"是啊，我还好，单身一个。像雪儿，真被你害惨。她拉扯瀚欣长大，这份心这份苦，你是一生都还不完。"

"是啊，一生，真的不够爱一个人。"瀚哲答非所问。

"你要对瀚欣好点，不管她是不是你的女儿，就奔着她是雪儿的女儿，奔着雪儿，你必须无条件对瀚欣好。我虽然是粗人，但这些我懂。"

"我肯定会对她好的，大牛，谢谢你。"

"阿哲，说句心里话，瀚欣是不是真的是你和雪儿的女儿？"

"瀚欣肯定是雪儿的女儿。"

"那就是说，那一夜就有了瀚欣。你也太厉害了，佩服。"大牛这家伙说后一脸坏笑。

瀚哲没理会大牛，心里想的却是，雪儿此刻在干吗呢？瀚欣见他之后对雪儿说了吗？雪儿还恨他吗？她知不知道他与佳玲的变故？

"雪儿，雪儿，你好吗？瀚哲想你。"

大牛听见他情不自禁叫着雪儿的名字，劝说道："阿哲，我觉得你还是应该再见见瀚欣，多了解雪儿的一些情况。有机会争取与雪儿见个面，不就什么都OK了吗？"

"雪儿不一定愿意见我，她到现在还没有跟瀚欣说过我的存在，那就表示她不会原谅我。"

"她没见到你，你让她怎么说？难道贴寻人启事？她一直深爱着你，一直不嫁，可见心里只有你一个人。"

"这样我才更没脸见她。"

大牛想了想说："能否通过小燕，或者瀚欣做一个局，造成不经意地在什么地方，巧合地碰见。"

"人为的没用，只要是心想见，就一定能见。"

"那也是，但你不觉得，这样对瀚欣很不公平吗？难道瞒着她一辈子？"

"这，这也是个问题。我必须再见见瀚欣，这两天我找个时间见见她。"

"是的，你一定要再见见瀚欣。瀚欣对你太重要，或许她也想再见你。"大牛看着他说。

瀚哲看着大牛，望了望天空，陷入了沉思。

第三十一章

这天，瀚哲带老何、老林两位画家参观十香园，两位老师前段时间去普宁洪阳德安里写生，前一天刚来穗城，准备下午返京。

十香园，清代称隔山草堂，因园中种有茉莉、夜来香等十种香花而得名。这里曾是清末著名画家、岭南画派鼻祖居廉、居巢两兄弟的居所，岭南画派的创始人高剑父、陈树人等都是在此学画，意义非凡。

十香园是典型的岭南园林，精致小巧，环境清幽，由居巢旧居"啸月琴馆"、居廉旧居"金夕庵"和授徒之地"紫梨花馆"等主要建筑和庭院组成。这里还有常设展览："十香园与居巢、居廉"和"诗情画意溯源流——居派及岭南画派源流展"。在这里可以更深入地了解园林主人和有关岭南画派的渊源。

瀚哲与两位画友都是第一次到十香园，几个人抱着一种崇敬的心，来学习领略深厚的岭南文化，瞻仰前辈宗师留给后人的宝贵墨宝。

这天正好是周末，一大群美院的学生过来沾沾墨气。

"钟老师，钟老师，您好，在这都能碰上您，真巧。"在紫梨花馆门前，夹在大群学生中的瀚欣一见到瀚哲，立即上前与他打招呼，显得很是惊喜。

瀚欣的出现，让瀚哲极惊讶，回说："是啊，太巧了，咱俩真有缘分。"

"是的，老师，我与您太有缘分了，我还正准备上午游完园就给您打电话。听小燕阿姨说，您过段时间要去澄城找朋友，我想在您走之前再见见您，没想到在这里见到您。"

瀚哲对两位画友介绍瀚欣："我同学的女儿张瀚欣，她妈妈是我们全学校，不，是全镇的大美人，我心中的女神。"又对瀚欣说，"快叫两位伯伯。"

瀚欣甜甜一笑，极有礼貌地与两位画家打招呼。

两位老师很礼貌地回应，其中年纪略小的老何对瀚哲说："老钟，小女孩有气质，像你。"

老林接着说："名字起得妙。瀚欣，好名字。老钟，她的眼睛真像你。"

瀚欣听了，脸上一阵泛红，看着瀚哲微笑着低下头。

瀚哲赶紧圆场说："何兄，林兄，咋取笑我了，瀚欣是我徒弟，新收的。她妈妈可是大美女、大才女，可惜我没福气。瀚欣在大学时装设计系读书。今后如果有机会，两位老兄看在我的份上，多多指点才是。"

老何说："林兄，你看，你看，还说没关系，这都开始打底了。不过，小姑娘聪明伶俐，我倒是喜欢，如果毕业后有机会，可以考我的研究生。"

瀚哲赶紧说："欣欣，快点叫师父。老何，你不如收她为入室弟子。"

瀚欣本就聪明，听了瀚哲的话，立即给老何鞠了一躬，甜甜叫了声："师父。"

老林见了，笑着说："老钟你也太会坑人了，这样就算拜师了啊？哈哈。"

瀚欣聪明过人，立即对老林说："林老师，学生也拜您为师。"说后也给老林深深地鞠了一躬，也甜甜地叫了一声，"师父。"

瀚哲与老何、老林三人相视哈哈大笑。老何与老林不约而同说："今天可是被老钟坑惨了。"

瀚哲说："你俩今天赚了一女弟子，高兴才是。走走走，咱们庆贺去。"

瀚欣脸上笑得如绽开的桃花，开心说："谢谢两位师父伯伯。"

吃完午饭，瀚哲送走了老何、老林去机场，然后和瀚欣找了家咖啡厅喝下午茶，实际上也就是聊聊天。

看得出，瀚欣特别开心，一坐下就一直对着瀚哲微笑，拿出手机当镜子看自己，然后又看一下瀚哲。瀚哲纳闷，问："欣欣，你看什么呢？"

瀚欣说："看我的眼睛啊，对比一下，是不是像何老师说的。嗯，感觉还真有点像，他说得没错。"

"巧合吧？"瀚哲一脸尴尬。

"有基因也不一定啊，而且我自带有艺术细胞，与老师您又一见如故，似乎早就认识一样。"瀚欣说完，还做了个捂着嘴笑的动作。

瀚哲正色说："不要胡思乱想，世界上巧合的事多着呢。你上次见我，与你妈说了？"

"没呢，您说的，叫我暂时不要跟我妈妈说嘛，我没讲，况且，我怕她不让我见您。"

"对，最好不要说。那天晚上，你去你小燕阿姨那边聊什么了？有事？"瀚哲又问。

瀚欣想了想，小心翼翼看着瀚哲，脸上飞上一层绯红，扭捏着说："没什么，就聊去见您的事。我问小燕阿姨，您是不是我……我……妈最好最好的朋友，怎么我一见您，就觉得很投缘，有亲切感。难道您和我妈是……是有什么更……更亲密的关系？"

瀚哲一听，心里骤然紧张，想不到瀚欣这样直接问他，一时不知怎么回答。虽然，小燕也对他说过瀚欣见她的情况。但瀚欣这孩子太聪明，她在点点滴滴的信息中，也许已经隐约觉得他与雪儿的特殊关系，她这是在试探性地旁敲侧击。但他没表露出自己的紧张，慢条斯理问："燕子怎么说？"

"小燕阿姨说这事也不清楚，让我去问我妈。老师，您认识我爸吧，您给我说说我爸，行吗？"

"你爸的事，你真要去问你妈。不过，我倒可以给你讲一位我认识、你妈也认识的朋友的故事，你有兴趣听吗？"

瀚欣一听，激动地说："有兴趣有兴趣，我喜欢听故事，您快说，我洗耳恭听。"

"有个条件，你也要讲你妈的故事。"

"好。"

瀚哲喝了两口咖啡，慢慢与瀚欣说着自己在珠海被雪儿妈妈赶出来之后的事，当然没涉及真实名字。

"太不幸，太惨了。老师，您这位同学经历这种打击，会让他痛不欲生，这几乎是将他整个世界毁灭了。"

"是的。"

"那小男孩呢，现在在哪儿？叫什么名字？"瀚欣擦了擦眼泪问瀚哲。

"人生就是这样，不可能一帆风顺，本来一个幸福的家庭，顷刻之间，家散人亡，够惨的。后来，男孩让佳玲的姐姐抚养，名字叫佳欣，佳玲的佳。两年后，佳玲的姐姐嫁给一个香港老板，佳欣也跟着去了香港。"

瀚欣又问："那您这位同学呢？"

"他呀，消沉颓废，每天以酒消愁，喜怒无常，穷困潦倒，也不上班，没有经济来源，生活就靠佳玲的姐姐接济，不过后来他跑去了国外，好像是去一家国际顶级服装品牌公司做设计，听说这几年回国了。"

"好在他终于走出来了。不过，这小男孩比我还惨，一生出来就没母亲，而且基本上也算没有父亲。我还好，虽然从来没见过我爸爸，但一直和妈妈在一起，还有姥爷姥姥。"瀚欣说完，不经意看着瀚哲。

"是啊，命运捉弄人，天下比你惨的人多的是，但愿每个人都过得好，包括你和你妈。"

"老师，您似乎很关心我妈。"

"你妈是我老同学，关心也十分正常。对了，咱们别老是讲别人的故事，欣欣，你给我讲讲你妈和你的故事。我都快有二十多年没见过我这位老同学了，她可是我心中永远的女神，你妈现在什么情况？"

瀚欣打量着瀚哲，晃着脑袋，一副略显淘气的表情，笑道："钟老师，我妈是不是您年轻时的恋人？我觉得，您很适合我妈。如果有机会，我带您见见我妈怎样？"

瀚哲听后心里很纠结，故作惊讶说："好啊，我还真想见见我这位老同学，有她的女儿带，她不见也得见。我先谢谢你，欣欣。"

"小燕阿姨怎么不帮您呢？"

"你妈是那么容易出来见人的？我听燕子说，连她都很少能见你妈。你妈好像已经不食人间烟火，快修炼成仙了。"

"是的，她几乎与世隔绝，但妈妈以前有一段时间特别拼。我知道妈妈也吃了很多苦，才换来今天的休闲。"瀚欣说。

"她接下来的生活，已经没后顾之忧？"

"还行，应该没问题吧，我不太清楚，不过妈妈说，让我读完大学出国留学也没问题。"

"哦，那不错，你妈就一直没找个伴？"

"没有。我妈这几年几乎足不出户，对外人更是不爱搭理，甚至有点高傲。我看她应该是不打算找了。"

"你刚说你妈年轻时有段时间很拼，是什么意思？"

"对啊，姥姥以前经常讲给我听，在我上幼儿园到高中那十几年，我妈真的很辛苦挣钱。这些您也想听吗？"

"你说说。"

听完雪儿的经历，瀚哲已经忍不住双眼微红。

"钟老师，你怎么啦？"

"没事。你妈妈太不容易了，我感动的。"瀚哲深吸了一口气，继续说，"真想不到，你妈会做生意，还做得这么好。"

"厉害不，我妈很棒，是新时代女强人。"

"欣欣，你妈妈太不容易了，你一定要对你妈妈好。"

"放心吧！我肯定会对我妈妈好的，钟老师。"瀚欣一口应了。不过，看着他的表情，想着她和他这两次见面时，他的种种奇怪的表现，他讲的他朋友的故事与妈妈有关系吗？他为什么要讲这些故事给她听？是有意的，想让她回去跟妈妈讲吗？

"欣欣，你在想什么，后来你们为什么回珠海了？"瀚哲忍不住开口问瀚欣。

"嗯，对不起，钟老师，走神了。我在想您刚才说的话呢。"瀚欣有点不好意思。

"欣欣，你还没回我话呢，后来你们为什么搬回珠海？"

瀚欣略理了理头发，看着瀚哲说："我们户口本来就都在珠海，姥姥喜欢珠海的环境，所以我考上大学后，一家人让搬去了珠海。当然，另一方面也是为了照顾贞姨和姨姥，贞姨身体一直不太好。"

瀚欣见他久久不回话，突然从领口里掏出一件东西放在他面前。他一看，分明就是他当年送给雪儿的玉兰花翡翠吊坠，不由一阵心慌强作镇定，抓起吊坠放在手心里，问："欣欣，这是谁给你的？"

"我妈给的，她说是我爸爸给她的定情信物，妈妈让我戴着，说只要想爸爸就看看。"

这时，瀚哲完全可以确认瀚欣就是他的女儿。但他还是控制自己的情绪，让几乎要说出口的"这是我送给你妈的"的话收回来。因为他必须尊重雪儿。

睹物思人，他更想雪儿了。

"老师，您在想啥？"瀚欣见他心事重重的样子，忍不住开口问。

"我在想，你妈真的太了不起了，她是在用一生、用生命在爱你爸，太让人感动了！"

"是的，很伟大。"

"真的太伟大了。有机会，我一定要去见见我这位老同学。可惜现在不行，我必须去一趟澄城，去见一个必须见的人。这样吧，等你放寒假时，你带我到珠海去见你妈，行吗？"瀚哲认真地对瀚欣说。

瀚欣一听瀚哲说寒假去见她妈妈，眉飞色舞地说："那好，一言为定。钟老师，你要去澄城，我丹丹阿姨就在澄城，我给您她的电话，您到那边如果有需要可找她帮忙，我丹丹姨人可好呢，而且还是个大老板。"

瀚哲高兴地说："好啊，那先谢谢你。"

瀚欣当然不会知道，瀚哲去澄城要见的人就是丹丹，他本来就想从她这里拿到丹丹的电话和地址。

第三十二章

第二天，瀚哲和大牛就赶到了澄城，两人约好时间后，瀚哲独自去找贞贞。

澄城是一个靠海的小城市，工业十分发达，姿娘婚纱公司就在工厂林立的澄城区。听瀚欣说，姿娘婚纱在澄城特别有名气，几年前得过全国婚纱晚礼服金奖，姿娘商标也是名牌商标，她的丹丹阿姨是个不折不扣的女强人。

按照瀚欣给的地址，瀚哲很快找到了位于宁田工业园的姿娘婚纱公司，这是一幢五层楼高的工业厂房。

瀚哲没有给丹丹打电话，下车就直接找到这里，他想看看丹丹是否还记得他。

一进大堂的接待室，前台一位接待小姐起身迎了上来，脸带微笑说："先生，您找谁？"

瀚哲说："我找丹丹。"

"你找董事长？先生，您贵姓，有没有预约？"

"没有，你跟丹丹说，有位沙埔头的朋友来找她，叫瀚哲，谢谢。"

"先生，您先请坐，喝杯水。"礼仪小姐说完，打了个电话，然后很有礼貌、笑容可掬地对瀚哲说："先生，您是贵客，董事长说要亲自下来接您，您稍等。"

"贵客，贵客，今天吹的是什么风？大哥哥，哈哈，这风的风力也太缓了，二十多年才把我哥给吹来。来来来，让妹妹拥抱一下。"丹丹依然牙尖嘴利，一出电梯就大步走过来，摊开双手拥抱瀚哲，然后上下打量着他说："还是那么帅气，不过带了一点沧桑感，有大叔范，长头发短胡子留得很好看，人也依然贼有魅力。"

瀚哲一脸苦笑，说："你这鬼精灵，不要取笑哥好吧，哥已经这个年纪了，还什么魅力不魅力的。"

"不对，不对，是更有魅力，真的更有魅力，我瀚哲哥永远是我们姐妹心中的男神。如果雪儿姐再见到你，说不定……唉，不说，不说她，来来来，我给你介绍一下。"丹丹一边说一边把刚才那位漂亮的前台小姐，拉到瀚哲的面前来，十分骄傲对他说，"我女儿，金丽姿，十七岁，今后就靠你这著名时装设计师，提携提携。"

"难怪刚才怎么感觉那么面熟，又想不起来在哪儿见过。"瀚哲说。

丹丹接着对女儿说："小丽，快叫伯伯，不对不对，叫大姨丈。这是大画家，著名时装设计师，跟咱家有很深的渊源，是你雪儿阿姨的同学，最好的朋友。"

瀚哲说："还是叫伯伯吧。"

"伯伯好，您真帅，真有大叔范，请多多指教。"小丽给他鞠了一躬说。

瀚哲看着小丽说："丽姿，不错，名字美，人也美，待人接物落落大方，况且还这么聪明能干、美丽富有的老妈做后盾，前途无量啊！"

丹丹听了，笑着说："就你会说话，与你相比，我什么都不是。总之，今后就靠你把我女儿带上路，她也在学服装设计，有你这位大人物带着她，我放心。反正我赖上你了，以前在鹏城你本来就承诺过我的，谁叫你是咱家的亲戚啊。"

说笑间，瀚哲与丹丹一同上五楼到了她的办公室。

坐下之后瀚哲认真打量丹丹，她略显富态，有点小胖，小腹略微凸起，身材有点不那么结实，些许臃肿。不过丹丹的肤色很白，一白遮百丑，何况她本来就是美女，宽松的衣服也巧妙地藏去身材的弱点，反而让人看得舒服，只是没了年轻时少女的苗条身材。

瀚哲看得丹丹有点浑身不自在，问："看够了没？还好我不是你的菜，不然，有二十多年不见，那可真得多看看，当年怎么就不多看妹妹几眼？"

丹丹的话让瀚哲发觉自己很失态，脸不禁一热，不好意思说："我都这么大年纪了，你还是牙尖嘴利的，不愧是鬼精灵。"

"我这是高兴的，真的太高兴了，咱们足足有二十多年没见面了吧！唉，一眨眼就这么多年了。"

"是啊，一眨眼就二十多年了。"瀚哲跟着感慨地说。

丹丹递了杯茶给瀚哲，话头一转，盯着他问："见过瀚欣了？不然你不会有我这儿的地址的。雪儿姐，我估计你还没见吧？"

瀚哲在这鬼精灵丹丹面前，就一直没有秘密，他说："哥在丹丹面前，永远都没有秘密，是的，我见过瀚欣了。"

丹丹眼睛一亮，笑呵呵说："既然见过瀚欣了，那我改口叫你姐夫好了，这样亲切。"

瀚哲惊讶地望着丹丹说："别别别，我只见过瀚欣两三次面，也没跟她说出我和雪儿的关系，只是给她讲了个故事，瀚欣聪明，估计能猜到八九分。但我心里还没底，不知道雪儿会不会原谅我，肯不肯见我呢。"

"不会吧，都等了你这么长时间。当年我大姑妈让她打掉孩子，她打死都不肯。我大姑妈当时还来鹏城找过你，想跟你聊聊雪儿姐的和你的婚事。可一听我大伯说，您五一就要摆酒，而且是奉子成婚，也只能打消让你和雪儿姐结婚的念头了。我当时也不是很清楚，我是后来才听说的。你知道吗，雪儿姐为了你，为了瀚欣，吃了多少苦。她等的就是这一天，她肯定不会不见你的，她心里一直只爱着你，她用她的一生在爱你，你是知道的啊。

"再后来，雪儿姐在穗城开始是做服装批发，后来自己有了写字楼，接单往外找厂家合作，我们两姐妹也是在那时成立了这个公司。到瀚欣考上大学，雪儿姐退了股份，搬回了珠海。瀚欣是你的女儿，不然为什么叫瀚欣？就是瀚心，难道你真不懂？"丹丹很认真地说。

"我真的对不起她们母女俩，也对不起你大姑妈和大姑丈。当年我不知道雪儿已经怀孕，而且当时也只能与佳玲结婚……雪儿，有机会我一定去见她，这事等我自己来解决就好。我今天来的目的，是为另外一个人而来。我听瀚欣说，阿贞好像也嫁到了这边，是吧？在山岗，建新机场那块地方，是吧？"

丹丹一听瀚哲提到阿贞，脸上的笑容一下子没了，她吃惊地说："贞姐？咱吃完晚饭再聊行吗？"

"也好。"

晚饭后，回到丹丹办公室，瀚哲便迫不及待地对丹丹说："丹丹，我这次来澄城首先当然是专程来看看你，另外一个就是想了解一下阿贞的情况。你也知道，大家年纪都这么大了，快到知天命的年龄，也不可能有什么别的想法，我就是想了解一下阿贞的情况。听欣欣说，她现在身体不那么好，是吗？"

丹丹边冲茶边笑着说："大哥哥，这可是凤凰山上最好的茶叶，凤凰乌崇最高，天池宋种，不是一般人能喝得到的，是老金学校一位学生家长给的。这位学生家长，包了凤凰乌崇山天池那里一片山，自己种茶，你尝尝，一等一的好茶叶，等一下你要走，我送两斤给你。"

瀚哲用近于祈求的目光望着丹丹，诚恳得带着哀求的语气对她说："丹丹，我真的希望从你这里，得到阿贞的一些信息。如果有可能我想见见她，或者，我希望能为她做点什么。"

丹丹见瀚哲的眼神和语气，只是盯着他笑，过了好一会儿，才说："哎呀，我的大哥哥，亲姐夫，你让丹丹怎么说你才好。"顿了顿，丹丹看着他继续说，"现在只有咱两个人，我称呼你一声姐夫总可以吧，这样亲点。我弄不明白，你为什么到现在还忘不了贞姐。"

瀚哲说："从沙埔头到现在，咱俩的感情还用说？你喜欢怎么叫，随便，但雪儿不一定认我呢，所以外人面前千万不能这样叫。至于你贞姐，我也必须关心她。"

"虽然雪儿姐不一定原谅你，但欣欣是你的女儿，这是不争的事实吧，雪儿姐不认也得认。都用心等了这么多年了，难道雪儿姐不是在等这一天吗？"丹丹还是不肯提阿贞。

"难说，你雪儿姐肯不肯见我，还是一个问题。"瀚哲说完，自嘲笑了一声。

"所以说，你啊，怎么还记挂着贞姐，你不累啊？雪儿姐呢，唉，人就这么贪心，吃着碗里的，看着碗外的。我的瀚哲哥，你真是一个多情种子啊，百分之百的情种。到现在，你还改不了，还放不下，这叫雪儿姐情何以堪？不是白等你了吗？"丹丹一脸正经，神情严肃地说。

丹丹这话说得瀚哲不敢正视她，也让他心里有点不大舒服，隐隐作痛。

瀚哲一手摸着胸口轻轻揉着，心里想：难道自己真是这样的人，活了这把年纪，难道还没活明白，是自己真的没放下吗？

丹丹见瀚哲若有所思，说："已经过去这么多年了，该放下的都放下吧。哥哥，你关心贞姐是好意，但有时候是好心做坏事，吃力不讨好。我看这事，咱们就不要做啦，也不好做，你说是吗，姐夫？"

瀚哲听了丹丹的话，觉得丹丹说得不无道理。不过想了想，他还是对丹丹说："丹丹，我心里想的，并不是说见一下阿贞是为了什么，或者说抱着什么目的。只是阿贞的病，或许有一部分原因，极有可能是因我而起。这二十多年来，我心里一直没办法原谅自己，这恰恰是我永远除不掉的心魔。我心里经常有一种犯罪感，我平常想起阿贞，甚至比想起雪儿更加频繁。而每次一想起她，我就仿佛听到在对我说：瀚哲哥，你怎么这么狠心，不来看我一眼。丹丹，我一直没找雪儿，也有这一层的原因，我说服不了自己，也原谅不了自己。丹丹，帮帮我。"

丹丹听后，身体微微颤了一下，她正视着瀚哲，打量着眼前的大哥哥，仿佛今天才认识他，陌生得让她可怕。她说："大哥哥，我问你一句，难道你的最爱，不是我雪儿姐而是贞姐，那雪儿姐太亏了，你真是多情误自己。我不能理解的是，都这么多年了，你还记着贞姐。不过话说回来，贞姐如果亲耳听到你这一席话，肯定会非常高兴，可以说毫无遗憾了。可是，除了这些，你又能给贞姐什么呢？到头来，还不是一无所有。另外，雪儿姐呢，瀚欣呢，如果她们知道你的心里还一直放不下贞姐，那雪儿姐该有多伤心啊！你有没有考虑过她们的感受？还好这里只有你和我，没有旁人，如果雪儿姐听到你的这些话，不被气死才怪。原来，她一直等的是这样一个人，一个心里还藏着别的女人的男人，这让雪儿姐情何以堪？这么多年了，她在心里还不是唯一的，她等来做什么？你们这些文化人的所谓更深层次的爱啊，情啊，什么灵魂深处的，我真的弄不明白，大哥哥。"

"丹丹，不是你想的那样，唉，爱情这东西，谁也说不明白，雪儿对我来说，绝对是不可代替的。但阿贞，我更多的是出于亲情。你也知道，你大姑丈把我介绍给你大伯，我一到沙埔头，谁都不认识，没亲人也没朋友。而你和阿贞没把我当外人看，我心存感激。对阿贞，对你，心里都是以亲妹妹来对待，因为你俩是雪儿的妹妹，也就是我瀚哲的妹妹。以前是，以后也是，永远都是。丹丹，我对阿贞的情，更多的是出于关心，出于兄妹之情，这是亲情。当时在沙埔头，如果阿贞换成是你，我也一样这样做。当然，因为当时太年轻，我不得不承认，我对阿贞，也曾经意乱情迷过，她的直接，她的爱，她的忧郁而又特立独行的个性，都给我留下了深刻的印象。"

瀚哲从心而发的话令丹丹低头沉思，她认真听着，手里不停地洗着茶杯，重复着一个动作，她在回味着瀚哲这一番话。

"你把茶都冲哪儿啦，心不在焉的。"瀚哲见丹丹不是对着茶杯冲茶，把茶冲到小茶杯外面去了，提醒她说。

丹丹抬头莞尔一笑，不好意思说："我大哥哥说的话，真就是让人入心，难怪她们几个人都深爱着你。搞得乱七八糟的，只能说是造化弄人。只可惜，佳玲姐红颜薄命……也苦了咱佳欣这孩子，他可是咱瀚欣的亲哥啊。他现在在哪儿？"

瀚哲听丹丹把佳玲称姐姐，又提到佳欣，他心里一热，感激之情油然而生，接着她的话说："丹丹，特别感激你对玲玲的认可，她在天之灵也能欣慰安心。她是一位好女孩、好妻子。临终前，她托护士给我留下的话，是让我去找雪儿，说雪儿才是我的唯一。每次想起玲玲的话，我就会内疚不已。至于佳欣，两岁时就跟着他大姨去了香港，这个儿子我也有好多年没见了。"

听了瀚哲的话，丹丹红着眼说："大哥哥，我能理解你的心，但我实话实说吧，虽然贞姐是嫁在山岗那边，离这里也不是很远，但我们很少联系，她具体什么情况我也知道得不多。"

"说说你知道的吧。"瀚哲诚恳地说。

丹丹随口答道："贞姐有两个女孩，大的十六岁，小的八岁。"

瀚哲又问："她老公对她怎么样？"

丹丹说："还行吧，听说是做水果生意的，具体我不大清楚。听说她老公是个孤儿。因为贞姐身体也不是很好，当时二姑妈觉得人老实靠得住，虽然穷点，年纪大点，但还是比较靠谱，所以做主把贞姐嫁给了他。只是勉强过得去吧。"

看来，阿贞一家过得并不是很好，但以阿贞的个性，她不一定肯让人帮忙，不一定愿意让他知道她的情况，或者让认识她的人，看到她现在这种状况。

　　瀚哲赶紧接着丹丹的话说："丹丹，能安排见一次面吗？她家有电话吗？"

　　丹丹说："我说大哥哥，电话只是固话，家庭的，她没手机，平时我极少打她家电话。见面现在就不要啦，你自己再冷静想想是否有必要，是否适合。这样吧，我先联系一下她，先探探贞姐的意思再说。你可不能直接去见她，或直接打电话给她啊。你也不想想，你以什么身份去见人家？都这么多年了。人家丈夫又会怎么想？你这忽然冒出，打乱人家的生活就不好了。"

　　丹丹说得恳切，瀚哲觉得也有道理，他说："那好，哥等你消息。"

　　正聊着，大牛打来了电话，说他已经在宁田工业园大门口。

　　瀚哲别了丹丹，跟着大牛回去了。

第三十三章

回三江镇文化站的路上，大牛阴阳怪气问瀚哲："肯定又是来见一位老情人？哈哈，你这家伙真是厉害，到处用情。"

大牛的笑声几乎快震破大篷车上的帆布顶篷。瀚哲没好气地瞪了他一眼，说："你啊，狗嘴里永远吐不出象牙，难怪小燕不要……你说啥鬼话呢？我来见的是雪儿的表妹丹丹，当年日鹏城，丹丹也在那里，她是我以前的同事。"

"哦，原来还是亲戚，难怪熟门熟路。看来你这家伙，还有很多秘密没跟我说。"

"哪有什么秘密，不就是雪儿的秘密吗？这已经不是秘密啦，在小燕家不是说得很清楚吗？唉，不要说我，说说你和小燕的事现在究竟是什么情况？"

"说来话长，回去再说吧。"

两人沿澄江路一直往西，驶往三江镇文化站。

到了三江镇文化站，放下行李后，瀚哲提议去韩江边码头木棉树下坐坐。

两人来到韩江码头木棉树下，大牛拿来几罐啤酒，一包花生坐在小长石凳上。

　　晚风吹得江边的小竹林沙沙响，远处竹林里透着灯火，灯火间隔着在江里撒着倒影，若隐若现。远处偶尔几句男人的吆喝，和江风拍岸的水浪声夹杂在一起，让江面增添不少情趣。码头石阶依然有妇人们在洗衣服，几艘打鱼的小船，停在码头。

　　大牛点上烟，仰面吐出一串圆圆的好看的烟圈，摸了摸自己的啤酒肚，又习惯性地摸着自己的光头说："阿哲，你也算是衣锦还乡吧，见了雪儿没？"

　　"没呢。你呢？小燕调动的手续，办理得怎么样了？"

　　"那你这次回来，是奔哪儿来的？"大牛还是有打破砂锅问到底的意思。

　　"你不是说有事聊吗？先聊聊你和小燕的事。"

　　"所有的手续都办完了，但是小燕不回咱三江镇住，嫌这儿脏。"

　　听大牛说小燕不回三江镇住，瀚哲立即明白大牛此刻的心情，难怪从见面到现在说话都没劲。小燕不回村里来，也等于向大牛宣告，小燕压根就没打算与大牛在一起。瀚哲拍拍大牛肩膀说："可能小燕是为了方便上班吧。"

　　实际上这结局他早就料到。他第一次在穗城见小燕就有所预料。在其他方面，小燕一直对大牛不错，但她更多的是把大牛当亲人看待，当大牛是哥哥，就像瀚哲把阿贞当妹妹一样。

　　"小燕也是这么说，她准备把母亲接到市里去住，还请了保姆。今后，也就不用往三元村跑了，这里再也没有她惦记着的人了。"大牛说后，一口气喝完一罐啤酒，然后把啤酒罐捏得咔咔响，再往江里掷了出去。接着又抽了几口烟，突然竟大笑。

瀚哲看着身旁这个年近半百的男人，知道他心里难受。为了一个不爱他的女人，这个男人苦苦等了二三十年，可到最后依旧是形单影只，所有的念想都灰飞烟灭。

看着这个万念俱灰的男人，瀚哲不知道如何安慰，只好对大牛说："这也难怪，小燕，她有洁癖，乡下的环境确实也比不上市里，脏乱差，特别是蚊子多，小燕可能想让她娘，过几年环境舒适点的生活，这可以理解。"

大牛很不自然地说："我懂，兄弟，生活还是要继续，我早就习惯了。唉，人啊，没法说。看看你，你比我也好不了多少。说说吧，这次为何突然跑回来。"

"是这样，明天还要麻烦你带我去一个地方。"

"看来很神秘啊。去哪儿？"

"山岗镇，建了新机场的山岗镇，想去那边市场转一圈，看看会不会碰到熟人。"

"什么意思？拉倒吧，没有目标？你有病啊。两个大男人无缘无故开着部车到山岗镇市场转一圈，我没听错吧！"大牛不停地摸着自己的光头，惊讶地看着瀚哲，眼里满是疑惑。

"没错，这次回来就是为这事，去找一个人，也是当年的同事，雪儿的另一个表妹，雪儿二姨的女儿。"

"老钟，看来你全身都藏着秘密啊，士别三十年，刮目相看啊。你当年是不是也与雪儿这个表妹有什么关系？哦，对了，你不会是脚踩两条船，最后弄得两条船都踩空，掉到江里去了吧？"

"不完全是，但也有一点点关系。我有二十多年没见她了，听说她身体不是很好，我该去看一下她。不过，并没把握能见到，我现在只知道她家在山岗市场有个水果摊位，可能夫妻俩在卖水果。我去澄城找丹丹就是为了要得到她的信息，可惜丹丹不给。我曾经托人查过她的资料，我只知道户口还是在老家，并没有迁过来山岗镇，因此也不知道住哪个村，我只知道这些。"

"丹丹为什么不直接把她的电话给你，是不是你以前做过对不起人家的事？"大牛这下更是疑惑。

"说来话长，丹丹说，这么多年，也许人家已经不刻意去想我这个人了，让我不要再去打乱人家的生活，何况人家身体还有病。"

"什么病？"大牛紧张地问。

"精神分裂症。"

大牛一听，哇的一声叫了出来，盯着瀚哲说："你害的？我的妈呀。"

"我也不知道，但可能会有一部分原因吧。"

"老钟，你真是罪孽深重啊，她需要吃药吗？"

"听丹丹说，好像要吃药。我心里这个坎，一直过不去，离开这些年，我心里总原谅不了我自己，我心里对她的负疚感，比对雪儿还厉害。她和雪儿，我最想见的反而是她。雪儿有了瀚欣，而且为了瀚欣，雪儿迟早会让我见到她的。可是，阿贞不同，她如果不让我见，我永远都见不到她。"

瀚哲说着话，眼睛却呆滞地看着眼前宁静的韩江，那一江韩水，能否掩埋得下他此刻的惆怅？

大牛听了，只顾吧嗒吧嗒地大口抽着烟，也不说话。

瀚哲接着说："行不？明天去。"

"老兄弟，我心里是在想，你有必要再与她见面吗？"

"大牛，我认为有必要。对她，我一直心怀内疚，我欠她太多了，我必须见见她，而且我想尽我能力法帮她，如果她需要。"

"如果她不愿意见你呢？我想，现在这种情况，她不一定希望你见到她。女人心，海底针。我估计她不愿意你看到现在的她，她也不一定会接受你的帮助。"

"大牛，我也是这么想的，但问题是我的心里过不去，这是我的心魔，哪怕是看一眼她，也能让我心里舒服一点。"

"阿哲，放下吧，不然雪儿这二十多年就白等了，不要再做对不起雪儿的事。况且，那个她现在还一直有病，你更不应该去找她。就算找到她，你也不能与她相认，最多是远远地看一下，有意义吗？如果你突然去了，她家里人，特别是她丈夫，见到她突然冒出这么一位朋友，会有什么想法？在没有任何信息、任何准备的情况下，她能接受吗？这样对她是不尊重，甚至会引起更严重的刺激或伤害！阿哲，你考虑过吗？"

"大牛，雪儿如果知道，她应该理解才对啊。而阿贞，就是因为她现在还要吃药，我更加要去看一下。我只是希望能给她帮助，或者说为了她从前那份诚挚的爱，雪儿应该会理解我的，何况她是她表妹啊。"

大牛拗不过瀚哲，第二天只能开着他的"大篷车"，载着他直奔山岗镇。

车一上路，大牛就开始发牢骚：两个大男人是不是有病，用这样的方法去找人，也就你钟瀚哲才想得到，做得出。艺术家的思想，就喜欢天马行空，甚至是跳跃式的思维，有时我还真跟不上你的节奏。

等大牛发完牢骚后，瀚哲笑着说："大牛，怎么说我都得谢谢你，这段时间老是麻烦你，真过意不去，但咱老同学里这几个，就你我最能聊得来，你不帮我谁帮我！况且我离开这里，已经二十多年了，这边又不熟，我只能赖你呢。谢谢啊，大牛。"

"谢什么，你和我还用说这俩字，我是怕你去了，也不一定能见着。若是日后雪儿知道了，我这帮凶跳进黄河都洗不清。到时候如果雪儿迁怒于我，我想解释都解释不清。总之，陪你干这很二的事，吃力不讨好。你是当局者迷，我是旁观者清。你执意这样做，我也没办法，但你这样做，未必是对的。小燕知道了也肯定不赞成，并且，你这样做有可能会适得其反。"

"大牛，如果你是我，或许你也会这么做的。情感这东西，我们控制不了。也许我是一个固执的完美主义者，是一个太过于感性的人，更是一个不善于处理情感的人。但彼此同事一场，她还是雪儿的表妹，我相信雪儿最终还是会明白的。就算当年我心里对阿贞有好感，甚至心里其实也可能爱着阿贞，但我始终只是把她当妹妹看待。到了今天，那更多的是一种亲情，我好歹要去看一下她。"

"人，难道就不能简单地活着吗？"大牛突然冒出这么一句。他这句话是对自己说的，也是对瀚哲说的。

"嗯，大牛，你说得太好了。不过，人要真正做到简单地活着，并不容易啊。"

"是的，真的不那么容易。老兄弟，就像我，一个人，本来是能简单地活着的，我问过自己，我真的就能做到简单吗？应该做不到！"大牛有感而发。

"是的，大牛，我知道你也不容易。"

大牛不再说话，使劲吸着烟，长长地按了一声喇叭。

车子一路向西，大约半个钟后，他俩来到了山岗镇市场。

到了市场下车后，只要见到有卖水果的摊档，瀚哲就伸长脖子往铺里看，认真地留意着商铺里的人，特别是女人。

在市场转了两圈之后，瀚哲觉得比上山写生还累，无比失落地回到车上。大牛见他大半天不开口，哈哈大笑地说："大情圣，失望了吧，来来来，抽口烟提提神。"

瀚哲没理会大牛的嘲笑，只是看了看手表，然后说："大牛，现在已经是学校下课时间，咱们去学校门口转一转，碰碰运气。刚才咱们来的路上，不是有一所学校吗？我们去那边看看，学校门口是家长接学生的地方，我们去碰碰运气。"

"大画家，亏你想得出来，学校门口人更杂，更难以发现目标。并且，农村的学校不比大城市，家长几乎是不接送的。大画家，这是乡下，是农村，懂吗？还有，已经过了这么多年，你有把握认得出人家吗？现在她已经是老姿娘，不再是当年清纯的小姐姐了，见了你也可能真不认识啊！大画家。唉，我崔大牛真是失败，居然让你忽悠着，陪你跑来这里找老情人，说出去都会让人笑掉大牙。"

"去吧，反正都来了，也不在乎再失望一次。不是有句话说，不到黄河心不死吗？到了黄河，我的心就死啦，大牛。"瀚哲对大牛的挖苦，一点都不在意，自嘲地笑着说。

"好吧，看在你快要哭的样子上。不过不要哭丧着脸，我们去还不行。"大牛说完启动车子，掉头驶往来时的路。

不一会儿，车子驶到了山岗镇中心学校门口。瀚哲一看，傻了眼，正如大牛所说的，学校门口根本就没有家长，学生或走路或踩单车，陆续走出校门自己离开。

瀚哲终于彻底失望了。

大牛悠然自得地坐在车里，边抽烟边摸着自己的光头，眯眯地笑，边笑边对瀚哲说风凉话："今天的事荒唐得可笑，你老钟都这把年纪了，学者、艺术家，有文化，怎么居然会突然失去理智，做出这么荒唐滑稽的事来呢？真真是想不到啊！哈哈，老钟啊，看来你比不了我，你还真放不下啊。"

"好笑吗？"

"好笑，这是老员之类的人的脑瓜才会这么做的，你是大画家，居然也这么做，太好笑了。"大牛说完，开怀大笑，然后忽然收住笑声，补了一句，"真是莫名其妙。"

这时，瀚哲的电话突然响起，瀚哲一看，是丹丹打来的。丹丹在电话里说，早几天，她与阿贞通过电话，聊起当时的旧事，旁敲侧击地提到了瀚哲，并且试探性询问过阿贞，但阿贞似乎不愿提起这些过去的旧事。说过去的都已经过去，人也不是以前的人，当年那女孩已不复存在，她不想再见到这个人。机场建设拆迁，她家已经回迁进安居楼，一家人有房住，有饭吃，一切都很好。她已经忘了过去的一切。

接完电话，瀚哲满是惆怅。大牛安慰说，人家根本就不想见故人，不想提往事，或者说她根本不想让你看到她现在的样子，是让你心里，永远留下当年的那份美，那份情，那份爱。

瀚哲不再说话，回程路上，瀚哲不停回头望去，车轮走过，只留下两行夹杂着无限惆怅与无奈的、无形的痕迹，深深的……

与大牛从山岗镇空手而归，瀚哲的心情有些沉重，有些失落。

草草吃过午饭，大牛去办事，瀚哲往五兄的剃头铺去。五兄正戴着老花镜看报纸。瀚哲一进门，五兄立即起身热情说："钟老师，我这两天一直有预感，你会来，果真如此，看来我的预感还是蛮准的。"五兄很是得意地笑着说，边说边招呼他坐下，开始泡工夫茶。

　　"五兄，为何这样说？"

　　"是这样，前几天老张从珠海回来，到我这里理发，言谈之间，提到你，说你在鹏城做什么展览，他想去鹏城见见你。我说前段时间你回家乡，见过你。然后他不断追问你的情况，还问我对你的印象如何。那天我就感觉，老张绝不会无缘无故忽然提起你。二十多年了，他怎么会突然对你很有兴趣了？肯定有什么原因！哦，还说是因为上次你来见过他侄儿，是吧？"

　　"是的，上次在他村里，我见过张老师的侄儿。"瀚哲随口应了五兄一句，心想，不能让五兄有其他想法，便转了话题，问，"张老师怎么会突然对您提到我？"

　　"也没什么，我提到你上次来写生，老张就说，听说你们去过他们乡里，还说你与他女儿是同学。听得出，他对你的印象不错，说你在跟着他做设计时，就已觉得你日后一定会是一个有成就的人。"

　　"是的，他女儿是我同学。"

　　"对了，老张还说，他会去穗城探外孙女，然后才回珠海。"

　　瀚哲一听，想：看来瀚欣这个女儿真是聪明，难道她从他讲的故事里悟到点什么了？或者是小燕说漏嘴了？或者，她想从她姥爷这里入手来验证自己的猜测。如果他没猜错的话，瀚欣这两天一定会给他电话，她一定是想让他与她姥爷先见个面。

想到这儿，瀚哲问："那你怎么说就会预感我会来呢？我弄不明白。"

"有时候就是这么奇怪，比如你不提这个人还罢了，一提起这个人马上就让你见到。可不是嘛，前两天才提到你，今天你果真就出现了，你说怪不怪。哈哈。"五兄说后得意地笑。

"那是，常言说一说曹操，曹操就到也就这意思。"

"就是嘛。来，瀚哲老师，喝茶，这茶也是老张给的，很不错的老水仙。"说话之间五兄已冲好茶，递了一杯给瀚哲。

"谢谢五兄。"瀚哲喝了茶，接着对五兄说，"五兄，咱说点别的，我上次回来，听大牛说，镇里有意把令郎派往村里来，做大学生村官，你不是很支持？"

"是啊，我不支持，我儿子没这能力，现在农村是最难打理的，不是一般人能做得好的。"

见五兄如此坚决，瀚哲不好再劝说，便岔开话题问："五兄，老员过得还行吧？"

"还行，上次你给他的两千块钱，他死活不肯要，说不知道是谁给的，不肯拿，最后我只能说是你给的，他才肯收下。"

"阿九儿呢？"瀚哲又问。

"阿九儿在这次选举没选上村委会主任，听说市纪委也正在立案调查他。吊灯弟给抓了，他的赌博摊也给打掉了，治安主任之位也给撤了。"

这时，大牛走了进来，他说回文化站没见瀚哲，猜瀚哲一定在五兄这里，便过来看看，果然没猜错。

"牛站，喝茶，老张拿来的茶叶，很不错的，试试。"五兄等大牛坐下后，递了杯茶给大牛。

"老厂长，张老师？雪儿她爸？他什么时候来的？怎么这么不巧，不然大画家还可见到他老丈……不对，老师。"大牛突然意识到自己说漏了嘴，一手掩嘴状脸红红地看着瀚哲。

瀚哲瞪着眼对大牛说："说什么话呢，死大牛！"

五兄见瀚哲紧张，呵呵笑着对瀚哲说："不用紧张，老张那天一听我提到你，就什么都跟我说了。他说他现在最大的心愿就是能在他有生之年，见到你和他女儿外孙女在一起。他已经老了，老伴已经带着遗憾走了。老伴临终前千叮咛万吩咐，就是让老张想办法找到你。不过听他说，外孙女好像与你有联系，是不是，钟老师？"

瀚哲听了，心里热烘烘的，觉得太对不起两位老人家。张老师一如早年般地对他好，雪儿妈妈临终前的吩咐，更让他百感交集，思绪万千。

大牛说："就是嘛，我早就说了，阿哲，你快点回穗城，快点把女儿认了，然后带着瀚欣去珠海，与雪儿团聚不就行了吗，皆大欢喜。"

五兄接着又说："对了，那天老张还说，他外孙女已经在穗城见过你，让老张一定要赶快上穗城。这是小女孩有意安排老张与你相见，这小女孩聪明！"

"确实，相当聪明。"大牛笑着说。

瀚哲听了，决定快点赶回穗城，与瀚欣相见，与张老师相见，说不定在身边能见到雪儿。

这时，瀚哲的电话响，一接通，真的是瀚欣打来的，她约他后天去喝茶，说有朋友想见他，想给他一个惊喜。

瀚哲当然是开心地一口答应。

晚上，瀚哲心情久久不能平静，想着明天回去之后，见了瀚欣，见到张老师，也许还能见到雪儿，他该说什么？他心里对瀚欣这个女儿是百般疼爱，这个女儿太聪明了，能够想到用这样的一种方式，彻底把自己心里的所有问题弄个水落石出，真是太聪明了。

　　这天晚上，他做了一个梦。

　　梦中，大牛送他到海阳车站，然后他坐大巴回穗城。路上，想着很快可以见到瀚欣，见到分别二十多年的老师，有可能还会见到雪儿，他心里就十分舒畅。

　　在梦里，大巴车很快到了海城界，突然，大巴车斜撞着冲过中间护栏，轰的一声，重重撞上了对面一辆载重货车……

后记

　　《姿娘》数易其稿，从动笔到定稿，用了六七年时间。画家跨界文学创作，无异于班门弄斧，再者非科班出身，学历也只有初中毕业，更有些力不从心，只凭一腔情怀，写出来的东西，没写作技巧可言，更没什么理论支撑和完整的创作大纲。

　　说实话，我也并不聪明。

　　但李泽厚先生说过："作家不可太聪明，太聪明可能成不了大作家。太聪明了，什么都想到、想透，想得很周全、精细，对各种事情有太强、太清醒的判断力，这样反而会丢掉生活和思想情感中那些感性的、偶然的、独特的、最生动活泼的东西。"

　　我的青年时代，有十几年在鹏城工作生活，其间一度有专攻文学创作的想法，那段时间，读了很多文学作品，王蒙、刘心武、秦牧，金庸和梁羽生的也读，但要算最有印象的，陆文夫的《美食家》、张贤亮的《男人的一半是女人》、贾平凹《小月前本》里的《鸡洼窝的人家》，等等。二十世纪八十年代，我曾在《深圳特区报》发表过小小说，因工作一直从事与画画有关的工作，最后还是选择了美术创作，文学创作便停了下来。所幸者，一直有一颗文学创作之心。十年前，北渡京城，潜心研学于国家画院和凤凰岭书院，绘画略有小成。近几年又重拾文学创作，陆续在《湖南文学》《鸭绿江》《延河》《粤海散文》《岭南文学》等期报刊上，发表了几万字的小说和散文，也开始创作长篇小说《姿娘》。

《姿娘》第一稿叫《三江恋》（故事起源于三江公社），是用第一人称写法，后来觉得不合适，弃之。第二稿叫《雪儿》，并改用第三人称，但总感觉书名还是不太理想，在郭小东老师、伊始老师和汪泉老师的提议下，定下《姿娘》这个书名。

创作《姿娘》这几年里，郭小东老师、伊始老师、田瑛老师、黄国钦老师、陆基民老师、张建渝老师、东方莎莎老师、汪泉老师，都给过指点。成书第二稿，汪泉老师还对小说的框架结构和全书的一些章节、语言做了部分提示和修改，特别感激汪泉老师的提携。用第三人称写法，是张建渝老师提出来的。在这里，感恩这些文坛大咖的提携和指点，他们都为小说的成稿给过修改意见，特别要感谢的还有谢海宁老师，成书第一稿，是她花了大量的精力和时间，对全书进行错别字修改，并删去一些不合理语句，还打了样书。

此外，小说的语言一部分带些乡土味，也是有意这样处理，植入乡土文化使小说更有地域性。

一位业余作者，要把控一部数十万字的长篇小说，很有难度。而长篇小说的创作，不论从框架、语言、人物塑造、故事情节等，都要有其合理性，其中甚至包含作者对生活的认知，知识面很杂，包括天文、历史、地理、儒释道，人文、民俗，易理、药学，等等。这些方面我还很欠缺，还须继续学习。

《姿娘》能顺利出版，要感谢花城出版社，更要感谢的是田瑛老师等诸多人的帮忙指正，他们对文学新人的扶持，才促成这部小说的顺利出版，感恩。

2024年元旦劳谦斋